Friedrich Kalpenstein
Prost, auf die Erben

AF202208

Das Buch

»Sind wir jetzt schon zuständig, wenn die Leut' im Bad ausrutschen?« Ludwig Holzinger, ein erfolgreicher Bauunternehmer, wird in seiner Villa in Brunngries tot in seiner Badewanne vorgefunden. Was zunächst wie ein Unfall aussieht, entpuppt sich schnell als Mord. Hauptkommissar Tischler gerät unter Druck. Denn ein Ferienort wie Brunngries kann diese Publicity überhaupt nicht gebrauchen. Zumal das neu gebaute Chaletdorf kurz vor der Eröffnung steht.

Nur, wer hat den Baulöwen umgebracht? Und … warum wundert sich keiner darüber?

Der Autor

Friedrich Kalpenstein wurde 1971 in Freising bei München geboren und lebt heute in der Nähe von Freising im Ampertal. Im Jahr 2007 veröffentlichte er seine erste Kurzgeschichte unter dem Titel »Träum' mir einen Freund«. Weitere Kinderbücher folgten.

Seine schriftstellerische Motivation veränderte sich bald und er verfasste humorvolle Romane für Erwachsene. Darin erzählt Kalpenstein schwungvoll und witzig von Situationen, die jeder kennt – vom ganz normalen Wahnsinn des Alltags, denn die besten Geschichten schreibt das Leben.

Der Debütroman »Ich bin Single, Kalimera« erschien 2013 als E-Book im Selbstverlag und wurde im März 2015 von Amazon Publishing in einer neuen Version aufgelegt. Daraufhin setzte er die erfolgreiche Herbert-Reihe fort: »Wie Champagner«, »Männerferien«, »Alpengriller«, »Gipfelträumer«, »Profipfuscher« und »Inselhippies«.

Weitere Romane von Kalpenstein sind: »Das Leben ist kein Zweizeiler«, »Sie haben Ihr Ziel erreicht«, »Gruppentherapie« und »Marie« aus der »Hearts on Fire«-Reihe. »Prost, auf die Erben« ist der zweite Teil der Komissar-Tischler-Reihe.

Friedrich Kalpenstein

Prost, auf die Erben

Kommissar Tischler ermittelt

Provinzkrimi

Deutsche Erstveröffentlichung bei
Edition M, Amazon Media EU S.à r.l.
38, avenue John F. Kennedy, L-1855 Luxembourg
März 2021
Copyright © der deutschsprachigen Ausgabe 2021
By Friedrich Kalpenstein
All rights reserved.

Umschlaggestaltung: bürosüd° München, www.buerosued.de
Umschlagmotiv: © MFG.Design / Shutterstock;
© Javier Brosch / Shutterstock; © michaelheim / Shutterstock;
© nnattalli / Shutterstock; © Razoomanet / Shutterstock;
© M. Unal Ozmen / Shutterstock; © Nadir Keklik / Shutterstock
Lektorat und Korrektorat: Media-Agentur Gaby Hoffmann,
www.profi-lektorat.com
Gedruckt durch:
Amazon Distribution GmbH, Amazonstraße 1, 04347 Leipzig /
Canon Deutschland Business Services GmbH, Ferdinand-Jühlke-Straße 7,
99095 Erfurt /
CPI books GmbH, Birkstraße 10, 25917 Leck

ISBN 978-2-49670-423-5

www.edition-m-verlag.de

Ein Croissant an einem Montag

Mit einem Hauch von Romantik glitt der schlanke Fuß in den halterlosen Strumpf mit dem breiten Volant aus Spitze, den die Blonde mit vorsichtigem Griff bis zum Oberschenkel nach oben zog. Sanft strich sie nochmals mit beiden Händen von der Ferse bis zur Zierspitze über das Nylon. Diesen Vorgang wiederholte sie an ihrem anderen Bein, bevor sie sich von ihrer Bettkante erhob und die Passform vor dem Spiegel ihres Schlafzimmerschranks kontrollierte. Der beginnenden Laufmasche, die sie an ihrer linken Wade entdeckte, wirkte sie mit transparentem Nagellack entgegen, bevor sie in ihren knielangen Rock schlüpfte. Langsam zog sie den seitlichen Reißverschluss nach oben, strich den Stoff glatt und stieg in ihre lackschwarzen High Heels, die vor ihrem Bett standen. Die geblümte Bluse sollte für die morgendlichen, sommerlichen Temperaturen reichen. Nachdem sie die Bluse zugeknöpft hatte, betrachtete sie sich erneut im Spiegel. Mit einem Lächeln auf den Lippen öffnete sie die beiden obersten Knöpfe, sodass ihr schwarzer Spitzen-BH raffiniert durchblitzte. Den knall-roten Lippenstift, der sich auf ihre Schneidezähne verirrt hatte, entfernte sie flink mit dem Zeigefinger. Nach einem letzten Kontrollblick in den Spiegel schnappte sie sich ihre Handtasche und verließ die Wohnung.

»Grüß Gott, Frau Horák. Was für ein schöner Morgen! Finden S' nicht auch?«

»Guten Morgen, Frau Lenz. Ja, wunderschön.«

Frau Lenz, die gerade das Treppenhaus wischte, stellte ihren Mopp an die Wand und stemmte die Hände in die Hüften. Mit großen Augen betrachtete sie Tereza, die auf ihren hohen Absätzen an ihr vorbeistöckelte.

»Mensch! Sind Sie wieder fesch! Wo soll's denn hingehen?«

»Nur zur Arbeit.«

»Zur Arbeit? So? Ja mei, da möcht ich nicht wissen, was Sie tragen, wenn S' am Abend ausgehen, gell!«

Tereza blieb kurz stehen und blickte über ihre Schulter. »Ich sage immer: Ein Tag, an dem man nicht das Maximum aus sich herausholt, ist ein verlorener Tag. Tschüss!«, winkte sie der Nachbarin zu, bevor sie aus dem Treppenhaus auf die Straße trat.

Frau Lenz sah ihr hinterher, dann an sich herab. Ihr Blick fiel auf ihren grauen Jogginganzug und die selbst gestrickten Socken, die in cremefarbenen Kunststoffclogs steckten, die ihre beste Zeit hinter sich hatten.

»Ja! Das sag ich auch immer!«, murmelte sie, nahm den Mopp wieder zur Hand und drückte ihn in den Wassereimer.

Tereza stieg auf ihr giftgrünes Damenrad, das vor dem Haus an der Wand lehnte, und stellte ihre Handtasche in das Lenkerkörbchen. Beidhändig lupfte sie unter schnellen Hüftbewegungen ihren Rock etwas höher, damit man die Spitzenbündchen ihrer Strümpfe wahrnehmen konnte. Nach einem kräftigen Tritt in die Pedale saß sie fest im Sattel und radelte los. Ihr Fahrrad sperrte sie nicht mehr ab, seit man ihr bereits zwei Drahtesel im verschlossenen Zustand vor der

Haustür entwendet hatte. Anscheinend liebten Fahrraddiebe die Herausforderung und mieden unverschlossene Zweiräder.

Die blonde Tschechin war die einzige Dame im Ort, die so manchem versierten Radler in Hightech-Bekleidung mit ihren High Heels und dem 3-Gang-Rad davonfuhr. Sie genoss es, wenn sie die Blicke auf sich zog. So auch an diesem Morgen. Tereza hielt an der Bäckerei und lehnte ihr Rad an die Hauswand. Die kleine Klingel über der Tür läutete, als sie den Laden betrat.

»Guten Morgen.«

»Guten Morgen, Frau äh … Horák.« Die Dame hinter der Theke unterbrach die Unterhaltung mit einer älteren Frau, die bereits zwei Tüten mit Backwaren in ihren Händen hielt. »Was darf es denn heute sein? Wie immer?«

»Ja. Zwei Kornspitz und ein Roggenweckerl.« Tereza nickte der Frau mit den Tüten zu, die im Gegenzug ihre Lippen spitzte und auf Terezas Schuhe starrte.

»Das macht dann …«

»Ach, bitte tun Sie noch ein Croissant dazu«, bat Tereza die Verkäuferin und kramte das Portemonnaie aus ihrer Handtasche.

»Gibt es was zum Feiern?«, fragte die Verkäuferin neugierig.

»Warum?«

»Na, wegen dem Croissant. An einem Montag?« Sie steckte das Backwerk zu den anderen Sachen in die Tüte und legte diese auf die Theke.

»Sollte man nicht jeden Tag feiern, an dem man gesund erwacht?«

»Pff«, prustete die Frau neben ihr. »Wenn Sie jeden Tag neben meinem Mann aufwachen würden, dann würde Ihnen das Feiern vergehen«, sagte sie und lachte hämisch, ohne die Augen von Terezas High Heels zu nehmen.

»Aus diesem Grund heirate ich nicht«, entgegnete Tereza, packte einen Schein auf den Zahlteller und nahm die Tüte an sich. »Stimmt so«, sagte sie über die Auslage hinweg. »Schönen Tag, die Damen.« Mit flotten Schritten verließ sie die Bäckerei, stellte ihre Handtasche samt Tüte in das Körbchen am Lenker und setzte ihre Fahrt fort.

Tereza wusste, dass die beiden Frauen in der Bäckerei nun sie durchhecheln würden. Doch das war ihr schon lange egal. In Wahrheit genoss sie es, wenn die weiblichen Dorfbewohner hinter ihrem Rücken tuschelten. Denn das konnte nur eins bedeuten: Die Dorfratsch'n hatten Angst um ihre Männer. Und damit hatte Tereza ihr Ziel erreicht.

Kurz vor dem Ortsausgang bog sie links ab und lenkte ihr Damenrad die schmale Straße hinauf. Sie atmete angestrengt und schaltete einen Gang runter. Langsam näherte sie sich der Villa, die für diese Gegend nicht untypischer hätte sein können. Ein weißer Kubus mit mehr Glasfronten als Mauern, der sich geschickt in den alten Baumbestand, der vor neugierigen Blicken schützte, einfügte. Erdgeschoss, Obergeschoss, Flachdach. Einzig die übergroße Garage, die sich an die Villa anschmiegte, drängte sich durch das rote Tor ein wenig in den Vordergrund und ließ vermuten, dass der stolze Hausbesitzer nicht nur ein Fahrzeug sein Eigen nannte.

Tereza stellte ihr Rad vor der Villa ab und stöckelte die drei Betonstufen zur gläsernen Haustür hinauf. Mit der Bäckereitüte zwischen den Zähnen kramte sie den Hausschlüssel aus ihrer Handtasche.

»Ludwig! Guten Morgen!«, rief sie in den großzügig gestalteten Eingangsbereich, bevor sie eintrat und die Tür hinter sich zudrückte. Tereza streifte ihre High Heels neben der Eingangstür ab, trippelte in die Küche und stellte die verchromte Kaffeemaschine an. Den Inhalt der Tüte drapierte sie in dem Brotkorb aus Edelstahl, den Tereza seit jeher unpraktisch fand, da zwischen den dünnen Streben des Korbes die Krümel herausbröselten und ihr mehr Arbeit bescherten als nötig.

»Ludwig?«, rief sie erneut, während sie ihre Sneakers aus dem Hauswirtschaftsraum hervorholte und hineinschlüpfte.

Dadurch veränderte sich Terezas Outfit schlagartig, doch an Sexyness verlor sie keinesfalls. Die Kaffeemaschine befüllte die Tasse, die unter dem Auslass stand. Währenddessen deckte Tereza den Esstisch, der nahtlos an die Kochinsel angrenzte. Oft stellte sie sich vor, es sei ihre Küche in ihrem eigenen Haus und eine andere Person in weißen Sneakers würde ihr den Kaffee zubereiten, bevor sie sich an den gedeckten Tisch setzte.

»Marmelade, Honig, Butter, Schinken …«, kontrollierte sie konzentriert den Tisch. Man konnte Tereza vielleicht so einiges unterstellen. Doch dass sie ihre Arbeit nicht gut und zur vollsten Zufriedenheit erledigen würde, gehörte sicher nicht dazu. Das war schon im Gasthof BRUNNEN so gewesen, in dem sie bis vor Kurzem gearbeitet hatte, oder wenn sie den Brunngrieser Damen die Nägel machte. Einige Herren des Ortes wussten ebenfalls Terezas Dienste sehr zu schätzen. Darüber sprach man jedoch nicht einmal am Stammtisch.

»Ludwig! Frühstück!«, rief sie abermals. Keine Reaktion.

Sie kannte ihn gut genug, um zu wissen, dass es wohl wieder etwas später geworden war. Es wäre nicht das erste Mal, dass sie ihn persönlich in den Wachzustand rütteln müsste. Auch auf die Gefahr hin, dass sie ihn in einer heiklen Lage vorfinden würde. Etwa mit einer oder zwei Damen, die er spätnachts nicht nach Hause hatte schicken wollen. Da war er ganz Gentleman.

Sie ging in den ersten Stock, um den Herrn des Hauses diskret aufzuwecken. Vorsichtig linste sie ins Schlafzimmer, nachdem sie geklopft hatte. Doch außer einem unberührten Bett fand sie dort nichts vor. Tereza schritt bis ans Ende des lichtdurchfluteten Flurs zum Badezimmer. Durch die angelehnte Tür lauschte sie nach Geräuschen des Rasierers oder der

Dusche. Aber vergeblich. Es herrschte Stille. Langsam drückte sie die Badezimmertür auf. Ein kurzer Aufschrei entwich ihr. Dann blieb sie für einen langen Moment mit kreidebleichem Gesicht wie angewurzelt stehen und wagte es nicht, sich zu bewegen. Denn was sie an diesem Morgen vorfand, bestärkte sie in ihrer festen Überzeugung, jeden Tag zu feiern, an dem man gesund erwachte. Gerne auch einen Montag – mit Croissant.

WEIẞE WÄNDE UND SCHWARZE LÖCHER

»Da stimmst du mir doch zu, Constantin, oder?«

»Was?«

»Ich sagte, da stimmst du mir doch zu!«

»Freilich, Luise. Absolut!«

Luise Brand, die Sekretärin der Brunngrieser Dienststelle, war an diesem Montagmorgen aufgebracht. Wie so oft in letzter Zeit, wenn das Wochenende nicht nach ihren Wünschen und Vorstellungen verlaufen war. Nervös zupfte sie an ihrer Strickjacke, mit der sie versuchte, ihre üppige Figur zu kaschieren. Diese dunkelblaue Jacke verriet Tischler täglich beim Betreten der Dienststelle, ob sich Luise bereits im Gebäude befand. Während ihrer Abwesenheit hing sie stets über ihrer Stuhllehne an ihrem Schreibtisch. Die brünette Endvierzigerin mochte Tischler und fühlte sich dazu verpflichtet, ihn und die restlichen Kollegen an ihren privaten Angelegenheiten teilhaben zu lassen. Das ging so lange gut, bis es sich um die Startphase einer neuen Diät handelte. An solchen Tagen war es von Vorteil, die gute Seele der Wache weiträumig zu meiden, bis sich der anfängliche Unmut gelegt hatte und Luise sich wieder hingebungsvoll ihren Backkünsten widmete.

Tischler, Hauptkommissar von Brunngries und Dienststellenleiter der hiesigen Wache, krempelte sich die Ärmel seines weißen Hemdes hoch, bevor er den Trester seiner Kaffeemaschine in den Mülleimer neben seinem Schreibtisch leerte. Dass er dabei den Behälter ein paarmal auf den Rand des Eimers klopfte, störte die Sekretärin der Dienststelle nicht weiter.

»Ich mein, wer hat denn die ganzen Jahre nachgegeben? Das war doch ich. Weißt, Constantin, ich liebe die Berge. Wär ja auch schlimm, wenn nicht. Die hab ich aber vor der Tür. Seit fast dreißig Jahren fahren wir nach Österreich oder Südtirol.« Luise stemmte ihre Hände in die fülligen Hüften. »Da hab ich zu ihm gesagt: ›Heinz – wenn ich noch einmal meinen Urlaub in den Bergen verbringen muss, dann stürze ich mich von einer Klippe. Und dich reiß ich mit in die Tiefe!‹« Sie presste die Lippen aufeinander. Diese Geste hatte etwas Resolutes an sich. »Was meinst du, was er daraufhin gesagt hat?«

Tischler wandte seinen prüfenden Blick vom Manometer der Kaffeemaschine ab und sah Luise wortlos an. Er zuckte mit den Schultern.

»›Wenn das bedeutet, dass du endlich Ruhe gibst, gerne!‹, hat er gesagt.« Sie stellte sich aufrecht hin und verschränkte die Arme. »So ein Stoffel! Was meinst jetzt du als Mann dazu?«

»Ich, äh …«

»Das muss ich mir doch nicht gefallen lassen? Nach dreißig Jahren Ehe! Du, was hab ich nicht alles gemacht, damit es dem Herrn gut geht? Wie oft bin ich mit ins Stadion gefahren, wo ich noch nicht einmal Sechziger-Fan bin! Wie oft habe ich am Sonntagabend schon auf meine Pilcher verzichtet, weil irgendwo eine Doku über einen Gürtelmull lief! Gestern wäre so ein schöner Heimatfilm auf dem Dritten gekommen. Was

12

haben wir angeschaut? Einen Bericht über schwarze Löcher im Weltall. Wenn wir da wenigstens mal hinfliegen würden! Das wäre mal was anderes als Kärnten. Aber damit ist jetzt Schluss!«

Tischler füllte den Wasserbehälter seiner Maschine und blickte nebenbei zu Luise. »Soll heißen?«

»Ich bestimme den nächsten Urlaubsort ganz alleine.« Sie kniff gefährlich die Augen zusammen.

»Morgen!«

»Morgen, Felix.«

»Morgen, Constantin.«

Felix Fink stand es ins Gesicht geschrieben, dass er seinen Beruf als Polizeiobermeister liebte. Wie jeden Morgen betrat der junge Polizist pfeifend die Dienststelle. Dies tat er mit größerem Elan, wenn nach einem Wochenende ohne Einsatz die Arbeit den Ewigsingle wieder aus seinen vier Wänden lockte. Und seit Tischler sein Vorgesetzter war, konnte das Wochenende nicht kurz genug sein. Zumal der ihn im Gegensatz zu den meisten Kollegen zwischen Brunngries und Traunstein als vollwertiges Mitglied der Exekutive betrachte. Dass er sich und seinen Vorgesetzten jedoch hin und wieder als Harry und Derrick betitelte, missfiel Tischler insgeheim. Wahrscheinlich alleine deshalb, weil er sich nicht sicher war, in welcher Rolle sich Felix Fink sah. Sein karierter Hemdkragen lugte ein wenig über dem des Jankers hervor. Die dunkelblonden Haare des Endzwanzigers waren stets auf die gleiche Länge getrimmt. Die Kollegen vermuteten, dass ihm seine Mutter regelmäßig einen Schnitt verpasste. Doch die Beweissicherung war dahingehend noch nicht abgeschlossen und Fink selbst wich jedem Verhör zu diesem Thema erfolgreich aus.

»Um was geht's?«, fragte der Polizeiobermeister neugierig, ohne sich darüber im Klaren zu sein, was für ein Ausmaß an Auskünften seine Frage nach sich ziehen würde. Immerhin drehte es sich um Luises Wochenende.

»Luise fliegt zum schwarzen Loch!«

»Ist das ein Vulkan, von dem ich noch nichts weiß?« Fink starrte den Hauptkommissar fragend an und hing seinen Trachtenjanker über die Stuhllehne.

»Schmarrn!«, preschte Luise dazwischen. »Ich flieg doch nicht zum schwarzen Loch. Das verschlingt ja alles. Obwohl …« Für einen Moment überlegte Luise. Sie lächelte. Wahrscheinlich stellte sie sich vor, wie ihr Mann nochmals winkte, während er sich langsam um seine eigene Achse drehend im Weltall von ihr entfernte.

»Wohin dann?«, bohrte Fink weiter, ohne zu merken, dass Tischler durch Gesten versuchte, ihn von weiteren Fragen abzuhalten.

Luise schaute Fink an. »Weißt du, wo ich auf Hochzeitsreise war?«

»Las Vegas?«, haute Fink ungeniert raus.

»Im Altmühltal!« Luise nahm Tischler den Kaffee ab, den der sich gerade gebrüht hatte. Stillschweigend stimmte er der freiwilligen Abgabe zu und stellte eine frische Tasse unter den Auslass.

»Da ist es doch schön?«, schwärmte Fink. »Da waren wir mal mit der Schule. Hab sogar ein Fossil gefunden. Liegt auf meinem Nachttisch.«

»Und du wunderst dich, dass du keine Freundin hast!«

»Luise, ich wundere mich überhaupt nicht. Ich warte nur auf die Richtige.« Er schlenderte zu Tischler und schnappte sich den nächsten Kaffee, den der sich aus der Maschine gezogen hatte.

»Constantin, du hast bestimmt schon die Welt gesehen, oder?«, wandte sich Luise an den Kommissar.

»Na ja«, er zuckte mit den Achseln. »Ich war in München und auf Mallorca. Ach, und auf Ibiza. Aber, das ist fast das Gleiche wie Mallorca. Also … von der Sprache her.«

»Ach, Mallorca. Da will ich auch gerne mal hin!«, wünschte sich die Sekretärin. »Aber jetzt mal ernsthaft. Wohin würdest du mit deiner Braut auf Hochzeitsreise fahren?«

Tischler sah Antwort suchend zur Decke. »Tja, die Malediven wären bestimmt schön …«

»Geh! Was meinst, wie heiß es da ist«, empörte sich Luise.

»Oder Thailand …«

»Freilich! Ich bin ja nicht mal geimpft!«

Tischler warf einen fragenden Blick zu Fink. Der stierte in seine Tasse.

»Wie wäre es mit Griechenland?«

»Constantin, du weißt doch, dass ich keinen Knoblauch vertrag …«

»Sorry, mein Fehler. Griechenland ohne Knoblauch, da wird's eng.« Tischler kniff die Augen zusammen, als würde er überlegen, wann sie ihm diese wichtige Mitteilung gemacht hatte.

»Ich würd so gern nach Florenz fahren. Die Kathedrale Santa Maria del Fiore anschauen, auf der Piazza della Signoria einen Cappuccino trinken, danach auf dem Mercato Centrale eine Pizza essen …«

Fink sah von seiner Tasse auf zu Luise. »Das hört sich fast so an, als hättest du dir bereits ein paar Gedanken gemacht.«

»Freilich. Hatte ja dreißig Jahre Zeit!«

»Dann sprich doch mit deinem Heinz drüber«, schlug Tischler vor. »Ich mein, Florenz ist ja schließlich nicht New York oder der Himalaja.«

»Oder ich buche einfach …«

»Das ist eine hervorragende Idee. Ohne Reiserücktritt!«, kam es von Fink. »Dann müsst ihr fahren. Dein Heinz ist doch so ein Sparfuchs. Außerdem gibt es in Italien deutsches Bier. Das gefällt ihm bestimmt.«

»Meint ihr wirklich?«

Tischler und Fink nickten überzeugt.

Luise faltete gedankenverloren ihre Hände. »Dann mach ich das vielleicht.«

»Telefon.«

»Was?«

»Telefon«, wiederholte Tischler.

»So früh?« Sie spähte auf ihre Armbanduhr und drückte ihm die leere Tasse in die Hand. »Sag mal, kann das sein, dass der stärker war als sonst?«

Tischler blickte in die Tasse. »Eigentlich nicht. Achtzig Prozent Arabica, zwanzig Robusta.« Dies hörte Luise, die zu ihrem Schreibtisch eilte, jedoch nicht mehr.

Der smarte Hauptkommissar hatte sich daran gewöhnt, dass sich sein Büro morgens als zentraler Treffpunkt etabliert hatte. Ob dies jedoch an ihm oder an seiner professionellen Kaffeemaschine lag, hatte der passionierte Freizeit-Barista noch nicht ermittelt. Insgeheim freute er sich, dass seine Kollegen eine gute Tasse Kaffee zu schätzen wussten. Zumindest die meisten. Bei Luise war es ihrer Tagesform zuzuschreiben, ob sie sich von handverlesenen Kaffeebohnen überzeugen ließ. War ihre Stimmung im Keller, konfrontierte sie Tischler immer wieder gerne mit dem HERZHAFTEN von Brunello. Dem Filterkaffee, der außerhalb von Tischlers Büro in die meisten Brunngrieser Tassen wanderte.

Constantin Tischler hatte es bisher nicht bereut, sich aus München in die Chiemgauer Alpen versetzen zu lassen. Zugegeben, an manchen Tagen fehlte ihm die Herausforderung als Kommissar, die eine Großstadt aufgrund des höheren Aufkommens an Straftaten zu bieten hatte. Dieses Gefühl beschlich ihn meistens dann, wenn tagelang nichts passierte.

»Na? Schönes Wochenende gehabt?«

»Wie man es nimmt. Ich hab die Mama zu ihrer Schwester gefahren. Nach Bad Füssing.«

»Verstehe. Und jetzt hast du selber kochen müssen.« Tischler setzte sich mit dem Kaffee, den er endlich für sich aufgebrüht hatte, an den Schreibtisch.

»Schmarrn. Das ist doch kein Problem.«

»Aha! Der Herr kocht mittlerweile selbst!«

»Nein. Die Mama hat vorgekocht. Der Grund war, dass ihr Flur und die Küche neu gestrichen wurden. Und jetzt rate mal, wer das gemacht hat?«

»Du kannst mit Farbe umgehen?«

»Freilich«, antwortete Fink stolz.

»Gut zu wissen. Und ... warum ist deine Mama dann zu ihrer Schwester?«

»Sie meinte, dass ihr wieder einmal ein bisserl Thermalwasser guttun würde.«

Tischler schmunzelte. »Verstehe. Und wann holst du sie wieder?«

Fink zog sein Handy aus der Tasche. »Ist wieder daheim. Ich hab sie gestern Abend abgeholt. Jetzt schimpft sie, weil es in ihrer Wohnung so arg nach Farbe riecht.« Er streckte Tischler das Handy entgegen. »Schau, ist gut geworden, oder?«

Der Hauptkommissar betrachtete ein Bild, das eine weiße Wand zeigte.

»Ja. Saubere Arbeit. Das kann sich sehen lassen«, tat er übertrieben und schlürfte wieder von seinem Kaffee.

Fink schaute selbst nochmals stolz auf das Display, nickte das Ergebnis ab und stopfte das Handy zurück in die Tasche.

»Die Abkleberei war scheiße. Wenn die nicht wäre, dann ginge alles viel schneller. Jeder verdammte Lichtschalter, jede Steckdose ... Ich hasse das! Und hinterher musst du die Dinger doch abmontieren, weil Farbe dran ist.«

»Warum schraubst du die Blenden nicht gleich vorher ab?«

Fink blickte Tischler eine Zeit lang an. Es war zu spüren, wie es in seinem Kopf ratterte.

»Gute Idee. Das mache ich beim nächsten Mal.«

Luise stand mit bestürztem Gesicht in der Bürotür.

»Luise!« Tischler lächelte sie an. »Wer war denn dran? Hast eine Reise gewonnen? Zum schwarzen Loch?«

»Der Wickerl ist tot«, verkündete sie andächtig.

»Welcher Wickerl?«, hakte Tischler nach.

»Meinst du den Obermeier Ludwig?«, versuchte Fink, Licht ins Dunkel zu bringen.

»Nein. Der Holzinger Wickerl! Man hat ihn in seinem Badezimmer gefunden.«

»Was! Der Holzinger?« Fink hielt sich bestürzt die Hand vor den Mund. »Der Wickerl?«

»Klärt mich vielleicht mal jemand auf?« Tischler stellte seine Tasse ab.

»Der Holzinger ist der hiesige Bauunternehmer«, erläuterte Fink seinem Vorgesetzten.

Luise schüttelte den Kopf. »Mensch, der war doch noch gar nicht so alt.«

»Hm! So was.« Fink seufzte vernehmbar. »Jetzt ist er tot, der Wickerl.«

»Mensch, der Wickerl!« Luise bekreuzigte sich. »Jetzt ist er tot.«

Tischler sah die beiden an. »Ja, jetzt ist er tot. Der Wickerl.«

DER LETZTE SCHAMPUS

»Sind wir jetzt schon zuständig, wenn die Leut' im Bad ausrutschen? Ja, haben wir denn nix Besseres zu tun?« Tischler schaltete den Dienst-Passat in den Dritten.

Er sah zu seinem Beifahrer. Fink gab den Blick wortlos zurück.

»Na gut, momentan haben wir nix Besseres zu tun«, beantwortete der Kommissar seine Frage selbst. »Trotzdem. Was kommt denn als Nächstes? Dass wir ausrücken, wenn die Dackeldame vom Jäger Ferstel Blähungen hat? Und dafür bin ich aus München gekommen. Da könnte ich in diesem Moment einen Mafia-Ring ausheben oder irgendwelche Autoschieber einkasteln.«

Fink schmunzelte. »Ich glaube, die Resi würde sich von dir sehr gerne das behaarte Bäuchlein massieren lassen. So wie die um dich herumscharwenzelt, wenn sie dich sieht?«

Fink klappte die Sonnenblende herunter, um seine Kinnpartie zu kontrollieren. »Vielleicht hat sich der Holzinger Ludwig ja beim Rasieren geschnitten und ist verblutet?« Er deutete auf eine kleine Wunde neben der Kinnfalte. »Schau, ist mir heute Morgen passiert. Das kann ganz schnell gehen.« Er klappte die Blende wieder nach oben. »Demnach hätte es auch mich treffen können.«

»Schmarrn! Schau, ich rasiere elektrisch. Da passiert überhaupt nix.«

»Ist aber nicht so gründlich.«

Es war Felix Fink anzusehen, dass er es genoss, mit seinem Vorgesetzten zu einem Einsatz zu fahren. Besser hätte es ihm sicherlich gefallen, mit Blaulicht zum Tatort zu rasen. Doch das wäre bei einem Badezimmerunfall vielleicht ein bisschen übertrieben gewesen. Zumal die Person, um die sich diese Fahrt drehte, bereits tot war.

»Was war das eigentlich für ein Typ, dieser Ludwig? Oder wie ihr ihn nennt: der Wickerl.«

»Der Ludwig war ein erfolgreicher Bauunternehmer. Der war bekannt wie ein bunter Hund. Den haben sie sogar in Österreich noch gekannt«, wusste Fink.

»Und warum? Weil er so schöne Häuser gebaut hat?«

»I wo. Mei, der Wickerl, wie soll ich dir den beschreiben?« Fink spähte aus seinem Seitenfenster. »Stell dir einen dicken Typ vor, unsportlich und schüchtern, faul und sparsam, einen, der nicht auffallen möchte und dem du absolut vertrauen kannst.«

»Ja, und?«

Fink räusperte sich wichtig. »Der Ludwig Holzinger war das genaue Gegenteil.«

Tischler verdrehte die Augen. »Also war er ein Hallodri.«

»Einer, wie er im Buche steht!«, bestätigte Fink grinsend. »Der wusste, wie man Partys feiert. Also … hab ich jedenfalls gehört. Sein Ruf war im Landkreis nicht der beste, was das Menschliche angeht. Aber ihre Häuser, die wollten sie alle von ihm bauen lassen.«

»Wen meinst du mit ›sie‹?«

»Die Leut', Gemeinden, Firmen … alle eben! Weißt, der Holzinger Wick, der hat jeden Bauantrag im Gemeinderat durchgeboxt. Ich schwör dir, der hätte sogar auf dem Marktplatz eines Wallfahrtsortes einen Puff genehmigt gekriegt.«

»Na, Felix, jetzt übertreibst du aber.«

»Wenn ich es dir sage! Mit Pole-Dance-Stangen vor dem Haus! So wahr ich hier sitze ... Aber er hat auch viel für Brunngries getan. Spielplätze gebaut, im Seniorenzentrum die Gartenanlage erneuert ...«

»Also ein Hallodri mit schlechtem Gewissen, der seine schwarze Seele freikaufen wollte?«

Fink zuckte mit den Schultern. »Vielleicht. Hier müssen wir links hoch.«

»Mein lieber Schwan! Ich wusste ja immer, dass ich das Falsche gelernt habe«, pfiff Tischler, als sie sich der Holzinger-Villa näherten.

»Du hast einen Jaguar«, bemerkte Fink mit einem beinahe neidischen Unterton.

»Für den ich mich sicher nicht rechtfertige. Andere versaufen oder verrauchen ihr Geld, ich hab einen Jaguar. Basta.«

Tischler hielt es weiterhin nicht für nötig, seinen Kollegen über seine finanziellen Verhältnisse aufzuklären. Zumal der außerdem noch der Sohn der größten Dorfratsch'n war.

Das Blaulicht des Rettungswagens, der in der Einfahrt stand, spiegelte sich in der großzügigen Glasfront der Villa. Tischler parkte neben dem Notarztwagen, der ebenfalls bereits vor Ort war.

»Also eines ist sicher, Hallodri hin oder her. Wie man wohnt, das wusste er«, urteilte Tischler mit Blick auf das Haus, während er aus dem Passat stieg. »Ein bisserl untypisch für die Gegend, aber ... amtlich.«

Fink folgte dem Kommissar, der durch die offene Eingangstür in die Villa trat. Das großzügige und modern eingerichtete Erdgeschoss war schnell zu überblicken, da die einzelnen Bereiche wie Küche, Wohn- und Essbereich quasi nahtlos ineinander übergingen. Die beiden Ermittler konnten vom Eingang aus durch die große, direkt gegenüberliegende Glasfront in den Garten blicken. Das Licht, das von allen Seiten ins Haus drang, setzte die Designermöbel perfekt in Szene. Die Einrichtung wirkte sehr steril und verriet über den Besitzer, dass er kein Freund von gemütlicher Atmosphäre war. Auf dem Esszimmertisch hätte man ohne Weiteres am offenen Herzen operieren können. Ebenso auf dem massiven Echtholzparkett darunter.

Tischler folgte mit Fink den Geräuschen aus dem ersten Stock die breite Treppe hinauf. Seine Hand flog über den geölten, hölzernen Handlauf. Die Stimmen waren aus dem Zimmer am Ende des langen Flurs zu vernehmen.

»Frau Horák!« Tischler blieb vor dem Schlafzimmer stehen, als er Tereza auf dem Bett sitzen sah. Sie wirkte etwas abwesend und schaute kaum zum Kommissar auf, als sie ihren Namen hörte.

Die Sonnenstrahlen, die durch die perfekt geputzten Scheiben ins Zimmer drangen, streichelten Terezas Haare und verliehen ihnen einen sanften Schimmer, der ihre Attraktivität unterstrich. Über dem Kingsize-Bett lag eine gesteppte Tagesdecke, an der Tereza mit ihren langen Fingernägeln nervös zupfte. Als Tischler einen Schritt ins Schlafzimmer trat, hob sie endlich ihren Kopf. Fink blieb vor der Tür kurz stehen, ging dann aber weiter zum Badezimmer.

»Ah, der Herr Kommissar«, wunderte sie sich. »Was machen Sie denn hier?«

»Das Gleiche könnte ich Sie fragen, Frau Horák.« Tischler sah auf das Touchpanel, das neben der Schlafzimmertür in die Wand eingelassen war. Es zeigte an, dass die Jalousien offen waren. Tischler warf einen prüfenden Blick zur Fensterfront. Das Panel hatte recht. Ebenso las der Kommissar dort die Außentemperatur ab. Schon neunzehn Grad Celsius.

»Waren Sie mit Herrn ...«

»Nein!«, beantwortete Tereza Tischlers Frage, bevor er sie beenden konnte. »Ich habe ihn heute Morgen gefunden. Also ... im Badezimmer. Ich putze hier.«

»Verstehe.« Tischler marschierte zu den bodentiefen Fenstern und blickte nach unten auf den Krankenwagen. »Ist alles okay mit Ihnen? Sollen wir jemanden für Sie anrufen?«

»Nein. Ich komme klar.«

Tereza gab sich weitestgehend abgeklärt. Doch spurlos ging die Sache sicher nicht an ihr vorbei.

»Arbeiten Sie nicht mehr im BRUNNEN?«

»Pff«, prustete Tereza. »Das hat sich erledigt, seit diese beiden Neuen das Wirtshaus übernommen haben. Ich passte wohl nicht zum Konzept.« Sie legte die Hände in den Schoß.

»Und da haben Sie hier ...«

Fink reckte seinen Kopf ins Schlafzimmer. »Constantin? Kommst du mal?«

Tischler bat Tereza Horák, in der Nähe zu bleiben, und folgte dem Polizeiobermeister ins Badezimmer.

»Servus. Hauptkommissar Tischler«, stellte er sich den beiden Sanitätern und dem Notarzt vor. Die Männer nickten.

»Ich bin Doktor Kammerer. Servus.«

Tischler sah, dass sich der Verstorbene unbekleidet in seiner Badewanne befand. Neben der frei stehenden Wanne stand ein kleines Tischchen mit verschiedenen Spirituosen. Darunter eine geöffnete Flasche Champagner, die er sich anscheinend zuletzt genehmigt hatte, da ein Champagnerglas auf der Wasseroberfläche in der Wanne schwamm. Neben den Flaschen erregte ein Aschenbecher, in dem eine komplett heruntergebrannte Zigarre lag, Tischlers Aufmerksamkeit. Langsam schritt der Kommissar mit Blick auf Ludwig Holzinger um die Männer herum. Unter seinen Sohlen knirschte es. Tischler musterte den Boden. Auf den weißen Bodenfliesen waren Spuren von Sand

23

und Erde zu erkennen. Vermutlich von den beiden Sanitätern, deren Schuhe alles andere als frisch geputzt aussahen. Am Fußende der Wanne blieb er stehen. Holzinger wirkte friedlich, wie er mit geschlossenen Augen in der Wanne ruhte. Das Gesicht war bleich bis bläulich gefärbt, die Lippen, die sich etwas unterhalb der Wasseroberfläche befanden, waren vollständig blau. Sein linker Arm lag auf dem Wannenrand, was allem Anschein nach die Ursache dafür war, dass sein Kopf nicht vollständig unter Wasser tauchte.

Tischler drehte sich zum Notarzt um. »Was haben wir?«

»Den Wickerl tot in der Wanne«, erwiderte der trocken.

»Geht es vielleicht ein bisserl genauer? Wie lange liegt er denn da schon?«

»Mei, vielleicht so dreißig, vierzig Stunden. Genaueres könnte eine Obduktion ergeben.«

»Todesursache?« Tischler beugte sich zu Holzinger hinab. »Ist er ertrunken?«

»Ich vermute Herzstillstand. Wahrscheinlich zu heiß gebadet, dann der ganze Sprit hier auf dem Tisch, das Nikotin …«

Tischler sah zu dem Notarzt, dann in den Aschenbecher. Zwischen der Asche war eine Bauchbinde, die von der Zigarre stammen musste. Auch Fink linste neugierig in den Ascher.

»Davidoff Oro Blanco Special«, las Fink mit zusammengekniffenen Augen laut vor.

»Nicht schlecht.«

Fink richtete sich wieder auf und sah zu Tischler. »Ist das was Gutes?«

»Ich sag mal so – die zündet man sich nur an, wenn man was Besonderes zu feiern hat«, klärte der Hauptkommissar seinen Kollegen auf. »Die kann schon drei- bis vierhundert kosten.«

»Euro?«

»Nein, Felix. Schilling. Freilich Euro!«

»Oder wenn man sich noch ein letztes Mal in seinem Leben was Gutes tun will«, kam es von Dr. Kammerer.

»Sie meinen … Suizid?«, versuchte Fink, sich erneut einzubringen.

»Auszuschließen ist es nicht. Vielleicht hat er Drogen konsumiert? Das können wir allerdings erst untersuchen, wenn wir ihm Blut abgenommen haben.« Er winkte die beiden Sanitäter zu sich. »Kommt, Burschen, helft mir mal. Dann heben wir ihn aus der Wanne.«

Die beiden Sanitäter packten mit an und hievten Holzinger auf eine Plastikfolie, die sie zuvor ausgelegt hatten. Der Notarzt begutachtete den Bauunternehmer genauer, nachdem er ihn vorsichtig mit einem Tuch trocken getupft hatte.

»Fremdeinwirkung?«, fragte Tischler.

»Mei, so sieht man nix. Aber wer weiß, was da noch zum Vorschein kommt.«

»Also brauchen wir eine Obduktion.«

»Das muss der Staatsanwalt entscheiden«, sagte der Arzt zu Tischler und füllte weiter seine Formulare aus.

»Ich verstehe. Felix? Kümmerst du dich drum?«

Fink nickte und holte sein Handy aus der Jankertasche, während er das Badezimmer verließ.

Tischler wandte sich an die beiden Sanitäter. »Könnt ihr mir den Herrn Holzinger in die Gerichtsmedizin nach Traunstein bringen?«

»Dürfen wir nicht«, antwortete der Kleinere von beiden trocken.

»Warum nicht?«

»Weil er tot ist.«

»Ach ja, stimmt.« Tischler klopfte sich an die Stirn. »Gut, dann könnt ihr abhauen. Danke!«, entließ der Kommissar die beiden Sanis, die ihre Arbeit ebenfalls für beendet befanden.

Fink kam zurück.

»Felix? Wir brauchen einen Bestatter, der uns den Holzinger nach Traunstein bringt.«

Ohne ein weiteres Wort zog Fink erneut sein Handy aus der Tasche und verschwand wieder in den Flur.

»Kannten Sie den Herrn Holzinger?«, wollte Tischler vom Notarzt wissen.

»Mei«, stieß der hervor und lachte kurz auf. »Wer kannte den Paradiesvogel nicht? Wissen S', Herr Kommissar, bei dem Lebenswandel, den der Holzinger hatte, war es eh ein Wunder, dass der so lange gelebt hat.«

»Und über den Lebenswandel wissen Sie Bescheid, weil …?«

»Mei. Man hört halt so einiges, verstehen S'?«

»Wie alt wurde er denn?«

»Weiß nicht.« Dr. Kammerer sah ins Gesicht des Toten. »Ich schätze so Anfang bis Mitte vierzig. Vielleicht liegt irgendwo ein Ausweis … oder wir machen seinen Hausarzt ausfindig …«

»Lassen Sie nur, das kriegen wir schon raus.«

Der Notarzt erhob sich aus der Hocke. »Der Holzinger hat halt immer Vollgas gegeben. Ob auf der Straße oder im Leben. Der hat es krachen lassen.« Er kam dem Kommissar näher und senkte seine Stimme. »Auch bei den Frauen soll er einen Schlag gehabt haben.« Er steckte das Formular, das er nebenbei ausgefüllt hatte, in seine Tasche. »Schauen Sie sich doch um. Welche Frau sagt zu diesem Luxus schon Nein.«

»Verheiratet?«

»Wer? Ich?« Dr. Kammerer fasste sich an die Brust.

»Der Holzinger!«

»Ach so. Nein, da war er eisern. Außerdem hätte eine Frau sicherlich nicht erlaubt, dass er auch mit einer anderen … na, Sie wissen schon.«

Tischler kniff die Augen zusammen. »Ich verstehe nicht?«

»Na, mit anderen …«

Fink streckte seinen Kopf ins Badezimmer. »Bestatter ist bestellt. Die Tereza sitzt unten in der Küche und lässt fragen, ob wir sie noch brauchen?«

»Ja, ich hätte noch ein paar Fragen«, informierte Tischler seinen Kollegen, der umgehend den Weg zurück ins Erdgeschoss antrat.

Tischler widmete sich wieder dem Arzt. »Was denn nun?«

»Was?«

»Na, mit welchen anderen …«

»Ach so! Äh, mit Nutten. Also … Prostituierten.«

Tischler verschränkte die Arme. »Und woher wissen Sie das alles?«

»Brunngries ist ein Dorf, was das angeht. Jeder weiß etwas über den anderen. Und die Leut' reden. Und das viel und gern.« Er schmunzelte. »Zwar entspricht nicht immer alles der Wahrheit, aber ein bisserl … Verstehen S'?«

Tischler nickte.

»Sie sind nicht von hier, oder?«, mutmaßte der Arzt.

»Schon. Das heißt, nein, also … ich bin vor einiger Zeit wieder hierher zurückgekehrt. Ich war sehr lange in München.«

»Verstehe. Das erklärt, dass Sie den Holzinger nicht kannten. Denn den kannte hier jeder.« Dr. Kammerer klappte seinen Arztkoffer zu.

»Die Bestatter wären jetzt da. Soll ich sie hochschicken?« Es hatte etwas Komisches an sich, wie Finks Kopf in regelmäßigen Abständen in der Tür des Badezimmers erschien. Besonders dann, wenn außer seinem Kopf sonst nichts von ihm zu sehen war.

An Tischlers Gesicht war abzulesen, dass er so einige Antworten auf diese Frage parat hatte. Etwa: *Nein, die sollen unten warten, wir werfen den Holzinger vom Balkon.* Doch stattdessen entschied er sich dazu, seinen Kollegen vor dem Medizinmann nicht bloßzustellen.

»Ja. Sie sollen hochkommen.«

DER FINK SCHWITZT NICHT

Der Bestatter hatte sich mit Holzinger auf den Weg in die Gerichtsmedizin gemacht, während Dr. Kammerer bereits unterwegs zu seinem nächsten Einsatz war. Sicher in der Hoffnung, diesmal seinen Patienten lebend anzutreffen. Tischler stand in Holzingers Küche und beobachtete Tereza dabei, wie sie die luxuriöse Kaffeemaschine anstellte. Sie drehte sich um.

»Kaffee?«

»Gerne«, sagte Tischler und studierte den Kaffeebeutel, der auf der Anrichte stand. Biokaffee von den Galapagosinseln. In diesen Genuss war er noch nicht gekommen.

Während die Kaffeemaschine ihr Werk vollbrachte, wanderte Tischlers Blick durch die Küche. Ein Blick durch die Glastür des Weinkühlschranks, der bis auf den letzten Platz befüllt war, hätte höchstwahrscheinlich weitere edle Tropfen zum Vorschein gebracht. Alles in diesem Haus wirkte wie eine einzige Inszenierung mit dem Ziel, jeden Gast vor Neid erblassen zu lassen. Doch Designermöbel und teure Weine hin oder her ... dieses Gesamtkunstwerk sagte mehr über seinen Besitzer aus, als ihm wahrscheinlich lieb war. So sorgfältig jedes einzelne Stück von einem versierten Inneneinrichter auch in diese Villa hineinkomponiert worden war, es fehlte an Wärme, die auch der offene Kamin im Wohnbereich nicht spenden konnte. Der Hallodri, der mit Vollgas durchs Leben raste und anscheinend nichts anbrennen ließ, war letztendlich vielleicht doch nur ein einsamer Mann, der im Armani-Anzug nach Anerkennung lechzte und seinen letzten Atemzug viel zu früh durch eine Vierhundert-Euro-Zigarre gemacht hatte. Einsam … und allein.

Tischler nickte dankend Tereza zu, als sie ihm die Tasse auf die Anrichte stellte. Er nahm einen Schluck, nachdem er den Duft des edlen Kaffees in seine Nase gesogen hatte.

»Hervorragend!«, lobte Tischler die Sorte.

»Ja?«, staunte Tereza. »Ich trinke zu Hause immer den HERZHAFTEN von Brunello. Ich schmecke da keinen Unterschied.«

Tischler zuckte, als er *Brunello* hörte. Wieso schworen bloß alle auf diese Sorte? Fink beteiligte sich nicht am Kaffeegespräch. Er wäre sicher auch mit einem Spezi hervorragend bedient gewesen. Noch dazu, wenn Tereza es ihm serviert hätte. Es entging Tischler nicht, dass er in ihrer Gegenwart nervös war.

»Dann arbeiten Sie also nicht mehr im BRUNNEN?«

»Wie gesagt, die neuen Besitzer haben alle vom alten Team entlassen. Auch die Roswita und den Alessandro aus der Küche.«

»Was war der Grund?«, mischte sich Fink ein.

»›Ein Neuanfang lässt sich nicht erfolgreich mit Altlasten durchführen‹, waren die Worte des neuen Wirts.«

»Wollten Sie nicht ein Nagelstudio eröffnen?«, erinnerte sich Tischler vage.

»Ja«, erwiderte Tereza stolz. »Irgendwann mache ich das.«

Tischler stellte seine leere Tasse in die Spüle und blieb gegenüber von Tereza stehen, die an der Kochinsel lehnte. Er betrachtete sie länger, als ihr lieb war. Die sonst so toughe Tschechin errötete etwas. Vielleicht war dies aber auch den Umständen an diesem Morgen geschuldet. Oder dem Koffein.

»Wie gut kannten Sie Ludwig Holzinger?«

Sie sah den Kommissar eine kurze Zeit an, dann senkte sich ihr Blick und sie wühlte in ihren Erinnerungen. Ein bestimmter Abend kam ihr in den Sinn, an dem sich ihr Tätigkeitsfeld in der Holzinger-Villa ein bisschen erweitert hatte.

»Na, komm schon. Ich beiß dich nicht.«

Ludwig Holzinger streckte Tereza ein Glas entgegen. »Das ist ein Dom Pérignon Vintage von 2008. Ich bin mir sicher, der schmeckt dir«, lockte er sie zu sich.

Tereza warf den Lappen, mit dem sie gerade die Fenster in Holzingers Büro reinigte, in den Putzeimer und wischte sich die Hände an ihrem Rock trocken. Die Strähne, die ihr ins Gesicht hing, steckte sie mit einem schnellen Handgriff hinters Ohr. Mit einem Lächeln nahm sie das Glas entgegen. Holzinger stieß mit ihr an.

»Auf meine Perle«, grinste er sie verschmitzt an, bevor er seinen Schampus auf Ex kippte und sich sofort nachgoss.

Tereza nippte.

»Nicht so schüchtern«, frotzelte er und drückte mit seinen Fingern den Stiel ihres Glases nach oben. »Champagner ist dafür da, dass man ihn trinkt«, philosophierte er und füllte auch ihr Glas auf. Tereza schlenderte zum Fenster und starrte hinaus, während sie erneut an ihrem Champagner nippte. Holzinger stellte sich hinter sie und begann, ihren Hals zu liebkosen.

»Was machst du da?«, fragte Tereza, ohne sich zu bewegen.

»Ich kümmere mich um meine Angestellten.« Er hielt kurz inne. Dann flüsterte er ihr ins Ohr: »Oder gefällt es dir nicht?«

Da Tereza keine Anstalten zur Gegenwehr unternahm, wanderten seine Hände nach unten. Langsam schob er ihren Rock nach oben und warf einen prüfenden Blick auf ihre Beine.

»Halterlose!«, pfiff er. »Ich liebe Halterlose.« Er drehte sie um, nahm ihr das Glas ab und stellte es auf den Schreibtisch.

Seine Hand wanderte über ihre Wange, den Hals hinunter und sanft über ihren Busen. Tereza zuckte kurz.

»Wie gesagt«, wiederholte er sich mit einem Lächeln, »ich kümmere mich um dich. Eine Frau wie du hat doch Wünsche, oder?«

Sanft nahm er ihre Hand und führte sie nach nebenan in sein Schlafzimmer …

»Frau Horák!«, wiederholte sich Tischler. »Wie gut Sie Herrn Holzinger kannten?«

Tereza räusperte sich und kehrte zur gewohnten Souveränität zurück.

»Wie gut kennen Sie den Felix?« Sie blinzelte zu Fink, dann wieder zu Tischler.

Fink saß auf einen Schlag gerade. Fast konnte man annehmen, dass er sich geehrt fühlte, dass sie ihn beim Vornamen nannte. Dass sie ihn überhaupt kannte.

»Mei«, antwortete Tischler, »so gut, wie man seinen Kollegen eben kennt.«

»Sehen Sie, genau das könnte ich auch über den Ludwig Holzinger sagen. Ich habe geputzt, er hat mich bezahlt, fertig.«

»Er hat Sie doch angemeldet, oder?«, bohrte Tischler nach.

»Noch Kaffee?« Tereza wandte sich von Tischler ab. Er ließ es dabei bewenden.

»Nein, danke. Sie sind also heute Morgen wie jeden Tag hier aufgetaucht und haben ihn in der Wanne gefunden.«

»Nein.«

»Nein?«

»Nein, nicht wie jeden Morgen. Ich putze hier nur zweimal die Woche. Montag und Donnerstag. Und ja, ich habe ihn in der Wanne so vorgefunden.«

Tischler schritt langsam auf und ab. »Ist es üblich, dass Sie ankommen und direkt in sein Badezimmer gehen?«

»Natürlich nicht.« Tereza wirkte cool auf Tischler. Sie ahnte sicherlich, auf was er hinauswollte. »Ich habe meine Putzsachen vorbereitet. Ebenso das Frühstück. Dann habe ich nach ihm gerufen.«

»Wie spät war es da ungefähr?«, wollte Fink wissen.

»Etwa Viertel nach neun.«

»Das wissen Sie so genau, weil …«

»Weil ich immer gegen neun Uhr hier bin.«

»Verstehe.« Er kritzelte diese Aussage in seinen kleinen Block.

Tischler öffnete den Weinschrank, nahm eine der Weinflaschen heraus und schaute aufs Etikett. »Und dann?«

»Als der Wickerl, also … Herr Holzinger auf mein Rufen nicht reagiert hat, bin ich nach oben gegangen. Er war nicht im Schlafzimmer, also habe ich im Badezimmer nachgesehen.«

»Und da lag er dann …«

»Ja.«

Tischler stellte die Weinflasche wieder an ihren Platz. »Wie war er denn so als Chef?«

Tereza zuckte mit ihren Schultern. »Wie ein Chef eben ist. Er wollte es ordentlich haben.«

»Verstehe. Wir benötigen Sie fürs Erste nicht mehr, Frau äh … Horák. Bitte halten Sie sich aber in den nächsten Tagen zu unserer Verfügung, ja?«

Tereza nickte. Sie nahm ihre Tasche von einem der Stühle und kramte einen Hausschlüssel heraus, den sie auf die Anrichte legte. »Den brauche ich ja wohl nicht mehr«, versicherte sie den beiden und machte Anstalten zu gehen.

»Ach, Frau Horák?«

Sie drehte sich um. »Ja, Herr Kommissar?«

»Wissen Sie, ob Herr Holzinger Angehörige hatte?«

»Er hatte Geschwister. Der Bruder betreibt die Pension BERGBLICK im Ort, und die Schwester lebt auf der

Fraueninsel. Was die jedoch macht …« Schulterzuckend verließ sie das Haus.

Fink spähte zu Tischler. »Und? Was meinst du?«

Der Kommissar eilte zum Fenster und blickte Tereza, die mit ihrem Fahrrad vom Grundstück fuhr, hinterher, bis er sie nicht mehr sehen konnte.

»Findest du nicht, dass sie ziemlich neutral über ihren Chef gesprochen hat?«

»Was meinst du?« Fink blätterte in seinem kleinen Block.

»Ich denke, die einen schimpfen über ihren Chef und wünschen ihm die Pest an den Hals, die anderen erheben ihn wiederum auf ein Podest und himmeln ihn an. Aber Tereza … ›Wie ein Chef eben ist‹, hat sie gesagt. Da passt was nicht. Als ob sie etwas zu verbergen hätte.« Er zog einen kleinen Asservatenbeutel aus seiner Hosentasche und stopfte Terezas Hausschlüssel der Villa hinein.

Fink sah Tischler mit einem Blick an, der darauf hindeutete, dass er nicht seiner Meinung war.

»Ich glaube, dass sie noch überhaupt nicht richtig realisiert hat, dass der Wickerl tot ist.« Er stand auf und stellte sich neben Tischler. »Was denkst du eigentlich? Selbstmord, Unfall, Herzstillstand? Oder vielleicht Drogen?«

»Keine Ahnung. Wenn ich mir allerdings die Flaschen im Badezimmer so ansehe, wirkt es fast so, als ob er es darauf angelegt hat, sich totzusaufen.«

»Was wäre aber der Grund?«

»Felix, was glaubst du, was ich in München schon alles gesehen habe? Reiche Menschen und arme Menschen. Und weißt du, was die alle gemeinsam hatten?«

Fink guckte seinen Kollegen ratlos an.

»Kurz bevor sie sich umbringen, sind sie alle gleich. Oder glaubst du, dass sich der mit Geld besser fühlt, wenn er eine

Überdosis Schlaftabletten nimmt oder sich zu Tode säuft, als einer, der ohne Job in einer Sozialwohnung wohnt?«

»Na ja, vom billigen Fusel bekommst halt eher Kopfweh.«

»Was dir aber bestimmt egal ist, wenn du erst einmal tot bist.«

»Auch wieder wahr«, stimmte Fink seinem Kollegen zu.

»Komm, lass uns mal zum Bruder vom Holzinger fahren. Vielleicht kann der uns ein bisserl mehr erzählen.« Er schnappte sich Finks Tasse und stellte sie mit seiner in die Spüle.

»Pst!«, bat Fink um Ruhe. »Hörst du das auch?«

Tischler lauschte. »Da piepst was.«

»Kommt aus dieser Richtung.« Fink zeigte zur ledernen Couchlandschaft vor den großen Schiebetüren, die zur Terrasse hinausführten.

Ein schnurloses Telefon lag auf dem gläsernen Couchtisch und bat darum, es zurück in die Ladestation zu stellen.

»Akku!« Fink ließ seinen Blick durch den Raum wandern. Schnell wurde er auf einem Sideboard fündig und stellte das Telefon zurück in die Station. Er winkte Tischler zu sich.

»Was ist denn?«

Fink deutete auf das Basisteil des Telefons. »Schau, da blinkt was.«

»Dann drück drauf.«

»*Sie haben eine neue Nachricht. Samstag, fünfzehn Uhr dreiundvierzig.* Ja, servus, Wickerl. Ich bin's. Verdammt, wo steckst du denn? Ich versuche schon seit gestern, dich auf deinem Handy zu erreichen. Ruf mich sofort zurück. Sacklzement, wir müssen noch mal über die Sache von neulich sprechen. Da gibt es Schwierigkeiten. Ich hab's ja gesagt, verdammt noch mal. Wenn wir jetzt nicht handeln, dann schauen wir alt aus. Aber das eine schwör ich dir … ich halt meinen Kopf nicht hin. Also schau, dass du dich meldest! *Ende der Nachricht. Speicherzeit: achtund-fünfzig Minuten.*«

Die beiden Polizisten sahen sich an.

»Ui, der war ja schlecht gelaunt.«

»Kennst du die Stimme?«, fragte Tischler.

»Mei, jetzt so auf Anhieb … Aber irgendwie kommt sie mir schon bekannt vor.«

»Nimm das Ding mal mit. Man weiß ja nie. Lass uns endlich fahren. Wir waren lange genug hier. Jetzt können wir den Angehörigen auch noch die schlechte Nachricht überbringen. Ich hasse das.«

»Einer muss es schließlich tun.« Fink steckte das Telefon ab.

»Wir müssen noch die Türen und Fenster kontrollieren. Vielleicht gibt es ja Einbruchsspuren.«

»Hab ich bereits gemacht, nachdem die Bestatter gekommen sind.«

»Und?«

»Nix.«

Die beiden zogen die Haustür zu und stiegen in den Passat. Tischler musterte seinen Kollegen.

»In deinem Trachtenjanker bist du der älteste Neunundzwanzigjährige, den ich kenne.«

»Wie viele kennst du denn?«

»Das war metaphorisch gemeint.«

»Er hält meine Nieren warm.«

Tischler startete den Motor und öffnete das Seitenfenster. Er hielt seine Hand ins Freie. »Wir haben Juli und es ist warm.«

»Ja. Aber der Janker steuert meine Körpertemperatur erstklassig. Klimatechnisch gibt es nix Besseres. Mein Körper hat Sommer wie Winter exakt die gleiche Temperatur.«

»Und wie hoch ist die? Vierzig Grad?«

»Hast du mich schon einmal schwitzen sehen?«

»Nein.«

»Siehst du.«

»Also, ich fange immer an zu schwitzen, wenn ich dich in diesem Ding sehe.«

»Dann wird es höchste Zeit, dass du dir auch einen Janker zulegst.«

»Freilich. Damit die Leut' meinen, wir beide hätten uns verlaufen und würden den Rest vom Trachtenverein suchen.«

Tischler legte den ersten Gang ein und fuhr los. »Ich nehme an, du weißt, wo der Bruder vom Holzinger seine Pension hat?«

»Warum gehst du pauschal davon aus, dass ich auswendig weiß, wo jeder Brunngrieser wohnt?«

»Weil du der Sohn deiner Mama bist. Außerdem ist es nicht irgendein Bürger, sondern der Besitzer einer Pension.«

»Ich schlafe aber in Brunngries immer bei mir daheim und selten in einer …«

»Kennst du die Adresse?«, unterbrach ihn Tischler.

»Freilich.«

»Na also.«

Zwillinge sind Frauensache

»Tot?« Thomas Holzinger ließ sich auf den Stuhl nieder, der hinter dem rustikalen Tresen der Pensionsanmeldung stand. Er hielt sich die Hand vor den Mund und starrte Tischler erschrocken an.

»Ja. Es tut uns sehr leid, dass wir Ihnen diese traurige Nachricht überbringen müssen. Mein Beileid, Herr Holzinger.«

»Von mir auch. Beileid«, schloss sich Fink mit ernster Miene an.

Die Ermittler schenkten dem Bruder des Toten einen Moment. Tischlers Blick glitt durch den Empfangsbereich der Pension, die in den frühen Achtzigern bestimmt den Geschmack der Zeit getroffen hatte. Für heutige Verhältnisse wirkte die Einrichtung eher verstaubt. Diesen Eindruck hinterließ ebenfalls die Außenfassade mit dem dunklen Holz an den Balkonen, die seit Jahren einen neuen Anstrich verdient hätte. Einzig die roten Geranien, die im Überfluss aus den Blumenkästen vor jedem Fenster quollen, gaben dem Haus etwas Liebevolles, wenn es auch etwas bieder wirkte. Kaum zu glauben, dass ein Mann wie Thomas Holzinger eine Pension dieser Art sein Eigen nannte. Polohemd mit aufgestelltem Kragen, Solariumbräune, die Haare etwas länger, gepflegter Dreitagebart, Designerjeans … Sein äußeres Erscheinungsbild hätte viel mehr zu einem Wellnesshotel gepasst als in diese Pension.

Bis auf zwei Zimmerschlüssel hingen alle an der großen Wand hinter Thomas Holzinger an ihren Haken. Daraus war zu schließen, dass die meisten Pensionsgäste bereits die Umgebung unsicher machten oder die Pension nur mäßig gebucht war.

»Aber … aber wie? Ich meine …«

Tischler wollte gerade weitersprechen, als eine hübsche Frau, etwa Mitte vierzig, mit zwei Kindern die Treppe herunterkam. Die Rothaarige mit der lockigen Mähne hatte eine sportliche Figur und wirkte auf den ersten Blick schüchtern mit ihren geröteten Wangen, die hoch angesetzt waren und so dem Gesicht das gewisse Etwas verliehen. Ihre blauen Augen rundeten das Gesamtbild ab. Die beiden Kinder rissen sich auf der untersten Stufe der Treppe los und rannten zu den stoffbezogenen Ohrensesseln, die gegenüber der Rezeption standen. Mit Gebrüll warfen sie sich darauf und nutzten die Sitzmöbel als Trampoline. Die Frau lächelte die beiden Männer vor dem Tresen freundlich an. Dies änderte sich schlagartig, als sie Thomas Holzingers ernsten Gesichtsausdruck wahrnahm, mit dem er sie anstarrte.

»Grüß Gott, die Herren. Thomas, was ist denn?« Sie trat hinter die Rezeption.

Thomas Holzinger fuhr sich durch seine Haare.

»Ludwig ist tot.«

»Ludwig ist tot?« Sie sah zu Tischler.

»Ludwig ist tot«, bestätigte Fink und klopfte zweimal auf die Ablage der Rezeption, als würde er sich vom Stammtisch verabschieden. Tischler reagierte nicht auf die unangebrachte Klopferei seines Kollegen. Sein dienstliches Interesse an der attraktiven Frau war größer als der Drang, den Polizeiobermeister via Blickkontakt zu zügeln.

»Und Sie sind?«, erkundigte er sich charmant und dennoch ernst.

»Bitte entschuldigen Sie«, kam Holzinger der Frau zuvor. »Wo habe ich nur meine Manieren? Das ist meine Frau. Christine Holzinger. Die beiden Herren sind von der Kriminalpolizei.«

»Aber ... wie ist denn das, ich meine ...« Ihr Blick huschte zwischen den Männern umher.

»Seine Haushälterin hat ihn heute Morgen in seiner Badewanne gefunden. Wahrscheinlich Herzinfarkt«, informierte Tischler die beiden Angehörigen mit ernster Miene.

»Herzinfarkt?«, hakte Christine Holzinger nach. »Wie kann denn das ... er war doch ... in meinem Alter!«

»Gut möglich, dass viel Alkohol im Spiel war. Vielleicht aber auch Dro...«

»Genaueres wird die Gerichtsmedizin in Erfahrung bringen«, grätschte Tischler seinem Kollegen dazwischen, bevor der sich noch mit seinen Ausführungen in ungeahnte Höhen quatschte.

»Gerichtsmedizin? Kriminalpolizei? Was hat das alles zu ...«

»Das ist ein völlig normaler Vorgang und hat fürs Erste nichts zu bedeuten, Frau Holzinger.«

Sie nickte dem Kommissar verständnisvoll zu.

»Mama! Schau mal, wie hoch ich kann!«, rief das kleine Mädchen euphorisch, während sie den Ohrensessel mit ihren Sandalen malträtierte. Ihr Bruder tat es ihr gleich.

»Süß, die beiden. Ihre?« Tischler lächelte den Kindern zu. Doch die beiden waren zu sehr mit sich selbst beschäftigt.

»Ja«, hauchte Christine Holzinger mit sanfter Stimme und Tränen in den Augen. »Sophia und Florian. Die beiden sind Zwillinge.«

»Wie alt sind sie denn?« Tischler versuchte erneut, Blickkontakt zu den Geschwistern aufzubauen. Doch für sie existierte er in diesem Moment nicht.

»Gerade fünf geworden.«

»Und der Bub?«, fragte Fink neugierig und winkte ebenfalls den beiden zu.

»Wie gesagt«, wiederholte Frau Holzinger, »es sind Zwillinge.«

Fink verstummte. Sein Blick verriet, dass er mit dieser Antwort nicht ganz einverstanden war. Zu allem Übel schob Thomas Holzinger noch die Information hinterher, dass es sich um zweieiige Zwillinge handelte, was den Polizeiobermeister augenscheinlich noch mehr verwirrte.

»Wann haben Sie denn zum letzten Mal Ludwig Holzinger gesehen?«, richtete Tischler seine Frage an das Ehepaar.

»Wir hatten mit Ludwig …«

»Was meine Frau sagen will … wir haben Ludwig längere Zeit nicht mehr gesehen. Er ist, wie auch wir, sehr beschäftigt … gewesen. Bestimmt wissen Sie von seinem Großprojekt am Ortsausgang.«

»Sie meinen das Chaletdorf?« Fink war wieder bei der Sache.

»Ja. Da gibt es allerhand zu tun. Auch wir sind hier sehr eingespannt. Sie können sich vorstellen, dass sich so eine Pension nicht von alleine führt.«

Tischlers Blick flog erneut durch den leeren Empfangsbereich.

»Ihre Pension läuft gut?«

»Wir können uns nicht beklagen. Nicht wahr, Christine?«

Sie beließ es dabei und ging zu ihren Kindern, um sie ein wenig zu bändigen.

»Gut. Wenn Ihnen noch etwas einfällt …« Tischler legte seine Visitenkarte auf die Rezeption. »Ach, sagen Sie, Ihre Schwester … sollen wir …?«

40

»Eva, meine Halbschwester. Ich sage ihr Bescheid.«

»Nochmals ... herzliches Beileid«, bekundete Tischler erneut und verabschiedete sich. An der schweren Eingangstür drehte er sich noch mal um.

»Wie gut war eigentlich Ihr Verhältnis zu Ihrem Bruder?«

»Warum? Was wollen Sie damit ...«

»Wie gesagt«, beruhigte ihn der Kommissar, »alles reine Routine.«

Holzinger sah seine Frau an. Sie wich seinem Blick aus.

»Mei, wie es halt so ist zwischen Geschwistern. Da gibt es Höhen und Tiefen ... Wie gesagt, wir haben uns selten gesehen.«

»Auf Wiederschaun!«, empfahl sich Tischler nun endgültig.

Fink verabschiedete sich ebenfalls und folgte seinem Kollegen zum Dienstwagen. Die beiden stiegen ein.

»Na? Was meinst du?« Tischler drückte den Sicherheitsgurt ins Schloss.

»Ein Bub und ein Mädchen«, kam es von Fink. »Die beiden sehen sich noch nicht mal ähnlich.«

»Mensch, Felix, ich meine den Holzinger. Du tust gerade so, als hättest du noch nie Zwillinge gesehen?«

Fink prustete. »Freilich habe ich schon Zwillinge gesehen. Nur noch nicht in echt.«

»Du weißt aber, dass es zweieiige Zwillinge gibt, oder?«

»Freilich. Ich bin ja nicht blöd. Es ist halt was Besonderes. Außerdem sind das eher Frauensachen.«

Tischler startete den Motor und schluckte seine Antwort hinunter.

»Ich nehme ihm nicht ab, dass sie eine typische Geschwisterbeziehung hatten. ›Wir haben uns selten gesehen‹, hat er behauptet. So groß ist dieser Ort auch wieder nicht.« Tischler wendete den Wagen. »Wenn ich am Wochenende vor die Tür gehe, liegt die Chance, dass mir der Ferstel mit seiner Resi über den Weg läuft, bei achtzig Prozent.«

»Ja! Aber der Ferstel ist Jäger. Der muss quasi schon von Berufs wegen nach draußen.« Fink schnallte sich ebenfalls an. »Dass die Holzingers allerdings viel zu tun haben, glaube ich nicht.«

»Geht mir genauso. Außerdem ist die Pension ganz schön verwohnt und sehr rustikal. Findest du nicht?«

»Mei, es gibt Menschen, denen gefällt das.«

»Ja«, lachte Tischler. »Besonders der jüngeren Generation, von der unser Ort regelrecht überrannt wird.«

Fink sah skeptisch zu seinem Nebenmann. »Unser Ort wird eher selten von jungen Urlaubern besucht.«

»Siehst du, Felix, jetzt hast du es verstanden.«

Man sagt ja nix, man red ja bloß

Die Vorzüge eines Singlelebens zeichnen sich durch viele Kleinigkeiten aus, die als Summe zu einer mittelschweren Krise in einer Partnerschaft führen könnten. Zum Beispiel, wenn einer der Partner mit nassen Füßen eine Spur aus dem Badezimmer durch die gesamte Wohnung zieht.

Tischler watschelte in seinem Bademantel nach einer ausgiebigen Dusche ins Wohnzimmer, während er sich mit einem Handtuch seine Haare trocken rubbelte. Dass er dabei nasse Fußabdrücke auf dem Parkett hinterließ, tangierte ihn nicht weiter. Schließlich hatte er keinen Mord begangen, den man ihm aufgrund seiner Unachtsamkeit hätte nachweisen können. Es war vielmehr die Stille in seinen vier Wänden, die ihn störte, und der er nur mit einem sorgfältig ausgesuchten Song entgegenwirken konnte.

Lässig warf er das Handtuch über seine Schulter und stöberte in seinem reichhaltigen Angebot aus Vinyl, das er in vielen nächtlichen Stunden alphabetisch sortiert hatte. Vielleicht die Beatles? Nein. Nach einer Dusche passten die Beatles nicht.

Springsteen? Ebenso wenig. Mit Springsteen saugte man seine Wohnung oder dübelte ein Regal zusammen.

»Wunderbar! Das ist es!«, strahlte er das schwarz-weiße Cover an und zog die Scheibe aus der Hülle. David Bowie hatte er lange nicht mehr gehört. Und *Heroes* eignete sich hervorragend dafür, sich todesmutig in die Küche zu begeben, um auf die Jagd nach etwas Essbarem zu gehen. Doch während sich Bowie mit seinem Song alle Mühe gab, musste sich Tischler eingestehen, dass sein Jagdgebiet wie leer gefegt war. Weder sein Kühlschrank noch das Gefrierfach hielten etwas für ihn bereit. Aus lauter Verzweiflung hätte er sich auch mit Konservenfutter zufriedengegeben. Doch die letzte Dose Ravioli stand leer neben dem Spülbecken und wartete darauf, entsorgt zu werden.

Das Telefon klingelte, während Bowie bereits bei *Sons of the Silent Age* angelangt war. Tischler spurtete zurück ins Wohnzimmer. Doch bevor er das Gespräch annahm, korrigierte er den Sitz seines Bademantels, da dieser mehr vom Kommissar offenbarte, als ihm lieb war. Ein Blick aufs Display ließ seine Mundwinkel nach oben wandern.

»Britta! Schön, dass du anrufst! Ich habe gerade an dich gedacht«, flunkerte Tischler ins Telefon.

»Hallo, Constantin. An mich gedacht? Das kann nur bedeuten, dein Kühlschrank ist leer und schwupps kam dir der Italiener in Traunstein in den Sinn. Kerzenschein, einen guten Roten, Pasta …«

Tischlers Magen meldete sich erneut. »Na, du tust gerade so, als ob ich …«

Britta lachte. »Gib es ruhig zu. Du hast nichts Essbares zu Hause.«

Er ging zurück in die Küche und öffnete abermals den Kühlschrank. Eine angebrochene Margarine, ein halbes Glas Marmelade, zwei Eier und ein Liter abgelaufene Milch teilten sich das großzügige Platzangebot. Den Joghurt mit dem leicht geöffneten Deckel wagte er nicht anzufassen.

»Ich muss dich enttäuschen, liebe Britta. Erst gestern war ich einkaufen.«

»Gestern war Sonntag.«

»Ach, sagte ich gestern?« Tischler verzog sein Gesicht. Er als Kommissar sollte sich nicht von einer jungen Ärztin aufs Glatteis führen lassen. Schnell ein Ablenkungsmanöver dazwischenschieben. »Wo du aber gerade davon angefangen hast ... Pasta, Italiener, Wein bei Kerzenschein ... Wie sieht's aus? Ich könnte in einer halben Stunde bei dir sein.«

Tischler machte sich auf den Weg ins Schlafzimmer. Im Bademantel wollte er sicher nicht nach Traunstein fahren.

»Constantin, ich bin doch bis morgen Abend in Tübingen auf Fortbildung. Das hatte ich dir erzählt.«

»Natürlich. Ich vergaß.« Enttäuscht linste er in den Spiegel, der neben dem Kleiderschrank stand. »Und? Wie ist es?«

»Ganz interessant. Es geht um chronisch degenerative Erkrankungen in der orthopädischen Unfallchirurgie. Ich fahre gleich mit ein paar Kollegen aus der Studienzeit zum Essen. Ich wollte mich bloß kurz melden.«

Tischler setzte sich auf sein Bett. »Das ist nett von dir. Schön, dass du angerufen hast. Ich freue mich darauf, dich wiederzusehen.«

»Ich auch.«

Tischler schlurfte zurück ins Wohnzimmer und warf sich auf die Couch. Er blickte zur Zimmerdecke. Tübingen hatte es gut. Es hatte Britta.

Dr. Britta Neufeld. Orthopädin am Klinikum Traunstein. Er dachte an die erste Begegnung mit ihr, als sie ihn nach einer missglückten Verfolgungsjagd behandelt hatte. Seitdem funkte es zwischen den beiden und Tischler fragte sich nach jedem Treffen, was das zwischen ihm und Britta sei. Natürlich war er sehr angetan von ihr. Sie sah gut aus, hatte eine sportliche Figur und er fühlte sich wohl in ihrer Nähe. Doch wann war der richtige Zeitpunkt, einen Schritt weiter zu gehen als einen Kuss hier, ein bisschen Schmusen da? Zumal sich die unterschiedlichen Arbeitszeiten ihrer Berufe nicht sonderlich ergänzten, um in ein geregeltes Liebesleben zu starten. Und auf eine On-Off-Beziehung konnte er gut verzichten.

Die Träumereien von Britta trösteten ihn allerdings nur mäßig über seinen Hunger hinweg. Tischler schnellte von der Couch hoch.

»Fink! Genau! Mein Mann der Stunde!«

Ein junger Polizeiobermeister vom Land hatte sicherlich unentwegt Hunger. Außerdem war es an der Zeit, mit seinem Kollegen wieder einmal auf ein Bier zu gehen.

»Fleischpflanzerl – ich komme!«, frohlockte Tischler grinsend, während er die Nummer wählte.

»Polizeiobermeister Fink am Apparat? Was kann ich für Sie tun?«

»Servus, Herr Polizeiobermeister! Dein Kollege hat Hunger! Wie schaut's aus? Schweinsbraten, Fleischpflanzerl oder vielleicht einen anständigen Leberkäs mit Kartoffelsalat? Ich hab einen Mörderhunger und mein Kühlschrank ist leer. Vielleicht im Gasthaus in Traunstein? Oder wir probieren mal den neuen Wirt hier bei uns in Brunngries aus. Was meinst?«

Tischler war mittlerweile wieder im Schlafzimmer angelangt. Er öffnete den Kleiderschrank und warf eine Jeans und ein Hemd aufs Bett.

»Das trifft sich hervorragend!«, freute sich Fink.

»Super! Ich hab gewusst, dass ich auf dich zählen kann. Was meinst? Zum Oberwirt, oder bleiben wir in Brunngries?«

Tischler klemmte sich das Telefon unters Kinn und schlüpfte in seine Boxershorts.

»Ich weiß was viel Besseres. Ich bin grad bei der Mama. Und wie sagt die Mama immer so schön? Für ein weiteres Maul langt's allerweil! Gell, Mama?«

Tischler hörte die zustimmenden Worte von Mama Fink.

So hatte sich Tischler den Abend nicht vorgestellt. Zu dumm, dass er so euphorisch seinen Hunger und den Mangel an Lebensmitteln preisgegeben hatte. Vielleicht konnte er sich dennoch aus der Affäre ziehen.

»Mensch, Felix, Kommando zurück! Ich hab ganz vergessen, dass ich …«

»Du weißt ja, wo die Mama wohnt. In einer halben Stunde?«, überhörte Fink seinen Einwand.

»Felix, so hör mir mal zu! Ich …«

»Was sagst du, Mama? Freilich isst der Constantin Fleisch.«

»Felix! Ich hab gerade gemeint, dass ich doch nicht …« Tischler wirkte verzweifelt.

»Du trinkst auch ein Bier, oder?«

»Ja, ich mein … normalerweise schon. Aber ich …«

»Nur keine falsche Bescheidenheit, Constantin. Der Mama macht das wirklich nichts aus. Im Gegenteil. Sie freut sich. Also – mia sehn uns in einer halben Stund'!« Der Polizeiobermeister legte auf.

Tischler stand wie angewurzelt da und hielt nach wie vor den Bund seiner Boxershorts fest. Langsam hob er sein Kinn an und ließ das Telefon in seine Hand fallen.

»Super, Constantin! Das hat ja hervorragend geklappt. Servus, Mama Fink, pfiat di, Fleischpflanzerl.«

***

»So, jetzt schauts her, meine Männer.«

Johanna Fink stellte das Reindl mitten auf den Eichentisch. Tischler lächelte sie freundlich an. Die etwas beleibte Frau war angesichts des hohen Besuchs sichtlich nervös. Wann saß schon mal ein waschechter Hauptkommissar mit am Tisch? Sie legte die Topflappen auf den leeren Stuhl neben sich und nahm ebenfalls Platz. Tischler entging nicht, dass sie Lippenstift aufgetragen hatte. Der war wohl seiner Anwesenheit geschuldet. Er blickte zwischen Mama Fink und seinem Kollegen hin und her. Es war eine gewisse Ähnlichkeit festzustellen. Okay, Fink war eher schlaksig gebaut und hatte dunkelblondes Haar, während die Mama brünett daherkam. Es war vielmehr die Mimik und die Augenpartie, die sein Kollege von seiner Mutter mitbekommen hatte.

Sie schnappte sich seinen Teller. »Ich fülle Ihnen auf.«

»Vielen Dank nochmals für die Einladung, Frau Fink. Das wäre wirklich nicht nötig gewesen.«

»Das ist doch selbstverständlich. Jetzt lerne ich Sie endlich einmal persönlich kennen. Felix erzählt mir ja immer, was er in der Arbeit so mit Ihnen erlebt. Aber den Wein hätte es wirklich nicht gebraucht.«

»Nicht der Rede wert.«

»Und dann gleich ein Rotwein!«

Fink kümmerte sich um die Getränke, während Tischler vorsichtig in das Reindl linste. »Was gibt es denn Feines?«, fragte er vorsichtig, aber voller Hoffnung auf einen Nudelauflauf oder irgendetwas mit Hack.

»Wiener Salonbeuschel«, verkündete seine Gastgeberin freudestrahlend und schaufelte die Speise auf seinen Teller.

Tischler wusste nichts damit anzufangen. Ebenso hätte sie so etwas wie ›Brunngrieser Kistenschneuzer‹ sagen können.

»Das ist wie ›Saures Lüngerl‹, nur besser, gell, Mama?«

Frau Fink schenkte ihrem Sohn ein Lächeln. Tischler fragte sich, wie man ein Saures Lüngerl besser machen konnte, und hoffte insgeheim, dass die Mama einfach das Lüngerl weggelassen hatte. Sie klärte den unwissenden Gast auf.

»Der Unterschied liegt darin, dass außer der Kalbslunge auch noch ein Kalbsherz drin ist.« Sie legte ihre Hand auf Felix' Schulter. »Er isst es so gern, weil seine Oma das schon immer gekocht hat, Gott hab sie selig.«

Felix rieb sich mit Blick auf das Reindl die Hände. Tischlers Magen signalisierte: *Ich bin satt.*

»So, und noch ein schöner Semmelknödel. Die sind heute leider nicht so fest wie sonst.« Sie stellte Tischler den Teller vor seine Nase und kümmerte sich um den ihres Sohnes. »Da werden S' schaun, wie das schmeckt. Wenn Sie das mal nachkochen, passen S' auf, dass Sie keine Schweinelunge verwenden. Die hat nämlich viele kleine Luftröhrl, das macht so viel Arbeit beim Sezieren!«

»In der Soße sind Sardellen und Kapern«, ergänzte Fink freudestrahlend.

Tischler musste aufstoßen und nahm einen großen Schluck vom Pils.

»So! Jetzt lasst es euch schmecken. Es ist ja genug da!«, forderte Mama Fink die Männer auf, als auch sie ihren Teller vor sich hatte.

»An guadn!«, rief Fink in die Runde und schlemmte los.

Tischler begann mit einem kleinen Stück vom Semmelknödel, der die Soße noch nicht berührt hatte.

»Der Felix hat erzählt, dass der Wickerl tot ist?«

»Mama!«, rügte Fink seine Mutter.

»Wieso? Der Herr Kommissar weiß es doch.«

Tischler schluckte das Stück Lunge, ohne zu kauen. »Ja, das ist richtig, Frau Fink. Aber wir dürfen nichts Näheres über unsere Fälle …«

»Stimmt es, dass der Wickerl das ganze Wochenende in der Wanne lag?«, ignorierte sie den Einwand.

Fink trank nervös.

»Ja, Frau Fink, so ist es. Aber …«

»Wie schaut dann so eine Leiche aus, wenn die so lange im Wasser gelegen ist?« Sie drückte ihre Gabel durch den Knödel.

»Mei, Frau Fink, halt ein bisserl anders als sonst.«

»Der Felix hat gemeint, dass der Wickerl ganz aufgedunsen war?«

»Ja mei …« Tischler war die Ablenkung gar nicht so unangenehm, auch wenn er Finks Plappermaul missbilligte.

Ohne groß zu kauen, versuchte er, so schnell wie möglich seinen Teller leer zu bekommen und den Semmelknödel in großen Stücken hinterherzuschieben. Zwischendurch trank er fleißig, damit es besser flutschte.

»Na, dem Herrn Hauptkommissar schmeckt es aber!«, freute sich Mama Fink mit Blick auf Tischlers Teller. Schneller, als er sich wehren konnte, war sein Teller aufs Neue befüllt und stand wieder dampfend vor ihm. Tischler bat seinen Kollegen um ein zweites Pils.

»Ist gut, gell?«, schmatzte Fink, während er das Bier einschenkte.

Tischler lächelte gequält.

»Ja, die Holzinger-Buben. Die konnten unterschiedlicher nicht sein.«

»Mama, lass den Wickerl doch in Frieden ruhen.« Fink war es anscheinend unangenehm, dass seine Mama ausgerechnet vor Tischler den Dorftratsch ausbreitete.

Der Kommissar hatte mittlerweile Schweiß auf der Stirn und kämpfte sich widerwillig durch die zweite Ladung Salonbeuschel. »Jetzt lass deine Mama doch erzählen, Felix. Wie meinen S' das, Frau Fink?«

»Siehst, Felix, was du immer hast! Der Herr Kommissar versteht mich. Man red ja bloß! Na, jedenfalls waren die zwei nur Halbbrüder. Der Thomas hat einen anderen Vater gehabt. Der alte Holzinger hat ihn lediglich geduldet, sagen die Leut'. Trotzdem hat er ihn adoptiert.«

»Leben denn die Eltern noch?« Tischler stocherte im Lüngerl.

»Nein. Die sind vor Jahren in Florida bei einem Tornadounglück ums Leben gekommen. Von da an hat der Wickerl durchgedreht. Hat mit dem Geld nur so um sich geschmissen. Der scheint einen ordentlichen Batzen geerbt zu haben.« Sie lehnte sich über ihren Teller. »Aber ich hab nix g'sagt, gell?«

»Natürlich nicht, Frau Fink. Wir reden ja bloß, gell?«

»Ganz genau.« Sie griff sich die Schöpfkelle und streckte Tischler die Hand entgegen, damit der ihr seinen Teller reichen konnte. »Mögen S' noch was? Ist ja genug da. Das waren vielleicht riesige Lungen …«

»Nein danke, Frau Fink. Ich schaffe ja das kaum.« Tischlers Gesicht hatte bereits an Farbe verloren. »Und die Pension von Thomas? Hat er die …«

»Die hat die Monika Holzinger, also seine Mutter, schon mit in die Ehe gebracht. Wie es aussieht, hat die der Thomas ganz alleine geerbt. Das hat dem Wickerl anscheinend überhaupt nicht gefallen.« Sie sprach wieder etwas leiser. »Vor ein paar Jahren beim Dorffest, da hätten sich die beiden fast die Köpfe eingeschlagen, wenn die Feuerwehrler nicht dazwischengegangen wären. Das war zwei, drei Monate nach dem Tod der Eltern.«

»Und … um was drehte es sich da?«

»Mei, die einen reden so, die anderen so. Sie wissen ja, wie die Leut' sind.«

Tischler nickte verständnisvoll.

»Aber der Bach Ulrich hatte gehört, wie der Wickerl zum Thomas gemeint hat, dass er ja überhaupt kein echter Holzinger wäre. Dass er nur ein Unfall bei einem Urlaubsflirt war. Und … dass er Glück gehabt hätte, dass Wickerls Vater damals überhaupt etwas mit seiner Mutter angefangen hatte, obwohl er da war.«

»Und wer ist jetzt der Bach Ulrich?« Tischler entwich ein kleiner Rülpser, der jedoch am Tisch ignoriert wurde.

»Einer vom Schützenverein. Ist aber vor einem Jahr gestorben, als er ein Regal aufhängen wollte. Hat in eine Stromleitung gebohrt, der arme Kerl.«

Tischler nickte wieder und trank vom Pils. Fink wollte ihm nachgießen. »Ich muss noch fahren«, wehrte er ab und hielt die Hand schützend über das Glas.

»Geht's dir nicht gut?«, spielte Fink auf die Gesichtsblässe seines Vorgesetzten an.

»Vielleicht irgendwas mit dem Magen.« Der Kommissar rümpfte die Nase und rieb seinen Bauch.

»Mögen S' einen Schnaps? Ich habe da einen, der tötet alles ab, was keine Miete zahlt.«

»Nein danke, Frau Fink. Sagen Sie, da gibt es wohl noch eine Schwester …«

»Ja. Die ist aber völlig aus der Art geschlagen und schon früh von daheim ausgezogen. Eine Künstlerin, verstehen S'? Wohnt auf der Fraueninsel und wollte wohl mit der ganzen Baubranche ihres Vaters nichts zu tun haben. Ich glaube nicht mal, dass die Kontakt zu ihren Brüdern hat.« Sie beugte sich wieder zu Tischler vor. »Die Leut' sagen, dass sie wohl nur ihren Pflichtteil geerbt hat.«

Tischler nickte. Diese Informationen waren Gold wert. Auch wenn es Dorftratsch war, so hing an diesen Geschichten stets ein Stück Wahrheit dran. Und diese Wahrheit galt es herauszufinden.

»Was die Leute so alles wissen.«

Mama Fink schmunzelte. »Ja, Herr Kommissar, auf dem Land, da wissen die Leut' übereinander Bescheid. Auch, wer von wem was und wie viel geerbt hat.«

Fink nickte ebenfalls mit eisernem Blick. Er linste zu Tischler. »Das wissen die bestimmt vom Stirnberger Josef von der Bank.« Er grinste. »Wenn der beim Stammtisch seine vier Halbe hat, dann ...«

»Felix!« Mama Fink boxte ihren Bub an den Oberarm. »Ich hab dir so oft gesagt, dass man das nicht macht. Das nennt man ›Leut' ausrichten‹!«

»Aber echt, Felix!«, schloss sich Tischler an.

Fink warf seine Stoffserviette auf den Teller und lehnte sich zurück. »Ich hab ja bloß g'meint.«

Der Wickerl ist ruhiger,
wenn er tot ist

Tischler ließ sich in seinen Bürostuhl fallen und streckte die Füße von sich. Er schloss die Augen, hielt sich seinen Bauch und atmete tief durch.

»Morgen!«

Tischler riss die Augen auf. »Morgen, Felix.«

Der Polizeiobermeister blieb für einen Moment stehen, dann näherte er sich vorsichtig dem Kommissar.

»Geht's dir nicht gut, Constantin?«

»Hör mir bloß auf. Ich war die ganze Nacht auf dem Klo.«

Fink zog seinen Trachtenjanker aus und legte ihn auf Tischlers Schreibtisch.

»Wirst dir hoffentlich nichts eingefangen haben? Ich weiß gar nicht, ob momentan was grassiert.«

Tischler rieb sich weiter den Bauch. »Ich glaub, ich hab mir den Magen verrenkt.«

Fink trat an den Kommissar heran. »Du hast ganz dunkle Augenringe.«

»Wie gesagt, ich war die ganze Nacht …«

»Am Essen von der Mama kann es jedenfalls nicht liegen. Schau!« Er breitete seine Arme aus. »Mir geht es ausgezeichnet.«

»Das ist ja auch kein Wunder. Du bist mit dieser Küche aufgewachsen und hast Antikörper gebildet. Du bist quasi resistent.«

»Meine Mama kocht ausgezeichnet!«

»Nix für ungut, Felix. Das bestreite ich ja gar nicht. Aber schau, wenn wir Europäer zum Beispiel in Indien auf dem Fischmarkt was essen, dann verbringen wir den Rückflug auf der Bordtoilette. Das ist reine Gewöhnungssache. Also ... der Fisch.«

»Du wirst doch nicht eine Garküche in Indien mit der Küche meiner ...«

»Guten Morgen, ihr zwei!«

»Morgen, Luise.«

»Servus, Luise.«

Luises Blick blieb beim Kommissar hängen. »Ja, sag einmal, Constantin, was bist denn du so blass im Gesicht? Geht's dir nicht gut?«

»Er meint, das Essen meiner Mama sei daran schuld«, wetterte Fink beleidigt.

Luise ließ sich auf Tischlers Schreibtisch nieder und schaute ihn sich genauer an. Sie fasste an seine Stirn, was dem Kommissar sichtlich unangenehm war.

»Luise, ich hab nix!«, wehrte er sie ab.

»Fieber hast du jedenfalls nicht.« Sie drehte sich zu Fink. »Was gab es denn Feines?«

»Wiener Salonbeuschel.«

»Lecker! Mit Semmelknödel?«, hakte sie neugierig nach. Fink nickte. Tischler musste aufstoßen. »Ich mag ja so gerne Innereien.« Sie sah wieder zum Kommissar. »War es dir vielleicht ein bisserl zu sauer? Warte, ich hab hier irgendwo Tropfen gegen Sodbrennen.«

»Jetzt lass gut sein, Luise«, beruhigte er die Sekretärin, die wild in ihrer Handtasche kramte. »Ich mach mir jetzt einen Kaffee, dann geht es schon wieder.«

»Freilich!«, schimpfte Luise, »dein Magen ist komplett übersäuert mit dem starken Arabica. Ich finde die Tropfen nicht.« Sie stellte ihre Tasche wieder neben sich ab. »Hast Durchfall auch? Dann wetze ich schnell in die Apotheke und …«

Tischler erhob sich blitzartig von seinem Stuhl. »So, jetzt ist Schluss! Mir geht es bereits viel besser. Keine Tropfen, keine Tabletten und vor allem keine Salonbeuschel.«

»Die hat meine Oma schon gekocht«, verteidigte Fink die heimische Küche weiter.

Tischler geleitete die beiden aus seinem Büro hinaus. »Vielleicht lag es ja am zweiten Pils«, versuchte er, ihn zu beschwichtigen. Er grüßte mit erhobener Hand und schloss die Tür. Anschließend atmete er tief durch, woraufhin sein Magen abermals grummelte.

»Hat die Oma schon gekocht«, plapperte er leise vor sich hin und stellte die Kaffeemaschine an. »Wahrscheinlich waren die Beuschel von gestern noch von der Oma.«

Andächtig blickte er auf den dünnen Strahl, der aus dem Auslass der Maschine floss und … direkt in die Auffangschale lief.

»Verdammt!« Schnell schob er eine Tasse unter den Auslass. »So ein Mist!«, schimpfte er, als ihm der Kaffee über die Hand lief.

Das Telefon klingelte.

»Herrschaftszeiten – Tischler!«

»Äh, Forster. Rechtsmedizin Traunstein.«

»Ah, Herr Doktor. Ich grüße Sie.«

»Störe ich gerade?«

»Nein, nein. Ich habe nur eben … Was gibt es?« Er klemmte den Hörer unter sein Kinn, schnappte sich ein Papiertaschentuch aus der Schublade und setzte sich.

»Ich habe den Leichnam von Herrn Holzinger rechtsmedizinisch untersucht.«

»Und? Ist noch etwas ans Tageslicht gekommen?«

»Der Verstorbene hatte Wasser in der Lunge.«

Tischler warf das Taschentuch in den Mülleimer, nachdem er seine Hand damit vom Kaffee gereinigt hatte. Er nahm den Hörer wieder zur Hand.

»Nicht ungewöhnlich. Sand wird er ja nicht drin gehabt haben. Wo wir ihn immerhin in der Badewanne vorgefunden haben.«

»Das mag sein. Ein interessanter Gedanke.«

»Spaß beiseite, Herr Forster. Ich meine, vielleicht ist er untergetaucht und hat Wasser geschluckt, bekam Panik, war vom Alkohol geschwächt und erlitt daraufhin einen Herzinfarkt.«

Kurze Stille am anderen Ende der Leitung. Für den Rechtsmediziner Dr. Forster war es sicher nicht das erste Mal, dass ein Kommissar ihm erklären wollte, wie und vor allen Dingen woran die Person, die auf seinem Seziertisch lag, gestorben war. Doch ein lebloser Körper erzählte dem Doktor mit weit über fünfundzwanzig Jahren Berufserfahrung nach einer gründlichen Inspektion nun einmal viel mehr. Besonders auf den zweiten und dritten Blick.

»Ein guter Ansatz, Herr Tischler. Ich denke jedoch nicht, dass der Verstorbene ein Hygienefanatiker war.«

»Wie meinen Sie das?«

»Wir haben in der Lunge Spuren von Chlor gefunden, und, seien wir ehrlich ... wer chlort schon sein Badewasser?«

Tischler starrte an die gegenüberliegende Wand.

Hatte er vielleicht zu vorschnell geurteilt? Was, wenn es kein Unfall war?

»Herr Tischler, sind Sie noch dran?«

»Ja, freilich. Chlor.«

»Und das ist noch nicht alles. Vielleicht schauen Sie kurz vorbei, es gibt da außerdem ein paar andere interessante Dinge, die ich entdeckt habe.«

Tischlers Magen meldete sich zurück. Die Rechtsmedizin mit Resten von Salonbeuscheln im Bauch zu besuchen war eine Herausforderung.

»Ja, Herr Doktor Forster. Wir machen uns gleich auf den Weg. Danke fürs Erste.« Er legte auf.

Verdammt! Wie hatte er so locker an diesen Fall herangehen können? In München wäre ihm das nie passiert. Er stand von seinem Schreibtisch auf und trat an das kleine Waschbecken in der Ecke des Büros. Genervt drehte er den Hahn auf und warf sich zwei Ladungen Wasser ins Gesicht. Er stützte sich auf dem Waschbeckenrand ab und schaute in den Spiegel.

»Constantin, Constantin«, murmelte er sein Spiegelbild an.

Natürlich galt es stets abzuwägen, ob es sich um einen Unfall oder eine Straftat handelte. Doch es hatte alles so klar ausgesehen. Vielleicht hatte er den Baulöwen zu schnell in eine Schublade gesteckt. Hatte er inmitten der Landidylle völlig verdrängt, dass es auch hier Neid, Missgunst und andere Beweggründe gab, ein Leben vorzeitig zu beenden?

Nachdem er sich das Gesicht abgetrocknet hatte, schnappte er sich seine Jacke und verließ das Büro.

»Fink!«, rief er durch den Flur. »Aufsitzen. Ausflug ins Jenseits!«

***

»Servus.«

»Servus.«

»Servus. Ihr seid wegen dem …«, Dr. Forster blickte auf sein Klemmbrett, »wegen dem Holzinger seid ihr hier.«

»Ja, genau«, bestätigte Tischler die Frage des Rechtsmediziners und fasste an seinen Bauch.

»Ein bisserl blass sind Sie, wenn ich das mal so sagen darf. Geht es Ihnen nicht gut?«

»Passt schon, Herr Doktor«, wiegelte Tischler mit Blick zu Fink ab. »Liegt bestimmt am Neonlicht. Was haben Sie denn nun beim Holzinger noch gefunden?«

Tischler und Fink folgten dem grauhaarigen Weißkittel zum edelstählernen Seziertisch, auf dem Holzinger lag. Tischlers Blick glitt über das Gesicht des Toten, über die Nähte auf dem Oberkörper, die von den Schlüsselbeinen schräg zum Brustbein verliefen, hinab zum Schambein, das durch ein Tuch verdeckt war.

»Mei, der Wickerl«, entwich es Fink. »So ruhig war der sein Lebtag nicht.«

»Sie sagten am Telefon etwas von …«, hakte Tischler nach.

»Wie gesagt«, erklärte Dr. Forster, »wir haben Spuren von Chlor in seinen Lungen entdeckt.«

»Irgendetwas Genaueres? Wollte ihn jemand vergiften?«

Der Rechtsmediziner schüttelte den Kopf. »Unwahrscheinlich. Dann hätten wir auch im Magen eventuell Spuren gesichtet. Wir haben das Zeug untersucht. Es ist Chlor, wie es auch zum Beispiel für Schwimmbäder benutzt wird. Hatte der Verstorbene etwas in der Art oder vielleicht einen Whirlpool?«

Tischler verneinte und blickte dabei fragend zu Fink, der sich jedoch mit Tischlers Antwort zufriedenzugeben schien. Als Tischler dem Seziertisch noch etwas näher kam, hielt er sich die Faust vor den Mund. Im selben Moment blähten sich seine Wangen auf.

»Alles klar?«, erkundigte sich Fink, der noch immer nicht verdaut hatte, dass Tischlers Magenbeschwerden von den Beuscheln seiner Mutter herrühren könnten. »Du hast die gleiche Gesichtsfarbe wie der Wickerl.«

»Ja«, räumte Dr. Forster ein, »er riecht ein bisschen. Ich mach mal die Absaugung an.«

Tischler fing sich wieder. »Aber wenn er Wasser in den Lungen hatte, dann kann man doch davon ausgehen, dass er …«

»… nicht in der Wanne gestorben ist. Zumindest nicht unter Fremdeinwirkung«, beendete Forster den Satz. »In dem Fall hätten wir auch höchstwahrscheinlich Hämatome an den Unterschenkeln oder im Bereich der Fußknöchel entdeckt.«

Tischler ging näher an Holzingers Gesicht heran. »Waterboarding? Zum Beispiel mit gechlortem Wasser?«

»Guter Ansatz«, lobte der Rechtsmediziner. Auch Fink wippte bewundernd mit seinem Kopf. »Aber auch das ist auszuschließen. Dabei hätte er sich mit großer Wahrscheinlichkeit Verletzungen an Armen und Beinen durch den Wannenrand zugezogen. Fakt ist jedoch, dass die Todesursache eindeutig Ertrinken war. Ich habe mir mal seine Krankenakte angesehen. Ludwig Holzinger war kerngesund. Keine Vorerkrankungen, keine Herzbeschwerden …«

»Das würde also bedeuten, dass er zwar ertrunken ist, jedoch nicht daheim in seiner Wanne.«

Dr. Forster nickte. »Hier, sehen Sie mal.« Er stellte sich neben Tischler, beugte sich über Holzingers Kopf und deutete auf eine kahle Stelle. »Als ob ihm jemand ein paar Büschel Haare ausgerissen hätte.«

Fink sah sich ebenfalls die Stelle genauer an. »Vielleicht ein Streit mit einer Frau.«

»Möglich«, pflichtete ihm Forster bei und drehte den Kopf des Toten leicht zur Seite. »Hier im Nacken gibt es ebenfalls Anzeichen äußerer Gewalteinwirkung.«

Tischler fokussierte die bläulich gefärbte Stelle. »Warum hat man denn das vor Ort in Holzingers Villa nicht bemerkt?«

»Da muss ich die Kollegen in Schutz nehmen.« Forster drehte den Kopf wieder in die Ausgangsposition. »Oft tauchen solche Blutergüsse erst Tage später an der Oberfläche auf. Bei älteren Menschen hätte man bestimmt schneller etwas bemerkt, da die Blutgefäße leichter reißen. Aber in Holzingers Alter wird der Prozess durch das Fettgewebe verlangsamt. Dann das lange Verweilen im Wasser, das macht schon was mit unserer Haut. Auch wenn er verhältnismäßig kurz im Wasser lag.«

»Bildet sich nicht nach einigen Tagen diese ...«

»Waschhaut?« Forster hob die Hand des Toten an. »Die wäre an den Händen und Füßen zu sehen. In dem Fall hätte er allerdings etwa zwei Wochen im Wasser gelegen.«

»Todeszeitpunkt?«, mischte sich Fink ein.

»Länger als sechsunddreißig Stunden. So viel ist sicher zu sagen. Dann noch die lange Zeit in der Wanne ... Da wird es schwierig.« Forster sah wieder auf sein Klemmbrett. »Urin unauffällig, in Magen und Darm auch nichts Besonderes.«

Tischler hielt sich abermals die Hand vor den Mund.

»Und Ihnen geht es wirklich gut?«, erkundigte sich der Mediziner erneut.

»Ja, freilich. Sie schicken mir den Bericht nach Brunngries?«

»Selbstverständlich. Ist so gut wie unterwegs«, versicherte Forster den Polizisten.

Die beiden Ermittler verabschiedeten sich. Auf dem Weg nach draußen gewann Tischlers Gesicht mit jedem Schritt zunehmend an Farbe.

»Gell, damals hast gelacht, als es mir nicht gut ging, als wir in der Rechtsmedizin waren. Das ist einfach tagesformabhängig.«

»Ach was!«, tat Tischler belanglos. »Das bisschen Leichengeruch macht mir doch nichts aus. Ich bin einfach schlecht beieinander.«

»Jetzt schauen wir ganz schön blöd aus, wo der Holzinger vielleicht doch umgebracht worden ist«, bemerkte Fink.

»Was heißt da *vielleicht*?« Tischler sah Fink verwundert an. »Meinst du, der hat sich irgendwo ertränkt und sich danach selbst an den Haaren in seine Protzvilla gezogen und in die Wanne gelegt?« Tischler hielt sich den Bauch. »Das liegt nur an dieser Gegend.«

»Wie soll ich das verstehen?«

»Schau dich doch mal in Brunngries um. Alles so schön ruhig, idyllisch, Postkartenromantik. Da denkt doch niemand daran, dass jemand umgebracht wird.«

»Und was war damals mit der Leidinger? Der Wirtin vom BRUNNEN?«

»Ausnahmen bestätigen die Regel. Diese ganze Gegend ist ein einziger Heimatfilm und wir zwei sind mittendrin.«

»Auch im Heimatfilm werden die Leut' umgebracht«, wusste Fink, während er die Beifahrerseite des Passats ansteuerte.

»Was soll das?«, fragte Tischler. »Du fährst.«

»Ich bin doch schon hergefahren.«

»Dann rufst du den Staatsanwalt wegen eines Durchsuchungsbefehls für Holzingers Villa an und ich fahr uns in eine Metzgerei.«

»Ich dachte, dir geht es nicht gut?«

Tischler öffnete die Fahrertür. »Deshalb fahren wir ja auch in eine Metzgerei. Es gibt nur eine Sache, die bei einer Magenverstimmung hilft. Eine dicke, fette Leberkässemmel.«

Eine Feder für den Einzelgänger

»Hier schaut es aus, als ob eine Elefantenfamilie durchgewandert wäre!«, monierte Jens Gebhard von der Spurensicherung mit Blick auf den Badezimmerboden in Holzingers Villa. »Wer ist denn hier inzwischen alles durchgelatscht?«

Tischler versuchte, seine Versäumnisse durch Coolness zu überspielen.

»Eigentlich nur die zwei Sanitäter, der Notarzt, die beiden Bestatter, der Fink und ich. Ach ja, und die Tereza Horák.«

»Die wer?«

»Wurscht«, winkte Tischler großspurig ab und ärgerte sich insgeheim, dass er durch seine Schludrigkeit einem Täter einen Vorsprung verschafft hatte.

»Ihr wisst aber schon, dass ihr jetzt alle streng genommen Tatverdächtige seid«, fügte Gebhard der Ordnung halber hinzu.

»Ich befrag mich dann selbst«, entgegnete Tischler und hoffte darauf, dass es Gebhard nicht so eng sah, dass das Badezimmer derart kontaminiert war. »Nehmt euch bitte auch Schlafzimmer, Wohnzimmer und so weiter vor. Ich will, dass ihr mir die Villa auf links dreht.«

Gebhard sah wortlos zu Tischler auf. Im nächsten Moment widmete er sich wieder einem Fußabdruck auf den Bodenfliesen, den er fotografierte.

»Unten in der Küche ist alles vertappt«, schimpfte Hans Schwaiger, ebenfalls von der Spurensicherung, als er ins Badezimmer kam. »Ich hasse diese verdammten Hochglanzküchen.«

Tischler ging nicht auf seine Aussage ein. »Wart ihr denn bereits in Holzingers Büro?«

»Wir haben auch nur zwei Hände. Übrigens«, fuhr Schwaiger fort, »eingebrochen ist hier niemand. Entweder gab es einen Schlüssel oder der Hausherr hat seinen Mörder selbst hereingelassen.«

»Wenn Holzinger überhaupt hier im Haus getötet wurde«, überlegte Tischler laut.

Schwaiger stellte seine Tasche im Badezimmer neben die seines Kollegen und fuhr sich über seine Glatze. »Ich sag ja bloß.«

Der Kommissar verließ das Badezimmer und ging zwei Zimmer weiter in Ludwig Holzingers Büro. Auf den ersten Blick sah es sehr ordentlich aus. Man konnte Holzinger vielleicht als Hallodri bezeichnen, doch ein Unternehmen, wie er es führte, bedurfte einer gewissen Struktur, die sich im ganzen Haus widerspiegelte. Tischlers Blick schweifte durch den Raum. Im Garten waren Stimmen zu hören. Er eilte zum Fenster und blickte nach unten. Fink diskutierte mit einem weiteren Mann von der Spurensicherung, der offensichtlich nicht damit einverstanden war, dass ihm der Polizeiobermeister vorschrieb, wie er seine Arbeit zu verrichten hatte. Wild gestikulierend folgte Fink dem Mann, der wie ein verfolgtes Reh im Garten Haken schlug. Tischler schmunzelte und holte ein paar Handschuhe aus seiner Jackentasche, die er über seine Finger streifte.

Vorsichtig zog er die oberste Schublade des Rollcontainers neben dem Schreibtisch auf. Locher, ein paar Kugelschreiber, drei USB-Sticks … für ein Büro nichts Ungewöhnliches. In der mittleren Schublade sah es nicht anders aus. Ein paar Druckerpatronen, Druckerpapier, eine kleine Digitalkamera … Er bückte sich und machte die unterste auf.

»Hoppla!«, entwich es ihm beim Anblick des Schubladeninhalts.

Ohne den Blick davon zu nehmen, rollte er den Bürostuhl näher zu sich heran und setzte sich. Langsam griff er hinein und angelte das erste Fundstück heraus. Ein weißer Stringtanga mit Spitzenbesatz und zwei kleinen Schleifen am oberen Bund. Er legte ihn auf dem Schreibtisch ab und griff erneut hinein. Ein rosafarbener Slip ohne Spitze und mit nur einer Schleife mittig.

»Hm«, ertönte es emotionslos aus Tischlers Mund.

Der nächste war schwarz und Tischler fragte sich, was dieser Hauch von Nichts denn überhaupt bedecken sollte. Ein Gummiband gepaart mit einem dünnen Stoffstreifen hätte den gleichen Zweck erfüllt.

Eine Minute später hatte sich eine beachtliche Sammlung an Damenunterwäsche auf dem Schreibtisch angesammelt. In dem Moment, als er ein Höschen in schwarzer Lederoptik in den Händen betrachtete, das eher an Zaumzeug für Pferde als an einen Slip erinnerte, riss ihn eine Stimme aus der Welt der Erotik zurück in die knallharte Realität.

»Hast deine Unterhosen mitgebracht? Ich habe so eine ähnliche. Nur in Rot. Zwickt ein bisserl beim Gehen!«

Tischlers Gesicht schnellte Richtung Tür. »Robert!«

Robert Scholl lehnte mit seiner Dienstmütze unter dem Arm am Türstock und grinste. Der junge, muskulöse Brunngrieser Polizeimeister hätte in diesem Moment sicherlich auch gerne in der Schublade ermittelt. Tischler war froh, dass er es war, der ihn bei dieser Wäschebesichtigung überrascht hatte, und nicht dessen Kollegin Miriam, die sich mit Sicherheit ebenfalls in diesem Moment in der Villa aufhielt. Die beiden waren ein Team wie er und Fink. Jedoch uniformiert – und keiner von beiden trug einen Janker. Tischler ließ es zu, dass seine Kollegen ihm gegenüber einen lockeren Ton anschlugen. Er hatte sich noch nie etwas aus Dienstgraden und sonstigen Hierarchien innerhalb einer Wache gemacht. Für ihn gab es nur Kollegen. Egal, welchen Ranges.

»Wie lange stehst du denn schon hier?«

Scholl grinste. »Lange genug, um jetzt ganz genau zu wissen, was die Frauen heutzutage drunter tragen.«

»Tut mir leid für dich, dass du das von mir erfahren musst«, foppte ihn Tischler. Er hielt Scholl den Slip entgegen. »Das schaut ziemlich ungemütlich aus.«

»Das ist ja auch nichts zum Anziehen, sondern zum Ausziehen. Verstehst?« Er kniff die Augen zusammen. »Erinnert irgendwie an Zaumzeug, wie es die Pferde im Maul haben.«

»Das war auch mein erster Gedanke. Mal ehrlich, das schneidet doch überall ein«, mutmaßte Tischler.

»Stell dir vor, wie lange das dauert, bis du das als Frau angezogen hast. Da verheddert sich doch alles.«

Tischler pflichtete Scholl bei. »Ganz zu schweigen, bis du das wieder aushast. Du brauchst ja eine Heckenschere, bis du dich da durchgekämpft hast.«

»Zwei Profis bei der Arbeit.«

Scholl drehte sich hektisch um. »Miriam! Wie lange bist du denn schon hier?«

»Lange genug, um zu wissen, dass ihr zwei definitiv nicht wisst, was Frauen heutzutage drunter tragen.«

Miriam Kuhn stand ihrem Kollegen Scholl bis auf ihre Größe in nichts nach. Mit ihren eins neunundsechzig musste sie zwar bis auf Luise zu ihren Kollegen aufblicken, doch das machte sie mit ihrer Schlagfertigkeit wieder wett.

»Kann ich euch behilflich sein? Wollt ihr irgendwas wissen? Nur keine Scheu. Ich bin wie Siri. Ihr könnt mich alles fragen«, nahm sie die beiden aufs Korn.

»Ihr zwei könntet in die Garage gehen und die Fahrzeuge feststellen, die sich darin befinden«, wies Tischler die beiden Kollegen an.

Scholl nickte zustimmend. »Soll die Spurensicherung auch einen Blick auf die Autos werfen?«

»Ich glaube, das können wir den Jungs ersparen.«

Die beiden zogen ab. Tischler beäugte noch einmal den Slip und legte ihn zu den anderen auf den Schreibtisch. Er drückte sich in die Lehne und sah zu den Bildern an der gegenüberliegenden Wand. Holzinger vor einem Oldtimer. Holzinger vor einem weiteren Oldtimer, beim Fallschirmspringen, auf einer Yacht mit Sonnenbrille und einer Flasche Schampus in der Hand … Ludwig Holzinger war alles, nur nicht bescheiden.

Ein Foto hatte es Tischler ganz besonders angetan. Er erhob sich und ging näher heran. Holzinger posierte mit fünf anderen Jungs. Sie durften etwa allesamt um die sechzehn oder siebzehn Jahre alt gewesen sein. Brüderlich hatten sie ihre Arme auf den Schultern der jeweils anderen abgelegt. Der Gesichtsausdruck hatte nichts mit einem Mannschaftsfoto gemein, wie man es zum Beispiel aus dem Fußball kannte. Hier war eindeutig eine Gang abgelichtet worden. Eine verschworene Gemeinschaft, die sich, den Mienen nach zu urteilen, einig war. *Wir gegen den Rest der Welt!* Ja, genau das las Tischler auf den Gesichtern.

Seine Augen wanderten auf den oberen Rand des Bildes. Da war noch etwas. Tischler zog das Objekt hinter dem Rahmen hervor. Was er in seiner Hand hielt, war eine Adlerfeder.

»Adlerfeder, Adlerfeder«, murmelte er und fächerte damit hin und her.

Er nahm das Bild von der Wand und betrachtete das Foto genauer. Das Gebäude, vor dem die Jungs standen, kam ihm bekannt vor.

Tischler streckte seinen Kopf aus dem Büro hinaus in den Flur. Niemand zu sehen. Erleichtert setzte er sich wieder. Er war sich ganz sicher. Es war auf dem Internatsgelände in Traunstein geschossen worden. Und diese Jungs auf dem Foto gehörten eindeutig den Adlern an.

Als wäre es gestern gewesen, erinnerte er sich an die Aufnahmerituale, die alle über sich ergehen ließen, um in eine dieser Gruppierungen zu kommen. Wie die meisten im Internat ging er den Jungs aus der Adlergruppe lieber aus dem Weg. Diese Typen schreckten auch vor einer saftigen Schlägerei nicht zurück.

Tischler fasste an seine Brust, an die Stelle, die einen kleinen Kranich zierte, den er sich vor vielen Jahren hatte tätowieren lassen, das Wahrzeichen seiner Gruppe. Manchmal schmerzte Tischler die Stelle noch. Immer dann, wenn er an seine Internatszeit und an einen seiner Mitschüler zurückdachte. Sein Blick wanderte zum Fenster. Hätte er doch etwas tun müssen? War er zu feige gewesen? Sie hatten sich damals geschworen, jederzeit füreinander einzustehen.

Er erinnerte sich an die große Steinmauer hinter dem Hauptgebäude. An den Geheimgang, der in schwindelerregender Höhe ins Freie führte. An die Adler, wie sie die Jagd aufnahmen und nicht aufhörten … Und wie er mitmachte oder zumindest nichts Gegenteiliges unternahm.

»Constantin?«, schallte es über den Flur.

Fink war im Anmarsch. Hastig hing Tischler das Bild zurück an die Wand. Die Feder ließ er in seine Jackentasche gleiten.

»Constantin!« Fink ging am Büro vorbei, bremste ab und kam zwei Schritte zurück. »Ach, da bist du. Und? Was gefunden?«

»Reizwäsche für eine halbe Damenfußballmannschaft. Und du?«

Fink schüttelte den Kopf.

»Die Häuser im hinteren Teil der Straße … hast du da die Nachbarn schon befragt?«

»Mach ich gleich. Willst du nicht mitkommen?«

»Ich schau mich noch ein bisschen um. Schick mir bitte jemanden hoch, der das Zeug hier einpackt.« Tischler deutete auf das Konvolut an Wäsche samt den restlichen Fundstücken, die sich ebenfalls in den Schubfächern befanden. »Das kann alles in die KTU. Wenn du wieder zurück bist, fahren wir noch mal in die Pension BERGBLICK.«

»Meinst du, sein Bruder hat was damit zu tun?«

»Mord kommt in den besten Familien vor. Und wie du aus sicherer Quelle weißt, gab es zwischen den Holzinger-Brüdern auch Streit.«

»Sicherer Quelle?« Fink starrte Tischler fragend an. Dann fiel der Groschen. »Ach so, die Mama!« Er setzte an, etwas zu äußern, zog es schließlich allerdings vor, Tischlers kleinen Seitenhieb unkommentiert zu lassen, und machte sich auf den Weg nach draußen. Jedoch nicht, ohne nochmals einen längeren Blick auf den Schreibtisch zu werfen.

Als er weg war, fischte Tischler die Feder aus seiner Jackentasche und drehte sie zwischen seinen Fingern, während er sich die Jungs auf dem Bild erneut ansah. Was, wenn einer dieser Adler etwas mit Holzingers Tod zu tun hatte? Was, wenn er mit dem einen oder anderen noch Kontakt gehabt hatte? Vielleicht war es Holzinger und seiner Gang mit dem Schwur der ewigen Treue ernster gewesen als ihm? Genau genommen hatte Tischler diesen Schwüren schon damals nicht so viel Aufmerksamkeit geschenkt wie seine Kameraden. Als Einzelgänger hatte er eher den Weg des geringsten Widerstands gewählt. Und der war nun einmal, sich nicht im Radar der Adlergruppe aufzuhalten. Wenigstens bis zu dem Zeitpunkt, an dem dies nicht mehr möglich gewesen war.

Tischler steckte die Feder hinter den Rahmen zurück und fotografierte mit seinem Handy das Bild. Es war an der Zeit, dem Internat einen Besuch abzustatten. Auch wenn er damals beschlossen hatte, diesem Ort für immer den Rücken zu kehren. Es musste sein. Fürs Erste war es besser, alleine in seine Vergangenheit zu reisen. Ohne Fink. Als Einzelperson. Doch diese Reise konnte noch ein paar Tage warten. Viel wichtiger war es, dem engeren Kreis der Familie ein weiteres Mal auf den Zahn zu fühlen.

DIE AFFENSCHAUKEL

»Ermordet?« Thomas Holzinger setzte sich mit seiner Rohrzange in der einen und der Taschenlampe in der anderen Hand auf den Toilettensitz im Bad des Hotelzimmers. Bestürzt blickte er zu Tischler auf, der vor dem Badezimmer stehen blieb.

Fink drehte sich zu der Dame um, die ihn und Tischler zu dem Hotelier geführt hatte und weiterhin neugierig vor der Zimmertür ausharrte. Mit einem Handzeichen bedankte er sich bei ihr und verschloss die Tür von innen.

Tischlers Blick wanderte durch das Hotelzimmer. Es wirkte sauber, jedoch nicht einladend, was nicht zuletzt an den schweren Vorhängen und dem abgewetzten Teppichboden lag, der einen modrigen Geruch absonderte. Die Möbel waren rustikal und das Bett erschien ihm alles andere als einladend, jedenfalls nicht für Gäste, die ein romantisches Liebeswochenende in Brunngries verbringen wollten. Selbst ein Montagearbeiter hätte sich hier nach einem anstrengenden Tag auf der Baustelle nicht sonderlich wohlgefühlt. An manchen Stellen löste sich die Raufasertapete oberhalb der Teppichleisten, während der Röhrenfernseher, auf dem eine Zimmerantenne thronte, vermuten ließ, dass er kein Bild in HD präsentieren würde.

»Und da sind Sie sich ganz sicher?«, hakte Thomas Holzinger nochmals nach.

»So hat es die gerichtsmedizinische Untersuchung ergeben. Da gibt es keinen Zweifel.«

»Ja, aber wer hat denn …«

»Das versuchen wir herauszufinden«, unterbrach ihn Tischler.

Fink, der eine Runde durch das Hotelzimmer gedreht hatte, stellte sich neben den Kommissar und blickte zu Holzinger, der geschockt auf der Toilette saß. »Wir finden es immer heraus«, versicherte er Holzinger cool und verschränkte die Arme. Damit nicht genug, fragte er ihn gleich noch etwas energisch, wo er am Wochenende gewesen sei.

Tischler zuckte bei der Frage seines Kollegen, ließ sie jedoch zu, um Holzinger Einigkeit zwischen ihm und Fink zu suggerieren.

»Was soll die Frage?«

»Diese Frage stellen wir jedem, der Ihren Bruder kannte«, fügte Tischler hinzu.

»Halbbruder«, berichtigte Holzinger den Kommissar.

»Und?«

»Na, wo soll ich wohl gewesen sein. Hier natürlich.« Holzinger klang, als ob er nicht glücklich über diesen Umstand war. Er sah zur Leuchtstoffröhre, die über dem kleinen Badezimmerspiegel flackerte.

»Kann das jemand bezeugen? Ihre Frau? Gäste?« Tischler sah ebenfalls zur Lampe.

»Pff! Gäste!«, spuckte Holzinger hämisch aus. »Sehen Sie hier irgendwo Gäste?«

»Meinten Sie nicht, dass Sie sich nicht beklagen könnten, was Ihre Pension betrifft?«

Holzinger bedachte Tischler mit einem süffisanten Blick. »Wir wissen beide, dass das nicht stimmt.« Er breitete die

Arme aus. »Schauen Sie sich doch um! Würden Sie sich hier wohlfühlen?«

Tischler ersparte ihm seine Meinung. Indessen drückte sich Fink an Tischler vorbei ins Bad und klopfte vorsichtig an die Leuchtstoffröhre. »Das liegt bestimmt am Starter«, diagnostizierte er fachmännisch und klopfte erneut dagegen.

»Ach, was Sie nicht sagen! Na, wenn Sie so ein begnadeter Handwerker sind, dann halten Sie mir mal den Schwimmer hier.«

Holzinger trat einen Schritt zur Seite und deutete auf den geöffneten Spülkasten der Toilettenspülung.

»Ah«, meinte Fink, »läuft sie nach? Da ist bestimmt Kalk an der Dichtung vom Schwimmerventil.« Der Polizeiobermeister schob seine Jankerärmel hoch, nahm Holzinger die Taschenlampe ab und hing sein Gesicht über den Spülkasten. »Ja! Ich sehe es sofort. Eindeutig! Da hilft nur ein bisserl Essig. Außerdem sollte die Heberglocke mal komplett gereinigt werden. Dann ist das Ganze hier auch wieder dicht. Oder besser gleich die Dichtung erneuern.«

Tischler war sich in diesem Moment nicht sicher, ob sein Kollege nicht besser in der Sanitärbranche aufgehoben gewesen wäre.

»Warum renovieren Sie denn nicht?«, versuchte Tischler, die Aufmerksamkeit aller Anwesenden wieder auf das Wesentliche zu lenken. »Gäste kommen doch jährlich genug nach Brunngries.«

Holzinger lachte. »Renovieren! Was glauben Sie, wie oft wir uns das bereits vorgenommen haben.« Er legte die Zange ins Waschbecken. »Ständig ist was anderes kaputt. Wir betreiben hier nur Schadensbegrenzung. Kaputte Rohre, kaputte Heizung, hier eine Lampe, da ein neuer Teppich. Wenn Sie mir sagen, wie ich da noch renovieren soll? Immer her mit den Ideen!«

Er wirkte aggressiv auf Tischler. Doch bevor der Kommissar etwas darauf erwidern konnte, fuhr Holzinger fort. »Genug Gäste!« Er lachte wieder. »Wissen Sie, wie ein Gast heutzutage tickt? Er möchte alles neu, alles modern! Boxspringbetten, die Zimmer eingerichtet nach Feng Shui, riesige Flachbildschirme, ein Wellnessbad mit Regendusche. Frühstück, bei dem es an nichts fehlt.« Er kam Tischler gefährlich nah. »Und was meinen Sie, was das alles kosten darf?« Er trat wieder einen Schritt zurück. »Nix! Nix darf das kosten. All you can fressen zum Spottpreis! Und Sekt wollen sie zum Frühstück. Auch unter der Woche. Und da reicht nicht nur ein Glas! Nein! Den kippen sie dann in sich hinein, bis der Nabel glänzt! Und eine Kinderbetreuung brauchen sie. Damit sie sich im Urlaub nicht um ihre Schratzen kümmern müssen. So schaut's aus! Also kommen Sie mir nicht mit Renovieren.«

Er schnappte sich die Zange aus dem Waschbecken, drückte Fink beiseite und widmete seine Aufmerksamkeit wieder dem Spülkasten.

»Ich hab schon ein bisserl Kalk mit dem Schraubenzieher weggekratzt«, berichtete Fink stolz und hielt seine Hände unter den geöffneten Wasserhahn.

»Kann denn nun jemand bezeugen, wo Sie am Wochenende waren?«, lenkte Tischler erneut auf das eigentliche Thema zurück.

»Sie wissen, wie lange so ein Wochenende dauert, oder? Genauer brauchen Sie es nicht?«

Tischler reagierte nicht auf Holzingers Süffisanz. »Ihre Frau vielleicht?«

»Ha! Meine Frau ...«

Tischler und Fink sahen sich an. Hatte der Kommissar etwa einen wunden Punkt getroffen?

»Wissen Sie, eine Ehe läuft nicht rund, wenn die fehlende Liquidität den Alltag regiert. In guten wie in schlechten

Zeiten ... oder wie war das?« Er blinzelte über die Schulter zu Tischler. Beinahe zornig griff er nach dem Handtuch und wischte damit seine Hände ab. Er ging einen Schritt auf die Ermittler zu.

»Die Dame des Hauses verbringt neuerdings viel Zeit auf der Fraueninsel, um sich zu finden.«

»Ja, die Fraueninsel ...«, Tischler nickte, »ein wundervoller Ort.«

»Das sieht meine Halbschwester genauso.« Holzinger warf das Handtuch ins Waschbecken. »Die im Übrigen auch der Grund für die neu entdeckte Reiselust meiner Frau ist. Und bevor Sie weiterfragen ... Eva hat dort eine kleine Töpferei.«

Fink zückte sein Notizbuch. »Heißt Ihre Halbschwester ebenfalls Holzinger?«

»Nein, Engel. Eva Engel. Sie war mal verheiratet.«

»War?«, hakte Fink nach.

»Ja, war. Wie es scheint, ist es nicht so einfach, mit Holzingers zu leben. Meine Frau wird Ihnen das sicher bestätigen.« Er fuhr sich durch seine Haare und versuchte, dabei cool zu wirken. Doch Tischler nahm ihm diese Coolness nicht ab. Dafür schwang viel zu viel Verbitterung in seiner Stimme mit.

»Hatte Ihre Schwester Kontakt zu Ihrem Bruder?«

Holzinger lachte Tischler an. »Das müssen Sie sie selbst fragen. Der geschwisterliche Kontakt ist nicht sonderlich innig bei den Holzingers. Ganz besonders, nachdem sie, wie auch ich, beim Erbe nur mit dem Pflichtteil bedacht wurde. Und das, obwohl sie ein gutes Kind war. Also ... ein echtes ... leibliches. Tja, so war er, mein Stiefvater! Wer nicht exakt seinen Weg wählte, der wurde abgehängt!« Holzinger kniff die Augen zusammen. »Und der liebe Ludwig lief immer brav bei Fuß.«

Tischler nickte die Information ab. »War bestimmt nicht schön anzusehen, wie Ihr Bruder mit dem Geld um sich warf, während Sie hier um Ihre Existenz kämpfen?«

»Halbbruder!«, berichtigte Holzinger.

»Papa! Paaapa!« Die Rufe kamen vom Flur.

Holzinger drückte sich an Tischler vorbei und öffnete die Zimmertür. Seine Tochter Sophia stand mit Tränen in den Augen vor ihm und streckte ihrem Vater ein Jo-Jo entgegen.

»Hat sich abgerollt«, schniefte sie und zog eine Schnute.

»Das ist doch nicht schlimm.« Holzinger ging in die Knie. »Schau, wir rollen es wieder auf.«

Zärtlich wischte er Sophia die Tränen von der Wange und behob das Dilemma. Tischlers Augen begannen zu glänzen, als er das Jo-Jo sah. Er war seinerzeit ein Meister darin gewesen und hatte viel Zeit in seinem Zimmer verbracht, bis er alle Tricks draufgehabt hatte. Er war sogar so weit gegangen, dass er sich aus den Einzelteilen verschiedener Jo-Jos sein ganz eigenes Exemplar zusammengebaut hatte, das so nur er besaß. Und dann war es eines Tages aus seinem Internatszimmer verschwunden gewesen. Zusammen mit den Sneakers, die ihm sein Großvater in den Osterferien während eines Ausflugs nach München gekauft hatte.

»Was hast du denn da für ein tolles Jo-Jo!« Tischler trat aus dem Hotelzimmer auf den Flur und ging ebenfalls vor der Kleinen auf die Knie. »Darf ich das mal sehen?«

Die Kleine nickte und hielt es ihm entgegen.

Tischler nahm es, zog die kleine Fingerschlaufe etwas weiter und richtete sich auf. »Soll ich dir mal ein paar Tricks zeigen?«

Sophia zuckte mit ihren Schultern, als ob es ihr gleichgültig wäre. Doch Tischler wertete diese Geste als ein klares Ja.

Er warf das Jo-Jo aus seinem Handgelenk heraus zu Boden und bewegte seine Hand gleichzeitig ein wenig nach unten, damit das Jo-Jo nicht sofort in seine Hand zurückkehrte. Schwungvoll rotierte es am unteren Ende der Schnur.

»Das nennt man ›Sleeper‹!«, belehrte er die Kleine und zuckte flink mit dem Handgelenk, wodurch das Jo-Jo zurück in seine Hand schnellte.

Sophia staunte nicht schlecht. Fink ebenfalls, der interessiert auf den Flur trat.

»Soll ich dir mal die ›Affenschaukel‹ zeigen?« Tischler hatte Blut geleckt.

Doch Sophia hatte nur Augen für ihr Spielzeug und reagierte nicht auf die Frage.

Der Kommissar warf das Jo-Jo erneut zu Boden, griff mit der anderen Hand nach der Schnur und formte ein Dreieck, durch das er das Jo-Jo schwingen ließ. »Super, oder?«

Sophias Begeisterung hielt sich in Grenzen. Dafür hatte der Hauptkommissar die volle Aufmerksamkeit seines Kollegen gewonnen. Mit leuchtenden Augen stopfte er seinen Block samt Kuli zurück in seine Jankertasche und streckte begehrlich seinen Arm aus.

»Jetzt darf ich mal«, bettelte er und nahm das Jo-Jo an sich. Verbissen warf er das Jo-Jo um sich und lief dabei Gefahr, von dem Spielzeug erschlagen zu werden. Auch Holzinger war es anzusehen, dass er sich um die Bilder im Flur, auf denen den Chiemgauer Alpen gehuldigt wurde, sorgte.

»Verdammt, da muss was kaputt sein. Warum kommt das Ding denn nicht zurück?«, klagte der junge Polizist und rollte erneut die Schnur auf, bevor er das Jo-Jo wieder unkontrolliert von sich schleuderte.

»Du musst es aus dem Handgelenk werfen. Nicht wie einen Stein«, versuchte Tischler, seinen Kollegen einzubremsen. Der hörte nicht und wirkte, als würde er eine Wespe abwehren wollen.

Als Sophia erneut zu weinen begann, ergriff Holzinger die Initiative und machte dem Spuk ein Ende. »Jetzt geben Sie halt der Kleinen das Spielzeug zurück!«, verlangte er energisch und riss es Fink aus der Hand.

Sophia schniefte und rollte mit bockigem Gesicht die Schnur komplett von der Achse. Schmollend drehte sie sich um und entfernte sich, während sie das Jo-Jo wie einen Bollerwagen hinter sich her zerrte.

»Süß, die Kleine«, bemerkte Tischler.

»Den Dickkopf hat sie von ihrer Mutter«, sagte Holzinger trocken und sah den Kommissar an. »Haben wir es dann? Die Arbeit macht sich nicht von allein.«

»Ja, das war es fürs Erste. Auf Wiedersehen, Herr Holzinger.«

Tischler spürte regelrecht den Blick im Nacken, den er ihm und seinem Kollegen hinterherschickte, bis sie die Treppe erreichten, die nach unten in den Eingangsbereich der Pension führte.

Draußen vor dem Haus reckte Tischler seinen Kopf nach oben und musterte die Fassade, deren Putz an ein paar Stellen bereits bröckelte.

»Das ist doch ein wunderbares Tatmotiv«, mutmaßte Fink leise. »Der Bruder bekommt alles, und er wird mit ein paar Kröten abgespeist.«

Tischler kniff die Augen zusammen. »Wenn er etwas mit der Sache zu tun hätte, würde er uns ein solches Motiv sicher nicht bei der Befragung auf dem Silbertablett servieren. Damit würde er sich ja ins eigene Fleisch schneiden.«

»Vielleicht ist er so gerissen und will, dass wir genau das denken.«

»Zumindest hat er kein eindeutiges Alibi.«

»Ganz genau«, stimmte Fink zu.

»Ich weiß nicht. Ich glaub, der hat andere Sorgen. Lass uns lieber mal zu dem Chaletdorf fahren. Vielleicht finden wir dort eine bessere Spur.«

Fink stimmte wortlos zu und stieg in den Passat. Tischler öffnete die Beifahrertür. Er blickte nochmals nach oben. Ein Vorhang bewegte sich. Im selben Moment kämpfte sich Sophias Bruder auf seinem Bobbycar durch die Eingangstür der Pension hinaus auf den Parkplatz. Er winkte. Tischler ihm zurück. Dann stieg auch er ein.

»Hattest du ein Bobbycar?«

»Nein, aber ein Kettcar. Mit Gangschaltung. Drei Gänge!«, gab Fink an. »Und du?«

»BMX-Rad. Metallicblau.«

»Hätte ich auch gerne gehabt. Hab aber keins gekriegt.«

»Warum nicht?«

»Weil es keine Schutzbleche und Lampen hatte.«

Tischler schnallte sich an. »Hättest ja dranschrauben können.«

Fink rollte mit den Augen. »Dann ist es ja kein BMX mehr.« Er startete den Motor. »Das wäre ja so, als wenn du einen Geländewagen tieferlegst.«

»Auch wieder wahr.«

Auf einer Baustelle weht ein anderer Wind

»Mein lieber Schwan! Da hat der Holzinger ganz schön was aus dem Boden gestampft«, rief Tischler bewundernd, als sie vor der großen Bautafel des Chaletdorfs aus dem Wagen gestiegen waren. »Glaubst du, dass alle Brunngrieser darüber glücklich sind?«

»Wie meinst du das?« Fink setzte eine Sonnenbrille auf seine Nase, stellte sich neben Tischler und warf ebenfalls einen Blick über das Gelände.

Tischler linste zu seinem Kollegen. »Seit wann hast du denn eine Sonnenbrille?«

»Hab ich am Wochenende gekauft. Schaut gut aus, gell?«

»Meinst nicht, dass sich das beißt?«

»Was genau?« Fink drehte seinen Kopf zu Tischler, sodass der sich in der verspiegelten Brille sehen konnte.

»Trachtenjanker und coole Sonnenbrille. Irgendwie hebt sich das gegenseitig auf und du bist wieder bei null.«

Fink ging nicht auf den kleinen Seitenhieb seines Vorgesetzten ein und musterte stattdessen die Baustelle. »Wie meinst jetzt das mit den Brunngriesern?«

»Guck dich doch um! Auf der einen Seite das beschauliche Brunngries und dann diese Touristenhochburg. Das ist keine Ferienanlage mehr, sondern ein neuer Ortsteil.«

»Mei«, antwortete Fink, »beliebt machst du dich mit so etwas nie. Die Leut' wollen doch immer die Eier legende Wollmilchsau. Arbeitsplätze, aber bitte kein Industriegebiet. Dicke Gemeindekasse, aber keine Touristen. Keine langen Fahrten, wenn man einmal im Jahr wegfliegt. Aber den Flughafen bitte nicht vor der eigenen Haustür. Man kann es einfach nicht allen recht machen.«

»Da ist was dran.« Tischler setzte sich in Bewegung. »Vor Kurzem bin ich hier vorbeigejoggt. Seitdem ist es ordentlich gewachsen.«

»Ja, der Holzinger hat nicht gekleckert.«

»Wäre das nichts für dich? So als Geldanlage?«

Fink prustete. »Du wirst lachen, aber ich habe mir das auch schon mal überlegt und mich nach den Preisen erkundigt.«

»Und?«

»Es hat sich herausgestellt, dass so ein Chalet für einen Polizeiobermeister nicht erschwinglich ist.«

Tischler erkannte aus den Augenwinkeln Finks sehnsüchtigen Blick, den er den Holzhäusern zuwarf. Mittlerweile war er dankbar, dass sein Vater ein erfolgreicher Geschäftsmann gewesen war und ihm ein paar Wohnungen in München hinterlassen hatte, durch deren Mieteinnahmen er sich um sein finanzielles Wohlergehen keine Sorgen machen musste. Auch wenn der Preis dafür hoch gewesen war und er seinen Vater so gut wie nie zu Gesicht bekommen hatte, nachdem seine Mutter gestorben war. Nicht nur, weil der sich nach diesem Verlust in die Arbeit gestürzt hatte, sondern auch, weil sie der Atlantische Ozean getrennt hatte, den es zu überwinden galt. Doch das sollte seine Kollegen weiterhin nichts angehen. Es genügte ihm, dass sein roter Jaguar immer noch ein beliebtes Gesprächsthema war.

Die Häuser aus Lärchenholz kamen zweistöckig daher und wirkten sehr modern. Dies lag nicht zuletzt an der kompletten Fensterfront im zweiten Stock, die bis unter die lange Sicht des Daches reichte. Die Häuser verteilten sich großzügig über das gesamte Gelände, sodass die Privatsphäre auf den jeweiligen Terrassen gewahrt blieb. Diese waren ebenfalls mit langen Holzplanken versehen, die bis zum angrenzenden Pool reichten, den jedes dieser Chalets sein Eigen nannte.

Die meisten Häuser waren außen bereits fertiggestellt. Hie und da noch ein Geländer, eine Außenlampe oder ein paar Dachschindeln. Einzig das Gelände war mit Baggerspuren und Erdhügeln überzogen. Hier ein Betonmischer, dort eine Ansammlung an Holzbalken, die vermutlich für den Innenausbau der Chalets bestimmt waren. Tischler konnte sich gut vorstellen, eines dieser Häuser zu erwerben. Doch bei dem Gedanken, täglich nach einem langen Arbeitstag auf neue Touristen zu treffen, verflog dieser Wunsch blitzartig wieder. Da war er in seinem Mehrfamilienhaus im Erdgeschoss mit Terrasse besser aufgehoben. Trotz neugieriger Nachbarin.

»Kann ich Ihnen helfen?« Ein Mann, Ende fünfzig, mit gelbem Schutzhelm, steuerte auf die beiden zu. In seiner neonfarbigen Jacke hätte man ihn wahrscheinlich ebenfalls bei Nebel aus hundert Meter Entfernung sofort wahrgenommen. Sein weißer Vollbart wirkte verwegen, jedoch nicht ungepflegt. Da sich die Sonne im Rücken der beiden Ermittler befand, kniff der Mann die Augen zusammen. Im Stechschritt stapfte er mit seinen Sicherheitsstiefeln über die von Baggern verdichtete Erde, bis er vor Tischler und Fink stand.

»Tischler, Hauptkommissar. Das ist mein Kollege Polizeiobermeister Fink.«

Der Mann mit Helm nickte. »Hab mir gedacht, dass Sie irgendwann hier auftauchen.«

»Dann wissen Sie bereits, dass …«

»Klar«, unterbrach er Tischler. »Wir sind hier in einem Dorf. Da kennt jeder jeden.« Er sah zu Fink. »Du bist doch der Bub von der Johanna.«

Fink nickte.

»Und Sie sind?«

Da der Mann kleiner als Tischler war, legte er seinen Kopf ein wenig in den Nacken und korrigierte den Sitz seines Helms. »Kugler. Georg Kugler. Ich bin hier der Polier.«

»Wir hätten ein paar Fragen bezüglich Ludwig Holzinger«, kam Tischler gleich zur Sache.

»Das ist jetzt ganz schlecht. Sie merken ja, was hier los ist. Einer muss zusehen, dass es weitergeht.«

»Kein Problem«, tat Tischler verständnisvoll. »Wir können das Gespräch auch auf die Dienststelle verlegen.« Er spähte auf seine Uhr. »Sagen wir in einer Stunde?«

Im Lauf der Jahre hatte Tischler eines gelernt: Nur er verfügte über seine Zeit. Und in diesem Fall auch über die Zeit möglicher Zeugen. Schließlich galt es, einen Mord aufzuklären.

»Hören Sie, der Gemeinderat sitzt mir im Nacken, ganz zu schweigen vom Bürgermeister«, klagte Kugler genervt. »Was soll ich Ihnen groß erzählen?«

»Na, zum Beispiel, wann Sie Herrn Holzinger das letzte Mal gesehen haben.«

Der Polier nahm seinen Helm ab und kratzte sich am Kopf. »Das war am vergangenen Freitagnachmittag. Mittags war Ende, ein paar haben noch zusammengeräumt. Ich bin etwas länger geblieben, weil am Nachmittag eine Lieferung Zirbenholz für den Innenausbau kam.«

Fink steckte seine Sonnenbrille weg und zückte seinen Block. »Wann genau war das?«

Kugler überlegte. »Hm, ich schätze, so um drei, halb vier. Dann wurde abgeladen, ich bin mit dem Wickerl noch die Planung für diese Woche durchgegangen und bin schließlich auch gefahren.«

»Wann sind Sie gefahren?«, bohrte der Kommissar weiter.

»Mensch, ich schau doch nicht jedes Mal auf die …« Er stockte. »Moment!« Schnell zückte er sein Handy, wischte auf dem Display umher und hielt es Tischler vor die Nase. »Hier. Um kurz vor halb fünf!«

Tischler ging näher an das Display heran, auf dem in einer WhatsApp-Nachricht stand: Fahre jetzt los.

»Meine Frau drängelte und bombardierte mich mit Rückfragen, wann ich endlich käme, weil wir am Freitagabend zum Grillen bei Freunden eingeladen waren.«

»Wie heißen die Freunde?«, preschte Fink wie schon zuvor bei Thomas Holzinger etwas zu forsch vor. Tischler musste wohl oder übel nochmals das Gespräch mit seinem Kollegen suchen.

»Was soll denn das?«, stieß Kugler empört aus. »Bin ich hier etwa …«

»Reine Routine«, beruhigte ihn Tischler.

Kugler wand sich. Verständlich. Wem wäre es nicht unangenehm, wenn Bekannte oder Freunde als Alibi herhalten mussten.

»Fischer. Korbinian und Sabine. Küsterweg 18, Brunngries. Es gab Halsgrat, Kartoffelsalat und Bier. Was auch der Grund war, dass wir zu Fuß gegangen sind. Reicht das?«

Fink nickte.

»Georg!« Ein muskulöser Typ unterbrach den Polier aus etwa zehn Meter Entfernung. »Heute kommst du mir nicht aus. Wir klären das. Sonst bin ich morgen weg und du hörst von meinem Anwalt!«

Tischler spürte, dass Kugler eine etwas devote Haltung gegenüber dem aggressiv wirkenden Arbeiter einnahm.

»Rauer Ton auf dem Bau, oder?« Tischler blickte den Polier fragend an.

»Ach der! Das ist der Moser. Unser Dachdeckermeister.«

»Und was gibt es mit dem zu klären?«

»Das sind interne Angelegenheiten«, gab er dem Kommissar knapp zu verstehen und winkte dem Muskelprotz übertrieben freundschaftlich zu.

»Wie gesagt, Herr Kugler, wir haben alle Zeit der Welt. Sie können kooperieren und überlassen uns die Notwendigkeit unserer Fragen, oder wir klären das auf der Dienststelle. Ihre Entscheidung.« Tischler blieb dabei auffallend ruhig und gelassen, in der Hoffnung, dass sein Kollege sich vielleicht etwas bei ihm abschaute.

»Es geht hier um Mord, Herr Kugler!«, ertönte es energisch von Fink.

Ja, ein Gespräch war unausweichlich.

»Ist ja gut«, knickte Kugler ein. »Der Wickerl, also der Herr Holzinger, war ein bisserl … ich sag mal … schludrig mit dem Zahlen der Löhne. Besonders bei den Selbstständigen. Wie auch beim Dachdeckermeister Moser dort drüben.«

»Was meinen Sie damit?«

»Na, er hat sich meist viel Zeit gelassen, die Arbeiter zu bezahlen.« Kugler setzte seinen Helm wieder auf. »Ich kann den Moser ja verstehen. Das hier ist ein Großauftrag, für den er als kleiner Unternehmer alle anderen Aufträge ausgeschlagen hat, er geht in Vorleistung und dann kommt kein Geld. Er hat ja auch Mitarbeiter, die er bezahlen muss.«

»Und warum zahlen Sie dann nicht?«

Kugler wand sich wieder. »Ich will dem Wickerl da nicht schlecht hinterherreden.«

»Wenn es dazu dient, diesen Fall zu klären, dann tun Sie ihm damit eher einen Gefallen«, wirkte Tischler weiter auf Kugler ein.

»Der Wickerl war eben der Meinung, dass die Jungs auf der Baustelle besser spuren, wenn sie an der kurzen Leine gehalten werden. Wenn sie abhängig von ihm sind, verstehen S'? Ich bin da ja anderer Meinung. Aber wer zahlt, schafft an!«

Tischler nickte. »Wie lange arbeiten Sie denn schon hier für dieses Bauunternehmen?«

»O mei! Ich hab ja bereits für den alten Holzinger gearbeitet. Habe meine Ausbildung bei ihm gemacht und bin geblieben. Die Bezahlung war ordentlich und wie Sie sehen, konnte ich mich hier auch nach oben arbeiten.« Er kratzte sich am Ohr. »Wissen S', es gibt so viele Dumme da draußen, die meinen, sie müssten alle fünf Jahre den Arbeitsplatz wechseln, um das Einkommen nach oben zu schrauben.« Er nahm seinen Helm erneut ab und strich sich über die Stirn. »Mir hat es hier nie an was gefehlt und der alte Holzinger hat immer auf mich geschaut.«

»Und der Ludwig Holzinger? Welches Verhältnis hatten Sie zu ihm?« Fink fuchtelte mit seinem Kugelschreiber in der Luft herum.

»Ich war der Einzige, den er nach dem Tod seines Vaters übernommen hat. Ich konnte mich nie beklagen.«

Tischler musterte Kugler ganz genau, während der sprach. Sein damaliger Vorgesetzter in München hatte stets behauptet, das gesprochene Wort habe niemals so viel Gewicht wie die Geste und der Gesichtsausdruck derer, die diese Worte von sich gaben.

»Also waren Sie beide ein Herz und eine Seele?«, versuchte der Kommissar, den Polier ein wenig aus der Reserve zu locken.

Doch Kugler ließ sich nicht weiter in die Karten schauen. »Auf einer Baustelle weht ein anderer Wind. Natürlich hat es zwischen mir und dem Wickerl auch mal gekracht. Das ist halt so. Später schaut man sich in die Augen, schüttelt sich die Hand und die Sache ist vergessen. Freilich hat es mir nicht immer gefallen, was der Wickerl so getrieben hat. Dass er dermaßen mit seinem Geld herumgeschmissen hat. Das kam bei den Arbeitern hier auch nicht gut an. Besonders, wenn sie wieder einmal eine oder zwei Wochen länger auf ihre Kohle warten mussten.«

»Ich verstehe«, sagte Tischler. »Das war es fürs Erste. Wir schauen uns ein bisschen um. Kann sein, dass wir noch ein paar Fragen haben.«

»Wenn Sie mich brauchen, hier weiß jeder, wo ich gerade stecke.« Er setzte seinen Helm wieder auf. »Eigentlich darf ich Sie hier nicht herumlaufen lassen ohne Helm.«

»Der ist ja plötzlich so kooperativ«, wunderte sich Fink, während sich Kugler von ihnen entfernte.

»Das ist immer so, wenn du sie aus den Fängen lässt. In dem Moment sind sie froh, dass sie gehen können. Da wird jeder hilfsbereit. Auch ein möglicher Täter.«

Fink steckte seinen kleinen Block zurück in den Janker und setzte seine Sonnenbrille wieder auf. »Sollten wir uns vielleicht doch Helme besorgen? Ich meine, wegen Unfallschutz?«

»Wenn einem von uns was passiert, sage ich der Berufsgenossenschaft, dass du während des Unfalls diese Brille getragen hast. Das genügt denen«, witzelte Tischler. Dann stimmte er einen ernsteren Ton an. »Du, Felix, noch mal zu deiner Befragungstechnik. Ist dir schon mal aufgefallen, dass ich das ein bisschen ruhiger mache als du?«

»Freilich«, antwortete Fink stolz. »Guter Cop, böser Cop.«

»Felix, so funktioniert das vielleicht in Miami oder der Bronx. Hier im Chiemgau schaltest du bitte einen Gang runter, hast du mich gehört? Wir sind hier nicht im Film bei Police Academy, sondern erledigen unsere Polizeiarbeit ordentlich.«

Tischler mochte solche Situationen nicht sonderlich, in denen er einem Kollegen Anweisungen erteilen musste. Auch wenn er der Vorgesetzte war. In solchen Momenten erinnerte er sich stets an seine Zeit, als er ein hitziger Polizeiobermeister gewesen war, der die Welt verändern wollte. Seinerzeit hatte ihm der Ranghöhere, mit dem er gefahren war, denselben Zahn gezogen. Und recht hatte er damit gehabt.

»Sag mal, kennst du den Kugler auch?«, beendete Tischler durch diese Frage seine Ansprache.

»Nie gesehen.«

»Aber er kannte dich.«

Fink schüttelte den Kopf. »Er kannte den Namen Fink, und den verknüpfen die Leut' mit der Mama, weil die bei der Crustina-Versicherung in Traunstein arbeitet. Und da ist jeder Zweite hier in der Gegend mit irgendwas versichert. Mei, sie ist halt stolz auf mich.« Fink setzte für einen Augenblick seine Brille ab, um sie mit seinem Hemd zu putzen.

»Der Bulle vom Chiemgau!«, sagte Tischler mit scharfem Blick.

»Ganz genau.«

Die beiden gingen durch die Anlage. Aus jeder Ecke war ein Klopfen, Schrauben oder Sägen zu hören. Die Fertigstellung war trotz des ermordeten Bauherrn in vollem Gange. Darüber konnte man denken, was man wollte. Doch auch Tischler kam zu dem Entschluss, dass es streng genommen keinen Sinn ergeben hätte, die Bauarbeiten zu unterbrechen. Das hätte im Nachhinein Ludwig Holzinger auch nichts geholfen. Außer vielleicht zur Freude, dass man seiner gedachte.

Tischler und Fink blieben auf der Terrasse des bereits fertiggestellten Musterhauses stehen und blickten in den Pool.

»Mensch, das wäre es jetzt. Einfach die Klamotten ausziehen und hier hineinspringen.«

Tischler schmunzelte innerlich, weil er sich vorstellte, wie Fink alles auszog bis auf seinen Janker. Er behielt dieses Kopfkino jedoch für sich.

»Ja, mit dem nötigen Kleingeld kann man sich das Leben schon schön machen.« Tischlers Blick schwenkte über die neuen Holzplanken zu zwei Liegen, die durch einen kleinen Tisch inklusive Sonnenschirm getrennt waren. Das Design gefiel ihm. Er strich über die Polsterauflagen und überlegte, wie sie sich auf seiner Terrasse machen würden. Sein Fuß stieß gegen einen kleinen Kanister, der darunter auf dem Boden stand. Tischler bückte sich danach und las auf dem Etikett, dass es sich um Chlorbleichlauge handelte. Seine Augen überflogen die Dosieranleitung.

»Organisiere uns doch irgendein Gefäß, mit dem wir eine Wasserprobe entnehmen können«, wies er Fink an, der sich am Beckenrand in der Hocke befand, um die Wassertemperatur zu testen.

Fink fackelte nicht lange und leerte eine bereits geöffnete Wasserflasche, die neben dem Terrassenausgang des Musterhauses stand, gänzlich.

»Hier. Was hast du vor?«

Tischler ging ebenfalls neben dem Beckenrand in die Hocke und drückte die geöffnete Wasserflasche unter Wasser, bis diese sich fast gefüllt hatte. Danach schraubte er sie zu und gab sie Fink.

»Kannst du dich noch an die Rechtsmedizin erinnern, was die in Holzingers Lungen gefunden haben?«

Fink grübelte, nach einer Weile riss er die Augen auf. »Ja, das läge nahe.«

Tischler schnappte sich den Fünf-Liter-Kanister. »Den nehmen wir auch mit.«

»Sollten wir Kugler informieren, dass wir …«

»Wenn du denkst, dass wir hier jeden Einzelnen über den Stand unserer Ermittlungen informieren sollten?«

»Auch wieder wahr.«

»Lass die Sachen nach Traunstein bringen. Die sollen einen Abgleich vornehmen.«

Sie gingen zurück zum Wagen. Tischler öffnete die Beifahrertür und blickte nochmals auf die große Bautafel, die unübersehbar in zwei Meter Höhe vor dem Grundstück stand.

»Ihr Chalet mit Alpenpanorama. Eine Wellnessoase, die Sie jeden Tag aufs Neue verzaubert. Garantiert!«, las er leise und sah daraufhin zu der Bergkette, die sich rund um das Chaletdorf erstreckte. Ein paar Wolken kratzten an den Gipfeln, die teilweise lediglich mit einer Seilbahn zu erreichen waren. Tischler atmete tief durch. »Wie recht Holzinger doch hatte«, murmelte er. Nachdenklich stieg er ein.

UNFÄLLE PASSIEREN JEDEN TAG

Viel lieber hätte Tischler seinen wohlverdienten Feierabend mit einem Glas Merlot eingeläutet. Dazu gute Musik aus seiner erstklassig sortierten Plattensammlung … Doch der tägliche Blick auf die Waage signalisierte ihm eindeutig, dass er stattdessen lieber in die Laufklamotten springen und eine Runde durch den Ort drehen sollte. Nicht dass der Hauptkommissar eitel war. Fitness gehörte für ihn nun mal zur Grundvoraussetzung eines Polizisten wie funktionierende Geschmacksknospen für einen Sternekoch, ein ausgeprägter Geruchssinn für einen Parfümeur oder der perfekte Gang für ein Laufstegmodel. Außerdem wollte er um jeden Preis vermeiden, dass Britta in ihrer Funktion als Ärztin ihn irgendwann auf sein bisschen Hüftspeck, der sich in den letzten Wochen angesammelt hatte, ansprechen würde. Gut, Tischler war eitel. Doch wenn diese Eitelkeit dazu führte, dass er ein wenig mehr auf seine Gesundheit achtete, konnte diese Eigenschaft so schlecht nicht sein. Sein innerer Schweinehund sah das alles völlig anders.

Jetzt eine Pfannkuchensuppe, danach einen Schweinsbraten mit Knödel oder eine Haxe, schwärmte Tischler innerlich, als er sich die Schnürsenkel band. Er erhob sich und begutachtete sich im Spiegel. Die kurzen, schwarzen Funktionsshorts waren neu. Ebenso die Laufweste mit den Reflektoren an den Seiten. Mit seinen Laufschuhen hielt er es seit jeher so, dass sie ihm schon von den Füßen fallen mussten, bevor er sie entsorgte. Nichts war bequemer als ein eingelaufener Schuh. Ein Blick nach unten verriet jedoch, dass der Zerfall bereits eingesetzt hatte. Dies war nicht zuletzt am Mesh-Gewebe an den Spitzen augenfällig, das an diesen Stellen schon aufgegeben hatte.

Tischler atmete tief ein, ging in Positur und stieß kurz darauf die Luft komplett aus seinen Lungen.

»Hilft ja nix«, spornte er sich selbst an, schnappte sich den Schlüsselbund und öffnete die Wohnungstür.

Mit einem Schlag hielt er erneut den Atem an, als er auf seinen Fußabtreter starrte. Nach einer halben Ewigkeit fühlte er sich imstande, sich wieder zu bewegen. Obwohl es nicht das erste Exemplar dieser Gattung war, das er in den letzten Monaten an dieser Stelle gefunden hatte, durchfuhr es ihn wie ein Blitz. Er bückte sich und nahm das Präsent, das dort auf ihn wartete, vom Abstreifer auf und kam wieder in den Stand. Der Blick zur großen Haustür, durch deren Milchglasscheiben sich das gleißende Licht von draußen ins Treppenhaus kämpfte, verriet ihm, dass diese angelehnt war. Wie stets tagsüber. Seine Augen wanderten wieder zu seiner Hand. Der Kranich aus blauem Papier war perfekt gefaltet. Seine Flügel breiteten sich absolut symmetrisch zu den Seiten aus, der Schnabel, der Schwanz …

Wer auch immer ihm den Kranich vor die Tür gelegt hatte, hatte sich viel Zeit genommen und äußerst gewissenhaft gearbeitet. Und er wollte eines damit erreichen: dass Tischler seine Vergangenheit niemals vergaß. Das Internat, die Schwüre, die Kraniche.

Er fasste sich an die Brust und massierte die Stelle mit dem Tattoo. Dann schaute er wieder in seine Handfläche. Laut Regelwerk der Kranichgruppe, in die er damals im Internat eingetreten war, war dies ein Zeichen, dass jemand aus seiner Gruppe Hilfe brauchte. Er betrachtete den Kranich von allen Seiten. Vielleicht befand sich ja im Inneren ein Hinweis, der ihn weiterbringen konnte. Vorsichtig faltete er das kleine Kunstwerk auseinander, bis es nicht mehr war als ein quadratisches, kleines Blatt Papier. Kein Name, keine Zeichnung, nichts war darauf zu sehen. Wer ihm dieses Präsent vor die Tür gelegt hatte, war ein Insider.

Für einen Moment dachte er an Fritz Koller, einen Mitschüler aus der Internatszeit, den er vor über einem Monat schon einmal als Kranichboten verdächtigt hatte. Der hatte jedoch andere Sorgen, wie er ihm damals glaubhaft hatte vermitteln können. Wer also war es, der ihn ständig auf diese Art und Weise in die Schulzeit zurückkatapultierte, um ihn daran zu erinnern, dass er früher nicht immer auf der Seite des Gesetzes gestanden hatte?

Die gegenüberliegende Wohnungstür öffnete sich. Blitzschnell zerknüllte Tischler das Papier in seiner Hand und steckte es in seine Westentasche.

»Grüß Gott, Frau Kneidinger«, grüßte Tischler seine in die Jahre gekommene Nachbarin, die sich selbst als die Hüterin der Hausordnung empfand, weil sie mit Abstand am längsten in dem Mehrfamilienhaus wohnte.

»Ah, der Herr Kommissar! Wo wollen S' denn schon wieder hin?«

»Nur ein bisserl die müden Knochen bewegen. Sonst rostet man ja ein, gell?« Er wagte es nicht, sie nach ihrem Ziel zu fragen. Da er sie nun seit einiger Zeit kannte, wusste er, dass solch unscheinbare Floskeln der Höflichkeit zu einem nicht enden wollenden Gespräch im Hausflur führen konnten.

Die Rentnerin mit den weißen Haaren zog ihre Wohnungstür hinter sich zu. »Ich muss zum Kramer, weil mir Zucker fehlt. Morgen kommt nämlich mein Bruder und bringt mir Johannisbeeren. Dann mache ich Marmelade.«

»Wenn Sie Zucker brauchen, ich könnte Ihnen …« Tischler zeigte auf seine Wohnungstür.

»Mei …«, Frau Kneidinger lachte, »Sie haben noch nie Marmelade eingekocht, gell?«

»Nein, wenn ich ehrlich bin, noch nie.«

»Dazu gehört viel Zucker. Wissen S'?« Sie kniff die Augen zusammen. »Wie war das noch gleich … auf ein Kilo Johannisbeeren gut achthundert Gramm Zucker, oder waren es neunhundert?«

»Toll, was Sie sich alles auswendig merken können. Ich weiß manchmal nicht mal mehr …«

»Achthundert. Genau. Achthundert Gramm waren es. Ich habe da nämlich einen Fünf-Liter-Topf. Da gebe ich die Johannisbeeren hinein mit ein bisserl Zitronensaft.« Sie blinzelte Tischler an. »Sonst wird es ja viel zu süß.«

»Ja, zu süß ist auch nix. Ich bin dann mal …«

»Das kochen Sie auf, bis es sprudelt. Aber das Rühren nicht vergessen.« Sie steckte ihren Schlüssel ins Schloss ihrer Wohnungstür und drehte ihn zweimal, bevor sie sich durch Ziehen am Türknopf davon überzeugte, dass sie auch wirklich verschlossen war. Energisch drehte sie sich wieder zu Tischler.

»Ich wünsche Ihnen gutes Gelingen, wenn Sie morgen …«

»Dann auf mittlere Hitze zurückstellen und immer weiterrühren. Das vergessen die meisten Leut'.«

»Ja«, brachte sich Tischler verzweifelt ein. »Und ruckzuck ist alles verbrannt. Wie gesagt, ich wünsche Ihnen …«

»Zuletzt kommt der Zucker hinzu.« Sie hob ihren Zeigefinger. »Aber erst, wenn die Masse gut einreduziert ist.

Sonst geliert es nicht richtig, wenn noch so viel Wasser in den Früchten steckt.«

»Ja, so was! Da spricht der Profi.« Tischler machte erneut Anstalten zu gehen. Doch Frau Kneidinger hielt ihn am Arm fest.

»Sie, Herr Kommissar, Sie sind doch bei der Polizei.«

»Äh, ja.«

»Sagen Sie mal, bei meinem Bruder ... dem sein Nachbar ... der frisst dem dauernd die Kirschen vom Baum.«

»Wer? Ihr Bruder dem Nachbarn?«

»Nein!« Frau Kneidinger schüttelte ungeduldig den Kopf. »Der Nachbar meinem Bruder! Jetzt erwischt mein Bruder den aber nicht auf frischer Tat. Da hab ich mir gedacht, ob Sie da nicht mal ein bisserl observieren könnten. Ich mein, der gehört doch eingesperrt. Das ist Diebstahl.«

Tischler lächelte charmant. »Das ist schwierig. Am besten, Ihr Bruder spricht mal mit dem Nachbarn. Vielleicht kann man sich da einig ...«

»Einig? Mit dem? Ha!«, prustete sie los. »Sie, der grillt fast jeden Tag und alles raucht zu meinem Bruder rüber. Wissen Sie, was der zu meinem Bruder gesagt hat, als der ihn zur Rede gestellt hat?« Tischler verneinte. »»Gehen S' halt rein, wenn es Ihnen zu viel raucht.‹ Das muss man sich mal vorstellen!« Frau Kneidinger regte sich sichtlich auf.

Tischler nahm all seinen Willen zusammen und wollte gerade zum endgültigen Abschied ansetzen, als ihm Frau Kneidinger zuvorkam.

»Jetzt halten S' mich aber nicht länger auf. Sonst bekomme ich heut keinen Zucker mehr.« Sie ging voran.

Tischler überholte sie. »Warten Sie, Frau Kneidinger. Ich helfe Ihnen.«

***

Der Mann, der auf der gegenüberliegenden Straßenseite aus seinem Auto heraus den Eingangsbereich beobachtete, umklammerte nervös das Lenkrad, als sich die Haustür öffnete. Tischler trat auf die Straße und hielt einer älteren Dame, die eine Einkaufstasche in der Hand trug, die Tür auf. Der Kommissar winkte ihr noch hinterher, während sie sich auf dem Gehsteig mit wackligen Schritten von ihm entfernte.

Er schluckte. Schweiß stand auf seiner Stirn, als er Tischler aus nächster Nähe unbekümmert in Sportklamotten erblickte. Hauptkommissar, schöne Wohnung, Oldtimer, sportlich, gut aussehend …

Seine Hand löste sich vom Lenkrad und massierte das Bein, das ihn schmerzte. Schnell duckte er sich und klappte die Sonnenblende nach unten, weil Tischler in seine Richtung sah. Vorsichtig linste er über das Lenkrad hinweg durch seine Windschutzscheibe. Gut. Er blieb unerkannt. Langsam korrigierte er seine Position und setzte sich wieder aufrecht. Die Hüfte machte sich bemerkbar und pochte. Er hasste es, Auto zu fahren. Aufmerksam beäugte er aus der Entfernung, wie der Kommissar etwas aus seiner Tasche nahm und in eine der Mülltonnen, die zur Abholung auf dem Gehsteig bereitstanden, entsorgte. Nach ein paar Dehnübungen setzte Tischler sich in Bewegung und trabte los.

Der Mann im Wagen wartete einen Moment, bis er den Zündschlüssel drehte und den Motor startete. Tischler grüßte einen Herrn, der ihm mit seinem Hund entgegenkam. Er legte einen Gang ein, klappte die Sonnenblende wieder hoch und löste die Kupplung. Eine laute Hupe nötigte ihn dazu, sofort wieder auf die Bremse zu treten. Um ein Haar hätte er beim Anfahren einen vorbeifahrenden Lieferwagen gestreift. Sein Blick schnellte zu Tischler, der davon nichts mitbekommen hatte. Ein Blick in den Außenspiegel, Schulterblick, Gas. Er schaltete in den Zweiten und ließ den Wagen rollen. Der wenige Verkehr erlaubte ihm diese Geschwindigkeit. Seine Kieferknochen drückten sich beim Anblick Tischlers durch die Wangen. Plötzlich blieb der Kommissar stehen. Der Verfolger setzte den Blinker, weil von hinten ein Motorrad herannahte, das ihn kurz darauf überholte, als auch er den Wagen bis zum Stillstand abbremste. Tischler band sich einen Schnürsenkel, der offenbar aufgegangen war. Dann lief er weiter. Schulterblick, Gas. Vorbei am ehemaligen BRUNNEN, dem Marktplatz, auf dem zweimal wöchentlich die Bauern der Umgebung ihre Waren anboten. Der Ort war in diesem Moment wie leer gefegt. Keine Fußgänger, Radler, Lieferanten. Nur er und Tischler, der sich der Kreuzung näherte und den Knopf für die Fußgängerampel drückte. Unauffällig lenkte er den Wagen etwa fünfzig Meter entfernt auf den abgesenkten Gehweg vor einer Grundstückseinfahrt. Tischler joggte auf der Stelle weiter.

Er blickte in den Rückspiegel, dann in die beiden Außenspiegel. Niemand zu sehen. Die Gelegenheit war günstig. Keiner würde etwas mitbekommen. Vielleicht könnte sich jemand, der aus dem Fenster guckte, an die Wagenfarbe erinnern. Für das Nummernschild würde alles viel zu schnell gehen. Den Wagen könnte er entsorgen oder als gestohlen melden. Die Ampel schaltete auf Gelb.

»Komm schon, du Feigling«, spornte er sich an und umklammerte mit der linken Hand das Lenkrad. Der Fuß trat die Kupplung und er legte den ersten Gang ein. Der Gasfuß tippte dosiert aufs Pedal, um die Drehzahl zu erhöhen. »Das ist die Gelegenheit. Unfälle passieren jeden Tag.«

Die Ampel leuchtete ihm rot entgegen, während die Fußgängerampel auf Grün sprang und Tischler sich in Bewegung setzte.

»Ahhhhhh! Verdammte Scheiße!!!!«, schrie er in seinem Wagen und hämmerte aufs Lenkrad. Wütend nahm er den Fuß vom Gaspedal und die Drehzahl des Motors senkte sich hörbar.

Er öffnete seine Augen und blickte zur Ampel. Tischler hatte die andere Straßenseite erreicht und lief weiter.

Er beugte sich zur Beifahrerseite und öffnete das Handschuhfach. Er nahm eine Tablettenschachtel heraus und schluckte eine der Kapseln, die er aus dem Blister drückte. Kurz darauf atmete er tief durch, warf die Schachtel zurück und verschloss das Fach.

»Okay, Tischler, heute nicht.«

Zackig wendete er den Wagen und fuhr langsam davon.

***

Tischler sah auf seine Pulsuhr und war froh, dass er seinen inneren Schweinehund überwunden hatte. Das Gläschen Rotwein konnte er sich ja immer noch nach einer ausgiebigen Dusche genehmigen.

Er wurde langsamer und steuerte den Dorfladen an, vor dessen Tür eine alte Bekannte sich überhaupt nicht mehr einkriegte, als sie den feschen Kommissar in seinen schneidigen Sportklamotten auf sich zulaufen sah.

»Ja, Resi! Was machst du denn so alleine hier? Hast du ein Date?« Tischler bückte sich nach der Dackeldame, die aufgeregt bellte und mit dem Schwanz wedelte, als er sie unter dem Kinn kraulte. Damit nicht genug, sie drückte sich sehr aufdringlich gegen den Kommissar, woraufhin der Gefahr lief, von der heißblütigen Resi umgeworfen zu werden.

»Eine ganz Feine bist du. Eine so eine Feine. Jaaa!«

Herrchen Ferstel kam aus dem Dorfladen mit einem Glas süßem Senf heraus und warf seinem untreuen Vierbeiner einen mahnenden Blick zu, den sie jedoch ignorierte und ungehemmt mit Tischler weiterschmuste.

»Da ist jemand ganz vernarrt in Sie«, bemerkte Ferstel, als er die Leine von der eisernen Öse neben dem Eingang löste.

»Ja, Kommissar halt!« Tischler lachte. »Das zieht immer. Was macht der Wald? Das Wild?«

»Ein bisserl Schwierigkeiten mit ein paar Sauen, die den Bauern die Felder verwüsten, aber das ist jedes Jahr so. Da schieß ich wieder eine, dann ist Ruh. Und bei Ihnen?« Er zog Resi ein wenig an sich heran, was sich die Dackeldame jedoch nicht gefallen ließ. Eine Sekunde später schmiegte sie sich an die Beine des Kommissars und schaute mit ihren großen Dackelaugen zu ihm auf.

»Mei, ist dauernd was los«, hielt sich Tischler wortkarg.

»Hab's schon gehört, das vom Wickerl. War nur eine Frage der Zeit.«

»Was meinen Sie genau?«

Ferstel blickte sich um. »Na, Sie wissen ja … Wenn man in dieser Liga spielt, dann tritt man schon mal den Leuten auf die Füße. Und irgendwann ist es der Falsche.«

»Und wen genau meinen Sie damit?«

Ferstel plusterte sich auf. »Jetzt niemand Bestimmten. Um Gottes willen! Na ja, die Leut' reden halt. Vielleicht wäre er aber ein guter Bürgermeister geworden.«

Tischler zog die Augenbrauen zusammen. »Bürgermeister? Der Herr Holzinger?«

»Ja, freilich«, raunte Ferstel gedämpft. »Der wollte sich doch bei der nächsten Wahl aufstellen lassen.«

»Und woher haben Sie das?«

»Das hat man sich erzählt. Der Dings hat es vom Dings … Mensch, ich und Namen.« Er nahm seinen Hut ab und kratzte sich am Hinterkopf. »Ich hätte das dem Wickerl durchaus zuge-traut. Frech war er ja. Der hätte im Gemeinderat bestimmt ein bisserl aufgeräumt. Und für den Ort hätte er gewiss auch einiges getan.«

»Und da sind Sie sich ganz sicher?«

»Freilich«, murmelte der Jäger. »Der Dings hat es doch auch gewusst. Na, der hinten in der Siedlung wohnt, da in der Nähe vom Supermarkt. Und der kannte ja den Wickerl auch. Aber ... von mir haben Sie das nicht, gell?«

Tischler schüttelte den Kopf. »Ach, woher. Wir reden ja bloß, gell?«

»Ganz genau. So, jetzt muss ich aber.« Er deutete auf das Senfglas. »Heut gibt's Wiener.« Er zog seine vierbeinige Begleitung mit einem Ruck zu sich. »Komm, Resi. Jetzt kriegst ein feines Wurschti! Also, Wiederschaun!«

»Ja, Wiederschaun«, grüßte Tischler zurück und lächelte Resi zum Abschied zu. Sie drehte sich noch ein paarmal winselnd um. Dann öffnete Tischler die Tür des Dorfladens. Ein kleines Glöckchen signalisierte der Inhaberin, dass Kundschaft im Anmarsch war.

»Ah, der Herr Kommissar. Sind Sie wieder fleißig am Sporteln?«, fragte die Krämerin, als Tischler den Laden betrat.

Er grüßte mit Handzeichen und drückte endlich den kleinen Knopf an der Seite von seiner Uhr, um die Aufzeichnung seiner Herzfrequenz zu unterbrechen. Vor lauter Resi viel zu spät.

»Ja. Was tut man nicht alles, um gesund und fit zu bleiben, nicht wahr?«

Die ältere Dame im weißen Kittel lachte. »Wissen S', womit ich mich zeit meines Lebens gesund halte? Mit einem Enzian, wenn es im Hals kratzt.«

»Ja«, schmunzelte Tischler, »das geht auch.«

Er steuerte das Regal mit den Getränken an und schnappte sich eine Piccoloflasche Wasser ohne Kohlensäure. Auf dem Weg zurück an die Kasse fiel ihm eine kleine Ansammlung an Spielsachen ins Auge, deren Verpackungen teilweise schon ein wenig vergilbt waren. Sein Interesse für die Sachen blieb auch der Krämerin nicht verborgen.

»Heutzutage wollen die Kinder nur noch ein Handy. Holzspielzeug oder Seifenblasen kennen die überhaupt nicht mehr.«

»Ja, leider«, stimmte Tischler ihr zu. »Da werden Erinnerungen wach!«

»Kinder haben Sie nicht, gell?«

»Nicht dass ich wüsste«, scherzte Tischler.

Barbiepuppen, Freundschaftsbänder, Zaubertrolle … Er fühlte sich umgehend in seine Kindheit zurückversetzt. Er nahm einen der kleinen Trolle in die Hand und drückte mit dem Daumen auf den kleinen Edelstein in dessen Bauchnabel.

»Und? Was haben Sie sich gewünscht?«, fragte die Krämerin, während sie die Zigaretten hinter sich an der Kasse einsortierte.

»Wenn ich Ihnen das sage, geht es nicht in Erfüllung«, antwortete Tischler, stellte ihn zurück ins Regal und stöberte weiter. »So ein Tamagotchi hatte ich auch.«

»Da müsste man eine neue Batterie hineintun. Hätt ich da, wenn Sie eine brauchen.«

»Lassen Sie mal«, winkte Tischler ab.

Gerade als er zur Kasse gehen wollte, blieb sein Blick an einem kleinen Aufsteller hängen, der ganz hinten im Regal vor sich hin staubte.

»Was kosten die denn?«

»Müsste an der Seite dranstehen. Das sind die Guten«, erklärte sie eifrig.

Tischler griff sich mit leuchtenden Augen eines der Jo-Jos und legte es neben seinem Wasser an die Kasse. »Die zwei Sachen bitte«, sagte er und kramte in der Tasche seiner Laufweste nach seinem Geld.

Die Frau schmunzelte. Sie stand schon zu viele Jahre an der Kasse, um nicht zu wissen, dass der Kommissar dieses Jo-Jo für sich selbst kaufte.

Tischler hatte sein Wasser fast leer getrunken, als er am Gasthof des Ortes vorbeikam. Mit dem letzten Schluck sah er auf das nagelneue Schild, das über dem Eingang hing, auf dem bis vor Kurzem ZUM BRUNNEN gestanden hatte. Er dachte für einen Moment an Gerhard Leidinger, den ehemaligen Inhaber, der selbst sein bester Kunde gewesen war und derzeit seine Haftzeit absaß. DAS KRAUSE war nun auf dem Schild über dem Eingang zu lesen. Dieser Name bot bezüglich der Speisenauswahl Spielraum für jegliche Interpretation. Ein Blick auf die Karte im Schaukasten, der neben dem Eingang an der Fassade angebracht war, sollte Licht ins Dunkel bringen.

»Bayern trifft Thailand mit einem Gruß aus Berlin«, las Tischler sich leise die Karte vor. »Meine Frau Nori und ich freuen uns darauf, Ihren Gaumen verwöhnen zu dürfen. Ihr Horst-Erich Krause.«

Das erklärte den neuen Namen des Wirtshauses. Ebenso gut hätte er es DAS NORI nennen können. Tischler las weiter.

»*Giaw Thod* – hausgemachte frittierte *Wan Tan* mit deftiger Füllung aus Weißwurst und süßem Senf! Ja, da schau her.« Sein Blick flog weiter über die Karte.

»*Pak Thod* – knusprig frittiertes Tempura-Gemüse an Streifen vom Schweinsbraten … *Thai Gung Thong* – bayerisches Rind trifft frittierte schwarze Tigergarnele an Limettenblättern und Chili …«

Tischler ging wieder einen Schritt zurück und blickte skeptisch die Fassade hinauf, bevor er weiter seine Dorfrunde drehte.

Eines stand fest. Die Krauses frittierten gerne.

»Da schau her! Da will einer hundert Jahre alt werden!«

»Servus, Franz«, grüßte Tischler den hiesigen Mechaniker vor dessen Autowerkstatt.

»An so einem schönen Tag, da rennt man nicht. Da setzt man sich in seinen Oldie und cruist dem Sonnenuntergang entgegen.«

»Hast ja recht«, lenkte Tischler ein.

»Magst einen Kaffee?«

Tischler nahm dankend an und folgte Franz Steiner in die Werkstatt.

»Was macht dein E-Type? Läuft er noch?« Steiner stellte seine Kaffeemaschine an.

»Freilich. Wie ein Glöckerl. Ich fahr nur zu selten damit.«

»Kein Thema«, winkte Steiner ab. »Mach mir einen guten Preis und ich kurv künftig damit herum!«

»Nix da. Den gebe ich nie her.« Tischler überlegte, ob er den Mechaniker schon einmal ohne ölverschmiertes Gesicht gesehen hatte. Irgendwie passte es zu seinem Dreitagebart und den grau melierten Schläfen.

»Hast viel zu tun bei uns hier im Ort, wie man hört?«

Tischler nahm die Tasse entgegen. »Hat es sich herumgesprochen?«

»Vom Ludwig? Freilich. Den Paradiesvogel kannte hier jeder.«

»Du also auch?« Tischler schlenderte mit seiner Tasse zur Hebebühne, auf der ein alter Audi Quattro ohne Reifen parkte. Der Auspuff war ebenfalls abmontiert.

»Wird das jetzt zur Gewohnheit, dass du mich verhörst, wenn es im Ort einen Toten gibt?« Steiner trank einen Schluck von seinem Kaffee.

Tischler lachte. »Wie sagt man in Bayern? Man red ja bloß.«

»Klar hab ich den Ludwig gekannt. Hab mich ja um seine Autos gekümmert. Mit dem Zahlen hat er sich allerdings immer ein bisserl Zeit gelassen, der Gauner. Sonst war er ganz okay.«

»Hatte er in letzter Zeit einen Wagen bei dir?«

Steiner schüttelte den Kopf. »Lass mich überlegen, ich glaub, dieses Jahr noch gar nicht. Soll ich in den Büchern nachschauen?«

»Lass nur. Hatte der Holzinger eigentlich Feinde?«

Steiner nippte erneut an seiner Tasse. »Jetzt willst du es aber genau wissen.« Er ging zu Tischler und nahm ihm die leere Tasse ab. »Sagen wir es mal so. Wenn du erfolgreich bist, dann hast du auch Neider. Brauchst nur dich anzuschauen.« Er marschierte wieder zurück an seine Werkbank. »Oder glaubst du, dass die Leut' nicht über den Kommissar reden, der einen feuerroten Jaguar fährt?«

»Ich sag immer: Jeder hat es in der Hand.« Tischler folgte ihm.

»Siehst du! Und der Ludwig hat keine Gelegenheit ausgelassen, Geld zu machen. Dass du dich da nicht sonderlich beliebt machst, erklärt sich von selbst.« Steiner deutete auf die Tasse. »Magst noch einen?«

»Nein, dank dir. Meine Dusche wartet.« Tischler bewegte sich zum Ausgang. Kurz davor drehte er sich noch mal um. »Schönen Feierabend.«

»Ebenfalls!«, rief ihm Steiner nach. »Und bring deinen Engländer ruhig jederzeit vorbei. Hier bekommt er die Aufmerksamkeit, die er verdient!«

Tischler hob die Hand zum Gruß und verließ die Werkstatt. Draußen startete er erneut seine Pulsuhr und machte sich auf den Heimweg. Wäre doch schade gewesen, wenn er seine Anstrengungen nicht festgehalten hätte.

Steiner trat auf den Hof und sah dem Kommissar noch eine Weile nach, bis der aus seinem Blickfeld verschwunden war. Pfeifend ging er zurück in seine Werkstatt und verschloss die Tür. Er griff in die Brusttasche seines dunkelblauen Overalls, holte eine Schachtel Zigaretten samt Feuerzeug heraus und zündete sich eine an. Langsam drehte er sich um, nahm einen tiefen Zug und blickte in die hinterste Ecke seiner Werkstatt auf ein Fahrzeug, das er unter einer Abdeckung vor neugierigen Blicken versteckt hatte. Gemächlich hielt er darauf zu, fasste nach dem Stoffcover und deckte das Auto ab. Er trat zwei Schritte zurück, um den Boliden in seiner ganzen Pracht bewundern zu können. Seine Aufmerksamkeit galt einem Porsche 356 SC Baujahr 1965. Der schwarze Oldtimer war nicht zum ersten Mal zu Besuch in Steiners Werkstatt. Er selbst hatte den Wagen im Auftrag von Ludwig Holzinger über Monate hinweg komplett restauriert. Steiner erinnerte sich, wie lange er auf sein Geld gewartet hatte, bis Holzinger endlich mit einem Bündel Scheine zu ihm gekommen war, um das Liebhaberstück auszulösen. Woher das Geld seiner Kundschaft stammte, interessierte Steiner damals genauso wenig wie heute.

Er öffnete die Fahrertür und blickte auf den komplett in braunem Leder gehaltenen Innenraum. Die Fahrgestellnummer verriet Steiner, dass es sich um einen der letzten hundert handelte, die jemals gebaut worden waren. Sanft schloss er die Tür und umrundete den Porsche, um ihn von allen Seiten zu betrachten. Als Holzinger den Wagen ein paar Tage zuvor zu ihm in die Werkstatt gebracht hatte, um die Bremsen zu erneuern, hatte er sicher nicht damit gerechnet, dass er ihn nicht mehr abholen würde. Steiner musste sich eingestehen, dass er Ludwig um den Porsche beneidet hatte. Seiner Meinung nach hatte einer wie Holzinger einen Wagen wie diesen nicht verdient. Er war der Ansicht, dass man sich für einen Boliden dieses Kalibers qualifizieren musste. Ein Liebhaber musste man sein. Begreifen, dass man mit einem solchen Fahrzeug eine Ehe auf Lebenszeit einging, wenn man sich erst einmal dafür entschieden hatte. Holzinger hingegen hatte mit seinen Autos nur eines im Sinn. Angeben, aufreißen und noch mal angeben.

Steiner sog die Glut seiner Zigarette bis kurz vor den Filter, bevor er den Rauch in seine Werkstatt pustete. Seine Finger glitten sanft über den frisch polierten Lack.

»Du wirst mir viel einbringen«, prophezeite er dem Wagen und lächelte dabei zufrieden.

DIEBE AM HELLLICHTEN TAG

»Der Schwenk ist bereits da!«, empfing Luise den Kommissar am nächsten Morgen nervös an der Tür der Dienststelle.

»Morgen, Luise. Was? Der Polizeioberrat?«

»Na, wie viele Schwenks kennst du denn noch?«, zischte sie.

»Was will er denn?«

»Das weiß ich doch nicht. Er ist vor etwa zehn Minuten hier aufgetaucht und wartet in deinem Büro auf dich.«

Das verhieß nichts Gutes. Wenn sich ein Mann seines Dienstgrades in den beschaulichen Ort Brunngries verirrte, noch dazu um diese Uhrzeit, dann hatte das einen triftigen Grund.

»Wo warst du denn so lange? Du bist doch sonst nicht so spät?«

»Mei«, wand sich Tischler, »der Verkehr halt …«

»Verkehr? In Brunngries?« Luise beäugte ihn skeptisch.

Tischler beließ es dabei. Er musste ihr ja nicht auftischen, dass er an diesem schönen Morgen mit seinem Jaguar noch eine Extrarunde gedreht hatte. Es war immer gut, wenn man als Sheriff einen Blick auf seine Umgebung warf. Wenn der dann noch aus einem Oldtimer mit geöffnetem Verdeck kam, umso besser. Außerdem wollte er Fink später eine Freude bereiten.

»Hat er gar nichts gesagt?«

Luise schüttelte den Kopf und strich Tischler einen Fussel von der Schulter. »Er: ›Wo ist Tischler?‹ Ich: ›Noch nicht da.‹ Er: ›Dann warte ich unterdessen in seinem Büro.‹ Ich: ›Ist gut.‹«

Tischler schenkte Luise ein Lächeln, bevor er den Flur entlang in sein Büro ging. Als er es betrat, fand er Polizeioberrat Schwenk vor, der sich dreist an seinem Heiligtum zu schaffen machte.

»Herr Polizeioberrat?«

Schwenk drehte sich blitzschnell um. »Ah, Herr Tischler. Da sind Sie ja. Aber warum so förmlich? Ich hab Ihnen doch gesagt, dass Sie den Polizeioberrat weglassen sollen.« Er ging auf Tischler zu. »Mensch, wir sind schließlich Kollegen. Sagen S' ruhig Herr Schwenk zu mir.«

»Freilich. Ich vergaß.«

Schwenk, wie stets sehr gepflegt, streckte Tischler die Hand entgegen. Sein Bart, der seinen Mund einrahmte, war akkurat getrimmt. Vielleicht bildete sich Tischler es auch ein. Doch er war sich sicher, dass Schwenk bei jeder Begegnung sofort seinen Haaransatz ins Visier nahm. Dadurch, dass der Polizeioberrat seine Stirn sehr hoch trug und sich auch bereits am Hinterkopf sein Haar lichtete, schien dies für ihn ein Thema zu sein. Ein Thema, das Tischler sicherlich niemals ansprechen würde. Doch er kam nicht umhin, es jedes Mal dem Polizeioberrat gleichzutun und ihm ebenfalls auf genau diese Partie zu schauen.

Schwenk hielt in einer Hand Tischlers Tamper, den er über Wochen hinweg feinjustiert hatte, damit sein Kaffee stets das gleiche Aroma erzeugen konnte.

»Das Teil hier … ich habe Ihnen da den Griff wieder festgedreht«, sagte Schwenk enthusiastisch und fuchtelte damit vor Tischlers Gesicht herum. »Wie heißt das noch gleich?«

»Tamper. Der Griff war nicht locker. Das ist wie bei einem Drehmomentschlüssel. Das gehört so ...« Er musste sich schwer zusammenreißen, um nicht zu explodieren.

Schwenk drehte sich um und marschierte zurück zur Maschine. »Eine schöne Kaffeemaschine haben Sie da. Ich koche ja immer noch mit Filter.«

»Ja.« Tischler folgte ihm. »Das hat sicher auch seinen Reiz, wenn man langsam in kreisenden Bewegungen ...«

»Papperlapapp. Kaffee in den Filter, zugemacht und eingeschaltet.« Er lachte. »Kreisende Bewegungen ... Soll ich uns eine Tasse ...«

»Ach, ich mach das wirklich sehr gerne.« Tischler hechtete regelrecht zwischen Schwenk und seine Kaffeemaschine. Hastig zog er seine Jacke aus und hing sie über die Stuhllehne. Dabei fiel etwas auf den Boden, das direkt vor Schwenks Füßen zum Liegen kam. Schwenk blickte nach unten.

»Oh, ein Jo-Jo.« Er drückte Tischler den Tamper in die Hand und hob das Spielzeug vom Boden auf. »So eines hatte ich auch als kleiner Bub. Was machen Sie denn damit?«

»Ich, äh ... das ist nur ... was kann ich denn für Sie tun?« Er bedeutete Schwenk, dass er auf dem Stuhl vor seinem Schreibtisch gerne Platz nehmen dürfe, und begann, seinem Vorgesetzten einen perfekt gebrühten Kaffee zu zaubern.

Schwenk ließ sich mit dem Jo-Jo in der Hand nicht zweimal bitten. »Meinen schwarz mit ein bisschen Zucker«, orderte er und setzte sich.

Tischler gab eine Tasse unter den Auslass und stellte die Maschine an.

»Wie kommen Sie denn im Fall Holzinger voran? Gibt es da mittlerweile Erkenntnisse?« Schwenk ließ das Jo-Jo neben dem Stuhl aus der Hand gleiten. Zurück kam es jedoch nicht, weshalb er die Schnur händisch aufwickelte.

»Wir wissen, dass er ermordet wurde.«

»Von wem? Irgendeine Ahnung? Familie? Kunden? Mitarbeiter?«

»So weit sind wir noch nicht.« Tischler stellte den Kaffee vor Schwenk auf den Schreibtisch und brühte sich ebenfalls eine Tasse. »Wir wissen allerdings, dass er nicht in der Badewanne umgekommen ist.«

»Aha«, tat Schwenk interessiert und wickelte erneut die Schnur auf.

»Wir haben bereits den Bruder und den Polier befragt.«

»Und?«

»Nichts Besonderes bisher. Wir warten noch auf ein paar Laborergebnisse. In der Zwischenzeit …«

»Sehen Sie zu, dass diese Angelegenheit schnellstens erledigt wird«, unterbrach Schwenk den Kommissar. »Aber ermitteln Sie nicht zu laut, wenn Sie verstehen, was ich meine.«

Tischler blickte den Polizeioberrat fragend an.

»Damit meine ich, dass um die Sache nicht so viel Aufhebens gemacht werden soll.«

Tischler nippte von seinem Kaffee und stellte die Tasse ab. »Nicht so einfach bei einem Typ, wie Ludwig Holzinger einer war.«

»Das ist mir klar. Ich kannte ihn flüchtig. Mir ist durchaus bekannt, dass er kein Kind von Traurigkeit war. Den kannten die Leute bis zur Landesgrenze. Hat sein Gesicht bei jeder Charity-Veranstaltung in die Kamera gehalten.«

Tischler war erstaunt, wie gut Schwenk über den Ermordeten Bescheid wusste. »Es wird schwierig werden, die Leute über ihn zu befragen, und dabei …«

»Sie wissen bestimmt, wie ich das meine«, ging Schwenk erneut dazwischen. »Tote Baulöwen sind schlecht für den Tourismus, und der ist wiederum wichtig für die Bewohner von Brunngries und die umliegenden Ortschaften. Zumindest die, die unmittelbar am Tourismus verdienen. Und wenn diese

Bewohner zufrieden sind, dann sind es auch der Bürgermeister, der Stadtrat, der Landrat und letztendlich auch ich. Verstehen S'?« Schwenk beugte sich nach vorne. »Wenn die alle nämlich das Gefühl haben, dass wegen der Sache diesen Sommer auch nur eine dreiköpfige Familie weniger zum Eisschlecken in den Ort kommt, dann stehen die bei mir im Büro. Und wenn das passiert, stehe ich kurz darauf wieder bei Ihnen im Büro.«

Tischler nickte und signalisierte seinem Gegenüber, dass er verstanden hatte. Innerlich ärgerte er sich über diese Ansage. Eine Unart, wenn sich Vorgesetzte genötigt fühlten, ihn antreiben zu müssen. Noch dazu, wenn es sich wie eine Drohung anhörte. Zumal dies für eine ordentliche Ermittlungsarbeit mehr als hinderlich war. Tischler waren die Räte samt Bürgermeister und Polizeioberrat gelinde gesagt scheißegal. Für ihn hatte allein eine Sache oberste Priorität: den Mord an Ludwig Holzinger aufzuklären.

»Sie können sich ganz auf mich verlassen«, versprach Tischler mit aller Überzeugungskraft, die er aufbringen konnte. Half ja nichts. Ober sticht Unter.

»Verdammt!«, fluchte Schwenk, während er das Jo-Jo zum wiederholten Mal an der Schnur zu sich heranzog und es aufhob. »Als kleiner Bub konnte ich das.«

Tischler schmunzelte, weil er sich Schwenk als eben diesen vorstellte.

»Morgen!« Fink blieb abrupt stehen, als er den Gast vor Tischlers Schreibtisch sitzen sah. »Oh, guten Morgen, Martin.«

Tischler zuckte zusammen, als er Fink den Polizeioberrat duzen hörte. Es fühlte sich irgendwie falsch an, auch wenn die beiden um ein paar Ecken verwandt waren.

»Felix! Was machen die Polizeiarbeit und die Mama?«

»Beide sehr gut. Danke der Nachfrage. Sie hat sich letztens schon gefragt, wann du wieder einmal zum Essen vorbeikommst.«

»Sagst ihr schöne Grüße. Ich melde mich in den nächsten Tagen bei ihr.«

Tischler saß einfach nur da und verfolgte die Familienidylle, die sich vor seinen Augen abspielte. Dabei stellte sich Zufriedenheit bei ihm ein. Er war froh, nicht mit Schwenk verwandt zu sein. Da siezte er ihn lieber.

»Sagst der Johanna, ich komme sofort, wenn es Salonbeuschel gibt.« Er sah zu Tischler. »Die macht sie hervorragend. So etwas kochen die Frauen von heute überhaupt nicht mehr.«

Ich weiß den Grund, warum die Frauen von heute das nicht mehr kochen, dachte Tischler und fragte sich im gleichen Augenblick, wie Frau Fink es auffassen würde, wenn sie erfuhr, dass sie laut Schwenk eine Frau von gestern war.

»Ich bin ebenfalls schon in den Genuss gekommen«, erwiderte Tischler verschmitzt.

Schwenk erhob sich und steckte das Jo-Jo in seine Hosentasche. Er klopfte Fink auf die Schulter und drehte sich nochmals zu Tischler.

»Halten Sie mich in der Sache auf dem Laufenden, ja? Und wie gesagt, lieber gestern als morgen.« Er drehte sich wieder zu Fink. »Ich bin sicher, dass Felix Sie dabei bestens unterstützen wird.«

Der Polizeiobermeister wurde zwei Zentimeter größer. Nach dieser Ansage verschwand Schwenk und mit ihm Tischlers Jo-Jo.

Fink winkte nochmals in den Flur, bevor er die Bürotür von innen verschloss.

»Was wollte er denn?«, fragte er mit gesenkter Stimme.

»Sich nach dir erkundigen. Wie du dich so machst, hat er gefragt, und ob du Zukunft bei der Polizei hättest.«

»Echt?«

»Ja. Ich hab ihm verraten, dass ich dich eher in der Modebranche sehe.«

Fink setzte sich. »Schmarrn. Jetzt sag schon. Irgendwas wollte er doch, wenn er sich frühmorgens aus Traunstein hierher verirrt.«

Tischler lachte. »Nach dem Fall Holzinger hat er sich erkundigt.«

Fink nickte. »Hast gesehen? Der hatte ein Jo-Jo in der Hand. Ist das jetzt vielleicht wieder in Mode? So eines hatte doch auch das Madl vom Holzinger Thomas.«

»Keine Ahnung«, schwindelte Tischler und ärgerte sich gleichzeitig über Schwenks Diebstahl an seinem Eigentum. Jedoch noch mehr darüber, dass er ihn nicht daran gehindert hatte.

»Du, Constantin, was meinst, wen ich heute Morgen getroffen hab, als ich aus der Haustür gekommen bin?«

»Weiß nicht.«

»Den Bürgermeister.«

»Hast du ein Glück. Hast dir ein Autogramm geben lassen?«

»So weit kommt es noch! Aber weißt du, an was ich mich wieder erinnert habe, als er mich nach meiner Mama gefragt hat?«

Tischler sah ihn fragend an.

»An den Anrufbeantworter vom Holzinger Ludwig.«

»Ach was. Bist du dir ganz sicher?«

»Freilich«, versicherte Fink voller Stolz. »Er ist nämlich in einen Hundehaufen getreten und hat geflucht. Und keiner sagt so wie er ›Sacklzement‹.«

»Apropos Bürgermeister. Hast du gewusst, dass der Ludwig Holzinger bei der nächsten Bürgermeisterwahl kandidieren wollte?«

»Echt? Der Wickerl?«

Tischler war erstaunt, dass diese Info offensichtlich nicht umgehend an Finks Mama herangetragen worden war.

»Behalt es bloß für dich, hörst du?«, mahnte Tischler seinen Schützling. »Ich würde sagen, dass wir demnächst dem Herrn Bürgermeister einen Besuch abstatten und der Sache auf den Grund gehen. Aber den können wir hinten anstellen. Der läuft uns nicht davon. Wir sollten erst die engere Familie abklappern.«

Fink bestätigte Tischlers Plan, dann begannen seine Augen zu leuchten. »Ich hab auf dem Parkplatz draußen gesehen ... du bist ja mit deinem Jaguar hier.«

Tischler griff in seine Hosentasche, holte seinen Schlüsselbund hervor und warf ihn Fink zu.

»Heute ist dein Glückstag.«

»Was ...« Fink starrte mit den Schlüsseln in der Hand seinen Vorgesetzten ratlos an.

»Heute darfst du mal ein richtiges Auto fahren.« Er stand von seinem Stuhl auf und schlüpfte in seine Jacke. »Lust auf ein bisserl Schifferl fahren?«

»Was! Jaguar und Schiff an einem Tag?«

»Freilich. Wird Zeit, dass wir der Frau Engel einen Besuch abstatten. Aber leise müssen wir sein.«

»Wieso leise?« Fink ging voran und öffnete die Bürotür.

»Frag deine Verwandtschaft. Erzähle ich dir im Auto.«

Tischler konnte überhaupt nicht so schnell schauen, da war Fink auch schon aus der Wache gestürmt und thronte im Jaguar. Wahrscheinlich hatte er Angst, er könnte es sich noch einmal anders überlegen.

Zugegeben. Als er Fink so aufgeregt sah, drängte sich dieser Gedanke auf.

Geld verdirbt die Leut'

»Ich weiß nicht, wann ich das letzte Mal auf dem Chiemsee war«, dachte Tischler laut vor sich hin, als sie ablegten und sich der historische Schaufelraddampfer in Bewegung setzte.

»Dass der Jaguar so viel Power hat, hätt ich mir nicht gedacht. Und eine Straßenlage hat der!«

»Ich glaube, das könnte gut zehn Jahre her sein.« Tischler lehnte an der Reling des Außenbereichs und stierte versonnen aufs Wasser.

»Ist der Auspuff original oder hast du da was machen lassen? Wie der röhrt!«

»Auf der Fraueninsel war ich genau zweimal. Das weiß ich noch genau«, teilte Tischler seinem unaufmerksamen Kollegen mit. »Einmal mit meinem Opa und einmal mit meinen Eltern. Oder waren es dreimal?«

Nun wurde Fink empfänglicher für Tischlers Erinnerungen. »Jetzt, wo du so über deine Familie sprichst … irgendwie weiß man von dir überhaupt nix.« Fink, der seine Euphorie über den Jaguar etwas abgebaut hatte, stellte sich neben Tischler an die Reling und knöpfte seinen Janker bis zur Hälfte auf.

»Was willst denn wissen?«

»Na, was du so treibst, wenn du nicht arbeitest zum Beispiel. Also, ich mein, wenn du mal nicht mit deinem Jaguar durch die Gegend cruist.«

»Mei. Nix Außergewöhnliches.« Tischler beobachtete einen älteren Herrn, der mit seiner kleinen Digitalkamera kämpfte, um von seiner Frau ein schönes Bild zu machen. Da es etwas länger dauerte, entgleisten der Dame langsam die Gesichtszüge.

»Eltern?«, fing Fink an zu bohren.

»Beide tot.«

»Geschwister?«

»Nein.«

Fink überlegte eine Weile. »Warst du schon einmal verheiratet?«

Tischler warf seinem Kollegen einen schiefen Blick zu. »Man könnte meinen, du machst mir gleich einen Antrag.« Er grinste Fink verschmitzt an, dann verneinte er diese Frage.

»Wie kann man sich als Hauptkommissar einen Jaguar leisten?«

»Was habt ihr denn immer alle wegen dem Auto?«

»Gell, der kostet brutal viel?«, versuchte Fink, die Gunst der Stunde zu nutzen, um den ungefähren Wert des Boliden zu ermitteln.

»Mei, was heißt schon viel? Aber mal etwas ganz anderes: Was wissen wir eigentlich über diese Eva Engel?«

Fink fixierte einen Moment seinen Vorgesetzten, bis er begriff, dass die persönliche Ratestunde vorüber war und es wieder um den Fall ging. Er griff in die Innentasche seines Jankers und angelte den kleinen Block hervor.

»Eva Engel, siebenundvierzig, geschieden, Eltern 2014 bei einem Tornado in Florida ums Leben gekommen. Arbeitet und wohnt auf der Fraueninsel, betreibt dort eine kleine Töpferei, gibt hin und wieder Kurse. Bruder: Ludwig Holzinger, verstorben. Halbbruder: Thomas Holzinger. Keine Kinder.«

»Sauber. Gut recherchiert.«

Fink steckte seinen Block zurück in die Tasche. »Danke.«

»Dass sie Kurse gibt, das weißt du bestimmt von deiner Mama, oder?«

»Schmarrn!«, verteidigte sich Fink. »Die Engel hat eine Internetseite.«

»Und? Sieht sie gut aus?«

»Wer?«

»Na, die Engel?«

»Weiß ich nicht? Sie hat kein Bild von sich auf der Seite.«

Tischler nickte. »Also findet sie sich selbst nicht hübsch«, schob er hinterher.

»Und woher willst du das wissen?«

»Weil Frauen, die von sich selbst überzeugt sind, immer ein Bild von sich ins Netz stellen.«

»Ich habe ein Bild von mir auf Facebook«, warf Fink ein.

»Schau, wenn du unzufrieden mit deinem Äußeren wärst, dann hättest du, wie alle anderen Menschen, die sich nicht gerne im Spiegel anschauen, eine Katze als Profilbild.«

Der Schaufelraddampfer hatte die Anlegestelle der Fraueninsel erreicht. Tischler und Fink waren die Letzten, die von Bord gingen. Um diese Uhrzeit verirrten sich an einem Wochentag wenige Touristen auf die Insel. Ab Mittag oder am Wochenende sah das ganz anders aus.

»Und mach langsam, ja?«, mahnte Tischler, als sie den Bootssteg passierten. »Die Engel ist nicht angeklagt, sie ist keine Verdächtige und wir vernehmen sie nicht. Wir sind lediglich hierhergekommen, um ein bisschen mit ihr zu plaudern.«

Fink nickte zustimmend, und Tischler hatte das Gefühl, dass er den Wink verstanden hatte.

Der Tag war eigentlich zu schön, um ihn mit Ermittlungsarbeiten zu verbringen. Tischler dachte wehmütig an Britta, während er mit Fink an seiner Seite über den geteerten Weg am Ufer entlangwanderte. Ein kleiner Spaziergang über die Insel, danach ein fangfrisches Chiemseer Renkenfilet oder vielleicht einen Zander …? Dazu ein gepflegtes Helles. Sein Entschluss stand fest. Er würde zusammen mit Britta die Insel besuchen. Welcher Ort wäre geeigneter, um eine Beziehung ein wenig zu vertiefen? Doch eine Hürde galt es zuvor noch zu überwinden, nämlich Brittas und seinen Dienstplan auf einen Nenner zu bringen.

Eine leichte Brise wehte den beiden Polizisten um die Ohren. Während die paar Touristen ziellos herumschlenderten und sich von der magischen Aura, die die Insel verströmte, inspirieren ließen, marschierten die beiden zielgerichtet zu Eva Engels kleiner Töpferei. Vor dem Haus standen Holztische, die ihrem Aussehen nach ihr Dasein ganzjährig draußen verbrachten. Das Holz war spröde und von Wind und Wetter gezeichnet. Jedoch versprühten die Tische einen Charme, der sich auch in den kleinen Kunstwerken, die bereits aufgebaut waren, widerspiegelte. Große und kleine Kugeln aus Ton in allen Farben, wie man sie auf Stangen gespießt in den Vorgärten der Region fand, wurden liebevoll in mit Stroh ausgelegten Körben zum Kauf angeboten. Daneben kleine Fische aller Art und Größe, die die eine oder andere Wand verzieren sollten, um beim Anblick die Fraueninsel erneut ins Gedächtnis zu rufen. Teller, Schüsseln, Kannen, Tassen … es mangelte an nichts, was das Töpferherz in Wallung brachte.

Da noch einiges an Platz für weitere Kunstwerke zur Verfügung stand, vermutete Tischler, dass die Inhaberin an diesem schönen Tag erst kürzlich den Laden geöffnet und die Bestückung der Tische noch nicht abgeschlossen hatte.

Fink nahm einen Schwan in die Hand, den er von allen Seiten bestaunte. »Wie echt«, sagte er bewundernd. »Ob es auch Frösche gibt? Ich mag Frösche.«

»Du kannst sie ja fragen«, schlug Tischler vor, als eine Frau mit einem großen Korb aus geflochtenen Weiden aus dem Laden ins Freie trat.

»Kann ich Ihnen helfen?«, fragte sie, noch bevor sie den Korb auf einem der Tische abstellte.

»Frau Engel? Eva Engel?«

»Ja«, antwortete sie.

Ihr war anzusehen, dass es körperlich anstrengend war, jeden Morgen die Kunstwerke aus dem Laden nach draußen zu schaffen. Sie setzte den Korb ab und strich sich eine Strähne hinters Ohr, die für ihren Haargummi noch zu kurz war. Die brünetten Haare hatte sie zu einem Pferdeschwanz zusammengebunden. Ihre Kleidung wirkte auf Tischler burschikos. Jeans mit abgewetzten Knien, T-Shirt und Outdoor-Jacke, deren Ärmel sie bis kurz vor die Ellbogen nach oben geschoben hatte. An ihren Turnschuhen klebten Spritzer von getrocknetem Ton, der sich bestimmt bei der Herstellung einer Vase von der Töpferscheibe verabschiedet hatte. Ihren Haaransatz zierten ein paar graue Strähnen, die so manche Frau beim Blick in den Spiegel in Angst und Schrecken versetzt hätten. Eva Engel jedoch schien dies nicht zu stören. Sie hatte andere Prioritäten. Die neueste Mode, Kosmetik und stundenlange Sitzungen beim Friseur gehörten sicher nicht dazu. Wobei Tischler sie durchaus für eine attraktive Frau hielt, deren Ausstrahlung auf derartige Oberflächlichkeiten nicht angewiesen war. Insofern hinkte seine These bezüglich Frauen, die Katzenbilder zum Profilbild hatten.

»Tischler. Kriminalpolizei. Das ist mein Kollege Fink.«

»Aha. Ich habe mir schon gedacht, dass Sie hier irgendwann aufschlagen.«

Sie machte auf dem Absatz kehrt und ging zurück in ihren Laden. Die beiden folgten ihr.

Tischler blieb inmitten des kleinen Ladens stehen und blickte sich um. An den holzvertäfelten Wänden hingen weitere

Teller, in den Regalen türmte sich Geschirr in sämtlichen Farbvariationen. Auf den Tischen reihten sich Vasen in allen Größen und Formen aneinander, sodass es schwerfiel, sich für eine zu entscheiden. Denn jedes einzelne Stück war mit Liebe und Präzision gefertigt, die erkennen ließ, dass die Inhaberin ihr Handwerk verstand.

»Haben Sie das alles selbst hergestellt?«, fragte Tischler die Töpferin, die mit einem weiteren Korb auf ihn zusteuerte.

»Ich kann mir keine Angestellten leisten«, erklärte sie in süffisantem Ton und drückte ihm den Korb in die Hand. »Tragen Sie den bitte nach draußen?« Sie griff sich einen zweiten und folgte ihm.

Fink kam mit den Händen in den Hosentaschen hinterher.

»Sie wissen, was passiert ist?« Tischler stellte den Korb ab.

»Natürlich. Thomas hat es mir mitgeteilt. Er hat mich gestern angerufen, nachdem Sie bei ihm gewesen waren. Zum ersten Mal seit Monaten.«

»Dann haben Sie also wenig Kontakt zu Ihrem Halbbruder?«, klinkte sich Fink ein.

»Pff«, lachte sie. »Das haben Sie von ihm, oder? *Halbbruder!* Ich habe dieses Wort nie in den Mund genommen. So ein Schmarrn! Für mich war er immer der gleiche Bruder wie auch …«, sie stockte, »Ludwig.«

Sie langte in den Korb und drapierte den Inhalt auf der freien Fläche des Tisches.

»Hat Ihr Bruder das ebenso gesehen? Ich meine, der Ludwig?« Tischler war erstaunt über die Frage, die Fink Frau Engel gestellt hatte.

»Der Ludwig lebte von jeher in seiner eigenen Welt. Der hat sich ausschließlich für sich interessiert. Gezofft haben die sich dauernd. Brüder halt. Ich habe es sehr schnell aufgegeben, mir über die beiden Gedanken zu machen. Und nach dem Tod meiner Eltern herrschte sowieso Funkstille.« Sie eilte wieder in den Laden.

»Was war der Grund?«, blieb Tischler dran, als er ebenfalls mit Fink wieder im Laden stand.

Sie lachte. »Das, was früher oder später jede Familie auseinanderreißt: Geld.«

»Sie meinen das Erbe?«, hakte Fink nach.

»Natürlich. Nur gut, dass ich dieser Familie schon vorab den Rücken gekehrt hatte. Geld verdirbt den Charakter.«

Tischler schnappte sich eine der Kugeln, wie er sie bereits draußen gesehen hatte. »Dann haben Sie nichts geerbt?«

»Klar habe ich geerbt. Den Pflichtteil. Und wissen Sie, was ich damit gemacht habe? Gespendet habe ich ihn. Nichts bringt mehr Unglück als Geld, das man Ihnen neidet.«

»Wer hat es Ihnen denn geneidet?«

Sie sah Tischler an, ging an ihm vorbei und trat vor das Fenster. Sie stützte sich auf die Fensterbank und blickte hinaus über die Büsche hinweg auf den See.

»Was weiß ich! Wenn man tief in sich hineinhorcht, dann spürt man, wenn sich etwas falsch anfühlt. Ich habe oft am Beispiel meines Bruders gesehen, was Geld mit jemandem anstellen kann.«

»Welcher jetzt genau?«, bohrte Fink nach.

»Beim Ludwig«, antwortete sie, ohne den Blick vom See zu nehmen. »Wie oft ist der mit dem Boot hier vorbeigebrettert. Mit drei, vier Flitscherl an Bord, Musik voll aufgedreht und bestimmt dicht bis in die Haarwurzeln …«

»Alkohol?«

»Was gerade da war. Da war er nicht wählerisch. Was sich die High Society eben so reinpfiff.«

»Hatte Ihr Bruder Feinde?« Tischler legte die Kugel zurück an ihren Platz.

»Hat man in der Baubranche Freunde?«, stellte sie die Gegenfrage. »Ich habe das während meiner ganzen Kindheit bei meinem Vater mitbekommen.« Sie sah wieder aus dem Fenster. »Ein böser Brief da, wütende Kunden dort, beschmierte Hauswände, nächtliche Drohanrufe …«

»Ich denke nicht, dass es allen Bauunternehmern so ergeht«, wandte Tischler ein.

»Dann war das eben nur in unserer Familie so. Was weiß ich! Geld vergiftet die Leut'. Und dass es früher oder später mit dem Ludwig so weit kommen musste, das war abzusehen.« Sie schmunzelte. »Das hat er ständig gesagt, der Ludwig: ›Ich werd eh nicht alt!‹«

»Und Thomas?«

Sie guckte Tischler an. »Was soll mit dem sein?«

»Keinen Kontakt?«

»Thomas ist eben, wie er ist. Ein Eigenbrötler, der dem Geld verbissen hinterherrennt. Der ist dermaßen mit sich selbst beschäftigt, dass er sogar den Geburtstag seiner Frau vergisst. Und das nicht nur einmal.«

»Sie haben Kontakt zu …«

»Christine? Ja. Sie kommt mich regelmäßig besuchen. Warum fragen Sie?«

»Routine.«

»Keine Ahnung, wie das passieren konnte, dass die beiden zusammengekommen sind.« Sie marschierte mit zwei Vasen wieder nach draußen. Fink verdrehte die Augen, weil ihm anscheinend das ewige Rein und Raus zu dumm wurde. Die Beamten folgten ihr.

»Wie meinen Sie das?«

Sie stellte die Vasen ab und schnappte sich den Besen, der neben der Tür an der Wand lehnte, und begann den Bereich vor ihrem Laden zu kehren.

»Eine Frau wie Christine ist das genaue Gegenteil von meinem Bruder. Eigentlich das Gegenteil von allen Holzingers.«

»Sie sind auch eine Holzinger«, warf Fink ein. Tischler konnte nicht umhin, erneut über seinen Schützling erstaunt zu sein.

Sie lachte. »Ich dachte tatsächlich als Kind, ich sei adoptiert worden. Ich habe noch nie in diese Familie gepasst. Und falls Sie sich über meinen Nachnamen wundern, ich war verheiratet.«

»*War?* Was ist passiert?«

Sie stellte den Besen wieder an seinen Ort zurück. »Tja, die Holzingers. Die sind meinem Ex-Mann passiert.«

»Grüß Gott! Haben Sie die auch in Blau?« Ein älteres Ehepaar betrachtete interessiert die Auslage. Die Frau hielt Eva Engel eine grüne Schüssel vors Gesicht.

»Gehen Sie doch schon mal rein, ich komme gleich nach. Im Lager habe ich bestimmt noch eine.«

Die Frau lächelte und betrat in Begleitung ihres Gatten den Laden.

Eva Engel sah den Kommissar an. Sie atmete tief durch. So, als würde es ihr nicht leicht fallen, über den Grund ihrer Trennung zu sprechen.

»Mein Ex hatte damals in ein Bauprojekt vom Ludwig investiert. Das hat er verstanden, der Ludwig. Die Leut' konnte er immer überzeugen. Er hat sie so weit gebracht, dass sie ihm quasi das Geld hinterhergeschmissen haben. Leider hat sich das Projekt als Nullnummer herausgestellt und mein lieber Herr Ehemann stand plötzlich ohne einen Cent da.«

»Das war doch kein Grund, sich von Ihnen zu trennen, oder?«

Sie sah Tischler wieder in die Augen. »Wenn man den Fehler begeht und sich in einer solchen Situation ein bisschen näher zu seiner Familie stellt als zum eigenen Ehemann, so wie ich es getan habe, dann kann das durchaus passieren.«

»Was letztendlich auch der Grund war, dass Sie Ihrer Familie …«

»Das Beste, was ich jemals getan habe«, unterbrach sie den Kommissar. »Ich muss jetzt aber unbedingt … Sie sehen …« Frau Engel deutete in den Laden.

»Kein Problem. Wo lebt Ihr Ex-Mann jetzt?«

»Keine Ahnung. Irgendwo bei Köln. Hat reich geheiratet. Was, im Nachhinein betrachtet, vielleicht auch der Grund war, dass ich damals seine Auserwählte war. Wie gesagt: Geld vergiftet die Leut'.«

»Eins noch«, hielt Tischler sie erneut davon ab, sich endlich um ihre Kundschaft zu kümmern. »Sie erwähnten etwas von einer Yacht Ihres Bruders. Wissen Sie, ob er eine eigene Yacht hatte?«

Sie zuckte mit den Schultern. »Natürlich hatte er die.« Nach diesen Worten verschwand sie endgültig im Laden.

»Ganz schön abgeklärt. Wenn man bedenkt, dass ihr Bruder tot ist. Und auch noch ermordet wurde«, flüsterte Fink.

»Ich denke einfach, dass sie wirklich vor langer Zeit mit allem abgeschlossen hat. Komm, wir trinken was. Ich lad dich ein. Gibt es noch diesen Biergarten direkt am See?«

Fink zuckte die Achseln. »Ist hier auf der Fraueninsel nicht alles irgendwie direkt am See?«

Tischler blieb stehen. »Was ist denn heute mit dir los? So kenne ich dich überhaupt nicht.«

»Was meinst du?«

»Schlagfertig, stellst die richtigen Fragen, bleibst ruhig … War sehr gut, wie du die Sache mit der Engel angegangen bist.«

Fink ließ dieses Lob unkommentiert. Sein Gesichtsausdruck jedoch sprach Bände.

»Mei, ist das schön hier!« Tischler lehnte sich zurück und reckte sein Gesicht in Richtung Sonne. Er schloss die Augen. »Und der Kaffee ist auch gut.«

»Und das aus deinem Mund!«, schmunzelte Fink und stellte seine Tasse auf den Unterteller. Er spähte auf seine Uhr und schnappte sich die Speisekarte. »Ich hätt Hunger.«

Tischler linste aus den Augenwinkeln zu seinem Kollegen. »Sagt dir das deine Uhr, dass du Hunger hast?«

»Na, Zeit fürs Mittagessen wär's.« Er blätterte. »Chiemsee-Renken mit Petersilienkartoffeln und Gemüse. Das wär's doch jetzt. Die sind bestimmt hier aus dem See.«

»Freilich sind sie das. Sonst wären es ja keine Chiemsee-Renken«, parierte Tischler mit geschlossenen Augen. »Hier kann man es wirklich aushalten. Ich glaub, ich ziehe hierher und bearbeite nur noch Mordfälle, die auf der Insel passieren.«

»Das wär aber fad. Außerdem, was machst du dann mit deinem Auto?«

»Auch wieder wahr. Haben die auch was ohne Fisch?«

Fink studierte erneut die Karte. »Ochsenbrust.«

»Hast mich überzeugt. Jetzt hab ich Hunger.«

Tischlers Handy, das er auf dem Tisch abgelegt hatte, vibrierte. »Zefix.«

Er setzte sich auf, nahm das Gespräch an und hörte gespannt zu, was der Anrufer zu vermelden hatte. Seufzend legte er auf, griff in seine Hosentasche und zählte ein paar Münzen auf den Tisch.

»Auf geht's, Herr Kollege.«

»Ich dachte, wir wollten was essen.«

»Das muss warten«, grummelte Tischler. »Wir haben einen Tatort.«

Casa Reserva – lieblich

»Was soll das? Sie können doch nicht einfach …«

»Jetzt beruhigen Sie sich erst einmal, Herr Kugler. Wir haben einen Durchsuchungsbeschluss«, versuchte Fink, den aufgelösten Polier zu beschwichtigen. »Das hat alles seine Richtigkeit.«

»Richtigkeit? Wissen Sie, was das bedeutet, wenn Sie die Baustelle dichtmachen?« Kugler blickte hilflos den Beamten hinterher, die aus Traunstein angefordert waren und sich auf dem Gelände verteilten. »Darf man vielleicht den Grund erfahren?«

»Es ist davon auszugehen, dass es hier auf der Baustelle vor Herrn Holzingers Tod eine gewaltsame Auseinandersetzung gab.«

»Was? Hier auf der Baustelle?« Kugler wurde ruhiger und nahm seinen Helm ab. »Aber was … ich meine, wie kommen Sie da drauf?«

»Das haben unsere Ermittlungen ergeben«, informierte Fink den Polier knapp. Mehr brauchte der nicht zu wissen.

»Machen Sie sich das Leben nicht schwerer als unbedingt nötig und kooperieren Sie mit uns, Herr Kugler. Umso schneller sind wir wieder verschwunden, und Sie können weiterarbeiten«, fügte Tischler hinzu.

»Und wie lange wird das dauern?«

»So lange, wie es dauert, Herr Kugler.«

Nach und nach verstummten Kreissägen, Bohrmaschinen und andere Geräte, die Brunngries mit ihren lärmenden Geräuschen die letzten Monate überzogen hatten. Zumindest den angrenzenden Teil davon. Sicher freuten sich einige Anwohner über den erzwungenen Baustopp und die damit verbundene Ruhe, die unweigerlich einkehrte. Wenigstens außerhalb der Baustelle. Unmut machte sich dagegen unter den Handwerkern breit, die darüber informiert wurden, dass sie auf unbestimmte Zeit die Arbeit niederzulegen hatten.

»Servus, Constantin. Wo sollen wir denn anfangen?« Jens Gebhard von der Spurensicherung war mit Hans Schwaiger, seinem Kollegen, ebenfalls eingetroffen.

Tischler drehte sich um. »Dort hinten ist das Musterhaus. Aus dem Pool davor stammt die Wasserprobe.«

Gebhard nickte und machte sich mit seinem Koffer bewaffnet auf den Weg. Hans Schwaiger nickte den beiden Ermittlern wortlos zu und folgte seinem Kollegen.

»Herr Kugler, ist das der einzige Pool auf dem Gelände, in dem bereits Wasser ist?«

Kugler kratzte sich am Kopf. »Äh, ja.« Er starrte Tischler mit großen Augen an. »Warum?«

»Wie gesagt, Herr Kugler. Wir ermitteln hier in einem Mordfall. Beantworten Sie uns einfach die Fragen.«

»Ja«, wiederholte er sich. »Das ist der einzige. Die Interessenten sollen ja sehen, wie es später ausschauen wird.«

»Verstehe. Alle Unterlagen der Baustelle befinden sich im Baubüro, nehme ich an?«

Kugler drehte seinen Kopf zu besagtem Container. »Äh, ja. Da sind aber vertrauliche …«

»Wir sind die Polizei, Herr Kugler. Bei uns ist alles gut aufgehoben. Bitte übergeben Sie meinem Kollegen sämtliche Schlüssel der Baustelle und Ihre Personalien. Wir melden uns bei Ihnen.«

Tischler blickte zu Fink, der verstand, was er zu tun hatte, und schwungvoll seinen Block zückte. Daraufhin ließ er vom Polier ab und marschierte zum Musterhaus.

Gebhard und Schwaiger gingen bereits ihrer Arbeit nach. Tischler blieb etwas entfernt stehen und stülpte Handschuhe über seine Finger.

»Kann ich da drauf?«, sprach er Gebhard an und wies auf den Bereich des Beckenrandes, der mit Holzplanken versehen war.

»Jaja«, tat Gebhard unbekümmert. »Da findest du nix außer tausend Fußspuren von wahrscheinlich jedem Arbeiter hier.«

Tischler betrat den Poolbereich und blieb am Beckenrand stehen. Er blickte ins Wasser. Der Grund des Beckens war verschmutzt.

»Ist das Sand?«, fragte er Schwaiger und deutete ins Wasser.

Der warf einen flüchtigen Blick hinein. »Davon kannst du ausgehen. Was meinst du, was hier alles umherfliegt? Wundert mich sowieso, dass der Pool nicht abgedeckt ist. Mein Schwager hat so ein Teil. Da hast du jede Menge Ärger mit. Bis du schaust, ist die Filteranlage verstopft.« Schwaiger lachte. »Am liebsten würden die unter der Plane schwimmen, damit ja nichts ins Wasser kommt.«

Auch Gebhard riskierte einen Blick in den Pool. »Gut für uns. Wir lassen das Wasser gleich ab, dann wissen wir, was dort drin alles schwimmt.«

»Haut uns da nicht vielleicht eine Spur über den Abfluss ab?«, gab Tischler besorgt zu bedenken.

Gebhard ging zur anderen Seite des Beckens und deutete auf ein weißes Gitter. »Schau, das Ganze hier ist ein Kreislauf, der nur umgewälzt wird. Dieser Skimmer hier saugt alles, was sich an der Oberfläche des Wassers befindet, an – in der Hoffnung, dass so der Schmutz, Haare, Hautschuppen und so weiter das Becken verlassen, bevor das Zeug auf den Beckenboden gelangt.«

Tischler blickte wieder auf den Grund des Pools. »Scheint ja nicht sonderlich gut zu funktionieren.«

»Hier fliegt auch viel mehr herum als normal. Das schafft kein Filter.«

»Das heißt, dass das Wasser ständig durch einen Filter läuft und dann wieder ins Becken zurückgeführt wird?«

»Ganz genau«, bestätigte Schwaiger. »Und der Filter ist bestimmt unter der Klappe, auf der du gerade stehst.«

Tischler trat einen Schritt zur Seite und ging in die Knie. Er steckte seine Finger in die kleine Vertiefung am Boden und öffnete den Deckel. Darunter war eine blaue Kartusche verbaut, zu der mehrere Rohre führten.

»Und ich dachte bisher, ein bisschen Chlor hin und wieder würde bei einem Pool dieser Größe reichen.«

Schwaiger lachte. »Das ist vielleicht bei einem aufblasbaren Kinderbecken so, bei dem du alle paar Tage die Hälfte des Wassers tauschst. Hier allerdings …« Er stellte sich neben ihn und blickte ebenfalls auf die Filteranlage. »Mein Tipp: Schaff dir niemals so einen Pool an. Ansonsten kannst du dein Geld gleich aus dem Fenster werfen. Außerdem bist du mehr mit Reinigen beschäftigt, als dass du darin umherpaddelst.«

»Glück gehört natürlich für uns auch dazu«, kam Gebhard zurück aufs eigentliche Thema. »Bleibt zu hoffen, dass die Rückspülung noch nicht eingesetzt hat.«

»Was so viel heißt wie …?« Tischler schloss die Klappe und erhob sich.

»Das heißt, dass das Sieb hin und wieder gereinigt werden muss. Dabei ändert sich die Fließrichtung des Wassers, ein Teil des Wassers landet mit dem Schmutz in der Kanalisation und wird durch frisches ersetzt. Je nach Anlage wird dieser Vorgang manuell oder vollautomatisch ausgeführt.«

Tischler nickte verständnisvoll.

»Das ist vielleicht ein sturer Hund, dieser Kugler. Bis der die Schlüssel herausgerückt hat.« Fink kam genervt zum Pool. »Die Kollegen aus Traunstein nehmen von den restlichen Arbeitern die Personalien auf. Da niemand bisher versucht hat zu fliehen, ist davon auszugehen, dass es auf dieser Baustelle keine Schwarzarbeit gibt.«

»Was wiederum für den Holzinger spricht. Oder sprach«, ergänzte Tischler. Er tippte seinem Kollegen leicht auf die Schulter. »Fällt dir an dem Pool etwas auf?«

Fink schärfte seinen Blick und schritt näher an das Becken heran.

»Schön ist er«, meinte er bewundernd. »Ansonsten …«

»Da fehlt ein Handlauf.« Tischler stellte sich neben Fink. »Besser gesagt eine Leiter, um aus dem Pool zu kommen.«

»Tatsache«, stimmte Fink ihm zu. »Kommt vielleicht noch.«

Gebhard und Schwaiger schmunzelten über Finks Mutmaßung.

»Klar kommt die noch«, erwiderte Tischler. »Die Frage ist nur, wie Ludwig Holzinger in den Pool hineingekommen ist – und, viel wichtiger, wie wieder heraus?«

»Vielleicht hat ihn jemand hineingeschubst.«

»Das mit großer Wahrscheinlichkeit. Dann wäre er aber immer noch nicht ertrunken. Auch nicht mit ordentlich Alkohol im Blut. Es muss jemand nachgeholfen haben.«

Fink überlegte. »Du meinst, dass der Täter ebenfalls im Pool war?«

»Vielleicht.« Er sah Fink an, dann legte er sich so vor den Pool, dass sein Kopf über das Wasser ragte. Er versuchte, mit dem Gesicht das Wasser zu berühren.

»Denkst du, sein Kopf wurde nur unter Wasser gedrückt?«, folgte Fink der Spur, die Tischler ihm wies.

»Möglich. Aber bei dem Wasserstand?« Er kam wieder hoch und blickte zu Gebhard. »Jens, kann es sein, dass zur Tatzeit mehr Wasser im Pool war?«

Gebhard inspizierte den Filter. »Nein. Das Wasser wird durch die Pumpe immer auf dem gleichen Niveau gehalten.«

»Sollte jemand mit im Wasser gewesen sein, können wir eine Frau jedenfalls ausschließen«, spekulierte Fink. »Eine Frau hätte ihn niemals aus dem Wasser bekommen.«

»Und wenn es mehrere Täter waren?«, dachte Tischler laut. Rasch winkte er Fink zu sich. »Komm, wir schauen uns mal im Büro um. Vielleicht entdecken wir hier ja etwas Brauchbares.«

Holzingers Büro präsentierte sich kalt und unordentlich. Tischler fragte sich, ob es in all diesen Containern, wie sie auf Baustellen zu finden waren, so aussah. Regale voller Aktenordner, während sich auf einem Tisch etliche Pläne überdeckten, die aufgrund ihrer Größe teilweise den Boden berührten. Auf dem Schreibtisch verhielt es sich nicht anders. In einer Ecke stapelten sich Kartons mit Druckerpapier neben Getränkekästen und Gummistiefeln. An der Innenseite der Tür hing das Poster eines Pin-up-Girls, das sich auf einem Bettlaken rekelte und seinen Körper so preisgab, wie Gott ihn geschaffen hatte. Entweder hatte Holzinger die Absicht verfolgt, dass seine Mitarbeiter stets mit einem Lächeln im Gesicht sein Büro verließen, oder er selbst hatte je nach Bedarf bei diesem Anblick der Realität auf der Baustelle, die fast ausschließlich aus Arbeit und Kerlen bestand, entfliehen wollen.

Tischler setzte sich an den Schreibtisch und knipste die kleine Lampe an, die bereits ein paar Jahrzehnte auf dem Buckel hatte. Er dachte an Holzingers Villa und wunderte sich über dieses Büro, in dem der Bauunternehmer sicherlich mehr Zeit als in seinem Heim verbracht hatte. Er schnappte sich einen Stapel Papier, das in einem Körbchen am Rand des Schreibtisches lag. Seine Augen flogen über die einzelnen Seiten.

»Wenn das alles Außenstände sind, dann schuldet das Unternehmen einer Menge Leute Geld.« Er überreichte den Stapel Fink, der mittlerweile ebenfalls Handschuhe trug. »Das sind fast alles Rechnungen. Das meiste davon für geleistete Arbeit von Subunternehmern.«

Es entging Tischler nicht, dass Fink verstohlen im Minutentakt auf die Frau an der Tür blickte.

»Meinst, die gibt es auch im Dirndl?«, schmunzelte der Kommissar.

Ohne Kommentar schnellten Finks Augen konzentriert auf die Papiere in seiner Hand.

Tischlers Blick wanderte unter den Tisch zum Computer. Er schaltete ihn ein. Wie zu vermuten war, erschien nach einer kurzen Weile auf dem Bildschirm ein freies Feld für die Passwort-Eingabe. Tischler versuchte sein Glück ohne eine weitere Eingabe und drückte die Entertaste. Er lachte.

»So viel zum Thema Datenschutz! Holzinger hatte nicht einmal ein Passwort.«

Er überflog den Desktop des Bildschirms und blieb an einem Programm mit dem Namen SECURITY hängen, das er mit einem Doppelklick anwählte. Kurz darauf öffneten sich mehrere Fenster, die die Baustelle aus allen erdenklichen Blickwinkeln zeigten. Tischler erhob sich vom Stuhl und sah nach draußen. Inmitten des Geländes entdeckte er einen hohen Mast, auf dessen oberem Ende ein paar Überwachungskameras thronten.

»Schau einer an! Wir haben vielleicht einen digitalen Zeugen.« Er setzte sich wieder und hatte Finks Aufmerksamkeit, der mit ihm das Programm studierte und noch vor Tischler herausfand, auf welche Weise sich die Kameras einzeln anwählen ließen.

»Ja, die Jugend«, lobte Tischler seinen Kollegen. »Mit dem Zeug kennt ihr euch sofort aus.«

»Uns trennen sechs Jahre«, entgegnete Fink.

»Sechs Jahre sind eine halbe Ewigkeit im Silicon Valley.« Er behielt eine Kameraposition auf dem Schirm, wo sich Kugler wehrte, weil er von einem der Arbeiter körperlich angegangen wurde. »Ist das live?«, fragte er Fink, der zustimmend nickte und auf den Bildschirm deutete.

»Hier. Laut Datum und Uhrzeit ja.«

»Geh da lieber mal dazwischen. Nicht dass wir uns um einen weiteren Toten kümmern müssen.«

Fink trat nach draußen, während Tischlers Aufmerksamkeit weiter dem Bildschirm galt. Er beobachtete, wie sich sein Kollege kurz darauf bei den beiden Streithähnen einmischte, um zu schlichten. Schnell wurde er beiseitegeschoben und das Gerangel ging von vorne los. Fink zupfte seinen Janker zurecht und preschte erneut dazwischen. Diesmal erfolgreich. Es dauerte nicht lange, bis er seinen Block zückte und den Arbeiter, der Kugler ans Leder wollte, eindringlich in Beschlag nahm.

»Guter Mann«, lobte Tischler seinen Kollegen vom Bildschirm aus. Dann machte er sich daran, die Datei im System zu suchen, in der eventuell zur Tatzeit die Geschehnisse auf dem Gelände festgehalten worden waren.

Er betrachtete den großen Kalender an der Wand, um das Datum des möglichen Tattages zu eruieren. Konzentriert klickte er sich von Aufzeichnung zu Aufzeichnung und gelangte jedes Mal wieder zum gleichen Ergebnis. Ein Tag fehlte.

»Leck mich am Arsch! Der Typ hat Oberarme wie andere Oberschenkel«, schnaufte Fink, als er zurück in den Container kam.

»Hast ihn ordentlich vermöbelt?«, fragte Tischler beiläufig, ohne seinen konzentrierten Blick vom Bildschirm zu nehmen.

»Schmarrn. Was meinst, was der aus mir gemacht hätte?« Fink schob seine Ärmel hoch. »Gut, dass es etwas gibt, das stärker ist als jeder Oberarm. Unsere Polizeimarke.«

»Und? Was hatte der Typ für ein Problem?«

»Geld! Was sonst. Er wollte ausbezahlt werden, bevor er das Gelände verlässt. Anscheinend hat der bis jetzt vom Holzinger noch keinen Cent gesehen.«

»Das wundert mich nicht.« Tischler deutete auf den Stapel an Rechnungen, der neben ihm auf dem Schreibtisch lag.

»Hast du die Personalien aufgenommen?«

»Freilich.« Fink holte eifrig seinen kleinen Block aus der Tasche. »Wolfgang Moser, Dachdeckermeister aus Österreich. Selbstständig. Wohnt hier in Bad Reichenhall.«

»Warum wohnt der in Bad Reichenhall, wenn er Österreicher ist?«

»Keine Ahnung«, zuckte Fink mit den Schultern. »Vielleicht, weil es in Bad Reichenhall so schön ist. Jedenfalls hat er dort seine kleine Firma.« Er klappte seinen Block wieder zu. »Möglicherweise hat der ja was mit der Sache zu tun.«

»Denkbar.« Tischler wirkte nicht sonderlich aufmerksam, was Fink sicherlich nicht verborgen blieb. Er stellte sich neben ihn und starrte ebenfalls auf den Bildschirm.

»Hast schon was gefunden?«, fragte er den Kommissar neugierig.

»Nein. Und das ist das Gute daran. Bis jetzt zumindest.« Tischler nahm seine Hand von der Computermaus und lehnte sich zurück.

»Wie soll ich das verstehen?«

»Der Freitag fehlt komplett in den Aufzeichnungen des Systems.«

»Und das ist gut, weil …?«

Tischler drehte seinen Stuhl zu Fink. »Natürlich ist es nicht direkt gut. Aber wir haben nun einen eindeutigen Tag der Tat. Und wir können davon ausgehen, dass der Mörder sich auf Baustellen auskennt und wusste, was er tun musste.«

»Wir haben ihn allerdings nicht auf dem Überwachungsvideo«, stellte Fink weiter fest.

»Bis jetzt noch nicht. Aber wir sind die Polizei und haben die KTU. Vielleicht können die das Gelöschte rekonstruieren.«

»Gute Idee. Ich lasse hier alles einpacken und nach Traunstein bringen.«

Tischlers Handy läutete. Er sah auf den Bildschirm, was ihm ein breites Grinsen entlockte. Er stand auf. »Da muss ich ran. Ja, lass alles nach Traunstein bringen.« Rasch öffnete er die Tür des Baucontainers und hastete nach draußen, um das Gespräch anzunehmen.

»Hauptkommissar Tischler?«

»Doktor Britta Neufeld am Apparat. Warum so förmlich, Herr Kommissar?«

»Hallo, Britta.« Er senkte seine Stimme und entfernte sich ein Stück vom Container. »Um mich herum sind tausend Ohren, du verstehst?«

»Ah, der Herr Kommissar hat Geheimnisse vor seinen Kollegen. Gefällt mir.«

»Na, was macht Tübingen?«, erkundigte er sich und grinste weiter vor sich hin. In letzter Zeit gab es nur eine Person, die diese Macht über seine Gesichtsmuskulatur hatte. Und das war Frau Dr. Britta Neufeld.

»Tübingen geht es gut. Zumindest war es so, als ich es verlassen habe«, sagte sie, als ob sie genau wüsste, dass es Tischler wieder einmal nicht auf dem Schirm hatte, wann sie von ihrer Fortbildung zurückkehren würde.

Tischler biss sich auf die Lippe. Natürlich hatte er es vergessen. Doch er tröstete sich damit, dass der Beziehungsstatus, in dem er sich mit Britta befand, nicht voraussetzte, diese Informationen ständig parat haben zu müssen. Denn von einer Beziehung war bis dato noch nicht zu sprechen. Die würde zumindest einen innigen Kuss voraussetzen.

»Das weiß ich doch«, flunkerte er. »Ich mache nur Spaß. Wie sieht es aus? Mein Angebot steht immer noch. Italiener, Rotwein, Kerzenschein …«, säuselte er und hoffte, keinen Korb zu bekommen.

»Du, Constantin, sei mir bitte nicht böse. Aber ich war die letzten Tage dauernd beim Essen.« Seine Mundwinkel sanken nach unten. »Wie wäre es denn, wenn du heute Abend zu mir kommst und ich koche uns beiden etwas Schönes?« Seine Mundwinkel schlugen den Weg nach oben ein.

»Eine hervorragende Idee«, sagte er blitzschnell zu.

War die Antwort vielleicht zu eilig? Wie wirkte er dadurch auf Britta? Womöglich wie ein ausgehungerter Rüde, der eine Dackeldame am Zaun vorbeihüpfen sah? Nein. Er folgte lediglich einer Einladung zum Essen. Und dass er es so schnell tat, drückte seine Wertschätzung dahingehend aus, dass eine Frau sich in die Küche stellte, um für ihn eine Mahlzeit zuzubereiten.

Dabei dachte er umgehend an Mama Fink und ihre Salonbeuschel. Im Stillen hoffte er bei Britta auf eine moderne Küche. Auch wenn der Trend wieder dahin ging, alles vom Tier zu verwerten. Da war Tischler selbstlos und überließ dies gerne allen anderen.

»Sagen wir um neunzehn Uhr?«, schlug Britta vor.

»Sehr gerne. Soll ich etwas mitbringen?«

»Hunger«, erwiderte sie knapp. Dann legten sie auf.

Fink trat aus dem Container. »Und? Alles klar?«

Tischler sah ihn an. »Ja.« Er steckte sein Handy ein. »Das war nur wegen dem Dings …«

»Ich habe veranlasst, dass der PC gleich im Anschluss zur KTU geht. Die Kollegen packen die ganzen Unterlagen ein.«

»Sehr gut.« Tischler steckte die Hände in die Hosentaschen und blickte auf das Baustellengelände. Vereinzelt verließen Arbeiter das Terrain.

»Was meinst, wann wir die Baustelle wieder freigeben können?«, fragte Fink, der in dieselbe Richtung schaute.

»Keine Ahnung. Das kommt ganz darauf an.«

»Das wird einigen Leuten überhaupt nicht gefallen, dass wir hier alles dichtmachen.«

Tischler sah Fink an, dann wieder auf die Baustelle.

»Weißt du was? Das ist mir scheißegal.«

***

»Servus«, grüßte Tischler die Inhaberin des Brunngrieser Kramers, als er kurz vor Ladenschluss ihr Geschäft betrat. Sie grüßte zurück.

Er fragte sich, ob jemals zeitgleich mit ihm weitere Kundschaft in dem kleinen Lädchen war.

»Was brauchen wir denn?«, erkundigte sich die Krämerin geschäftstüchtig, während sie die Gurken von der Auslage in eine Kiste räumte. »Wir schließen gleich.«

»Na, da habe ich doch noch mal Glück gehabt«, sagte der Kommissar freundlich und interessierte sich für die überschaubare Alkoholabteilung. »Einen Wein hätt ich gebraucht.«

Sie stellte sich neben ihn und langte ins Regal. »Das hier ist ein guter. Der wird gerne genommen.«

»Ja, der schaut nicht schlecht aus. Haben Sie auch etwas in einer Flasche?«

Die Krämerin blickte ihn düpiert an und stellte den Getränkekarton zurück ins Regal. Ihre Hand wanderte etwas weiter nach hinten. Sie zog eine Flasche Rotwein hervor und drückte sie ihm in die Hand. Er betrachtete das Etikett. *Casa Reserva – lieblich.*

»Der ist alt«, fügte sie hinzu, um seine Kaufentscheidung voranzutreiben.

»Alt ist gut«, bestätigte er ihr und zwinkerte. »Zumindest beim Wein.«

Sie nahm ihm die Flasche ab und befreite sie mithilfe ihres Kittels von der Staubschicht, die sich im Lauf der Zeit darübergelegt hatte.

»Von wann ist der denn?«, hakte er nach.

Sie drehte die Flasche und entfernte sie ein wenig von ihren Augen. »Der ist schon ein Jahr hier im Laden.«

»Ah«, tat Tischler erstaunt. Plötzlich griff er an seine Stirn. »Mensch, jetzt fällt es mir wieder ein. Die trinken ja überhaupt keinen Wein«, flunkerte er und stellte die Flasche zurück. »Haben Sie Pralinen?«

»Weinbrandbohnen.«

»Nehme ich«, entschied sich Tischler blitzschnell für das kleinere Übel und steuerte die Kasse an. Bei den Spielsachen legte er allerdings einen Zwischenstopp ein. Denn dass er sein Jo-Jo, das ihm der Polizeioberrat stibitzt hatte, nicht mehr wiedersehen würde, war so sicher wie die Tatsache, dass die Krämerin bestimmt noch nie in den Genuss eines Cabernet Sauvignon aus dem Piemont gekommen war.

Und noch eine Tatsache drängte sich ihm auf, als er an der Kasse auf seine Schuhe blickte. Weiße Sneakers und Baustelle waren eine schlechte Kombi.

Blumenstrauß sticht Weinbrandbohnen

Tischler parkte seinen Wagen am Straßenrand vor Brittas Wohnung. Er lugte zu den Weinbrandbohnen auf seinem Beifahrersitz und überlegte für einen Moment, ob es nicht besser wäre, ohne Geschenk zu klingeln. Kurz entschlossen klemmte er die Schachtel unter den Arm und stieg aus seinem Jaguar. Während er die Tür verschloss, sah er nach oben. Im ersten Stock brannte Licht und die Balkontür war etwas geöffnet. Die Siedlung, in der Britta ihre Wohnung hatte, war ruhig an diesem Abend. In der Spiegelung der Scheibe seiner Fahrertür kontrollierte er nochmals seine Haare. Dann ging er zur Haustür und klingelte.

Der Öffner summte und Tischler betrat das Treppenhaus. Oben angekommen wartete er geduldig, bis sich die Wohnungstür öffnete.

»Pünktlich wie die Maurer«, begrüßte Britta ihn und trat einen Schritt ins Treppenhaus.

»Bin mit Blaulicht hergefahren«, flunkerte er und küsste sie sanft auf beide Wangen. Im nächsten Moment streckte er ihr sein Präsent entgegen.

»Weinbrandbohnen?«

»Ja. 'tschuldigung«, stammelte er und bereute in diesem Moment, dass er die Packung nicht doch auf dem Beifahrersitz hatte liegen lassen. Die Kollegen auf der Dienststelle hätten sie am nächsten Tag sicherlich innerhalb von Minuten verputzt.

»Och, ich mag Weinbrandbohnen. Die erinnern mich an meine Großeltern.« Britta schloss die Tür hinter ihm.

Die Wohnung war ganz nach Tischlers Geschmack eingerichtet. Modern, aber nicht kühl. Gemütlich, jedoch nicht überladen. Alles war sehr offen gehalten, was Tischler sich bei seiner Wohnung ebenfalls gewünscht hätte. Einzig das Bade- und das Schlafzimmer waren vom Rest der Räumlichkeiten getrennt.

»Darf ich dir deine Jacke abnehmen?«

»Gerne.« Er streifte sie von seinem Oberkörper.

Britta sah wie immer hübsch aus. Sie war eine Frau von der Art, die vom ersten Augenaufschlag des Tages bis spätabends toll aussah. Sie schminkte sich stets so dezent, dass man es kaum wahrnahm, dennoch unterstrich es ihre natürliche Schönheit. Sie trug ein leichtes Sommerkleid und Pumps, die ihre Waden perfekt in Szene setzten. Tischler entging es nicht, dass Britta sich für ihn schick gemacht hatte.

Nachdem sie seine Jacke an die Garderobe neben der Wohnungstür gehängt hatte, öffnete sie auf dem Weg zu ihrem Couchtisch die Weinbrandbohnen und steckte sich eine in den Mund.

»Die schmecken genau wie damals!«, schmatzte sie extra laut und lachte mit vollem Mund, während sie wieder zurück an den Herd ging.

»Die sind von damals. Vielleicht liegt es daran«, witzelte er und näherte sich ebenfalls der Kochinsel. »Was gibt es denn Feines?«, fragte Tischler und linste neugierig in die Töpfe.

»Ich dachte mir, wo du doch letztens am Telefon so vom Italiener geschwärmt hast ... Kannst du bitte die Nudeln abgießen? Das Sieb steht bereits in der Spüle.«

Tischler reagierte sofort und machte sich nützlich. »Mhmm, Pasta!«, frohlockte er.

»*Pasta alla Mama*«, stellte Britta lächelnd richtig. »Selbst gemacht. Und zum Nachtisch gibt es Tiramisu.«

Tischler war kurz davor, um Brittas Hand anzuhalten. »Lecker! Ich freu mich drauf.«

»Magst du den Wein öffnen?« Die junge Ärztin deutete auf die Anrichte, auf der neben der Flasche und dem Öffner bereits zwei Gläser standen.

Tischler entkorkte die Flasche mit einem lauten Plopp. »Und? Wie war deine Fortbildung?«, fragte er, während er die Gläser füllte.

»So interessant, wie chronisch degenerative Erkrankungen eben sein können.«

Er reichte ihr ein Glas und stieß mit seinem dagegen. »Hört sich doch spannend an. Cheers.«

Sie tranken und nickten danach wohlwollend ihren Gläsern zu. Britta tauschte ihres wieder gegen den Kochlöffel und rührte in der Soße. »War interessant. Und bei dir?«

»Mei. Was eben in einem kleinen, beschaulichen Ort wie Brunngries passiert. Mord.«

»Wirklich?«, kam es von Britta erstaunt. »Schlimm?«

»Ja. Tot«, sagte Tischler trocken und trank erneut vom Wein.

»Ich meinte eher die Umstände. Sind Kinder im Spiel, eine Familie ...«

»Ach so. Nein. Nur so ein Baulöwe. Holzinger heißt er.« Tischler lehnte sich gegen die Anrichte.

»Ludwig Holzinger?«

»Ja.« Tischler war erstaunt. »Kennst du den?«

»Er hat jedes Jahr eine größere Summe an unsere Klinik gespendet«, erwiderte sie bestürzt und kostete im nächsten Moment mit einem kleinen Löffel ihre Soße. »Ja, so ist sie gut.«

»Tja, so war er wohl.«

Britta öffnete das Backrohr und holte mit Ofenhandschuhen bewaffnet ein Blech heraus, das sie neben Tischler abstellte.

»Wie tragisch. Und ... habt ihr schon eine Spur?«

»Wir sind noch ganz am Anfang.« Tischler warf einen Blick auf das Blech.

»Bruschetta gefällig?«, bot sie ihm an.

Tischler ließ sich nicht zweimal bitten und griff beherzt zu. Was gab es Schöneres, als mit einer attraktiven Frau und einem guten Glas Wein die Vorspeise bereits in der Küche im Stehen zu sich zu nehmen? Da Britta ihn nicht aufforderte, zu Tisch zu gehen, war sie wohl seiner Meinung und suggerierte Spontanität, was ihm gefiel.

»Jetzt bin ich aber satt!« Tischler rieb zufrieden seinen Bauch und ließ sich auf Brittas Couch nieder. »Also, deine *Pasta alla Mama* ... mein lieber Schwan.«

»Soll ich dir das Rezept geben?«

»Danke, nicht nötig. Ich komme einfach wieder.«

Sie lächelte, während sie die Teller auf der Küchenzeile abstellte. Tischler öffnete eine weitere Flasche Wein, während Britta eine CD einlegte. Die ersten Töne drangen an seine Ohren.

»Oh. Enya.«

»Ich liebe sie«, schwärmte Britta. »Ständig kaufe ich mir neue Musik, aber dann lege ich doch wieder Enya ein. Wahrscheinlich erinnert sie mich an meine Jugend.« Sie setzte sich zu ihm und nahm ihr Glas zur Hand.

»*Only Time*! Ist auf der *A Day Without Rain* aus dem Jahr ...« Tischler kniff die Augen zusammen. »2000!«

»Wow! Du bist ja ein wandelndes Musiklexikon. Oder etwa ein Enya-Fan?« Sie prostete ihm zu.

»Ich habe die Platte. Ein Fan eher nicht.«

Britta streifte ihre Pumps von den Füßen und zog ihre Beine auf die Couch. Sie sah Tischler an.

»Warum wird ein Mann wie du Polizist?«

Er drehte sich zu ihr und blickte sie ebenfalls an. »Warum? Was wäre denn ein Mann wie ich deiner Meinung nach?«

»Keine Ahnung.« Sie nippte wieder vom Wein. »Vielleicht irgendetwas Kreatives? Architekt oder so?«

Er lachte. »Glaube mir, in meinem Beruf muss man jeden Tag kreativ sein.«

»Nun sag schon. Warum bist du Polizist geworden?«

Tischler stierte in sein Glas, als ob er darin die Antwort suchen würde. »Weiß nicht. Vielleicht wollte ich die Welt etwas besser machen. Ist mir bisher leider nicht geglückt«, gestand er. »Und du?«

»Warum ich Ärztin geworden bin?«

»Ja.«

»Ich wollte die Welt gesünder machen.« Sie prostete ihm zu. »Ist mir bisher auch nicht geglückt.«

Tischler stellte sein Glas auf den Tisch und rückte etwas dichter zu Britta. »Wahrscheinlich wird es immer so bleiben, dass mir die Verbrecher und dir die Kranken stets einen Schritt voraus sind.«

Britta stellte ihr Glas ebenfalls ab. »Gut möglich.« Sie sah ihm tief in die Augen. »Was wird das hier eigentlich, Herr Kommissar?«

»Ich weiß es nicht«, antwortete er leise. »Ich habe die Ermittlungen gerade erst aufgenommen.«

»Und?« Sie kam ihm etwas näher. »Haben Sie eine erste Spur?«

»Ja. Eine heiße. Sitzt mir gegenüber.« Er konnte ihren Atem an seiner Wange spüren. Ihr Parfum umgarnte mit einer blumigen Note sanft seine Nase.

Die Türglocke läutete und bewirkte bei Tischler den gleichen Effekt, als hätte ihm jemand mit einer zusammengerollten Zeitung auf den Kopf geschlagen. Vielleicht hatte er es sich auch nur eingebildet und sein Unterbewusstsein wollte ihn zurückhalten, etwas Unüberlegtes zu tun. Da meldete sich die Türglocke erneut.

»Wir sind einfach nicht da«, flüsterte er.

Ihre Mundwinkel verrieten, dass sie seiner Meinung war. Doch der ungebetene Gast legte noch einen drauf und klopfte an die Wohnungstür und rief Brittas Namen.

»Sorry«, entschuldigte sie sich und schlüpfte in ihre Pumps.

Tischler bereute, dass er in diesem Augenblick seine Waffe nicht dabeihatte. Wenigstens konnte er sich auf sein Unterbewusstsein verlassen. Wäre suboptimal, wenn es ihn in derlei Situationen davor bewahren wollte, einen Schritt weiterzugehen.

Britta öffnete die Tür.

»Du bist ja doch da!«, freute sich ein Typ mit einem Blumenstrauß in der Hand und breitete die Arme aus.

Blumen! Ja, dachte Tischler, die hätte er auch mitbringen können.

»Jörg!«, begrüßte Britta den Störenfried und ließ sich von ihm umarmen.

Tischler entsicherte in Gedanken seine Dienstwaffe.

Dieser Jörg küsste Britta auf die Wangen. Einmal mehr, als er es getan hatte. Tischler lud die Waffe durch.

»Was machst du hier?«, fragte sie ihren Überraschungsbesuch erstaunt.

»Ich war in der Gegend und dachte mir: ›Besuch doch mal deine große Liebe!‹«

Britta errötete und warf Tischler einen Blick zu, der zu sagen schien: *Das ist Jahre her.* Etwas unsicher ging sie einen Schritt zur Seite und Jörg stolzierte in die Wohnung. »Gut, dass mich eine Nachbarin ins Haus gelassen hat! Sag mal, hast du die Klingel nicht gehört?«

Der Gast erblickte Tischler. »Oh, du hast Besuch.« Er steuerte auf den Kommissar zu. »Ich bin Jörg. Tag auch!«

»Ja, Tag auch. Constantin«, grüßte Tischler zurück.

»Ich bin gerade auf der Durchreise und auf dem Weg nach Italien.« Er drückte Britta die Blumen in die Hand.

»Jörg wohnt in Braunschweig. Wir kennen uns vom Studium«, informierte sie den Kommissar beiläufig, während sie eine Vase aus dem Regal nahm und damit zum Spülbecken ging. »Was machst du denn in Italien?«

»Mountainbiking. Man muss ja was für die müden Knochen tun, nicht wahr?« Er richtete sich an Tischler. »Fahren Sie auch Mountainbike?«

»Nein. Ich fahre Jaguar.«

Jörg riss die Augen auf. »Den E-Type unten auf der Straße?«

»Ganz genau«, erwiderte Tischler erhaben.

»O Gott, o Gott! Das ist ja die reinste Benzinschleuder! Ich fahre ein E-Auto«, gab Jörg ebenso erhaben zurück.

»Ach, ein E-Auto! Wie oft hamma denn Strom getankt auf dem Weg von Braunschweig hierher? Achtundzwanzig Mal?«

»Wenn es um die Umwelt geht, dann …«, setzte Jörg zu seiner Verteidigung an, wurde jedoch von Britta unterbrochen.

»Fährst du heute noch weiter? Es ist schon spät.«

Tischler merkte ihr an, dass sie mit der Situation überfordert war. Auf der einen Seite er, als ihr Gast und hoffentlich mehr als das, und auf der anderen Seite der Elektroheini, dem gegenüber sie nicht unhöflich erscheinen wollte.

»Nein. Ich habe in der Nähe ein Hotel für den Zwischenstopp gebucht.«

Klar, dachte sich Tischler. *Noch mal an die Steckdose, bevor es in die Berge geht.*

»Ich stand so lange im Stau, deshalb ist es etwas später geworden. Ich wollte eigentlich anrufen, aber dann wäre es ja keine Überraschung gewesen, nicht wahr?« Er zog Britta an sich heran und drückte sie. Dann warf er einen Blick auf den Couchtisch und ließ von ihr ab.

»Hey! Weinbrandbohnen. Voll Achtziger!«, rief er aus und schob sich im nächsten Augenblick eine in den Mund.

Tischler wünschte ihm, dass er doch bitte einen anständigen Durchfall davon bekommen möge. Zeit an den Raststätten hätte er für die Toilettengänge genug, während sein Hobel lud. Im nächsten Moment fiel ihm allerdings ein, dass auch er und Britta von den Bohnen gegessen hatten, weshalb er diesen Wunsch schnell wieder verwarf.

»Morgen besuche ich noch einen Kollegen in Kitzbühel. Der war ein Jahr lang bei uns an der Klinik.«

»Dann können Sie ja noch einen Abstecher nach Ellmau machen zum anderen Kollegen«, witzelte Tischler. Doch schnell wurde klar, dass der »Bergdoktor« nicht zu Jörgs Fernsehgewohnheiten zählte, als er in sein fragendes Gesicht blickte.

»Ich hoffe, ich störe nicht«, lenkte dieser ein. »Ich wollte dich wenigstens getroffen haben, wenn ich schon mal in der Nähe bin.«

Tischler sah Britta an, dass sie emotional hin und her gerissen war.

»Das ist doch Quatsch«, stieß er widerwillig hervor. »Ihr beide habt euch so lange nicht gesehen. Ich wollte sowieso gerade gehen.«

Britta wirkte erleichtert und traurig zugleich. Das genügte ihm. Die Romantik war eh dahin. Außerdem wollte er nicht wie ein Platzhirsch ein Revier verteidigen, von dem er bis dato noch nicht wusste, ob es überhaupt seines war.

»Gut, dann bleibe ich noch ein bisschen«, entschied Jörg, griff erneut nach einer Weinbrandbohne und ließ sich aufs Sofa fallen. »Ich muss dir unbedingt erzählen, was dem Niklas passiert ist. Du kennst ihn doch noch? Der, der sich damals während des Studiums im Hörsaal mit einem Medikamentencocktail fast die Lichter ausgeknipst hätte?«

Britta nickte ihm zu und folgte Tischler an die Garderobe.

»Tut mir leid«, flüsterte sie ihm zu. »Ich mache es wieder gut.«

»Kein Thema.«

Er nahm seine Jacke vom Haken und warf sie sich über. Dabei rutschte sein neu erworbenes Jo-Jo aus der Jackentasche, fiel zu Boden, machte sich selbstständig und rollte hinter das Sofa, wo es kurz darauf liegen blieb. Beide hatten davon nichts mitbekommen, da dieser Jörg sich für die Wohnung interessierte und Britta bereits die Wohnungstür geöffnet hatte. Da lag es nun, sein Jo-Jo. Keinesfalls wollte er sich vor dem Ladestation-Nomaden die Blöße geben und sich nach seinem Spielzeug bücken. Auch Britta gegenüber würde es sicher komisch wirken. Also hatte er keine andere Wahl, als sein Jo-Jo zurückzulassen.

»Tschüss«, verabschiedete sich Britta bei ihm mit einem Kuss auf die Wange. Er revanchierte sich ebenfalls mit einem Kuss bei ihr.

»Danke für das tolle Essen.«

»Och«, rief Britta. »Es hätte ja noch Tiramisu gegeben.«

»Tiramisu?«, kam es von Jörg, der sich blitzschnell mit großen Augen zur Tür umdrehte.

»Soll ich dir was einpacken?«, bot sie an.

»Lass nur. Schönen Abend.«

Britta schloss die Tür.

Tischler drückte den Knopf der Treppenhausbeleuchtung und latschte nach unten auf die Straße. Seine Augen wanderten über seine Schulter hinauf zu ihrer Wohnung. Mürrisch kramte er nach seinem Autoschlüssel. Als er ihn ins Türschloss seines Jaguars stecken wollte, kamen ihm die vier Gläser Wein in den Sinn. Es konnten auch fünf gewesen sein.

»Zefix«, fluchte er und blickte erneut nach oben, von wo er Jörgs durchdringende Stimme durch das gekippte Fenster vernahm. Selbst Enya hatte alle Mühe, gegen ihn anzuplärren.

Sein Plan war gewesen, dass er erst am nächsten Morgen in sein Auto hatte steigen wollen. Alle Zeichen hatten gut dafür gestanden. Bis dieser Arzt für alle Fälle aufgetaucht war. Tischler zückte sein Handy und wählte die Nummer des hiesigen Taxiunternehmens. Grimmig lehnte er sich an seinen Kotflügel und wartete.

»Schau, das ist er, der Herr Kommissar. Ein schönes Auto hat er da. Kannst ihn sehen?«

Der Mann, der von der gegenüberliegenden Straßenseite aus etwa fünfzig Meter Entfernung Tischler beobachtete, rückte den gefalteten Papierkranich ein wenig mehr zur Windschutzscheibe.

»So ist es besser, gell? Schau, wie er da so alleine sitzt. Warum fährt er denn nicht?« Er streckte seinen Kopf näher ans Armaturenbrett heran. »Was meinst du? Dass er vielleicht etwas getrunken hat?« Langsam drückte er seinen Rücken wieder in die Lehne des Sitzes, ohne den Blick von Tischler zu nehmen. »Das ist gut möglich. Aber er könnte ja trotzdem noch fahren. Er ist schließlich von der Polizei. Da wird er sich selbst nicht verhaften, oder?« Er lachte leise. »Gell, das gefällt dir.«

Als zwei Lichtkegel herannahten, machte er sich klein.

»Ja, wer kommt denn da?«

Das Auto, das kurz darauf den Blinker setzte und hinter dem Jaguar anhielt, hatte ein leuchtendes Taxischild auf dem Dach, das erlosch, nachdem Tischler eingestiegen war.

»Jetzt haut er ab«, hauchte der Mann und nahm den Kranich vom Armaturenbrett. »Schade, dass er nicht selber fährt. Wir zwei hätten aufgepasst, dass ihm nichts passiert, gell?« Nach diesen Worten legte er das Faltwerk auf den Beifahrersitz und schaute nochmals zu Brittas Wohnung hinauf. Er drehte den Zündschlüssel, sah in den Seitenspiegel und fuhr langsam die Straße hinunter.

Ja, es war sicherer, sich nach ein paar Gläsern Wein nicht mehr selbst hinters Steuer zu setzen.

Physik mit Schabernack

»Was ist denn jetzt wieder? Kann man denn nicht einmal …«

Tischler stellte das Wasser seiner Dusche ab. Er war spät dran. Mit nassen Füßen tappte er zum Waschbecken, trocknete sich flink die Hände ab und griff nach seinem Handy, das neben dem Seifenspender lag und wild vibrierend auf sich aufmerksam machte.

Er sah aufs Display. Sein Unmut gegenüber dem ungebetenen Anrufer änderte sich schlagartig, als er las, wer ihn an diesem Morgen beim Duschen störte.

»Britta! Guten Morgen.«

»Guten Morgen. Störe ich gerade?«

»Ach, woher denn. Ich trinke gerade in Ruhe meinen Kaffee und dann mache ich mich auf den Weg.« Tischler verzerrte sein Gesicht, da ihm etwas Shampoo in sein linkes Auge lief. Mit geschlossenen Augen ertastete er sein Handtuch und rieb damit über sein Gesicht.

»Tut mir sehr leid, wie das gestern Abend gelaufen ist. Ich habe Jörg bestimmt zwei Jahre nicht gesehen.«

»Verstehe ich doch«, log Tischler, stellte den Wasserhahn an und spülte sein Auge, da es tierisch brannte.

»Kurz vor zwölf ist er erst gegangen und hat alle Weinbrandbohnen aufgegessen.«

»Möchtest du Anzeige erstatten?«, witzelte Tischler und betrachtete im Spiegel sein rotes Auge.

Sie lachte. Tischler kam mit seinem kriminalistischen Gespür zu dem Schluss, dass in knapp zwei Stunden nicht viel passiert sein konnte.

»Wir holen das auf jeden Fall nach«, versprach Britta. »Sag mal, kann es sein, dass du gestern ein Jo-Jo bei mir verloren hast?«

»Ein was?«, tat er übertrieben überrascht.

»Jörg hat gestern eines auf meinem Fußboden gefunden …«

»Das kann nur von ihm sein«, schob er dem Elektro-Fuzzi das Spielzeug in die Schuhe. »Er kam mir sowieso etwas sonderbar vor.«

»Ja, Jörg war und ist speziell. Aber ein Meister auf seinem Gebiet«, hob sie den Typ in alle Höhen, was ihm überhaupt nicht gefiel. »Übrigens … als ich eben aus der Tiefgarage kam, habe ich dein Auto entdeckt. Sehr löblich, dass du nicht mehr selbst gefahren bist.«

»Tja, *safety first*! Ich muss ja schon aus beruflichen Gründen, du verstehst? Aber etwas ganz anderes«, nutzte er die Gunst der Stunde. »Bist du eigentlich seefest?«

»Ich war schon einmal auf Kreuzfahrt. Warum?«

Oh, lass das bloß deinen Elektro-Fritz nicht hören. Tischler grinste in sich hinein.

»Ich dachte an einen Segeltörn auf dem Chiemsee. Abendessen auf der Fraueninsel, wir quartieren uns dort ein …«
Für einen Moment kehrte Stille am anderen Ende der Leitung ein. »Du kannst es dir natürlich in Ruhe …«

»Okay«, stimmte sie zu.

»Heißt das ja?«

»Ja. Ich habe am Wochenende frei. Wir telefonieren noch, okay? Ich fahre gerade durch die Schranke an der Klinik.«

»Ja, so machen wir es.«

Tischler blinzelte erneut in den Spiegel. Sein Auge brannte tierisch. Der Gedanke drängte sich auf, dass er seine Haare aus Versehen mit einer hochtoxischen Substanz einshampooniert hatte. Einäugig tippte er Finks Nummer.

»Ja, ich bin's. Du, ich muss heute Vormittag noch was erledigen. Ich komme später auf die Dienststelle. Wenn du was von der KTU hörst, melde dich. Servus.«

Tischler hinterließ ungern Nachrichten auf Anrufbeantwortern, weil jeder Versprecher und jede Emotion sozusagen in Stein gemeißelt waren.

Er legte das Handtuch über das Waschbecken, ging zurück in die Duschkabine und stellte das Wasser an. Während er das Shampoo aus seinen Haaren wusch, grinste er. Mit Britta zusammen auf die Fraueninsel. Das fühlte sich gut an. Auch wenn er sich im Fall Holzinger noch im Kreis drehte, bei Britta gingen die Ermittlungen rasant voran.

***

Tischler drückte dem Taxifahrer das Geld in die Hand und wechselte in seinen Jaguar. Die Sonne schien bereits kraftvoll, was ihn dazu ermutigte, das Verdeck zu öffnen. Der Sechszylinder röhrte, als er den Schlüssel drehte und losfuhr. Einfach ohne Ziel durch die Chiemgauer Alpen zu gondeln, hätte ihm an diesem Morgen besser gefallen. Ein kleiner Zwischenstopp an einem Café, vielleicht über die Grenze und ein kleiner Spaziergang durch Salzburgs Getreidegasse … Doch es half alles nichts. Ludwig Holzingers Mörder lief dort draußen frei herum.

Ein paar Kilometer später rollte er durch den Torbogen des Internats. Als wäre sein Jaguar eine Zeitmaschine, fühlte er sich um Jahrzehnte in die Vergangenheit zurückversetzt. Nichts hatte sich verändert. Vielleicht ein neuer Anstrich an der einen oder anderen Fassade. Doch insgesamt war alles so, wie er es seit dem Tag in Erinnerung behalten hatte, als er zum letzten Mal das Gelände verlassen hatte, ohne sich noch einmal umzudrehen. Ein Kloß bildete sich in seinem Hals, als er die große Steinmauer hinter dem Hauptgebäude erblickte. Es hatte seinen guten Grund, warum er seit seiner Schulzeit nicht mehr hier gewesen war.

Tischler stoppte seinen Wagen, weil zwei Mädchen mit ihren Pferden, die sie an den Zügeln zu den Stallungen führten, seinen Weg kreuzten. Dann parkte er direkt vor dem großen Gebäude mit dem überdachten Eingang. Die Ruhe, die auf dem Gelände herrschte, war bestimmt der Tatsache geschuldet, dass der Unterricht bereits in vollem Gange war. Auf dem Basketballplatz etwas weiter entfernt zu seiner Linken wurden Körbe geworfen, während zwei Jungs gegenüber Schutz unter der großen Holztreppe suchten, um ihre Morgenzigarette kreisen zu lassen. Oder welches Zeug auch immer sie in ihre jungen Lungen inhalierten. Manche Dinge änderten sich wohl nie. Denn genau an dieser Stelle hatte auch er damals hin und wieder mit seinen Jungs gestanden. Keiner von ihnen hatte sich die Blöße geben wollen, dass ihnen eigentlich schlecht von den Glimmstängeln wurde. Und geschmeckt hatte es auch nicht. Doch es war einer der wenigen Wege gewesen, um das Ansehen bei den Mitschülern zu steigern. So bescheuert sich dies aus heutiger Sicht auch anhören mochte.

Tischler stieg die drei Stufen hinauf und öffnete die schwere Holztür, die mit langem Nachhall wieder ins Schloss fiel, als er im Flur vor der großen Tafel stand, die ihm bei der Suche nach dem Büro der Schulleitung behilflich war. »Raum 012,

Erdgeschoss«, las er dort und ging daraufhin den langen Gang entlang, an den er sich mit jedem Schritt mehr erinnerte. Nach und nach mussten sie alle damals ins Direktorat, um von der Polizei im Beisein der Schulleitung befragt zu werden.

»Grüß Gott. Kann ich Ihnen helfen?«, bremste ihn eine etwas ältere Dame, die in dem Moment aus ihrem Zimmer kam, als Tischler daran vorbeilief.

»Äh, ja. Tischler mein Name. Ich hätte gerne den Leiter des Internats gesprochen.«

»In welcher Angelegenheit?«, fragte sie keck und schloss die Tür hinter sich. In ihren Händen stapelten sich vier Aktenordner, die jeden Moment zu fallen drohten.

»Darf ich Ihnen helfen?« Ohne die Antwort abzuwarten, griff er sich zwei der Ordner.

»Sehr nett. Kommen S' mit. Ich muss sowieso dorthin. Was wollen S' denn vom Herrn Direktor? Wollen S' Ihr Kind anmelden? Da gibt es nämlich eine Warteliste. Die ist so lang, wie der Chiemsee breit ist.« Sie lachte.

»Nein, ich habe keine Kinder.« Dabei beließ er es und folgte der Dame wortlos.

Mit dem Ellbogen öffnete sie die Tür zum Sekretariat, das ebenfalls als Vorzimmer des Büros vom Direktor fungierte.

»Elisabeth, schau, ich hab hier einen Herrn dabei. Der möchte gerne mit dem Rektor sprechen.« Sie musterte Tischler nochmals und signalisierte damit, dass ihre Schuldigkeit an dieser Stelle getan war. Sie räumte ihre Ordner in ein Regal und nahm ihm die anderen beiden ab.

»Grüß Gott. Tischler ist mein Name. Hauptkommissar. Ich bin aus Brunngries. Hätte der Herr Direktor vielleicht kurz Zeit?«

»Einen Moment, ich schaue mal nach«, sagte die Sekretärin, klopfte an der Tür des Direktors und verschwand in dessen Büro.

»Ist was passiert?«, flüsterte die Dame, die der Kommissar auf dem Flur aufgelesen hatte.

»Reine Formalität«, flüsterte Tischler zurück.

Die Tür zum Direktor öffnete sich wieder. »Sie können gerne durchgehen. Herr Zander hat gerade Zeit für Sie.« Die Sekretärin lächelte freundlich und blieb neben der Tür stehen.

Als Tischler das Büro betreten hatte, schloss sich hinter ihm die Tür. Der Direktor kam ihm mit ausgestreckter Hand entgegen.

»Guten Tag. Zander. Joachim Zander.«

»Hauptkommissar Tischler. Grüß Gott. Schön, dass Sie kurz Zeit haben.«

»Nun ja«, erwiderte der Direktor etwas verunsichert, »wir haben nicht jeden Tag Besuch von der Polizei.« Er wies auf den Stuhl vor seinem Schreibtisch. Die beiden setzten sich.

Joachim Zander wirkte freundlich. Sein Äußeres war gepflegt und seine unauffällige Brille verlieh ihm eine Extradosis Seriosität. Er hatte die Ärmel seines Hemdes aufgekrempelt. Das Sakko seines Anzugs, das perfekt mit seiner Krawatte harmonierte, hing am Kleiderständer in der Ecke des modern eingerichteten Büros.

»Wie kann ich Ihnen behilflich sein?«

»Ich ermittle in einem Mordfall. Das Opfer war ein Schüler, der vor etwa siebenundzwanzig Jahren hier am Internat war.«

»Mord, sagen Sie?«

Tischler nickte. »Ja.«

»Und wie können wir Ihnen weiterhelfen?«

Tischler zückte sein Handy und holte das Bild, das er in Holzingers Büro geschossen hatte, auf den Bildschirm. Er hielt es Direktor Zander entgegen.

»Der Mann dort in der Mitte«, erklärte Tischler, »das ist Ludwig Holzinger. Mich würde interessieren, wer die Jungs neben ihm sind.«

Der Direktor betrachtete das Foto interessiert. »Wann, sagten Sie, ist dieses Foto noch mal entstanden?«

»So etwa vor siebenundzwanzig oder achtundzwanzig Jahren?«

Zander gab Tischler das Handy zurück, nahm den Hörer seines Telefons ab und drückte eine Taste.

»Frau Bergweiler, suchen Sie doch bitte mal im System nach einem Herrn Holzinger«, wies er seine Sekretärin an. »Er war in den Neunzigern bei uns im Internat. Danke!« Dann legte er wieder auf. »Sie müssen wissen, ich bin erst seit etwa fünf Jahren hier. Aus diesem Grund sagt mir natürlich dieser Schüler überhaupt nichts.«

»Ich verstehe«, antwortete Tischler. »Ich war auch an diesem Internat.«

»Ist das so?« Der Rektor zeigte sich erstaunt.

»Ja. Ich habe 2005 Abitur gemacht.«

Zander nickte. Er wollte gerade ansetzen, etwas zu sagen, als sich die Tür des Büros öffnete und Frau Bergweiler ein Blatt hereinbrachte. Rasch verschwand sie wieder.

Zander studierte den Ausdruck. »Ah, ja. Hier steht es. Ludwig Holzinger. Geboren am fünften Mai 1975. Kam 85 an dieses Internat und hat es 93 verlassen.«

»Können Sie mir sagen, mit wem er seine Zeit hier verbracht hat oder wer die Jungs auf dem Foto sind?«

»Wie gesagt, ich war damals noch nicht hier. Ich weiß allerdings, wer diesen Herrn Holzinger noch kennen könnte.« Er stand von seinem Schreibtisch auf und angelte nach seinem Sakko, das er sich überstreifte. »Kommen Sie. Wir drehen eine Runde«, bot er an. »Ist bestimmt interessant für Sie zu sehen, was sich hier seit damals verändert hat. In der Zwischenzeit könnte Ihnen Frau Bergweiler vielleicht eine Liste mit den Schülern ausdrucken, die zum selben Zeitpunkt wie Herr Holzinger an diesem Internat waren.«

Tischler zeigte sich erstaunt über so viel Kooperation und folgte Zander aus dem Büro. Es wunderte ihn keineswegs, dass die Dame immer noch neben dem Regal mit den Ordnern stand, während der Rektor die Liste bei seiner Sekretärin in Auftrag gab. Wenn schon mal die Polizei im Haus war …

»Hier lang zum Physiksaal«, wies ihm Zander den Weg, als er mit ihm das Verwaltungsgebäude verließ.

Das Internatsgelände war sehr weitläufig. Der Kies unter den Schuhen knirschte, während sie nebeneinander quer über den Platz zum gegenüberliegenden Gebäude marschierten.

Der Rektor atmete tief durch. »Ich genieße immer wieder diese Luft. Wissen Sie, ich komme aus Frankfurt. Da ist sie ein wenig anders und nicht so frisch.«

Tischler nickte und sah zum Sportplatz.

»Sport wird hier an diesem Internat großgeschrieben«, erklärte Zander. »Das war sicherlich zu Ihrer Zeit nicht anders, nicht wahr?«

»Sport formt den Geist«, erwiderte Tischler. »Das wurde uns damals so beigebracht.«

»Und es ist etwas Wahres dran.«

»Welche Klientel ist denn heutzutage hier am Internat?« Tischler blieb stehen.

»Nun, wir verstehen uns als Eliteinternat. Kleine Klassen, Einzelförderung, hochwertige Ernährung …« Er deutete auf ein paar Autos, die vor einem der Gebäude parkten. »Die älteren Schüler haben heutzutage ihren fahrbaren Untersatz dabei.« Er drehte sich zu den Stallungen um. »Und wenn das nicht genügt, wird sogar das eigene Pferd bei uns untergebracht. Sie sehen also, hier tummelt sich eine Klientel, bei der Geld keine Rolle spielt. Eltern, die ihre Kinder bei uns einquartieren, haben mit ihrem Nachwuchs Großes vor.«

Tischler nickte verständnisvoll. So wie heute war es zu seiner Zeit nicht gewesen.

»Sie können sich vorstellen«, sagte der Rektor mit hochgezogenen Augenbrauen, »dass es nicht einfach ist, den Anforderungen, die Eltern heutzutage an ein Internat stellen, zu genügen.«

Er erreichte vor Tischler den Eingang des Gebäudes, in dem sich der Physiksaal befand. Dessen Nase erinnerte sich an den Geruch, der ihm entgegenwehte, als er den Saal betrat. Die Bänke waren leer. Einzig ein älterer Herr stand am großen Pult vor dem Whiteboard, das mit Formeln übersät war, die Tischler schon damals gehasst hatte. Tischler folgte dem Rektor weiter die Stufen hinab an den lang gezogenen Bänken des Hörsaals vorbei, bis sie vor dem Lehrer standen, den Zander gesucht hatte.

»Oh! Besuch!«, schallte es ihnen entgegen, nachdem der Herr am Pult sie wahrgenommen hatte.

»Hast du einen Moment?«, fragte der Rektor. »Das ist Hauptkommissar Tischler. Er ermittelt in einem Mordfall.«

»Hier? An der Schule?«

»Nein«, erklärte Zander. »Der, um den es geht, war vor Jahren am Internat. Sag, wie lange bist du schon hier?«

»Zweiunddreißig Jahre.« Er sah an die Decke. »Mein Gott! Eine halbe Ewigkeit! Ferdinand Schabernack. Geben Sie sich keine Mühe, ich habe sämtliche Witze über meinen Namen gehört«, sagte er freundlich und streckte Tischler die Hand entgegen.

Tischler erinnerte sich. »Ich weiß!« Er grinste den Lehrer an. »Einige davon gehen auf mein Konto.«

Schabernack blickte dem Kommissar prüfend in die Augen.

»Ich war auch einmal an dieser Schule«, schob Tischler nach, um das Gehirn des Mannes nicht unnötig zu strapazieren. Das hatte er bereits vor vielen Jahren zur Genüge getan.

Schabernack musterte Tischler. »Wie heißt du noch mal?«, duzte er ihn plötzlich.

»Tischler. Constantin.«

Schabernack grübelte einen kleinen Augenblick, dann nickte er. »Tischler. Natürlich.« Er musterte seinen ehemaligen Schüler. Plötzlich legte er wie ein Profiler los. »Letzte Bank, groß und dürr, dauermüde und teilweise mit den falschen Jungs zusammen. Einmal wegen Physik fast durchgefallen. Oder zweimal?«

Tischler zuckte mit seinen Schultern. Wen interessierte das heute noch? Nicht selten hatte er während seiner Dienstzeit in München Typen verhört und anschließend überführt, die sicherlich hervorragende Schulzeugnisse vorweisen konnten. Doch vor der Richterbank spielte dies letztendlich auch keine Rolle mehr.

Schabernack umkreiste Tischler. »Und du bist bei der Kriminalpolizei? Hast du dich da nicht ein klein wenig vertan? Ich war mir eigentlich sicher, du landest auf der anderen Seite.«

Das war der Zeitpunkt, an dem Tischler froh war, seiner Vergangenheit ohne Fink einen Besuch abzustatten. Fink löcherte ihn immer noch fast täglich mit der Frage, was ein 69er Jaguar kostete. Nicht auszudenken, wenn er dieser Unterhaltung beigewohnt hätte.

»Menschen ändern sich, Herr Schabernack. Im Grunde habe ich damals nur Studien betrieben. Deshalb bin ich heute so ein guter Ermittler, weil ich weiß, wie die andere Seite tickt.«

Zander lauschte interessiert der Unterhaltung, ohne sich einzumischen. Wie auch? Er kannte Tischler nicht als Schüler, und zu der Zeit, als Holzinger ans Internat gekommen war, hatte er sicherlich gerade sein Abitur in Frankfurt gemacht.

Tischler zückte erneut sein Handy, holte das Bild aufs Display und zeigte es dem Lehrer.

»Sagen Ihnen diese Jungs etwas? Der in der Mitte ist Ludwig Holzinger.«

Schabernack nahm das Handy in die Hand, legte es aufs Pult und beugte sich darüber.

»Ludwig Holzinger …«, wiederholte er den Namen.

»Ja. Müsste zwischen 85 und 93 gewesen sein«, informierte Zander seinen Kollegen, um einer möglichen Erinnerung auf die Sprünge zu helfen.

»Ist das nicht der Bub von dem Bauunternehmer damals aus …«, überlegte er.

»Brunngries«, half Tischler nach.

»Wär ich selbst drauf gekommen«, meinte er mürrisch und blickte wieder aufs Display. »Wie oft hat sein Vater ihn damals aus der Scheiße gezogen!«

»Wie meinen Sie das?«

Schabernack drehte sich um. »Der wäre bestimmt zwanzigmal vom Internat geflogen. Doch sein Vater hatte sich immer wieder großzügig gezeigt und voilà …!«

Tischler nickte verständnisvoll. »Kann es sein, dass er in der Adlergruppe war?«

»Der was?« Der Direktor wurde neugierig.

»Adlergruppe, Mardergruppe, die Geier … alles Mythen!«, rief Schabernack. »Diese Gruppen hat es nie gegeben«, sagte er etwas zu forsch. »Und sie waren strengstens verboten.«

Zander untermauerte Schabernacks Aussage. »Burschenschaften, Verbindungen … so etwas gibt es auch heute nicht an diesem Internat. Bei uns sind die Schülerinnen und Schüler viel zu sehr beschäftigt. Bei dem Lernpensum, das sie hier leisten müssen, bleibt für so etwas überhaupt keine Zeit.«

Oh, ihr Ahnungslosen, dachte Tischler. Entweder, die beiden sahen weg, oder sie hatten wirklich keine Ahnung, was in ihrem Internat vor sich ging. Zugegeben, sie hatten sich damals die größte Mühe gegeben, ihre heimlichen Treffen unter Verschluss zu halten. Sollten sie wirklich Erfolg damit gehabt haben?

Tischler bezweifelte dies. Er war sich sicher, dass die beiden wegschauten. Und mit ihnen die gesamte Lehrerschaft.

»Und dieser Holzinger ist tot?«

»Ja«, bestätigte Tischler dem Physiklehrer.

»Eigentlich wundert mich das nicht. Er hat schon seinerzeit jeglichen Ärger wie ein Magnet angezogen. Als ob er die Konfrontation gesucht hätte.« Er sah wieder auf das Handy.

»Kennen Sie denn die anderen Jungs auch noch?«

Schabernack zoomte mit zwei Fingern das Bild etwas größer. »Klar. Die waren alle hier.« Er tippte auf das Display. »Die beiden hier sind etwa ein halbes Jahr, nachdem sie das Internat verlassen hatten, bei einem Verkehrsunfall ums Leben gekommen. Ganz tragische Geschichte war das damals. Stand in der Zeitung. Der daneben … Mensch, wie hieß der noch gleich …« Er tippte mit seinem Schuh nervös auf den Boden. »Scheuber. Martin Scheuber. Hatte nach seiner Internatszeit Lehramt studiert. Mathematik und Geschichte. Ist zwei Jahre später an einem Hirntumor gestorben. Schlimme Sache.«

»Ich mache mich auf den Weg zurück. Meine Sekretärin gibt Ihnen nachher noch die Liste. Ich habe gleich ein Gespräch, deshalb …« Zander verließ den Physiksaal.

Tischler nickte nur kurz und sah dem Direktor hinterher. Dann wandte er sich wieder dem Lehrer zu, vor dessen Gedächtnis er höchsten Respekt hatte. Auch wenn er ihm damals das Leben hin und wieder schwer gemacht hatte, an diesem Tag erwies er sich als äußerst nützlich.

»Jetzt weiß ich es wieder«, rief Schabernack. »Der hier neben dem Ludwig ist mit seinem Vater nach Dubai und hat dort eine Firma hochgezogen. Mir fällt allerdings gerade sein Name nicht ein.«

»Und der andere?«

Beide blickten wieder auf das Bild. Schabernack zoomte noch näher heran.

»Keine Ahnung. Ich habe ihn schon noch in Erinnerung, aber an seinen Namen ...« Er zuckte mit den Schultern. Danach gab er Tischler das Handy zurück. »Hauptkommissar also?«

Tischler nickte. »Ja.«

»Dann ist ja doch noch etwas aus dir geworden. Solltest du nicht die Firma deines Vaters übernehmen?«

»Ja, das stand einmal im Raum.«

»Was ist passiert?« Schabernack verschränkte die Arme und lehnte sich ans Pult.

»Mir waren weniger Geld, Überstunden und kriminelle Kundschaft einfach lieber«, erklärte Tischler und steckte sein Handy ein. »Vielen Dank. Sie haben mir sehr weitergeholfen.«

»Keine Ursache. Was ist denn nun mit dem Holzinger passiert?«, fragte er neugierig Tischler hinterher, der bereits die ersten Stufen den Hörsaal hinauf zum Ausgang genommen hatte.

»Das darf ich Ihnen leider nicht sagen. Laufende Ermittlungen. Sie verstehen?«

Er hob die Hand zum Gruß. Noch bevor er die Tür erreicht hatte, meldete sich Schabernack nochmals zu Wort. »Bestimmung einer Federkonstante! Hooke'sches Gesetz! Die Formel!«

Tischler blieb stehen. Hatte ihn sein alter Physiklehrer wirklich herausgefordert? Langsam drehte er sich um und sah zu Schabernack hinunter. Der stand vor seinem Pult und grinste siegessicher.

»Delta l gleich F durch D!«, antwortete Tischler cool.

Schabernack verbeugte sich zum Spaß. »Aus dir hätte wirklich was werden können!«

»Ich darf mit Blaulicht durch eine geschlossene Ortschaft rasen. Wo hat man das sonst?« Tischler winkte erneut, dann verließ er den Saal und eilte hinaus ins Freie.

Während er das Gelände Richtung Haupthaus überquerte, spähte er auf halber Strecke zu den Stallungen und bemerkte aus der Ferne einen Mann, der an der Hausecke stand und eine Zigarette rauchte. Als dieser realisierte, dass er vom Kommissar wahrgenommen worden war, stieß er den Rauch, den er kurz zuvor inhaliert hatte, in einem Schwall aus und verschwand schnell hinter dem Gebäude. Tischler beschlich ein unbehagliches Gefühl. Mit den Jahren entwickelte jeder Polizist eine Spürnase für Situationen, denen man etwas mehr Aufmerksamkeit schenken sollte. Diese war so eine. Niemand, der nichts zu verbergen hatte, machte sich aus dem Staub, sobald man ihn ins Visier genommen hatte.

Tischler wechselte die Richtung und beschleunigte seine Schritte. Ohne den Blick von der Hausecke zu nehmen, steuerte er darauf zu. Als er sie erreicht hatte, hing einzig der Zigarettenduft in der Luft. Auf leisen Sohlen schlich er vorsichtig an der Holzwand entlang, bis er an der Ecke angekommen war, die hinter die Stallungen führte. Mit einem Satz ging er einen Schritt weiter, in der Hoffnung, der Flüchtige hätte sich dahinter verschanzt. Doch außer ein paar Strohballen und Büschen war nichts zu erkennen. Tischler verharrte einen Moment, dann trat er den Rückzug an.

»Herrgott sakra!«, schrie er vor Schreck, als er sich umdrehte. Sein Arm schnellte schützend nach oben, um einen möglichen Angriff abwehren zu können.

»Herr Kommissar!« Frau Bergweiler, die Sekretärin, fasste sich erschrocken an die Brust. »Ich hab Sie schon gesucht. Was machen Sie hier?«

Tischler atmete lange aus und bedachte sie mit einem vorwurfsvollen Blick. »Dass Sie sich aber auch so anschleichen! Jetzt hätt ich Sie fast …« Er ersparte ihr mögliche Szenarien.

»Ich habe hier Ihre Liste.« Sie hielt ihm ein paar Blätter entgegen. »Suchen Sie etwas?«

»Nein, ich hab nur gedacht, dass ich jemanden gesehen hätte, den ich … egal.«

Sie lächelte wieder, nachdem sie den Schreck überwunden hatte und ihre Gesichtsfarbe zurückgekehrt war. »Wahrscheinlich ein paar Schüler. Das hier ist ein beliebter Platz zum Rauchen. Sie denken immer, wir wissen das nicht, aber …«

Tischler nahm ihr die Liste ab. Er sah Frau Bergweiler an. Vielleicht verfügte sie ja über weitere Insiderinformationen. Nicht selten, dass Angestellte einen besseren Gesamtüberblick über ihr Arbeitsumfeld besaßen als die Führungsetage.

»Sagen Sie, Frau Bergweiler … gibt es hier Burschenschaften, Verbindungen oder Ähnliches?«

Sie kniff die Augen zusammen und musterte ihn. Dann kehrte wieder ihr Lächeln zurück. Sie drehte ihren Kopf etwas seitlich, jedoch ohne ihre Augen vom Kommissar abzuwenden.

»Jetzt will mich der Herr Kommissar aber auf die Rolle nehmen, oder? Verbindungen, Burschenschaften … Ich glaube, Sie schauen zu viele Krimis. Die jungen Leute heutzutage, die haben andere Flausen im Kopf. So etwas hat es bei uns noch nie gegeben. Und ich bin seit fast zehn Jahren hier.«

»Ja, jetzt haben Sie mich ertappt«, schäkerte er mit ausgestrecktem Zeigefinger. »Sie haben einen guten Spürsinn. Wollen S' nicht bei uns arbeiten?«

Sie errötete, ging jedoch nicht auf die Frage ein. »So, jetzt muss ich aber wieder. Ich muss noch einiges für die Sitzung morgen vorbereiten. Elternbeirat, Sie verstehen?«

»Oh, ganz wichtige Sache. Dann lassen Sie sich nicht aufhalten.« Er winkte mit den Blättern, die er von ihr bekommen hatte. »Und danke dafür. Ich melde mich, sofern ich noch etwas benötige.«

Vorsichtig balancierte sie auf Zehenspitzen in ihren Pumps zurück auf den gekiesten Weg, damit sich ihre Absätze nicht in den weichen Erdboden drückten. Er warf einen kurzen Blick auf die Liste, die sie ihm gegeben hatte. Wer auch immer Holzinger umgebracht hatte, es war sicher keiner seiner Kumpels auf dem Bild gewesen, mit denen er höchstwahrscheinlich seinen Mitschülern das Leben schwer gemacht hatte. In dem Moment wurde ihm klar, weshalb er eigentlich an diesen Ort zurückgekehrt war. Nicht etwa, um irgendwelchen Spuren in Holzingers Vergangenheit nachzugehen. Es waren seine eigenen Spuren, denen er gefolgt war.

Tischler schaute sich nochmals um, dann trat auch er den Rückweg zu seinem Wagen an. Er war sich sicher, dass die Person, die er gesehen hatte, kein Schüler war. Sein Handy klingelte.

»Felix?«

»Servus, Chef. Du, wo bist du denn?«

»Ich … hab hier gerade, das heißt … warum?«

»Ich habe mir einige der Ordner vorgenommen, die wir aus dem Baucontainer haben und …«

»Dann setz dich ins Auto und fahr zum BRUNNEN.« Tischler schloss seinen Jaguar auf.

»Der BRUNNEN heißt jetzt DAS KRAUSE«, verbesserte ihn der Polizeiobermeister.

»Gscheithaferl! Du weißt genau, was ich mein.«

»Und was hat DAS KRAUSE mit diesem Fall zu tun?«

»Nix. Aber ich habe Hunger. In zwanzig Minuten bin ich da.«

Rasch beendete er das Gespräch und stieg in seinen Wagen. Er wendete und steuerte auf den großen Torbogen zu, durch den er zuvor auf das Internatsgelände gefahren war.

Schabernack kam aus dem Gebäude des Physiksaals. Tischler kurbelte das Fenster herunter, drückte kurz auf die Hupe und winkte ihm breit grinsend zu. Dann gab er Gas, dass sich seine

Reifen in den Kies gruben, bevor sie wieder Grip hatten und der Wagen beschleunigte. Als er die Ausfahrt passiert hatte, grinste er noch immer. Eigentlich war er kein Mann von der Sorte, die mit ihrem Wagen herumprotzten. Doch Schabernack kurz zu zeigen, was aus ihm geworden war, dafür war der Jaguar allemal gut. Denn ein schicker Oldtimer galt in der Formel Neid von jeher als Konstante.

EIN FIESER
SEIFENGESCHMACK

Fink hockte bereits in der Gaststube, als Tischler nach der vereinbarten Zeit ebenfalls eintraf. Obwohl viele der kleineren Tische frei waren, zog Fink es wohl vor, lieber am Stammtisch zu sitzen, um sich die temporäre Einsamkeit mit drei Herren zu vertreiben. Während die Männer vor ihren Bieren saßen und vor sich hinstarrten, nippte Fink an seinem Spezi, als Tischler an den Tisch herantrat.

»Servus miteinander. Ich bin der Constantin«, begrüßte er die ihm fremden Männer auf die Art, die in Bayern typisch war.

Am Stammtisch war vieles erlaubt, doch gesiezt wurde hier nicht und konnte je nach Ortschaft mit einer Runde Freibier bestraft werden.

Die Männer nickten.

»Du bist doch der neue Sheriff hier im Ort?«

»Wenn man so will. Und ihr?«, stieg Tischler gleich voll mit ein, während er seine Jacke über die Stuhllehne warf und sich setzte. Nicht dass die Fragerunde hier zu einer Einbahnstraße wurde.

»Wir sind das Rentnergeschwader!«, antwortete der, der am Tischende saß. Die anderen beiden lachten. Fink ebenso. »Ich bin der Anderl, das ist der Hans und der hier heißt Toni.« Die beiden anderen hoben ihr Glas zum Gruß. Und da sie es bereits angehoben hatten, tranken sie auch gleich. Tischler vermutete, dass diese Halbe nicht die erste an diesem Tag war. Für keinen der Stammtischler.

»Wo warst du denn nun heute Vormittag?«, fragte Fink den Kommissar etwas leiser, damit die Männer am anderen Ende des Tisches nicht mithören konnten.

»Ich musste etwas erledigen. Hast du was in den Ordnern gefunden?«, wechselte Tischler sofort das Thema und schnappte sich eine der Speisekarten, die auf dem Tisch lagen.

»Tagchen!«, schallte es in Tischlers rechtes Ohr. »Darf es denn schon was zu trinken sein?« Horst-Erich Krause, der Wirt persönlich, stand neben ihnen und zückte seinen Block.

Der stämmige Mann hatte seine dunkelblonden Haare streng nach hinten gekämmt. Er war ordentlich rasiert und wirkte auch sonst sehr gepflegt. Auf seinem schwarzen T-Shirt war auf der linken Brust der Name seines Lokals eingestickt. Er lächelte freundlich und wartete etwa gefühlte drei Sekunden auf den Getränkewunsch, bevor er selbst loslegte.

»Vielleicht möchten Sie einen Aperitif? Wir hätten einen Crémant aus dem Elsass, oder vielleicht lieber einen aus dem Gebiet der Loire?«

Noch bevor Tischler darauf antworten konnte, schaltete sich Anderl vom anderen Ende des Tisches ein. »Da musst du aufpassen«, warnte er den Wirt. »Das ist der neue Sheriff von Brunngries. Der hat deinen Vorgänger ins Gefängnis gebracht. Vielleicht hat ihm der auch einen Sekt angeboten?«

Horst-Erich schluckte. »Vielleicht ein Wasser?«

»Still«, fügte Tischler hinzu.

Toni nutzte die Gelegenheit und bestellte sich gleich noch eine Halbe.

»War nur Spaß«, ruderte Anderl zurück. »Der Krause ist Berliner. Der versteht ein bisserl Gaudi. Gell, Horst-Erich?«

Der Wirt nickte, während er ein Glas aus dem Regal nahm.

Tischler lächelte den Männern höflich zu und wollte gerade wieder ansetzen, Fink nach den neuesten Erkenntnissen zu fragen. Doch die drei Herren freuten sich scheinbar über ihren Stammtischzuwachs.

»Ist schon klar, dass der Leidinger einsitzt. Das musste ja früher oder später so kommen. Wir dachten allerdings, dass man ihn wegen seinem Schweinsbraten einkastelt!«

Die Männer grunzten und prosteten sich zu. Da hauptsächlich Anderl redete, war er wohl der Leitwolf des grauhaarigen Rudels.

Tischler wollte sich nicht aus der Reserve locken lassen und lächelte weiterhin alles freundlich weg. Da er wieder in die Karte schaute, fühlte sich auch Fink genötigt, sich den Speiseplan etwas genauer vorzuknöpfen. Jedoch nicht, ohne vorher nochmals von seinem Spezi getrunken zu haben.

»Einen Leberkäs könnt ihr lange suchen«, grunzte Anderl. »Hier weht jetzt ein anderer Wind. Der Horst-Erich ist nämlich …« Anderl verstummte.

Als Tischler die drei Herren ansah, bemerkte er, dass er und sein Deputy nicht mehr ihre Aufmerksamkeit genossen. Er drehte seinen Kopf, um zu prüfen, wohin diese drei Augenpaare verklärt leuchteten. Das Objekt ihrer Begierde war eine asiatisch aussehende Frau, die in einem blau-gelb gemusterten, langen Kleid auf den Stammtisch zuschwebte. Ihre langen, dunkelbraunen Haare waren an den Spitzen leicht rötlich gefärbt und hinter ihrem linken Ohr steckte eine Blume. Ihre Figur war makellos und ihr Teint von einer gesunden Bräune, dass man hätte meinen können, sie käme direkt aus dem Urlaub.

Dass sie sehr stark geschminkt war, störte nicht weiter, da es auf ihr Gesamtbild perfekt abgestimmt war. Der blumige Duft, der sie umgab, erreichte noch vor ihr den Stammtisch, der eine Sekunde zuvor nach den drei Herren und ihren Fahnen gerochen hatte, von denen mindestens einer beim morgendlichen Spaziergang in einen Kuhfladen getreten war.

»Haben Sie schon gewählt?«, fragte sie mit leichtem Akzent, in dem auch ein bisschen Berlinerisch mitschwang.

»Grüß Gott. Noch nicht so richtig«, erwiderte Tischler und lächelte die exotisch wirkende Schönheit an. »Können Sie mir vielleicht etwas empfehlen?«

Sie beugte sich neben ihm zur Karte, die er in seinen Händen hielt, und blätterte einmal um.

»Als Vorspeise würde ich Ihnen *Giaw Thod* empfehlen. Das sind frittierte *Wan Tan* mit Weißwurst-Füllung. Dazu gibt es süßen Senf. Das ist eine Kreation meines Mannes.«

»Interessant«, bestätigte Tischler und nahm noch einen Zug des Parfums, das an seiner Nase vorbeistrich.

»Als Hauptgang vielleicht *Thai Gung*? Garnelen mit Koriander und gehackten Erdnüssen in …«

»Nein, kein Koriander«, unterbrach Tischler. »Ich nehme das Tempura-Gemüse mit den Schweinsbratenstreifen.«

Fink saß mit seiner aufgeschlagenen Karte am Tisch und lächelte die Frau einfach nur an. Sie lächelte zurück. Tischler kannte diesen Blick seines Kollegen und war sich sicher, dass dieser in seinen Gedanken just in diesem Augenblick mit dieser Frau an einem einsamen Strand spazierte. Bei Sonnenuntergang.

»Felix, ich glaube, jetzt wäre es an der Zeit zu bestellen«, holte er ihn in die Realität zurück.

Sein Kollege blinzelte zweimal, blickte kurz in die Karte und klappte sie zu. »Ich nehme die gleiche Vorspeise und als Hauptgang dieses *Thai Gung*«, entschied er und gab seine Karte ab.

Sie lächelte und schwebte zurück an die Theke, um die Bestellung zu bonieren.

»Sag mal, Felix, bist du schon wieder spitz?«

»Ich? Ach, woher!«

»Ich mein ja bloß. Den gleichen Blick hast du immer, wenn die Tereza in der Nähe ist.«

Fink schüttelte den Kopf und tat, als ob er keinen Schimmer hätte, wovon sein Vorgesetzter sprach. Stattdessen nippte er erneut an seinem Spezi.

»Das ist die Nori«, informierte Anderl die beiden Beamten. »Die Frau vom Horst-Erich. Sie ist aus Thailand.«

»Aha«, sagte Tischler und bedankte sich daraufhin beim Wirt, der ihm sein Wasser brachte.

Anderl wartete einen Moment, bis der Wirt außer Hörweite war, und rückte zu Tischler auf, dem das überhaupt nicht recht war. Doch als Gast an einem Stammtisch hatte man sich mit solchen Annäherungen seitens der Dorfgemeinde abzufinden.

»Er streitet es ja ab, dass er sie aus einem Katalog hat«, flüsterte Anderl. »Beim Baden an der …« Er überlegte. »Toni, wie heißt der Fluss noch mal, der durch Berlin fließt?«

»Spree.«

»Genau. Die Spree. Da haben sie sich laut Horst-Erich kennengelernt.« Er trank von seinem Hellen. Danach stieß er den Kommissar kumpelhaft an die Schulter. »Sag mal, wo wir hier zwei waschechte Polizisten am Tisch haben … was ist denn nun mit dem Holzinger genau passiert? Stimmt es, dass er in der Badewanne gelegen hat, als ihn die Tereza gefunden hat?« Er wischte sich mit dem Handrücken über den Mund.

»Ja, am Montagmorgen …«, pries Fink wie ein Zeitungsverkäufer die Schlagzeile lautstark an. Er wurde jedoch jäh von Tischler in Form eines Tritts gegen sein Schienbein mundtot gemacht. Der Kommissar übernahm.

»Wir stecken mitten in den Ermittlungen. Deshalb dürfen wir hierzu leider nichts sagen.«

Anderl rückte wieder zurück an seinen Platz. »Schad! Die arme Tereza! Auch ein sauberes Madl. Wegen der sind viele damals hierhergekommen, als es noch der BRUNNEN war.« Anderl flüsterte erneut. »Man munkelt ja, dass die Nori dafür gesorgt hat, dass sie und der Rest nicht übernommen wurden, als sie den Gasthof gepachtet haben. Aber das ist nur Hörensagen.« Er sah zu seinen Rentnerkollegen, die zustimmend nickten. Tischler musste bei dem Anblick unweigerlich an Wackeldackel denken, wie man sie hin und wieder noch auf manchen Hutablagen entdeckte.

Tischler wendete das Blatt und startete eine unterschwellige Befragung, in der Hoffnung, dass sich Fink etwas bei ihm abschaute.

»Wie glücklich sind denn die Brunngrieser über dieses Chaletdorf am Ortsausgang?«

»O mei!«, rief Anderl lachend. »Wenn es danach geht, dann würde hier nie etwas gebaut werden. Aber der Bürgermeister … der hat auf den Tisch gehauen und sich durchgesetzt.« Er sah wieder zu seinen Männern. »Wisst ihr noch, auf der Gemeindesitzung damals, als das beschlossen wurde?« Die beiden nickten erneut.

»Was war da genau los?«, erkundigte sich Tischler beiläufig. Er trank von seinem Wasser.

»Wie eine Furie ist er auf die Baugegner los und hat geschimpft, weil immer alle nach Straßensanierung und schnellem Internet plärren, aber gegen alles sind, das Geld in die Gemeindekasse spült.«

Tischler spähte zu Fink. Der hielt sich weiter zurück und orderte stattdessen noch ein Spezi.

»Der Holzinger, das war schon einer. Der hat gebaut, wie und was er wollte. Aber fleißig war er, das muss man ihm

172

lassen«, fuhr Anderl weiter fort. »Möchte nicht wissen, was der alles hinterlässt.« Anderl hielt einen Moment inne. Euphorisch erhob er sein Glas. »Prost! Auf die Erben!«

»Auf die Erben«, erscholl es von den beiden anderen im Chor, während die Gläser aneinanderklirrten.

Tischler beließ es dabei. Er hatte genug gehört. Das war es also, was die Leute am meisten interessierte. Nicht etwa, wer einen Mord begangen hatte, oder etwa, dass ein Leben viel zu früh beendet wurde. Das Geld war es, über das sie sich Gedanken machten. Und wer es bekommen würde. Doch Tischler beschwerte sich nicht. Denn der schnöde Mammon war in den meisten Fällen der Grund, weshalb die Mörder und Verbrecher früher oder später aus ihren Verstecken gekrochen kamen. Die Gier trieb sie immer ans Licht. Eigentlich musste er sich nur auf die Lauer legen und abwarten. Wären da nicht der Polizeioberrat, Gemeinderat und all die anderen, die um schnelle Aufklärung baten. Nicht etwa, damit der Mörder seine gerechte Strafe erhielt und das Opfer endlich seine Ruhe finden konnte. Es war das Geld, das sie anstachelte, wiederum andere anzutreiben. In diesem Falle ihn.

»So, zweimal *Giaw Thod.* Jut'n Hunga.« Nori lächelte die Polizisten an und stellte die beiden Teller ab. Als sie sich wieder vom Tisch entfernte, blickte ihr Fink erneut mit verklärtem Blick hinterher.

»Eine Thailänderin mit Akzent, die berlinert«, schwärmte er.

»Das gefällt dir, gell? Sollen wir sie mit auf die Wache nehmen?«, bot Tischler seinem Kollegen an. »Dann kannst sie verhören. Vielleicht weiß sie ja was.«

Für einen Moment hatte es den Anschein, als würde Fink diese Möglichkeit in Betracht ziehen. Beherzt schnitt er eines der *Wan Tans* an. »Unglaublich. Da ist echt Weißwurst drin«, wunderte er sich und zog das Stück auf seiner Gabel durch den süßen Senf.

»Im Grunde sind das Maultaschen. Nur anders. Schmeckt jedenfalls. Bin gespannt, ob die Leute hier diese Art von Küche annehmen«, warf Tischler neugierig in den Raum.

Seine Überlegung beantwortete sich allerdings im Laufe der nächsten halben Stunde von selbst, als sich die Gaststube nach und nach bis auf den letzten Platz füllte. Anscheinend ging die Rechnung für den Wirt mit seiner Neuinterpretation traditionell bayerischer Speisen auf. Tischler blickte sich um. Die männlichen Gäste waren eindeutig in der Überzahl. Gut möglich, dass die große Lust an ausgefallenen Kreationen auch dadurch erweckt wurde, weil Nori sie an den Tisch brachte. Mit langsamem Augenaufschlag und Blume im Haar.

»Das war nicht schlecht. Preislich wie Schwabing, aber gut«, sagte Tischler zu seinem Kollegen, als sie das Wirtshaus verließen.

»Also, so eine wie die Nori, das wär schon was«, träumte Fink und lehnte sich an den Kotflügel des Dienstwagens, den er in der Parkbucht direkt neben dem Gasthaus abgestellt hatte.

»Was sagt denn da deine Mama?«

Fink verschränkte die Arme. »Die Mama ist da völlig offen. Die sagt immer, die Nationalität sei egal. Hauptsache, sie kann kochen und grüßt.«

»Was hast denn jetzt eigentlich herausbekommen? Du hast doch ein paar Ordner aus Holzingers Baubüro durchgeforstet?«

Fink hielt sich die Faust vor den Mund, da er aufstoßen musste. Wofür er umgehend einen angewiderten Blick von Tischler erntete.

»Mahlzeit!«

»'tschuldigung, Constantin. Aber diese Garnelen mit dem Koriander ... Das hat so einen fiesen Seifengeschmack ...«

»Was ist denn nun mit den Ordnern?«

»Na ja, wenn man es genau nimmt, dann hätte so gut wie jeder auf der Baustelle einen Grund gehabt, dem Holzinger etwas anzutun.«

»Und du kommst darauf, weil ...?«

»Weil der Holzinger ein schlechter Zahler war. Die Ordner sind voll mit offenen Rechnungen«, erklärte Fink. »Egal, ob Zulieferer, Mitarbeiter oder Subunternehmen. Alle warten auf ihre Kohle.« Fink putzte sich den Mund mit einem Stofftaschentuch ab. »Mich wundert, warum die überhaupt noch arbeiten, wenn sie nur sporadisch Geld sehen?«

»Das kann ich dir sagen.« Tischler lehnte sich ebenfalls gegen den Passat. »Weil die alle von dem Holzinger abhängig waren. Und das hat der sich zunutze gemacht.«

Fink wirkte skeptisch. »Warum waren die von ihm abhängig? Die hätten ja bloß seine Aufträge nicht anzunehmen brauchen. Gibt ja noch andere Baustellen in der Gegend.«

»Aber nicht so lukrative. Schau dir doch das Chaletdorf an. Zwanzig bis dreißig Häuser, da musst du als Zimmermann oder Bodenleger viele Baustellen suchen, damit du auf den gleichen Nenner kommst.«

Fink zog seinen Janker aus. »Stimmt natürlich. Wenn du aber dein Geld nicht bekommst?«

»Der hat die schon irgendwann bezahlt. Auf eine Klage hat er es sicher nicht ankommen lassen. Und wenn ihn einer angezeigt hätte, denkst du, der hätte irgendwo im Chiemgau noch mal einen Auftrag erhalten? So einer wie der Holzinger hat doch überall ein bisserl seine Finger drin. Und Kontakte.«

Fink nickte zustimmend. »Und jetzt?«

»Jetzt fahren wir zurück auf die Wache und sehen die restlichen Ordner durch.«

175

Fink warf einen Blick auf Tischlers Jaguar. »Soll ich ihn dir zurück auf die Dienststelle fahren? Dann darfst du wieder mal Passat ...«

»Schon gut«, verneinte Tischler. »Ich lasse dich sehr gerne mit dem Passat fahren.«

Fink zog eine Schnute, als er die Fahrertür des Dienstwagens öffnete und Tischler hinterherschaute. Er warf seinen Janker auf den Beifahrersitz und stieg ein. Tischler hupte kurz, als er an ihm vorbeifuhr. Selbstredend, dass er zuerst am Ziel war. Der Sechszylinder röhrte durch den Ort und der Sound durchflutete die Wege, die sich von der Hauptstraße weg verästelten.

Tischler war sich sicher, dass in einem dieser Ordner ein Hinweis lauerte, der ihn auf die richtige Spur bringen konnte. Papier war in diesem Fall sicherlich redseliger als jeder Brunngrieser. Denn bei einer Spezlwirtschaft waren sich alle einig und folgten dem einzigen Leitsatz, der über allem stand.

Maul halten!

DIE LACHENDE AMSEL

»… ja, genau. Dieses Wochenende. Von Samstag auf Sonntag, ja … Nichts mehr frei? Okay. Danke. Wiederhören.«

Tischler stöberte weiter im Internet, verharrte kurz über den Bildern, die auf der Seite gezeigt wurden, und wählte erneut.

»Ja, grüß Gott. Tischler mein Name. Bin ich da richtig im Gästehaus Glockner? Gut. Folgendes … ich benötige für kommenden Samstag zwei Einzelzimmer und … ja. Ach, schon seit Monaten ausgebucht … verstehe. Na, da kann man nichts machen. Wiederhören.«

Tischler fluchte und dachte an Britta. Was sie wohl von ihm hielt, wenn er zuerst große Töne spuckte und dann nicht einmal eine kleine Kammer für sie beide ergatterte? Er goss sich etwas Weißwein nach und nippte am Glas, während er sich weiter durch das überschaubare Zimmerangebot kämpfte. Zu lange war er scheinbar in München gewesen, um zu wissen, dass die Fraueninsel ganzjährig ein beliebtes Ausflugsziel war. Und da diese Insel nicht gerade vor Größe strotzte, fiel auch das Angebot an Unterkünften etwas kleiner aus als auf Ibiza.

Wieder wählte er eine Nummer und wippte nervös mit seinem Fuß, der in einer Badesandale steckte, die er vorzugsweise nach Feierabend zu Hause trug.

»Ja, Tischler mein Name. Ich wollte fragen, ob ich für kommendes Wochenende ... Hallo? Was gibt es denn da zu lachen? Ich wollte ... Hallo?« Die Dame am anderen Ende hatte aufgelegt.

»Du blöde Amsel, du!«, schimpfte der Kommissar ihr hinterher, warf das Telefon auf die Couch neben sich und ließ sich zurückfallen. »Steck dir dein Zimmer doch sonst wohin!«

Für einen kurzen Moment dachte er an eine Razzia in diesem Haus. Ein anonymer Anruf mit verstellter Stimme bei Luise. Vielleicht wegen eines Drogendeliktes? Oder Verdacht auf Betrug am Gast? Dann mit einer Hundertschaft von Prien aus übersetzen ... zu einer Zeit, wenn im hauseigenen Biergarten am meisten Betrieb war? Tischler grinste dreckig, verwarf jedoch schnell wieder diesen Gedanken.

Er atmete tief durch und überlegte. Was, wenn er mit Britta in Gstadt oder Chieming übernachten würde? Zuerst ein wenig auf dem See herumschippern, Zwischenstopp auf der Fraueninsel, ein Gläschen Wein und eine Renke mit Kartoffelsalat oder einen Zander ... spazieren gehen, dann ins Hotel ... Nein. Für eine Frau, die aus Traunstein kam, war das Übernachten in Gstadt so, als würde man bei den Nachbarn klingeln, um eine Nacht bei ihnen zu verbringen. Da lohnte sich ja kaum das Kofferpacken. Die Fraueninsel hingegen wäre da schon anders. Als er das Display seines Notebooks erneut fixierte, schnellte sein Körper kurz darauf nach vorne. Er ertastete sein Handy, ohne den Blick vom Computer zu nehmen. Entschlossen wählte er schnell eine Nummer.

Freizeichen.

»Hallo? Tischler hier aus Brunngries. Folgendes, ich weiß, dass ich spät dran bin, aber ich wollte fragen, ob Sie vielleicht zwei Einzelzimmer für mich hätten? Wann? Äh, kommenden Samstag auf Sonntag?« Tischler biss die Zähne zusammen und wartete geduldig. Dass die Dame am anderen Ende wenigstens die Möglichkeit auf ein freies Zimmer in Betracht zog und sich in ihrem Buchungssystem auf die Suche begab, ließ ihn hoffen.

»Das ist doch wunderbar. Nehme ich!«, freute er sich. »Ja, Tischler, Constantin. Das ist kein Problem. Das mit der Etagendusche nehme ich dann. Was? Nein. Kein Problem. Aber das andere Zimmer ist dann … Ah, das ist ein Doppelzimmer. Aber ich bitte Sie, ich bin ja froh, dass Sie so kurzfristig … Ja, ich verstehe. Bitte schicken Sie mir eine Mail und ich bestätige Ihnen die Buchung. Meine Adresse lautet: Monaco Bindestrich Scheriff ät … was meinen Sie? Ja, *Scheriff* mit S-c-h, genau …«

Tischler freute sich. Einem erholsamen Wochenende mit Britta stand also nichts mehr im Wege. Das Segelboot war gemietet und zwei Zimmer auf der Fraueninsel waren gebucht.

Zufrieden ging er an seine Hi-Fi-Anlage und nahm die Platte vom Teller des Plattenspielers, die er am Abend zuvor gehört hatte. Da er sich etwas Arbeit mit nach Hause genommen hatte, suchte er in seiner Sammlung nach einer Scheibe, die nicht zu viel Aufmerksamkeit forderte. Vielleicht etwas, das er schon tausendmal gehört hatte und gut im Hintergrund vor sich hin säuseln konnte.

Seine Wahl fiel auf die Dire Straits. Langsam ließ er das schwarze Vinyl aus der Hülle gleiten und legte es auf den Plattenteller. Dann nahm er sein Antistatiktuch und reinigte die Scheibe sorgfältig, bevor sich die Nadel vollautomatisch sanft in die Rille einfügte und die ersten Klänge aus den Boxen kamen. *So Far Away*. Mit der Hülle bewaffnet ging er zurück auf die Couch und nahm einen Schluck vom Weißwein. Und wie immer in diesen Momenten hörte er die Musik und versuchte zu ergründen, welch ein Mensch sein Vater wohl gewesen war, als er diese Platte gekauft hatte. Immerhin hatte diese Scheibe nur ein paar Monate vor ihm das Licht der Welt erblickt. Hatte sein Vater die Dire Straits gemocht, oder wohl eher seine Mutter? Seine Augen wanderten über die unzähligen Platten, die er von seinem Vater geerbt hatte. Noch hatte er es nicht geschafft, jede einzelne davon zu hören. Doch er hatte es sich fest vorgenommen, in der Hoffnung, dass mit jeder dieser Scheiben ein Stück Erinnerung zurückkehren würde. An die Zeit, in der sein Leben in Ordnung gewesen war. Als seine Mutter noch lebte und sein Vater abends von der Arbeit nach Hause kam. Mit ihm über seine Schularbeiten gesehen und dann gemeinsam mit ihm und seiner Mutter am Tisch gesessen hatte, um zu Abend zu essen.

Mit einem weiteren Schluck erinnerte er sich an einen der glücklichsten Tage in seinem Leben. Er war mit seinem Vater auf dem Chiemsee mit dem eigenen Segelboot um die Fraueninsel gesegelt, dann um die Krautinsel herum hinüber an Herrenchiemsee vorbei und hatte das erste Mal das Ruder in die Hand nehmen dürfen. Segeln! Eine der wenigen Sachen, die ihm sein Vater, dessen Leben von seiner Arbeit bestimmt war, beigebracht hatte. Weiter erinnerte er sich an die größte Renke, die er gerade so geschafft hatte, und dass sein Vater ihn an diesem Tag zum ersten Mal am Bier nippen ließ. Damals war er zehn gewesen.

Vielleicht wäre vieles anders gelaufen in seinem Leben, wäre sein Vater öfter zu Hause gewesen. Doch der Hirntumor, der ihm zwei Wochen nach seinem zwölften Geburtstag die Mutter nahm, hätte sich davon eh nicht beeindrucken lassen. Er sah zur Decke seines Wohnzimmers und prostete seinen Eltern zu. Dann schnappte er sich die Post, die an diesem Tag in seinem Briefkasten gelegen hatte, und schaute sie durch. Nebenbei ertönte der unverwechselbare Sound einer E-Gitarre, die *Money for Nothing* einstimmte. Tischlers Kopf wippte zum Takt, während er einen Umschlag aufriss und ein Schreiben herauszog. Seine Laune drohte zu kippen, als er die Tagesordnungspunkte der Eigentümerversammlung durchlas, die ihm bevorstand.

Er konnte sich freilich glücklich schätzen, dass ihm sein Vater ein paar Mietwohnungen in München hinterlassen hatte. Doch leider bedeutete diese finanzielle Unabhängigkeit auch Ärger mit Mietern, nicht unerhebliche Erhaltungskosten und, wie in diesem Fall, seine Anwesenheit bei einer Eigentümerversammlung, vor der er sich die letzten beiden Male erfolgreich gedrückt hatte. Doch da die Sanierung der Außenfassade bevorstand und er in diesem Gebäude zwei Wohnungen sein Eigen nannte, war sein persönliches Erscheinen nicht nur gewünscht, sondern ausdrücklich gefordert. Ein kleiner Preis für den Luxus, nicht auf die Stelle als Hauptkommissar angewiesen zu sein. Ein Leben, ohne auf Verbrecherjagd zu gehen, konnte er sich allerdings nicht mehr vorstellen.

Er legte das Schreiben beiseite, schnappte sich sein Glas und ging zum großen Esstisch, auf dem ein paar Ordner aus Holzingers Baubüro darauf warteten, unter die Lupe genommen zu werden. Tischler zog einen Stuhl beiseite, setzte sich.

Rechnungen, Mahnungen, nochmals Rechnungen ... Hin und wieder ein paar Aufträge, die noch zu vergeben waren. Tischler wühlte sich durch einen weiteren Ordner, legte diesen zur Seite und schnappte sich den nächsten. Das Bild, das sich bei der Durchsicht des ersten Ordners bot, wiederholte sich bis zum letzten. Doch eines fiel ihm dabei auf. Immer wieder tauchte der Name Wolfgang Moser auf. Dachdeckermeister aus Bad Reichenhall, dessen Forderungen an Holzinger zusammengezählt in die Zehntausende gingen. Tischler fragte sich, wie sich ein Kleinbetrieb wie der von Moser so lange über Wasser halten konnte. Vielleicht war es auch so, dass die Gelder an die einzelnen Unternehmen bereits geflossen waren? Schwarz und am Fiskus vorbei?

Er klappte den Ordner zu, lehnte sich zurück und rieb sich die Augen. Anscheinend war es an der Zeit, sich jeden einzelnen Arbeiter vorzunehmen. Doch das würde dauern und Schwenk, der Polizeioberrat, wollte Ergebnisse sehen. Seine innere Stimme sagte ihm, dass dieser Moser unter Druck stand.

Für ihn als Ermittler die beste Voraussetzung, um in einem Fall weiterzukommen.

Er ging zurück zur Couch, schnappte sich sein Handy und begann zu tippen.

Constantin: Segeltörn am Samstag steht, hole dich um 10:00 Uhr ab.

Britta: Freue mich.

Constantin: Ich auch. Pack eine Zahnbürste ein.

Britta: Du hast Zimmer bekommen? Wie schön.

Constantin: Natürlich. Ich bin von der Polizei.

Britta: So einfach ist das nicht um diese Jahreszeit.

Constantin: Mit den nötigen Kontakten … Gute Nacht.

Britta: Gute Nacht :-)

»Hm! Ein Smiley!«, freute er sich. Tischler goss sich den Rest der Flasche ins Glas. Schließlich gab es etwas zu feiern. Er hatte für Britta ein Doppelzimmer ergattert. Mit eigener Dusche. Dass er sich ein Stockwerk über ihr mit ein paar Mitbewohnern eine Nasszelle teilen musste, tat dabei nichts zur Sache und musste auch nicht weiter erläutert werden.

LEBERKÄS, WIE GOTT
IHN SCHUF

»Ihr könnt sagen, was ihr wollt, der Weinberger hatte einfach die besten Leberkässemmeln.«

»Luise, du kannst ihn ja gerne im Gefängnis besuchen und es ihm persönlich sagen. Vielleicht heitert ihn das auf.«

Tischler verteilte mit einem Messer den süßen Senf, den er aus dem Glas auf den Leberkäs balanciert hatte. Dann legte er den Deckel der Semmel darauf und biss genüsslich ab.

»Trotzdem«, verteidigte Luise ihre Meinung. »Auch wenn er ein Hallodri war, beim Leberkäs …«

Tischler hatte sich fast verschluckt. Er hustete, während ihm Fink auf den Rücken klopfte.

»Hallodri? Luise … der Weinberger hat die Frau vom Leidinger ermordet. Der war alles andere als ein Hallodri.«

»Ich sag ja bloß, dass es schade ist.«

Tischler schnappte sich eine Serviette und wischte sich den Mund ab. »Ich hätte ihn ja lediglich verwarnen können, etwa über die Ladentheke hinweg: ›So, Herr Weinberger, dann geben S' mir noch hundert Gramm vom Aufschnitt … und dass Sie mir das nicht noch einmal machen, Herr Weinberger. Man ermordet keine Wirtin. Sie, die Salami da vorne, ist das eine italienische?'«, spielte Tischler das Prozedere durch und erntete dafür von Luise nur Kopfschütteln. Fink hingegen fand diese kleine Vorstellung amüsant.

Der Hauptkommissar höchstpersönlich hatte die gemeinsame Brotzeit am Freitagvormittag eingeführt. Da eine Leberkässemmel zu Bayern so dazugehörte wie die Lederhos'n zum Oktoberfest, fragte er sich manchmal, ob die Kollegen diesen Brauch im hohen Norden mit Fischsemmeln am Leben erhielten. Zumindest einmal in der Woche sollte sich das gesamte Team der Brunngrieser Dienststelle in einem Raum aufhalten. Soweit es die Arbeit zuließ natürlich. Es war ein Ritual, das er aus seiner Münchener Zeit mitgebracht hatte. Dabei wurde das eine oder andere auf dem kurzen Dienstweg erledigt, Informationen ausgetauscht oder Unmut, den der Arbeitsalltag mit sich brachte, gemeinsam verarbeitet. Doch am wichtigsten war das Gemeinschaftsgefühl, das sich mit jedem Freitag mehr einstellte. Tischler hielt nichts von den Teambildungsmaßnahmen, die er in München miterlebt hatte. Hochseilgarten, Rafting, Geocaching oder was sich sonst so mancher Schreibtischtäter einfallen ließ. Eine Leberkässemmel, wahlweise mit süßem oder mittelscharfem Senf, war das Rezept, mit dem ein Team gesund blieb. Manch einer benötigte jedoch zwei Leberkässemmeln für sein Wohlbefinden. Wie etwa Robert Scholl, der in dem Moment mit seiner Kollegin Kuhn Tischlers Büro betrat.

»Sorry, wir sind ein bisserl spät. So ein Held meinte, er müsse den Inhalt seiner Ölwanne auf der 306er verteilen.«

»Ui! Schlimm?«, fragte Fink nach, der als Einziger den Mund leer hatte.

»Die Feuerwehr ist bereits vor Ort und hat Bindemittel gestreut. Halb so wild.« Scholl griff beherzt in die Tüte und schnappte sich eine Semmel.

Miriam Kuhn tat es ihm gleich. »Um was geht's?«

»Die Luise möchte gerne den Weinberger begnadigen, damit der wieder Leberkäs macht«, gab Fink vor und trank von seinem Spezi.

»Ich mein ja nur, dass die von der Fleischtheke im Supermarkt nicht so gut sind wie die vom Metzger.«

»Da stimme ich dir zu, liebe Luise. Aber wenn wir derzeit nun mal keinen Metzger haben ...«

»Weil du ihn verhaftet hast«, fügte Miriam hinzu und schnappte sich die Tube mit dem mittelscharfen Senf.

»Jetzt fängst du auch noch an!« Tischler war kurz davor, die Sache mit dem Teambildungsgedanken noch einmal zu hinterfragen.

Doch die Polizeimeisterin wusste mit vollem Mund ebenfalls etwas zu diesem Thema beizutragen. »Also, den Kalbsleberkäs, den hat der Weinberger spitze gemacht.«

»Kalbsleberkäs!« Tischler lachte. »Der schaut immer so aus, als hätte ihn jemand auf der Hutablage im Auto vergessen, das fünf Stunden in der Sonne stand.«

»Oder Pizzaleberkäs!«

»Miriam, das kann ich toppen«, hob Fink den Zeigefinger. »Ich sage nur: Chili.«

»Hört jetzt bloß mit dem Schmarrn auf«, schimpfte Tischler. »Chili, Pizzaleberkäs ... Überall der gleiche Mist. Kein Mensch braucht Chips, die nach Zwiebeln schmecken, oder eine Schokolade mit Rosenwasser verfeinert. Auf Chips gehört Paprika, in eine Schokolade Vollmilch und der Leberkäs sollte so bleiben, wie Gott ihn geschaffen hat. Pur!« Luise setzte an, etwas darauf zu sagen. Doch Tischler war noch nicht am Ende. »Wenn ich heutzutage in eine Eisdiele gehe, da brauche ich ja schon fast einen Bachelor, um mich zurechtzufinden. Vanille, Erdbeere, Banane und Schoko. Das ist alles, was man braucht.

Vielleicht noch Malaga. Was die Welt nicht braucht, ist Schlumpf-Eis. Nach was soll das denn überhaupt schmecken?«

»Nach Schlumpf«, meinte Scholl trocken, was die Runde sehr erheiterte.

»Gibt es schon was Neues im Fall Holzinger?«, wechselte Luise das Thema. »Ich habe nämlich gestern die Frau vom Kreutzer Michl beim Einkaufen getroffen. Weißt schon, der Fliesenleger. Der sitzt jetzt daheim, wo doch die Baustelle vom Chaletdorf dicht ist.«

»Das bleibt sie auch, bis wir alle Beweise vernichtet haben«, sagte Fink. »Ich meine, bis alles ausgewertet ist und der Staatsanwalt grünes Licht gibt.«

»Ha, die wird sich freuen. Sie hat gemeint, dass ihr Michl kurz davor ist, das Badezimmer neu zu fliesen, wenn er nicht bald wieder zur Arbeit kann. Und wenn das passiert, fährt sie zu ihrer Schwester nach Amerang und kommt nicht wieder zurück.«

»Gut, Luise«, schmunzelte Tischler, »dann rufst du jetzt in der JVA Traunstein an, die sollen den Weinberger frei lassen, damit Brunngries wieder einen Metzger hat. Ich erklär dem Staatsanwalt in der Zwischenzeit, dass wir die Untersuchung im Mordfall Holzinger einstellen, weil sonst der Haussegen bei den Kreutzers schief hängt.«

Luise verdrehte ihre Augen, als sie Tischlers Büro verließ, weil das Telefon auf ihrem Schreibtisch klingelte.

Tischler klatschte in die Hände, nachdem er sie von den Bröseln der Semmel befreit hatte. »Also, wieder an die Arbeit! Und passt auf euch auf. Da draußen laufen genug Wahnsinnige herum.«

»Dann sind die hier ja in guter Gesellschaft«, frotzelte Miriam und deutete auf ihren Kollegen Scholl, der sie dafür schubste, als sie ebenfalls das Büro verließen.

Tischler knüllte die Alufolie samt Papiertüte zusammen und warf beides in seinen Papierkorb. Die restlichen Krümel auf seinem Tisch schob er in seine Handfläche und entsorgte sie in sein Waschbecken.

»Soll ich mir noch mal die Ordner von der Baustelle vornehmen?«, fragte Fink, der seit etwa einer Minute mit einem Senffleck auf seinem Trachtenjanker kämpfte.

»Nein, Felix. Wir zwei fahren nach Bad Reichenhall und besuchen diesen Wolfgang Moser.«

»Moser, Moser …«, überlegte Fink.

»Der Dachdeckermeister. Der Holzinger hat den nämlich ganz schön ausbluten lassen. Mal sehen, was der uns zu sagen hat.«

»Okay. Auf nach Bad Reichenhall!« Fink zog seinen Janker aus und legte ihn über die Stuhllehne.

»Lässt du den hier?«, fragte Tischler erstaunt.

»Freilich. Was sagen denn da die Leut', wenn da ein Fleck drauf ist?«

Tischler ließ seinen Kollegen vorangehen und warf nochmals einen Blick zum Stuhl. Fast bewunderte er den Fleck. Denn er hatte das geschafft, was ihm bisher nicht gelungen war. Der Janker blieb auf der Wache.

»Gerstenweg 11. Hier sind wir richtig.« Fink parkte den Dienstwagen vor dem Mehrfamilienhaus.

Er nahm das Holster samt Waffe von seinem Gürtel. »Die lasse ich besser hier. Normalerweise wird die von meinem Janker ein bisserl verdeckt. Sonst erschrecken die Leut'.«

Tischler rückte näher an die Windschutzscheibe und sah zur Hausfassade, während er sich abschnallte. »Sieht nicht direkt nach erfolgreicher Selbstständigkeit aus.«

»Vielleicht zieht er ja bald um. Ins Chaletdorf.«

»Wer's glaubt.« Die beiden stiegen aus dem Wagen. Fink verstaute das Holster samt Waffe im Kofferraum. Tischler ging voran, überflog die sechs Klingeln und drückte die, auf der ›Moser‹ stand.

Nach einer Weile, als weder die Gegensprechanlage noch der Türsummer einen Laut von sich gaben, setzte Tischler erneut an zu klingeln. Doch eine Stimme von oben kam ihm zuvor.

»Ja?«, rief eine weibliche Stimme aus dem Fenster im ersten Stock.

Die Ermittler traten zwei Schritte zurück und streckten ihre Köpfe nach oben.

»Zu wem wollen Sie denn?«, schrie eine Blondine Ende zwanzig zu ihnen herunter. Ihre Haare waren zerzaust und deuteten darauf hin, dass sie gerade aufgestanden war.

»Grüß Gott. Wir hätten gerne mit Wolfgang Moser gesprochen«, rief Tischler nach oben.

Die Frau formte mit beiden Händen aus ihren langen Haaren einen Zopf und fixierte diesen mit einem Haargummi. »Und Sie sind?«

»Hauptkommissar Tischler. Wir hätten ein paar Fragen an Ihren Mann.«

»Der ist nicht mein Mann. Und wenn er weiter so scheiße drauf ist, dann wird er das auch nicht«, informierte sie die beiden Polizisten ungefragt über ihren Gemütszustand, was den Dachdeckermeister betraf.

»Ist er denn da?«

»Der ist bestimmt trainieren.«

»Und wo?« Fink kniff seine Augen zusammen, weil ihn die Sonne blendete.

»Im Fitnesscenter, hinten im Gewerbegebiet. Da fahren Sie …«

»Wir kennen den Weg«, unterbrach Tischler und grüßte per Handzeichen nach oben. »Nichts für ungut.«

»Sagen Sie ihm, dass er gar nicht erst nach Haus zu kommen braucht, wenn er so weitermacht.«

»Was macht er denn?«, fragte Tischler nach.

»Das weiß er ganz genau.« Nach diesen Worten zog sie ihren Kopf wieder zurück in die Wohnung und schloss das Fenster.

Tischler schaute über das Autodach hinweg zu Fink. »Kann es sein, dass die Stimmung in den Keller geht, wenn die Männer hier in der Gegend nichts zu tun haben?«

Fink zuckte mit den Schultern. »Weiß nicht. Ich bin im Urlaub eigentlich immer entspannt.«

»Urlaub und temporär arbeitslos, das ist ein großer Unterschied.« Tischler drehte sich nochmals zum Fenster nach oben. Der Vorhang bewegte sich. Irgendetwas sagte Tischler, dass Moser genau in diesem Moment erfuhr, dass er in den nächsten Minuten Besuch bekommen würde.

***

»Was machst du eigentlich, um dich fit zu halten?«, fragte Tischler seinen Kollegen, während der zwei Mädels mit Sporttaschen hinterherschaute, die ihn im Vorbeigehen angelächelt hatten.

»Sudoku.«

»Ich meinte jetzt eher Jogging oder so …«

»Ach so. Ich meinte geistig«, erklärte sich Fink. »Mei, ja doch … Joggen. Also … jetzt nicht regelmäßig.«

Weitere Damen kamen ihnen entgegen, als sie kurz vor dem Eingang des Fitnessstudios waren.

»Entweder ist hier ein Nest, oder die Aerobicstunde ist grad aus«, mutmaßte Fink und bedankte sich bei einer brünetten Schönheit mit makelloser Figur, die ihnen die Tür aufhielt.

»Aerobic? Gibt es das überhaupt noch?«

»Dann halt Turnen«, verbesserte sich Fink, der seit der Begegnung mit den Frauen plötzlich etwas aufrechter ging.

»Servus, ihr zwei«, begrüßte die nächste Schönheit die beiden Männer an der Theke des Fitnessstudios. »Seid ihr wegen dem Probetraining hier?«

»Äh, nein. Wir suchen jemanden.«

»Ach ja?« Sie gab zwei Messlöffel Eiweißpulver in ein Gefäß, das bereits mit Milch befüllt war. »Wer ist es denn? Hier kennt jeder jeden.«

»Wolfgang Moser«, kam es mit ungewohnt tiefer Stimme von Fink. Wahrscheinlich wollte er dadurch die Tatsache kompensieren, dass die Thekenfrau einen eindeutig größeren Bizeps hatte als er.

»Ach, der Wolfi?« Sie stellte das Gefäß unter einen Standmixer und schaltete ihn ein. »Der ist hinten draußen bei den anderen!«, übertönte sie das laute Geräusch des Mixers. »Einfach geradeaus und durch die große Tür in den Freibereich. Immer dem Testosteron nach!«

»Hast du gesehen?« Fink stieß seinen Kollegen an, während sie an den Kardiogeräten vorbei durch das Studio gingen. »Ich glaube, die ernährt sich nur von Eiweiß.«

»Die wäre doch was für dich«, schlug Tischler vor. »Mit der könntest du gemeinsam sporteln. Sie macht Bankdrücken und du Sudoku.«

Als Tischler die große Tür aufklinkte, wusste er, was die Muskelfrau an der Theke mit »Testosteron« gemeint hatte. Ausnahmslos jeder Oberarm der hier anwesenden Männer hatte einen größeren Umfang als seine Oberschenkel. Während drinnen im Studio ein paar mittelschwere Hanteln herumgeworfen wurden, bewegte man sich hier im Freibereich in einer völlig anderen Gewichtsklasse.

»Sag mal, sind das Lkw-Reifen da hinten?«

»Ja«, bestätigte Fink. »Und gleich daneben ein paar Baumstämme. Hier sieht's ja aus wie auf dem Wertstoffhof.«

»Habt ihr euch verlaufen?«, fragte ein riesiger Typ mit breitem Gewichthebergürtel, der plötzlich vor ihnen stand.

»Wir suchen den Wolfgang Moser«, preschte Fink vor.

»Den Wolfi? Moment …« Er drehte sich suchend um. »Dort hinten am Prowler.«

»Am wo?«, hakte Fink nach.

Tischler sah an dem Koloss vorbei und erkannte Moser, der Tage zuvor im Bauwagen gegenüber dem Polier ausgerastet war. Er stemmte sich gegen einen Schlitten, der mit etlichen Gewichten beladen war, und schob ihn nach vorne. Warum auch immer.

»Hab ihn«, pfiff Tischler den Polizeiobermeister zurück und bedankte sich bei dem Riesen für seine Hilfe per Blickkontakt.

Moser, der sein Ziel erreicht hatte, drehte sich um. Er grinste, als er die beiden Polizisten auf sich zukommen sah.

»Herr Moser?«, grüßte Tischler den schwitzenden Mann mit hochrotem Kopf.

Moser blieb cool. Er massierte sich die Stelle an der Schulter, die sich kurz zuvor gegen den Schlitten gepresst hatte.

»Polizei, nicht wahr?«

Tischler nickte. »Tischler, Hauptkommissar. Das ist mein Kollege, Polizeiobermeister Fink.«

»Ihr seid hier wegen dem Holzinger, oder? Meine Freundin hat mir schon geschrieben, dass ihr mich sucht.«

»Stimmt«, bestätigte Fink Mosers Vermutung. »Wir sollen Ihnen auch etwas ausrichten.«

»Ach ja? Und was wäre das?«

»Dass Sie auf dem Nachhauseweg noch im Supermarkt vorbeischauen sollen. Die Milch ist alle«, ging Tischler dazwischen. Im Gegensatz zu Fink sah er es nicht als Aufgabe der Polizei an, stille Post für streitende Pärchen zu spielen. »Sie arbeiten für das Bauunternehmen Holzinger, nicht wahr?«

»Klar. Ihr habt mich doch dort gesehen.« Er bückte sich nach seiner Trinkflasche und nahm einen großen Schluck.

»Hatten Sie ein gutes Verhältnis zu Herrn Holzinger?«

Moser grinste. »Fragt doch gleich, ob ich ihn umgebracht habe.«

»Und?«, stieg Fink darauf ein. »Haben Sie?«

Wieder grinste Moser. Mit abfällig gleichgültigem Blick visierte er die beiden Ermittler abwechselnd an. »Um ehrlich zu sein, er war ein Arsch.«

Tischler drehte sich blitzschnell um, da er hinter sich ein lautes Schreien vernahm. Fast hätte er instinktiv nach seiner Waffe gegriffen. Fink reagierte ebenfalls blitzschnell. Doch die Schreie kamen von einem der Muskelprotze, der den starken Willen hatte, zwei große Betonklötze, in die jeweils ein Griff eingegossen war, von A nach B zu schleppen. Auf halber Strecke scheiterte er kläglich.

»Nimm lieber einen Kasten Bier«, rief Moser dem Mann zu, der seinen Vorschlag mit dem ausgestreckten Mittelfinger quittierte.

Tischler wandte sich wieder dem Dachdecker zu. Fink tastete seine Brust ab. Wahrscheinlich, weil er nach seinem kleinen Block suchte, der in seinem Janker sicher verstaut über Tischlers Stuhllehne im Büro hing.

»Was ist das hier eigentlich?«, fragte er Moser.

»Schon mal was von ›Strongman‹ gehört?«

Tischler nickte.

»In zwei Wochen ist Wettkampf. Also, kommt zum Punkt.«

Tischler war klar, was Moser mit seiner Duzerei bezwecken wollte. Doch es gehörte viel dazu, ihn zu provozieren. Und den Schneid hatte ihm während seiner gesamten Dienstzeit bisher noch niemand abgekauft.

»Wo waren Sie am Freitag vor einer Woche abends?«

Der eins neunzig große Hüne blickte auf Fink herab. »Wo soll ich wohl gewesen sein? Hier natürlich.«

»Ach ja?« Tischler sah ihm tief in die Augen.

Moser wich seinem Blick aus und griff nach seinem Handtuch, das über dem Gewichtsschlitten hing. »Meine Freundin kann euch das bezeugen.«

»Ihre Freundin kann bezeugen, wann Sie die Wohnung verlassen haben. Mehr nicht«, äußerte Fink und sah zu Tischler, der ihm nickend beipflichtete.

»Jetzt passt mal auf, ihr zwei Clowns ...«

»Langsam, langsam, ja? Jetzt vergreifen wir uns mal nicht im Ton.« Tischler stemmte seine Hand gegen Mosers Brust, weil der einen großen Schritt auf ihn zu machte.

»Gibt's Probleme?«, hörten die beiden Polizisten eine Stimme von hinten, die etwas übertrieben tief klang.

Als sich die beiden umdrehten, blickten sie gegen eine Wand, bestehend aus fünf Typen, die sich mit verschränkten Armen vor ihnen aufgebaut hatten. Alle fünf sahen aus wie geklont und unterschieden sich einzig durch ihre kurzen Hosen, die fast zwischen ihren Oberschenkeln verschwanden, und den Muskelshirts mit so kessen Aufschriften wie etwa »Born to die!«.

»Wir unterhalten uns hier mit diesem Herrn. Wir melden uns bei Ihnen allen, wenn wir etwas brauchen.« Tischler drehte sich wieder zu Moser um und wollte die Befragung fortsetzen, als ihm der Kerl hinter ihm auf die Schulter klopfte.

»Ich sag dir, was wir hier brauchen. Platz! Also seht zu, dass ihr zwei Turteltäubchen euch schleicht, aber zügig!«

Fink griff in seine Hosentasche und hielt dem Muskelberg seinen Dienstausweis vor die Nase. »Ganz ruhig, ja? Wir sind im Dienst.«

Der Typ blickte auf den Ausweis, dann grinste er Fink süffisant an. »Wo hast du denn den Schülerausweis her, Bürscherl? Aus dem Kaugummiautomaten?«

Die anderen Männer lachten dreckig.

»Nein!«, konterte Fink. »Der war im Happy Meal. Es gab entweder den Ausweis oder eine Barbiepuppe. Ich weiß, was Sie genommen hätten.«

»Jetzt reicht's, du Lackaffe!« Der Typ wurde laut und streckte seinen Arm nach Fink aus.

»Schluss jetzt!«, rief Tischler energisch, während er seine Jacke zur Seite etwas öffnete, damit man seine Dienstwaffe sehen konnte. »Wir können uns gerne auf der Dienststelle unterhalten.«

»Ist schon in Ordnung, Jungs«, beschwichtigte Moser die Männer, um die Situation zu deeskalieren.

Tischler konnte innerlich nur müde lächeln. Als ob er Moser bräuchte, um ein paar Testosteronbolzen im Zaum zu halten. Die Gruppe Männer löste sich auf und verteilte sich wieder auf die vereinzelten Stationen, um weiterzutrainieren.

»Und jetzt raus mit der Sprache«, fuhr Tischler mit der Befragung fort. »Wann haben Sie letzten Freitag die Baustelle verlassen, wann sind Sie wieder von zu Hause losgefahren und so weiter?«

Tischlers Ton wurde bestimmter. Mosers Gesichtsausdruck zufolge hatte er verstanden, dass er besser kooperierte und letztendlich den Kürzeren ziehen würde.

»Na gut. Ich bin etwa um zwei, halb drei von der Baustelle los wie jeden Freitag.«

»Und dann?«

»Dann haben die Kerstin und ich es miteinander getrieben. Da könnt ihr sie fragen.«

»Wir glauben Ihnen.«

»Das ist jeden Freitagnachmittag so. Quasi als Einstimmung aufs Wochenende.«

»Weiter?«

»Danach bin ich hierhergefahren.«

»Wie spät war es da?«

Moser fuhr sich über seine kurzen Haare. Er wirkte nervös. »Weiß nicht. Vielleicht sechs oder sieben?«

»Und wie lange sind Sie geblieben?«

Moser sah zwischen den Ermittlern hin und her. »Vielleicht bis zehn, halb elf? Danach sind wir alle noch ein paar Burger essen gegangen. Das machen wir jeden Freitag. Ins GEORGES! Da gibt's Essen bis Mitternacht.«

»Und anschließend?«, ließ Tischler Mosers Redebereitschaft nicht abreißen.

»Da bin ich heimgefahren.«

»Auf direktem Weg?«

Moser spähte zu Fink. »Klar. Wo sollte ich denn sonst hin?«

»Wann waren Sie dann daheim?«

»So gegen eins. Da hat die Kerstin aber schon geschlafen.« Er sah wieder zu Tischler. »Was wollt ihr eigentlich von mir?«

»Sie bekommen mittlerweile eine Stange Geld von Holzinger, oder?«

»Ja. Und? Was geht euch das an?«

»Mei, wir von der Polizei werden da immer ganz hellhörig, wenn jemand stirbt, der Schulden hatte. Und Ihnen hat er am meisten geschuldet.« Tischler sah zu Fink. »Wie viel war es noch mal?« Fink tastete demonstrativ seine Brust ab und zuckte mit den Schultern. In seinem Block im Janker stand die Lösung. Tischler wandte sich wieder zu Moser. »Ein höherer fünfstelliger Betrag, wenn ich mich nicht irre.«

»Und?«

»Ein guter Grund, um … sagen wir mal vorsichtig, um das Gespräch zu suchen.«

»Ich hab dem nichts getan!« Mosers Blutdruck stieg erneut an.

»Wir haben gesehen, wie es aussieht, wenn die Dinge für Sie nicht so laufen, wie Sie es sich vorstellen. Im Baubüro? Vorgestern? Schon vergessen?«

Moser blickte nervös zu Fink, dann wieder zu Tischler. »Das … das war doch nur, weil … na, weil die Baustelle plötzlich stillstand. Da muss ich nicht studiert haben, um zu wissen, dass das auch eine Insolvenz nach sich ziehen kann. Und was das für meine Kohle bedeutet, brauche ich euch bestimmt nicht zu erklären. Kann ich jetzt weiter trainieren? Ich kühl aus.«

Tischler musterte Moser eindringlich. »Halten Sie sich zu unserer Verfügung, Herr Moser. Falls wir noch ein paar Fragen haben.«

Tischler drehte sich um und ging zurück zur Tür, die ins Fitnessstudio führte. Fink folgte ihm und warf den harten Kerlen strenge Blicke zu.

Als sie an der Theke am Eingang vorbeikamen, wandte sich Tischler an die Frau, die immer noch an ihrem Eiweißshake schlürfte.

»Eine Frage. Die Mitglieder hier, werden die irgendwie über ein Zeitkonto oder Ähnliches erfasst?«

Sie rutschte von ihrem Barhocker und lehnte sich auf die Theke.

»Sie meinen, ob wir wissen, wann die Jungs und Mädels kommen und gehen?«

»Ja.«

»Freilich. Die haben ja einen Chip, mit dem sie sich hier einloggen.«

Tischler griff in seine Jackentasche und zeigte ihr seinen Dienstausweis. Die Frau verstand, was er wollte.

»Wen brauch' ma denn?«

»Den Wolfi«, passte sich Tischler der Umgebung an.

Sie grinste und tippte den Namen in die Tastatur. Dann drehte sie den Bildschirm zum Kommissar.

»Hier. Das sind die letzten zehn Tage.«

Tischler überflog die Oberfläche des Programms und fand schnell den besagten Tag. *Freitag. Log-in: 18:42 Uhr. Log-out: 22:43 Uhr.* Er drehte den Bildschirm zurück in seine Ausgangsposition.

»Danke. Sie haben mir sehr weitergeholfen.«

»Immer gerne. Und ihr seid euch sicher, dass ihr kein Probetraining wollt? Oder einen Eiweißshake?«

Tischler lehnte ab. Rasch verließen sie die Sportstätte und marschierten quer über den Parkplatz zum Wagen.

»Ich hätt gern so einen Shake probiert«, moserte Fink.

»Du weißt doch, dass du nichts von Fremden annehmen darfst.« Tischler blinzelte über das Autodach hinweg zu Fink. »Happy Meal?«

»Ja, mir fiel nichts Besseres ein.«

»Nein, nein. Das war sehr gut. So spontan. Ich musste mich schwer zusammenreißen, damit ich nicht lache. Die Sprache des Volkes. Zumindest da drin.«

Fink stieg mit einem Grinsen im Gesicht in den Wagen. Ein Lob am Freitag vom Chef war fast so gut als Einstieg ins Wochenende wie das, was Moser mit seiner Kerstin tat. Aber nur fast.

»Die Zeitangaben vom Moser stimmen«, sagte Tischler, während er sich anschnallte.

»Insofern ist er aus dem Schneider, oder?«

Tischler presste die Lippen zusammen und blickte nochmals zum Eingang des Fitnessstudios. »Nicht ganz. Hast du gesehen? Die Holzwand um den Außenbereich? Eins-zwei-drei bist du da drüber.«

»Das hätte dann aber bestimmt einer von den anderen mitgekriegt, oder?«

»Dreh du mal einen Traktorreifen auf links. Ich glaub, da hast du in erster Linie damit zu tun, dass du nicht ohnmächtig wirst. Da ist dir der Moser, der in dem Moment über den Zaun klettert, scheißegal. Außerdem halten die da drinnen zusammen. Da erfährst du nix.«

»Und jetzt?«

»Ich brauch jetzt einen Kaffee und dann ist Feierabend.«

»Jetzt schon?«

»Machst halt ein bisserl Homeoffice«, schlug Tischler seinem Kollegen vor.

»Und was soll ich da machen?«

»Mei, du kannst ja den Fleck aus deinem Janker reiben.«

»Also zurück auf die Dienststelle?« Fink drehte den Zündschlüssel.

»Klar. Ich sagte ›Kaffee‹. Und nicht ›Der HERZHAFTE von Brunello‹, den es hier scheinbar ausnahmslos gibt.«

Zu schade für
den Chiemsee

Britta saß an diesem Samstagvormittag wie Grace Kelly in ihren besten Zeiten neben Tischler im Jaguar. Das Verdeck war offen, weshalb er die Geschwindigkeit ihr zuliebe drosselte, damit der Fahrtwind die Frisur nicht ruinierte. Ihre große Sonnenbrille war eher ein Statement als ein Schutz für die Augen. Tischler riskierte während der Fahrt immer wieder einen Blick zu seiner Beifahrerin. Er genoss es, mit ihr zusammen über die Landstraße zu schweben. Ihr Outfit verriet ihm, dass auch sie sich auf diesen Tag gefreut hatte. Keine Frau würde sich derart herausputzen, wenn sie einfach nur mit einem Bekannten die Zeit totschlug.

Durch seine Ray-Ban riskierte er ab und an einen Blick auf ihre schlanken Beine, die es ihr erlaubten, einen Rock in dieser Länge zu tragen. Da der hellblaue Stoff kurz über ihren Knien endete, gewährte er Tischler in dieser Position noch bessere Aussicht auf ihre formschönen Oberschenkel, die sie elegant zusammenhielt und die Beine dementsprechend seitlich im Fußraum platzierte. Die feinen Härchen ihrer Arme glänzen in der Sonne, die in regelmäßigen Abständen durch die Bäume hindurch Britta perfekt in Szene setzte. Ihr schneeweißes Top wirkte unauffällig und gab dem hellblauen Seidentuch, das sie um den Hals trug und dessen Enden sanft mit dem Fahrtwind spielten, den Raum für einen gelungenen Auftritt. Ja, Britta hatte nicht einfach nur den Schrank geöffnet und das erstbeste Outfit herausgezogen. Sie wollte gefallen. Und der Plan ging auf.

»Ich bin schon lange nicht mehr in einem Cabrio gefahren«, bemerkte Britta etwas lauter, da der Sechszylinder sehr um Aufmerksamkeit buhlte.

»Schön, dass es mit uns endlich einmal geklappt hat.« Tischler blickte zu seiner Beifahrerin. »Und dann noch dieses Kaiserwetter.«

»Ich freue mich auf den See. So nah und doch so fern.«

»Ich weiß, was du meinst. Ich fahre auch viel zu selten hierher. Manchmal habe ich das Gefühl, dass so manches Nordlicht öfter über den Chiemsee schippert als wir, die quasi daneben wohnen.«

Sie lachten. Am See angekommen parkte Tischler den Wagen routiniert im Schatten etwas weiter hinten.

»Hast du keine Angst, dass deinem Wagen hier auf diesem Parkplatz etwas passiert?«

Tischler verneinte lässig, während sie ausstiegen und er sich an das Verdeck machte. »So ein Wagen ist viel zu auffällig, um ihn zu stehlen. Die Diebe haben es eher auf die gängigen Modelle abgesehen. Und wenn doch … ich bin Polizist. Und habe eine Waffe.«

Sie schmunzelte. Natürlich ließ es sich Tischler nicht nehmen, Brittas kleine Tasche ebenfalls zu tragen, wie es sich für einen Gentleman gehörte.

Tischler steuerte schnurstracks auf den Bootsverleih zu, der sich nahe dem Steg befand und um diese Uhrzeit längst besetzt war. Britta blieb diskret ein paar Schritte entfernt stehen, steckte ihre Sonnenbrille ins Haar und interessierte sich beiläufig für die Getränkekarte, die sie von einem der unbelegten Tische der Terrasse nahm. Im Yachtklub herrschte reges Treiben. Während sich die einen mit einem Frühstück des klubeigenen Gastronomiebetriebes verwöhnen ließen, machten andere ihre Boote startklar, um kurz darauf in See zu stechen. Ganz zu schweigen von den Kleinsten in ihren Schwimmwesten, die ihrem Lehrer wie junge Küken zum Steg hinterherwatschelten. Dorthin, wo bereits auf jeden eine kleine Jolle wartete.

»Servus. Tischler. Constantin. Ich hab ein Boot gemietet«, informierte er den Mann, der mit seinem Cap unter einem Sonnenschirm auf seinem Klappstuhl saß.

Der Angesprochene erhob sich und ging zu seinem Reservierungsbuch. »Wie war der Name noch mal?«

»Tischler.«

Er fuhr mit seinem Finger über die Seite. »Hab ich nicht.«

»Aber ich hab doch extra …«

»Moment!«, unterbrach ihn der Herrscher der Kleinboote. »Falscher Tag.« Er blätterte um. »Tischler, Tischler … da sind Sie ja. Eine Dyas ist für Sie reserviert. Eine Sunbeam oder die Bavaria dort hinten, da müssten Sie schon früher anrufen.«

»Kein Problem. Wir wollen ja auf dem Segler nicht übernachten. Das machen wir dann auf der Fraueninsel.«

»Da haben Sie aber hoffentlich schon viel früher reserviert. So kurzfristig bekommen S' nämlich nur im Kloster noch was. Und selbst das ist fraglich.«

»Natürlich«, beruhigte Tischler den Verleiher, ohne ihn weiter in seine Planungen mit einzubeziehen.

»Dann ist es ja gut. Sie kennen sich mit dem Segeln aus?«

»Freilich.«

»Wann bringen Sie denn die Dyas morgen wieder? Um eins ist sie nämlich bereits an jemand anders vermietet. Wie gesagt …«, er deutete zum Himmel, »bei dem Wetter?«

»Das ist kein Problem«, versicherte Tischler. »Ach, sagen Sie, wo ich Sie gerade spreche, der Holzinger Ludwig, der hat doch seine Yacht hier liegen, oder?«

»Der Ludwig? Warum wollen Sie das wissen? Der ist doch tot.«

»Ich bin von der Kriminalpolizei und ermittle in dem Fall.«

»Sie schauen gar nicht aus wie ein Polizist.« Er musterte den Kommissar. »Na, ich will Ihnen mal glauben.«

Tischler folgte ihm weiter zum Steg. Auf der ersten Planke blieben sie stehen. Britta, die der Meinung war, dass es nun losginge, steuerte ebenfalls den Bootssteg an.

»Sehen Sie dort hinten die Saffier?« Tischler nickte. »Die gehört ... also gehörte dem Holzinger. Mit der können S' bei Windstärke sechs locker auf offener See fahren. Macht gut und gerne zwölf Knoten. Viel zu schade für den Chiemsee.«

Tischler war von Holzingers Segelboot beeindruckt. Nicht nur, weil es das größte am Bootssteg war. Dieser dunkelgraue Segler strahlte Klasse und Dominanz zugleich aus. Der Mast ragte über die der anderen Boote hinaus, was die Aussage des Verleihers wohl untermauerte. Dieses Boot war viel zu groß für den Chiemsee. Doch das schien einen wie Holzinger nicht zu stören. Ganz im Gegenteil. Einer wie er wollte auffallen und das um jeden Preis. Sei es durch seine Villa, seine Bauprojekte oder hier am See eben durch diese Yacht.

»Wow!«, rief Britta begeistert. »Constantin! Die ist ja schick!«

»Grüß Gott, die Dame.«

Britta grüßte zurück.

»Das ist das Boot von Ludwig Holzinger«, erklärte Tischler. »Du weißt schon, der ...«

»Verstehe.« Britta nahm ihre Sonnenbrille aus den Haaren und setzte sie auf.

»Wie lang ist sie?«, interessierte sich Tischler für die Saffier.

»Etwa elf Meter. Wenn Sie da aber drauf wollen, dann müsste ich erst mit dem Vorstand …«

»Nein, schon gut. Fürs Erste reicht das. Wann ist er denn das letzte Mal damit gefahren?«

Der Verleiher zuckte mit den Schultern und marschierte weiter den Steg entlang. »Keine Ahnung. Der war nicht oft hier.« Er sah erst zu Tischlers Begleitung, dann flüsterte er. »Und wenn, dann haben es die Herrschaften hier im Klub nicht so gerne gesehen, weil er jedes Mal in Begleitung war.«

»Welcher Begleitung?«

»Nutten.«

»Prostituierte?«, zischte Tischler zurück.

Er nickte und zwinkerte dem Kommissar zu. »Aber ich hab nichts gesagt, gell. Man erzählt es sich halt so.«

»Da ist ja eine schöner als die andere«, schwärmte Britta, die jede der Segelyachten intensiv beäugt hatte, während sie über den Steg schlenderte. »Welche von denen ist denn nun unsere?«

»Hier ist das gute Stück«, sagte der Verleiher und deutete auf die Dyas, die gegenüber der Saffier ihr Dasein fristete.

Tischler stellte die beiden Taschen auf dem Steg ab und stemmte seine Hände in die Hüften. Er hatte Mühe, bei dem Anblick Freude zu heucheln. Nicht dass die Dyas ungepflegt war. Sie war nur … etwas kleiner als Holzingers Yacht. Es war ein Zweimann-Kielboot und trotz einer Länge von etwa sieben Metern rein äußerlich nicht mit der Saffier zu vergleichen. Etwas verlegen linste Tischler aus den Augenwinkeln zu Britta. Sie lächelte das Boot an. Er war sich nicht sicher, ob dies ein gutes oder schlechtes Zeichen war.

»Das ist ja putzig«, sagte sie und warf nochmals einen kontrollierenden Blick auf die gegenüberliegende Seite des Steges zu Holzingers Yacht.

Tischler beließ es dabei und versicherte dem Verleiher erneut, dass er am nächsten Tag das Boot pünktlich zurückbringen würde. Vorausgesetzt natürlich, der Wind würde es gut mit ihm meinen. Denn einen Motor hatte die Dyas nicht.

***

»Und? Gefällt es dir?«

»Es ist herrlich«, schwärmte Britta, die backbord saß und ihr Gesicht in den Wind hielt. »Wer hat dir denn das Segeln beigebracht?«

»Mein Vater. Holst du bitte das Vorsegel auf die andere Seite?«

»Wenn du mir sagst, wie?«

»Mit der Leine dort neben dir.«

Britta sah links und rechts neben sich und wurde schnell fündig. Geschickt holte sie das Segel auf die andere Seite und befestigte die Leine.

»Sehr gut. Du bist ein guter Vorschoter!«

Britta schaute Tischler fragend an, ließ es jedoch dabei bewenden und genoss die kleine Rundfahrt. Hin und wieder erwiderte sie die Grüße aus anderen Booten und winkte zurück.

»Möchtest du an die Pinne?«

»Wenn du mir sagst, was eine Pinne ist?« Britta blickte über die Sonnenbrille hinweg zum Steuermann.

»Hier, ans Ruder.«

»Ich weiß nicht, ob ich das …«

Tischler fackelte nicht lange, zog Britta zu sich und tauschte mit ihr den Platz.

»Und wie soll ich …«

»Siehst du dort vorne am anderen Ufer die große Baumgruppe?« Britta nickte. »Halte immer drauf zu.«

Nach ein paar Minuten Zick-Zack-Kurs hatte Britta den Dreh raus und steuerte die Dyas sicher über den Chiemsee.

»Wie nennt man das Ding noch mal?«

»Pinne.«

Da der Wind von vorne kam, holte er das Vorsegel ein und fixierte die Leine erneut. Er lächelte. Sicherlich über den Ehrgeiz, den die junge Ärztin auch außerhalb des Krankenhauses an den Tag legte.

»So richtig?«, wollte sie mit verbissenem Gesichtsausdruck wissen und ernannte ihn damit ungefragt zu ihrem Segellehrer.

Tischler musterte sie skeptisch. »Ich glaube, du bist bereit.«

»Bereit für was?«, fragte sie nervös nach.

»Lust auf ein bisschen mehr Power?«

»Power?« Britta lachte. »Mit dem Ding?«

Tischler blickte zum Verklicker, der ihm hoch oben auf dem Mast die Windrichtung anzeigte. Nun lachte auch er. »Na, dann pass mal auf!«

Tischler setzte sich neben Britta, nahm die Leine auf, die am Baum des Großsegels befestigt war, und löste daraufhin die des Vorsegels.

»Auf drei wechselst du die Seite, ja? Aber duck dich, damit dich der Baum nicht ins Wasser befördert. Bereit?«

Britta nickte nervös und machte dabei nicht den Eindruck, als hätte sie verstanden, was Tischler von ihr wollte. Doch es lag auf der Hand, dass Tischler nicht das erste Mal mit einer ausgewachsenen Landratte auf einem Boot unterwegs war.

»Eins – zwei – und drei!« Vorsichtshalber hielt er seine Hand schützend über Brittas Kopf, um ihn bei Bedarf etwas nach unten zu drücken. Dies war jedoch nicht vonnöten, weil Britta aus lauter Respekt vor dem Baum quiekend auf die andere Seite krabbelte, sodass sie sicherlich für einen Moment von einem anderen Boot aus nicht mehr zu sehen war. Tischler grinste. Das Großsegel hatte ebenfalls seine Position auf der gegenüberliegenden Seite erreicht. Da sich das Boot jetzt zur Seite neigte, schrie Britta kurz auf.

»Ganz ruhig«, lachte Tischler cool und setzte sich neben sie, um die Neigung des Bootes auszutarieren.

»Wir sind immer noch schief«, bemerkte Britta ängstlich.

»Das muss so.« Er lehnte sich etwas aus dem Boot hinaus. »Von wegen ›Mit dem Ding‹!«, frohlockte er stolz.

Britta schien Vertrauen in ihn zu haben, da sie sich schnell beruhigte. Mit festem Griff umklammerte sie die Pinne, und ihr Gesichtsausdruck ließ erkennen, dass sie sich freute, alle anderen hinter sich zu lassen. Auch Tischler genoss die Fahrt. Denn während sich die anderen Boote mehr und mehr von ihnen entfernten, rückte Britta näher an ihn heran.

***

»So! Bitte schön, die Speisekarten. Darf es schon etwas zum Trinken sein?«, fragte die kecke Bedienung des Biergartens, der bis auf den letzten Platz besetzt war.

»Vielleicht ein Glas Prosecco?«, schlug Tischler seiner Begleitung vor.

»Gin Tonic.«

»Zwei bitte!«, lächelte Tischler sie an und nahm die Speisekarte entgegen.

»Gerne. Auf der Tageskarte haben wir heute einen fangfrischen Chiemseehecht an Rahmspinat und Bratkartoffeln oder ein Rahmgulasch vom Weideochsen mit Semmelknödel und frischen Pfifferlingen. Der Schweinsbraten ist aus.«

Die Servicekraft teilte noch geschwind zwei Bierdeckel aus und machte sich auf zum Nachbartisch, da der Herr, der dort mit seiner Frau saß, mit seinen Fingern geschnippt hatte.

»Schön ist es hier.« Britta atmete tief durch und ließ ihren Blick über den Biergarten schweifen. Die leichte Brise, die ab und zu über die Insel strich, kam am Ende des Tages wie gelegen. Besonders nach ein paar Stunden auf einem kleinen Boot ohne Sonnenschutz.

»Der Mann an der Rezeption im Kloster hat gemeint, dass es richtig gemütlich wird, wenn das letzte Schiff die restlichen Tagesgäste aufs Festland zurückfährt.«

Britta klappte die Speisekarte auf. »Wie bist du eigentlich auf das Kloster gekommen? Das hätte ich dir überhaupt nicht zugetraut.«

»Das Kloster? Ach, das … ich meine … das ist mir ganz spontan eingefallen. Ich dachte, es wäre mal etwas anderes. Sieht nicht jedes Hotel auf der Welt fast gleich aus?«

Tischler konzentrierte sich eifrig auf die Speisenauswahl. Er wollte dieses Thema nicht weiter vertiefen. Verstohlen lugte er über die Karte hinweg zu Britta. Sie hatte das Thema ebenfalls ad acta gelegt und studierte die Speisen.

»Was isst du?«, fragte er sie, damit er sich ein wenig anpassen konnte. Schließlich wollte er nicht vor einem Fleischberg sitzen, während sie einzelne Salatblätter auf ihrem Teller zusammenklaubte.

»Weiß noch nicht«, kam es zögerlich von ihr. »Ich liebäugle mit dem Tafelspitz. Oder ich nehme den Sommersalat mit dem Ziegenkäse. Ich bin nicht sicher.«

Tischler wusste genau, was er nicht wollte. Tafelspitz. Und schon gar keinen Sommersalat. Schnell legte er seine guten Vorsätze beiseite und beschloss, das zu bestellen, wonach ihm war. Und das war Fleisch. Er erinnerte sich an ihr erstes Date und das *Tagliatelle-verdure*-Debakel. Als Britta ihm diese Speise schmackhaft gemacht hatte. Während sie sich dann ihre *Pizza prosciutto di Parma* schmecken ließ, hatte er auf Gemüse herumgekaut. Das durfte auf keinen Fall nochmals passieren.

»So! Hier die beiden Gin Tonic. Haben Sie schon was g'funden?«

Tischler ließ seiner Begleitung den Vortritt.

»Ich hätte gerne die Renke Müllerin mit Salzkartoffeln.«

»Gute Wahl«, beglückwünschte sie Britta und richtete ihre Aufmerksamkeit auf den Kommissar. »Und der Herr?«

Tischler zögerte kurz. »Die Haxe ... ist es möglich, dass man mir den Knochen auslöst? Ich hab den ungern auf dem Teller.«

»Ich sag es den Jungs in der Küche. Das geht bestimmt«, meinte sie optimistisch und notierte seinen Wunsch auf ihrem kleinen Block. Bei dem Anblick dachte Tischler an seinen Kollegen. Vielleicht war er in einem früheren Leben ebenfalls im Service tätig gewesen.

»Auf einen wunderschönen Abend«, erhob Tischler sein Glas.

»Schön, dass es geklappt hat.«

Die beiden sahen sich einen Moment länger in die Augen, dann nippten sie am Gin. Britta zögerte keinen Augenblick, um mehr über Tischler und sein Leben ohne Dienstmarke zu erfahren. Er wand sich hin und her und versuchte, das Gespräch auf sie zu lenken. Schon sein Opa hatte ihm eingetrichtert, dass sich ein Mann bei einem Date im Hintergrund halten sollte. Dass Frauen sehr gerne von sich erzählen würden, hatte er immer gesagt. Doch da hatte sein Opa die Rechnung ohne Britta gemacht. Sie war standhaft und ließ nicht locker.

»Verbindet dich noch etwas mit München? Die Kollegen, der Englische Garten ... eine Frau?« Sie nippte erneut an ihrem Glas, ohne ihn aus den Augen zu lassen.

»Wenn man ein paar Jahre in München gelebt hat, wird man immer mit dieser Stadt verbunden bleiben«, umschiffte Tischler geschickt Brittas Fragen, die sicherlich auf etwas anderes abzielten. »Da wird es dir nicht anders gehen mit ... Frankfurt, nicht wahr?«

»Gut gemerkt, Herr Kommissar. Ja, Frankfurt … da werden Erinnerungen wach. Die erste große Liebe, mein Pferd …«

»Deine erste große Liebe war ein Pferd?«, erkundigte sich Tischler verwundert und nippte erneut an seinem Glas.

»Iwo. Also … schon auch.« Sie lachte und sah ihn ein wenig länger an. »Wie sieht es mit deiner ersten großen Liebe aus?«

»BMX-Rad. Metallicblau«, schwärmte Tischler. »Alle meine Klassenkameraden haben mich damals darum beneidet.«

Britta lächelte ihn an und lehnte sich zurück. Es war ihr anzusehen, dass sie sehr wohl verstand, dass er gegen ihre Fragetechnik immun war und nichts von vergangenen Liebschaften preisgeben wollte. Auch das hatte er von seinem Opa gelernt. Man durfte bei einem Date über alles reden, nur nicht über andere Frauen.

»So! Da hätten wir einmal die Renke Müllerin mit Salzkartoffeln für die Dame und für den Herrn die Haxe mit Knödeln.« Die Bedienung stellte die Teller ab und warf Tischler einen mitleidigen Blick zu. »Leider hatte die Küche keine Zeit, den Knochen auszulösen. Dafür ist aber das Messer besonders scharf. Darf es vielleicht noch etwas zu trinken sein? Vielleicht ein Weinderl? Den Riesling aus der Pfalz könnte ich Ihnen empfehlen, oder mögen S' vielleicht lieber einen Grauburgunder? Der wäre aus Rheinhessen. Ach ja, und bio. Aber guad.«

»Der Riesling hört sich nicht schlecht an. Was meinst du, Britta?« Sie nickte.

»Dann den Riesling. Soll ich Ihnen noch einen Teller für den Knochen bringen?« Tischler verneinte. »Dann lassen Sie es sich schmecken.«

Britta lächelte sie dankend an und legte ihre Stoffserviette über ihre Beine. Mit einem Handgriff justierte sie ihren Teller auf die gewünschte Position und griff nach dem Besteck.

Tischler sah am Messer, das in seiner Haxe steckte, vorbei auf Brittas Teller. Der Fisch sah gut aus und strotzte nur so vor lebensverlängernden Inhaltsstoffen. Seine riesige Haxe hingegen schrie förmlich nach erhöhten Cholesterinwerten. Auch er legte seine Serviette in den Schoß und zog das Messer aus dem Fleisch. Britta zuckte bei dem Anblick.

»Sieht gut aus«, sagte sie mit Blick auf den frei liegenden Knochen und schob sich ein kleines Stück Salzkartoffel in den Mund.

»Danke. Deins aber auch. Guten Appetit.«

Britta blickte auf den See hinaus und atmete tief durch. »Ist schon toll, einen Fisch zu essen, der aus dem Wasser kommt, auf das ich gerade blicke.«

»Stimmt. Das ist, als ob man am Waldrand ein Rehragout verzehrt.«

Tischler erinnerte sich daran, wie er etwa drei Jahre zuvor in einem Wirtshaus in München eine Haxe verspeist und vorsichtig versucht hatte, das Fleisch vom Knochen zu lösen. Dabei war er etwas unglücklich mit dem Messer abgerutscht, hatte einen Semmelknödel quer über den Tisch katapultiert und die Soße auf seine Hose. Das durfte ihm bei diesem Date auf keinen Fall passieren.

***

Als die beiden den Biergarten verlassen hatten, schlenderten sie ein wenig am Ufer entlang und blickten dem Schiff hinterher, das die letzten Touristen von der Insel zurück aufs Festland brachte. Es war noch warm und die vereinzelten Lichter, die auf den kleinen Privatstegen brannten, verliehen der Insel eine Extraportion Romantik.

»Dumm, das mit der Haxe!«, bemerkte Britta mit Blick auf Tischlers Hose. »Da ist dir ja ein ganz schönes Malheur passiert.«

»Gerade heute, wo ich die weiße angezogen habe. Bitte entschuldige nochmals, Britta, und danke, dass du nicht gleich Reißaus genommen hast. Das war ja peinlich!«

Britta blieb stehen und breitete ihre Arme aus. »Wie du siehst, ich bin verschont geblieben. Es war nett von der Bedienung, dass sie dir gleich einen neuen Knödel gebracht hat.«

»Na ja, nett ist relativ. Sie hat ihn berechnet«, sagte Tischler augenrollend und rieb erneut über die Hose, wobei er bemerkte, dass es auch sein Hemd erwischt hatte. Schnell fand er sich damit ab, dass Hopfen und Malz verloren waren. Britta hakte sich bei ihm unter und die beiden spazierten weiter. Es war ruhig auf der Insel, da nur noch die Einheimischen und ein paar Hotelgäste die Wege, Biergärten und Stege besiedelten. Je nachdem, wo sie sich auf dem Uferweg befanden, blickten sie entweder nach Seebruck, nach Gstadt oder nach Chieming. Die Lichter an den jeweiligen Ufern flimmerten den beiden aus der Ferne entgegen und vermittelten ihnen das Gefühl, weit entfernt von jeglicher Zivilisation zu sein.

Doch als sie zum vierten Mal die Insel umrundet hatten, verließen sie den Uferweg und steuerten ihr Nachtquartier an. Tischler wagte es nicht, ihr zu signalisieren, dass er sie gerne auf ihr Zimmer begleiten würde. Dafür gab es mehrere Gründe. Zum einen wäre es dafür vielleicht noch etwas zu früh, obwohl dieses Date das dritte war und laut Drei-Date-Regel die Nacht der Nächte. Trotzdem. Zum anderen übernachteten sie in einem Kloster und es fühlte sich für Tischler falsch an, ihre erste Nacht in dieser Umgebung gemeinsam zu verbringen. Und dann war da noch der riesige Soßenfleck, der ihn als Tollpatsch vor Britta erscheinen ließ und sicher nicht als Latin Lover, der sie auf Händen in ihr Zimmer trug, um mit ihr dort eine Nacht zu verbringen, die sie nie vergessen sollte.

Kurz bevor sie ins Gebäude gingen, nahm er sie zur Seite.

»Es war ein wunderschöner Tag mit dir, Britta. Ich hoffe, es hat dir gefallen.«

»O ja, sehr. Ich bin jetzt auch richtig müde. Wahrscheinlich, weil wir den ganzen Tag an der frischen Luft waren.«

»Oder der Wein«, raunte er ihr zu. Dann näherte er sich ihrem Gesicht und gab ihr einen zarten Kuss auf ihren Mund, den sie sanft erwiderte. »Schlaf gut.«

»Du auch.«

»Frühstück um neun?«

Sie nickte. Sie traten ins Kloster und Tischler brachte seine Begleitung noch bis vor ihre Zimmertür, bevor er sich ein Stockwerk höher begab und in seinem Zimmer verschwand.

»Zefix! So was Blödes aber auch! Scheiß-Knödel! Und ich sag zu der noch … bitte … ach, wurscht!«, schimpfte er vor sich hin, während er aus seiner Hose stieg und den Fleck eingehend betrachtete. Er warf sie aufs Bett, schaltete das Licht aus und stellte sich vors Fenster, von wo aus er auf den großen Steg hinuntersah, an dem am nächsten Tag wieder etliche Touristen eintreffen würden.

Unweigerlich kam ihm Eva Engel in den Sinn, die ein paar Hundert Meter von ihm entfernt vielleicht ebenfalls in diesem Moment auf den See blickte. Tischler lehnte sich in seinen Boxershorts gegen das Fensterbrett und verschränkte die Arme. Wenn er doch wenigstens eine Spur hätte, der er nachgehen könnte. Ludwig Holzinger machte es ihm nicht leicht. Denn aufgrund seines Geschäftsgebarens konnte jeder, der mit ihm jemals zusammengearbeitet hatte, der Täter sein. Oder die Täterin. Wieder landeten seine Gedanken bei Eva Engel. Doch welchen Grund sollte sie haben, ihren Bruder umzubringen? Schließlich hatte sie der gesamten Familie den Rücken gekehrt. Außer Thomas Holzingers Frau.

Vielleicht steckten die beiden unter einer Decke. Und was, wenn er im Laufe der weiteren Ermittlungen auf immer mehr

Personen traf, die ihren Unmut gegenüber dem Baulöwen Luft machten? Dann würde er sich im Kreis drehen und mit ihm Polizeioberrat Schwenk und der gesamte Gemeinderat.

Eine Strategie musste her. Nur welche?

Er ließ es dabei bewenden und schlüpfte in die Sporthose, die er aus seiner Tasche zog. Denn an diesem Abend hatte er noch eine ganz andere Strategie umzusetzen. Den Besuch der Etagendusche so zu wählen, dass er keinem anderen Hotelgast in die Quere kam.

Ein Teufel namens Engel

Die Nacht war kurz für Tischler gewesen. Neben der Frage, ob er bei Britta doch etwas mehr hätte wagen sollen, beschäftigte ihn der Fall Ludwig Holzinger wie kein anderer zuvor und raubte ihm den Schlaf. Unaufhörlich ging er in Gedanken alle Fakten durch, die ihm bisher bekannt waren. Thomas Holzinger, seine Frau Christine, Tereza, Steiner ... Lag die Lösung bereits so nahe oder tappten er und Fink im Dunkeln? Was, wenn es ein Zufallsmord war? Doch schnell verwarf Tischler diese Möglichkeit wieder. In dem Fall hätte sich der Täter sicher nicht die Mühe gemacht, die Leiche in dessen Haus zu verfrachten. Es konnte also nur jemand sein, den Ludwig Holzinger kannte.

Als die Sonne aufging, dachte er an die Arbeiter der Baustelle. Was, wenn er es mit mehreren Tätern zu tun hatte? Allen voran Moser, der eine niedrige Reizschwelle hatte. Möglicherweise war es ein Unfall und die Kollegen hielten zusammen? Oder es war ein geprellter Geschäftspartner, dem es so erging wie Eva Engels Ex-Mann. In dem Fall müsste er ein wenig mehr ausholen und den Ermittlungskreis drastisch erweitern. Eventuell bis über die Landesgrenze hinaus.

Nach einem gemeinsamen Frühstück machte sich Tischler mit Britta auf den Weg zurück zur Dyas, die am rechten der beiden Seglerstege festgemacht war. Er liebte es, um diese Zeit am See zu sein. Die frische Brise strich sanft über den Chiemsee und ermutigte die ersten Surfer, sie mit ihren Segeln einzufangen. Auch ein paar Segler waren bereits draußen auf dem Wasser und zogen ihre Bahnen. Für einen Moment spielte Tischler mit dem Gedanken, sich vielleicht ein eigenes Segelboot zuzulegen. Dann stünde er allerdings bei schönem Wetter immer vor der Entscheidung, entweder die Chiemgauer Alpen mit seinem Jaguar zu erkunden oder den See zu genießen.

»Reichst du mir bitte deine Tasche?«, bat er Britta, die noch auf dem Steg stand, während er sein Gepäck zuerst an Bord gebracht hatte.

»Schön ist es hier. Schade, dass ich heute Nachmittag Dienst habe.«

Tischler nahm ihr die Tasche ab. »Ja, hier kann man es aushalten. Was hatten wir nur beide für ein Händchen bei der Berufswahl«, witzelte er.

»Na ja, zumindest tun wir was Gutes und helfen den Menschen.«

»Du hilfst den Menschen, Britta. Wenn ich gerufen werde, kommt jede Hilfe meist schon zu spät. Auf der anderen Seite verhelfe ich Tätern zu einer kostenlosen Unterkunft mit drei Mahlzeiten täglich für lau. Von daher ... ja, wir beide helfen den Menschen.«

Sie lachte. Sie schien auf Tischlers Sinn für Humor anzuspringen. Das blieb auch ihm nicht verborgen. Er sah zu Britta hoch und wollte ihr gerade die Hand entgegenstrecken, um ihr auf die Dyas zu helfen, als er eine ihm bekannte Person erblickte. Christine Holzinger ging mit einem Korb in der Hand am Bootssteg vorbei. Sie bemerkte ihn nicht, da sie zu sehr damit beschäftigt war, den Touristen auszuweichen, die ihr entgegenkamen.

Tischler spähte auf seine Uhr. »Wir hätten noch ein bisschen Zeit. Wie sieht's aus? Noch eine kleine Runde zum Abschied? Wäre doch schade bei diesem herrlichen Wetter!«

Britta hatte keine Einwände. Das Gepäck war gut verstaut und sicher. Niemand würde es wagen, ungefragt ein fremdes Boot zu betreten. Außerdem war zumindest in seiner Tasche außer Kleidung, die mit Bratensoße kontaminiert war, eh nichts zu holen.

Mit einem Satz war Tischler wieder auf dem Steg und bot Britta seinen Ellbogen an, damit sie sich, wie schon am Abend zuvor, bei ihm unterhaken konnte. In der Ferne konnte er die Holzinger zwischen den Käppis und Hüten erkennen, die ihnen entgegenkamen. Da er sich sicher war, ihr Ziel zu kennen, konnte er sie ruhig aus den Augen verlieren.

Brittas sommerlich frisches Parfum umgarnte sanft seine Nase und weckte bei ihm den Wunsch, sich doch noch etwas näher an sie heranzutasten, bevor dieses Date vorbei war.

»Schade übrigens, dass wir in einem Kloster waren«, bemerkte er, ohne sie anzusehen.

»Wie meinst du das?«

»Na, ich frage mich, ob ich trotzdem in den Himmel kommen würde, wenn ich gestern noch an deiner Tür geklopft hätte.« Aus den Augenwinkeln erkannte er an ihrem Gesichtsausdruck, dass sie sehr wohl wusste, auf was er hinauswollte.

»Glaubst du denn, dass du überhaupt in den Himmel kommen würdest?«

Er blieb stehen und sah sie mit einem verschmitzten Gesichtsausdruck an.

»Das wäre aber sehr schade, wenn dem nicht so wäre. In dem Fall hätte ich ja eine Chance umsonst verstreichen lassen.«

»Vielleicht hätte ich meine Tür nicht geöffnet? Denn ich weiß sehr wohl, dass ich in den Himmel komme.«

»Und das weißt du, weil …?«

»Ärztin!«, erwiderte sie knapp und blickte ihn frech über die Gläser ihrer Sonnenbrille hinweg an. »Ärzte und Tierpfleger kommen immer in den Himmel.«

Sie lachten beide und gingen weiter. Tischler musste sich wohl eingestehen, dass er mit seinem Versuch, aus Britta herauszubekommen, wie sie zu ihm stand, kläglich gescheitert war.

»Wollen wir hier rechts gehen?«, schlug er vor und lenkte Britta prompt den schmalen Weg entlang, der ihn direkt an sein Ziel brachte, nämlich zu der kleinen Töpferei. Tischler erhoffte sich, dass er nach einem kurzen Besuch schlauer von der Insel ablegen würde, als er sie betreten hatte.

Als sie am Töpferladen angekommen waren, war der gesamte Außenbereich bestückt und die ersten Touristen interessierten sich bereits für Eva Engels Handwerkskunst. Zu Tischlers Glück auch Britta, was ihm ein bisschen Zeit verschaffte, eine Strategie zu entwickeln, damit sein Besuch für alle Beteiligten so aussah, als wäre er rein zufällig …

»Herr Kommissar?«

»Ah, Frau Holzinger«, tat Tischler überrascht. »Haben Sie heute an diesem schönen Tag ebenfalls den Weg auf die Fraueninsel gefunden?«

Sie stellte zwei Keramikschüsseln auf den Tisch neben dem Eingang und strich sich eine Strähne ihrer lockigen Mähne aus dem Gesicht. Ihre Wangen röteten sich, als sie Tischler sah, was nicht zu ihrem Nachteil war. Ihr freundliches, schmales Gesicht weckte dadurch den Beschützerinstinkt eines jeden Mannes. Sie lächelte verhalten und blinzelte zwischen dem Kommissar und seiner Begleitung hin und her.

»Ach«, sagte Tischler, »das ist Frau Doktor Neufeld. Britta, das ist Frau Holzinger.« Die beiden nickten sich wortlos zu.

»Frau Holzinger, wo ich Sie gerade treffe … hätten Sie wohl einen kleinen Moment? Britta, du entschuldigst?«

Britta tat, als wäre es in Ordnung für sie, dass ihre Begleitung sie für eine andere Frau in den Stand-by-Modus versetzte.

Er ging mit Christine Holzinger etwas abseits auf die andere Seite des Weges. Auch Eva Engel kam nun aus dem Laden und staunte ebenfalls, als sie Tischler erkannte, wurde jedoch sofort von einer Dame abgelenkt, die sich für ein Windspiel interessierte.

»Frau Holzinger, bitte entschuldigen Sie, dass ich Sie an einem Sonntag störe, ich hätte nur ein paar Fragen an Sie bezüglich Ludwig Holzinger.«

»Ich wüsste nicht, wie ich Ihnen weiterhelfen könnte. Wie schon gesagt, wir hatten kaum Kontakt mit ihm.« Christine Holzinger rieb sich die Hände und wirkte, als stünde sie unter Zeitdruck.

»Verstehe«, tat Tischler verständnisvoll. »Ihre Kinder, sind die auch hier?«

»Nein, die sind bei meinem Mann. Einmal die Woche nehme ich mir eine Auszeit. Ich meine, da nehme ich mir ein wenig Zeit für mich.«

Sie presste ihre Lippen aufeinander. Tischler spürte, dass sie am liebsten vor ihm die Flucht ergriffen hätte. Ständig schwirrte ihr Blick zur Ladentür der Töpferei, als ob sie innerlich nach Eva um Hilfe schreien würde.

»Wissen Sie, ob Ludwig Holzinger Feinde hatte? Ich meine, da auch Sie und Ihr Mann keinen Kontakt zu ihm pflegten, wird das ja seine Gründe …«

»Wir waren nicht verfeindet, wenn Sie das meinen«, wehrte sich Christine Holzinger fast entrüstet.

»Aber so überhaupt keinen Kontakt? Immerhin war er der Halbbruder Ihres Mannes, er wohnte ebenfalls in Brunngries …«

»Das ist nichts Ungewöhnliches. Nur, weil man miteinander verwandt ist, heißt es nicht, dass man unbedingt Kontakt halten muss. Wie heißt es so schön: Die Verwandtschaft kann man sich nicht aussuchen.«

Tischler linste zu Britta, die sich mittlerweile vor dem Laden neben der Töpferei für eine Strandtasche interessierte.

»War es das, ich wollte mit Eva …«

»Wie kam denn Ihr Mann damit zurecht, dass Ludwig Holzinger beruflich erfolgreich war?« Tischler wusste die Antwort bereits. Interessanter war, wie sie auf diese Frage reagieren würde.

»Wir kommen gut über die Runden. Erfolg hat immer einen hohen Preis. Sie sehen ja, wohin Ludwigs Erfolg ihn gebracht hat. Wer sich ins Rampenlicht stellt, wird eben auch von Menschen wahrgenommen, die nichts Gutes im Sinn haben.«

»Also denken Sie, es war Neid im Spiel?«

»Ich denke überhaupt nichts«, wehrte Christine ab. »Ich sage nur, dass Erfolg für jeden etwas anderes bedeutet. Das kommt auf die eigenen Ansprüche an.«

Tischler war überrascht, wie Christine Holzinger die Dinge sah. Eine attraktive Frau wie sie hätte er in puncto Lebensplanung anders eingeschätzt. Vielleicht spielte sie aber auch einfach nur gut ihre Rolle, um sich ihrem Leben an der Seite ihres Mannes anzupassen.

»Wenn Sie mich dann bitte entschuldigen würden, ich …«

»Ach, eine Frage noch … Ludwig Holzinger … halten Sie es für möglich, dass er in finanziellen Schwierigkeiten steckte?«

Christine blieb auf halbem Weg stehen und drehte sich nochmals zu Tischler um.

»Ludwig?« Sie lachte. »Wenn Sie damit meinen, er wusste nicht, wohin mit seinem Geld, ja, dann steckte er in großen Schwierigkeiten. Genießen Sie die Insel«, rief sie ihm noch zu. Eilig verschwand sie in der Töpferei.

Tischler drehte sich zum See und blickte aufs Wasser. Irgendetwas sagte ihm, dass Christine Holzinger mehr wusste, als sie preisgeben wollte. Mit einem Holzinger verheiratet, der sich höchstwahrscheinlich von einem auf den anderen Monat mit seiner Pension gerade so durchhangelte. Keinen Kontakt zum Bruder des eigenen Mannes, der erfolgreich, aber nun tot war, dafür jedoch engen Kontakt mit der Schwester der Holzinger-Brüder, die wiederum nichts mehr mit ihnen zu tun haben wollte.

Scheiße! Britta!, durchfuhr es ihn. Schnurstracks steuerte er den Laden an, vor dem er sie zuletzt gesehen hatte. Doch da war Britta nicht mehr. Der Weg wurde mittlerweile von Ausflüglern gesäumt, die es ihm erschwerten, seine Begleitung wiederzufinden. Er stellte sich auf Zehenspitzen und reckte seinen Kopf in die Höhe.

»Suchst du mich?« Britta klopfte ihm auf die Schulter.

»Ach, Britta, da bist du ja. Toller Hut!«

»Habe ich dort hinten gekauft. Panamastroh. Nimmst du eigentlich immer Arbeit zu einem Date mit?«

»Du, das war nur, also … es war reiner Zufall, dass … und da dachte ich …«

Sie griff nach ihrem Strohhut mit dem orangefarbenen Band und zog die breite Krempe etwas mehr ins Gesicht.

»Wollen wir dann los?«

Tischler sah auf seine Uhr. »Ja, macht Sinn. Wir haben ja alles gesehen. Wirklich ein toller Hut. Steht dir ausgezeichnet«, versuchte er, ihren spürbaren Unmut wieder abzuwenden. Natürlich wusste er, dass sein Verhalten ihr gegenüber nicht gerade charmant gewesen war. Doch was sollte er tun? Er war rund um die Uhr Polizist. Oder würde Britta etwa an einer verletzten Person einfach so vorbeigehen, weil Sonntag war?

»Gut sieht er aus, der Herr Kommissar«, bemerkte Eva, während sie aus dem Fenster heraus Tischler dabei beobachtete, wie er sich mit seiner Begleitung entfernte. »Wer ist die mit dem Hut, die er im Schlepptau hat?« Christine stellte sich neben sie und blickte ebenfalls hinaus.

»Irgendeine Frau Doktor. Den Namen weiß ich nicht mehr.«

»Denkst du, das ist seine Frau?«

»Dann hätte er sie mir kaum als Frau Doktor vorgestellt.«

»Auch wieder wahr«, stimmte Eva zu. »Was wollte er von dir?«

»Über Ludwig hat er mich natürlich ausgefragt.«

»Und?«

»Was sollte ich ihm schon groß erzählen? Ich habe Ludwig das letzte Mal vor Monaten auf der Straße vor der Bank gesprochen. Und das war mehr als oberflächlich.«

Eva sah Christine etwas länger an. »Meinst du, er ahnt etwas?«

»Wer? Dieser Kommissar? Iwo. Nicht einmal Ludwig wusste es. Und das war auch gut so. Der hätte es Thomas wahrscheinlich irgendwann aufs Brot geschmiert. Ludwig hat doch keine Gelegenheit ausgelassen, Thomas eins reinzuwürgen.«

Christine setzte sich auf den kleinen Stuhl neben der Ladentheke. Eva ging zur Tür und verschloss sie, damit kein Kunde hereinkam. Dann hockte sie sich neben Christine und legte ihr die Hand auf den Oberschenkel.

»Und wann willst du es Thomas endlich sagen?«

Christine sah ihre Schwägerin an. »Kannst du dir vorstellen, was das für Sophia und Florian bedeuten würde? Wenn ich es ihm sage, steht meine Ehe auf dem Spiel. Ich habe keine Lust auf Papawochenenden. Außerdem geht er so schnell an die Decke.«

»Ja, das haben die männlichen Holzingers so an sich. Unser Vater war nicht anders.« Eva erwiderte Christines Blick. »Auch wenn Thomas nicht sein leibliches Kind war, hinsichtlich seiner Charaktereigenschaften ist er zu einhundert Prozent ein echter Holzinger.«

Zwei Kunden starrten neugierig durch die kleinen Fenster der Ladentür, die verschlossen war. Eva ignorierte sie. In diesem Moment gab es Wichtigeres, als eine Salatschüssel oder einen Keramikschwan zu verkaufen. Stille kehrte in dem kleinen Töpferladen ein, sodass man eine Stecknadel hätte fallen hören können. Eva sah wieder zu Christine und kniff ihre Augen zusammen.

»Wie war das eigentlich damals mit Ludwig und dir?«

»Wie meinst du das?« Unbehagen machte sich in Christines Stimme breit. Sie sprach nicht gerne über dieses Thema.

»Na, hat er dich damals ... du weißt schon ... gegen deinen Willen ...«

»Nein«, kam es von Christine entschlossen. »Was denkst du von ihm? Immerhin ist er ... er war dein Bruder.«

»Na ja, ich habe ein paarmal mitbekommen, wie er mit Frauen umgeht. Von daher ...« Eva wirkte plötzlich sehr abgeklärt. Anders, als Christine sie bisher kannte. »Mein Bruder war ein Schwein! Der wäre auch über Leichen gegangen, wenn es der Sache gedient hätte. Wie der seine Mitmenschen behandelt hat! Und Frauen waren für ihn sowieso Menschen zweiter Klasse. Deshalb hätte es mich nicht gewundert, wenn er sich auch bei dir ...«

Christine erhob sich und stand Eva gegenüber. »Er hat mich nicht vergewaltigt. Ich bin nach dem Dorffest einfach noch zu ihm in seine Villa mitgegangen. Ich weiß auch nicht, was mich an diesem Abend geritten hat. Mit Thomas war es wieder einmal schwierig und Ludwig … er wusste eben, was eine Frau hören wollte. Dann der ganze Champagner und so … Er hat mir Komplimente gemacht, die ich von Thomas schon lange nicht mehr gehört hatte … Eva, ich habe mich einfach in dem Moment seit langer Zeit wieder einmal als Frau gefühlt. Verstehst du?«

»Und dann bist du mit ihm in die Kiste.«

Christine nickte und setzte sich wieder. »Ich weiß, dass es ein großer Fehler war. Ich bin da einfach so hineingeraten.«

»Und wer sagt dir, dass die Zwillinge von Ludwig sind?«

Christine atmete tief durch. Es war ihr anzumerken, dass sie am liebsten diese ganze Sache ungeschehen machen würde.

»Wir hatten es lange probiert, Thomas und ich. Irgendwann haben wir uns testen lassen, und ihm wurde bescheinigt, dass seine Spermienqualität nicht die beste sei. Zu wenig, zu langsam … du verstehst?« Christine lehnte sich zurück und stierte zur Decke. »Du kannst dir vorstellen, wie Thomas darauf reagiert hat. Daraufhin war natürlich erst einmal Sendepause im Bett.«

»Also tauchte Ludwig im rechten Moment auf und hat dich abgefüllt.«

Christine warf Eva erneut einen mahnenden Blick zu. »Das stimmt so nicht. Es hat sich einfach ergeben. Es war ein Ausrutscher!«

»Glaub mir, mein Bruder hatte immer eine Antenne für Menschen, die sich in einer Notlage befanden. Und das hat er schamlos ausgenutzt.«

»Ich befand mich doch nicht in einer Notlage.«

»Christine, eine Frau in jungen Jahren mit einem Ehemann, der sie nicht anrührt … das ist für mich eine Notlage.« Sie sah Christine eindringlich an. »Und dann warst du plötzlich schwanger.« Sie lachte. »Schon klar, da hätte Thomas Augen gemacht.«

»Was glaubst du denn. Ich habe ihn fast angefleht, mit mir zu schlafen, seit ich wusste, dass ich …« Sie verstummte.

Eva ging im Laden auf und ab und dachte nach.

»Warst du mit Ludwig damals eigentlich alleine in der Villa, als du mit ihm …«

»Natürlich. Was denkst du denn?«

Eva lachte wieder und schüttelte den Kopf. »Oh, Christine, du hast wirklich keine Ahnung, wer mein Bruder war.«

»Worauf willst du hinaus?«

Eva blieb vor Christine stehen. »Was, wenn du sagst, dass du von Ludwig vergewaltigt worden bist?«

Mit einem Satz sprang Christine auf. »Bist du wahnsinnig?«

»Ganz ruhig. Setz dich.«

Christine erschrak. Es lag vermutlich an dem Tonfall, den Eva plötzlich anschlug. Sie setzte sich wieder.

»Pass auf, Ludwig hatte gegen deinen Willen Sex mit dir. Damit schlägst du zwei Fliegen mit einer Klappe.«

»Ich verstehe nicht …«

»Weil du die Zusammenhänge nicht begreifst. Ich erkläre es dir. Ludwig ist der Vater deiner Kinder. Ludwig ist tot. Und was passiert, wenn jemand tot ist? Jemand anderes erbt. Und da mein Herr Bruder nicht verheiratet war, erbt wer?«

»Seine Kinder?«

»Siehst du, jetzt hast du es. Und wer verwaltet das Vermögen, bis die beiden volljährig sind?«

»Die Eltern.«

»Ganz genau.« Eva klatschte in die Hände. »Du bist die arme Frau, der man schlimme Dinge angetan hat und konntest jahrelang nicht darüber sprechen. Jetzt kam alles wieder hoch und du konntest nicht anders, als es Thomas endlich zu beichten. Der flippt für ein paar Tage aus und erkennt aber dann, dass du das eigentliche Opfer bist. Mit dem Erbe saniert ihr eure Pension und es geht aufwärts. Thomas ist glücklich, du bist glücklich – und wenn eure Kleinen volljährig sind, ist genügend Geld da und alle sind happy.«

Christine setzte einige Male an, etwas zu sagen. Doch es drang nichts aus ihrem Mund. Eva gab ihr die Zeit, das Szenario ein paarmal in ihrem Kopf durchzuspielen. Sie schwieg eine Weile, während es in ihrem Kopf ratterte. Endlich konnte Christine etwas zu Evas Idee beitragen. »Du vergisst eins, Eva. Ludwig ist tot. Und ohne Vaterschaftstest …«

»Das ist das geringste Problem. Heutzutage bestimmen sie die DNA irgendwelcher Pharaonen, die Tausende von Jahren tot sind. Da werden die wohl rausbekommen, dass Ludwig den Jackpot geknackt hat. Warte jedoch nicht, bis er unter der Erde ist. Denn eine Exhumierung hat selbst Ludwig nicht verdient.«

Christine stand auf, drückte sich an Eva vorbei und blieb mitten im Laden stehen.

»Und wenn Ludwig verschuldet war?«

»Wie kommst du denn da drauf?« Eva ging zu ihr.

»Dieser Kommissar hat da so eine Andeutung gemacht.«

Eva griff nach Christines Händen. »Keine Sorge. Ludwig hatte Geld. Immer schon. Und er wusste, wie man es vermehrt.«

»Was hast du eigentlich davon?«

»Was meinst du, Christine?«

»Das hört sich alles an, als hättest du dir lange Gedanken darüber gemacht.«

Eva schmunzelte und rieb mit ihren Daumen Christines Handflächen. »Wenn du in einer solchen Familie aufgewachsen bist, entwickelst du mit der Zeit eine gewisse Art zu denken. Warum sie also nicht mal für eine gute Sache einsetzen?« Sie zog Christine an sich heran und umarmte sie. »Ich will doch nur, dass es dir und den Kindern gut geht.«

Christine verweilte einen Moment regungslos in dieser Position, bis auch sie die Arme um Eva legte und sanft über ihren Rücken streichelte.

Der Plan könnte klappen. Doch Christine war sich nicht sicher, ob sie ihrer Schwägerin trauen konnte. Denn auch wenn sie Engel hieß ... wer sagte ihr, dass nicht später der Teufel vor ihrer Tür stehen würde?

EIN BISSERL NACH DEM RECHTEN SEHEN

Es war Nacht geworden in Brunngries und das Wochenende neigte sich dem Ende zu. Die Luft war noch warm. Ein paar Autos waren unterwegs, die ihre Lichtkegel durch den Ortskern schickten und die nächtliche Ruhe störten oder belebten. Je nachdem, wen man fragte. Rollos gingen nach unten, Vorhänge wurden zugezogen, um Neugierigen die Sicht in die privaten Gemächer zu verwehren.

Der Kies in der Zufahrt zu Ludwig Holzingers Villa knirschte unter den dünnen Reifen des Fahrrads, das sich mit gleichbleibender Geschwindigkeit auf die Haustür zubewegte und kurz davor stehen blieb. Der nächtliche Besuch stieg ab und stellte das Rad ein wenig abseits neben die Garage, damit es auf den ersten Blick nicht auszumachen war. Der Rucksack, der in dem Lenkradkorb lag, wurde geschultert. Schnurstracks tappten die Schuhe auf die Haustür zu. Die Person drehte sich nochmals im Schutz der Dunkelheit um und zog einen einzelnen Schlüssel aus der Tasche. Sie trug schwarze Lederhandschuhe. Noch einmal ein kurzer Schulterblick. Niemand zu sehen. Der Bart des Schlüssels setzte an der oberen Kante des polizeilichen

Siegels an und durchtrennte es. Lautlos drehte er sich zweimal im Türschloss und gewährte dem nächtlichen Besucher Eintritt ins Domizil des ermordeten Baulöwen. Die Alarmanlage, die zu Holzingers Lebzeiten von ihm so gut wie nie aktiviert worden war, tat auch in dieser Nacht nicht ihren Dienst. Wahrscheinlich war die Wahrscheinlichkeit, er könnte sie in alkoholisiertem Zustand nicht deaktiviert bekommen, zu groß gewesen, als dass er damit sein Eigenheim hatte schützen wollen. Und in diesem Zustand hatte Ludwig Holzinger sich über Monate hinweg bis kurz vor seinem Tod oft befunden.

Der Eindringling zog ein Smartphone aus der anderen Tasche, aktivierte die kleine Lampe und marschierte zielgerichtet ins Wohnzimmer. Dort angekommen musste der schwere Sessel, der vor der großen Fensterfront stand, weichen. Anschließend kniete sich die Person auf den Boden, klappte eines der Enden des Teppichs um und klopfte auf eine der Dielen, die im gesamten Erdgeschoss verlegt waren. Sie hörte sich dumpf an. Dieser Vorgang wurde ein weiteres Mal wiederholt und noch einmal und ... die nächste klang anders als die zuvor. Die Lampe des Smartphones zeigte, dass diese Diele an einem Ende etwas beschädigt war. Genau an dieser Stelle drückte die Person den Schlüssel der Haustür zwischen die Bretter und setzte zum Hebel an. Die Diele löste sich von den anderen und offenbarte ein Geheimversteck, das sich darunter befand. Die Lampe leuchtete in das rechteckige Loch und zauberte dem Einbrecher ein zufriedenes Lächeln ins Gesicht. Für einen Augenblick waren rot geschminkte Lippen zu erkennen, was das Geschlecht des nächtlichen Besuchers eindeutig identifizierte. Zumindest in einem konservativen Dorf wie Brunngries.

Entschlossen griff die Hand in das Versteck und holte eine Plastiktüte heraus, die umgehend in den Rucksack wanderte, und mit ihr drei weitere. Ein letzter, prüfender Blick in das Loch, dann wurde die Diele zurück in die ursprüngliche Position gebracht, der Teppich darübergelegt und der Sessel wieder exakt an die Stelle gerückt, die die Druckstellen der Auslegeware vorgaben.

Sie stand auf und sah sich um. Die Gelegenheit war günstig, vielleicht noch ein paar kleinere Schätze, die Holzinger sein Eigen nannte, mitzunehmen. Jetzt, wo er sie sowieso nicht mehr benötigte. Nein. Die Gefahr, dass eines dieser Stücke sie verraten könnte, war zu groß. Schnell schulterte sie den kleinen Rucksack, eilte geradewegs zur großen Haustür und verließ die Villa. Ungeachtet des zerstörten Siegels schloss sie die Eingangstür ab, stieg aufs Rad und verschwand im Schutz der Dunkelheit von Holzingers Gelände – mit dem Vorsatz, dort nie mehr aufzutauchen.

Brunngries war wie leer gefegt. Die Straßenlaternen schickten ihr gelbliches Licht auf den Asphalt und verliehen dem Ort etwas Heimeliges. Und doch gab es Menschen, denen auch diese Funzeln, wie sich manche Dorfbewohner abfällig über die örtliche Beleuchtung äußerten, zu hell waren. Das Fahrrad wurde langsamer, als die kleine Brücke, die sich über die Rote Traun reckte, näher kam. Einer der wenigen Abschnitte, der nicht mit einer Laterne bedacht worden war. Mitten auf der Brücke verstummte das Knattern der Kette. Einzig ein leises Quietschen war noch von den Bremsklötzen zu hören, die sich gegen die Felgen drückten und die Räder in den endgültigen Stillstand versetzten.

Die Frau griff in ihre Tasche und holte den Schlüssel heraus, den sie vor einiger Zeit von Holzingers Villa hatte anfertigen lassen. Sie hatte damals noch nicht gewusst, wozu sie ihn jemals brauchen würde – bis zu dieser Nacht. Sie beugte sich über das hölzerne Geländer und blickte aufs Wasser, das sanft vor sich hin rauschte. Langsam drehte sie den Schlüssel ein paarmal zwischen ihren Fingern hin und her, bevor sie ihn in ein nasses Grab fallen ließ, wo er für immer verschwinden sollte. Lautlos verschluckte der Quellfluss den Schlüssel und somit auch die letzte Möglichkeit, vielleicht doch noch mal in das Domizil des ermordeten Bauunternehmers zurückzukehren.

»So allein noch unterwegs, Tereza?«, brummte plötzlich eine Stimme wie aus dem Nichts hinter ihr.

»Josef«, rief Tereza Horák erschrocken aus. »Ich hab dich gar nicht gesehen.«

»Warst in Gedanken, gell?«

Resi schwänzelte um die Ballerinas, die untypischer für Tereza nicht hätten sein können. Sie bückte sich nach der neugierigen Dackeldame und kraulte ihren Kopf. Jeder im Ort, der die Resi kannte, wusste, dass sie diese Stelle am liebsten mochte. Vermutlich, weil sie sie mit ihren Pfoten nicht selbst erreichen konnte.

»Was machst du denn so spät noch hier?«, fragte sie, nachdem sie sich etwas von dem Schreck erholt hatte.

Der Jäger zeigte wortlos auf Resi. »Und du? Führst auch noch ein bisserl deinen Drahtesel aus?«

Sie lächelte nur.

»Bist traurig, gell, weil er nicht mehr da ist, der Wickerl.«

»Wie meinst du das?«

»Na, er hat dich doch bestimmt gut bezahlt, der Wickerl.«

»Ich habe gerne bei ihm nach dem Rechten gesehen«, verteidigte sie prophylaktisch ihre Tätigkeit in der Villa. Denn die Zweideutigkeit aus dem Mund des Jägers war ihr nicht entgangen.

Er kam ihr ein Stück näher. Resi wich auf die andere Seite des Fahrrades aus. Dies war Tereza nur recht, da sie sich deshalb von Ferstel abwenden konnte. Doch das schien ihn nicht zu stören.

»Du kannst auch gerne bei mir wieder einmal nach dem Rechten sehen. Jetzt, wo er nicht mehr da ist, der Wickerl.«

Tereza blickte Ferstel an, dann auf ihren Oberschenkel, auf den der Jäger seine Hand gelegt hatte und ihn streichelte. Mit einem Lächeln im Gesicht löste sie sich von ihm.

»Klar. Ruf an«, hauchte sie und schaute nochmals nach unten. »Tschüss, Resi.« Energisch trat sie in die Pedale und setzte ihre Fahrt fort. Sie hatte damit gerechnet, dass der Ferstel sie vielleicht daran hindern wollen würde, doch er ließ sie aus seinen Fängen.

Resi setzte an, ihr nachzulaufen. Die Länge der Leine verwehrte ihr jedoch dieses Vorhaben, weshalb sie der Radlerin noch einmal zum Abschied hinterherbellte.

Tereza sah sich nicht mehr um, bis sie zu Hause angekommen war und ihre Wohnungstür hinter sich verschlossen hatte. Sie streifte die Ballerinas von den Füßen und eilte ins Schlafzimmer. Schnell zog sie die Vorhänge zu, warf den Rucksack aufs Bett und ließ sich fallen. Mit einem Griff zog sie die Tüten heraus und verteilte den Inhalt auf ihrer gesteppten Tagesdecke. Ihre Augen begannen zu leuchten, als die Geldbündel vor ihr lagen. Sie schnappte sich eines und ließ Schein für Schein wie bei einem Daumenkino an ihrer Nase vorbeihuschen. Sie schloss die Augen und sog den Duft der Scheine in sich auf, als wäre es ein Parfum, das ihr die Sinne raubte.

Nicht nur einmal hatte sie Ludwig Holzinger dabei beobachtet, wie er seine Notreserve sicher in seinem Versteck verstaut hatte. Tereza war stolz auf sich, dass sie ihre Gier nach dem Geld hatte zurückhalten können. Hätte zwischenzeitlich etwas gefehlt, hätte sich der Holzinger umgehend ein anderes Versteck gesucht. Gelegenheiten zum Zugreifen hatte sie genug gehabt, während sie putzte und er bis weit nach Mittag

manchmal seinen Rausch ausschlief, wenn es mit ein paar lang-
beinigen Mitbringseln, wie er sie nannte, wieder einmal später
geworden war.

»Genau, Ferstel«, sagte sie lachend. »Ruf du nur an, du
geiler Bock!« Sie nahm einen der großen Scheine und ließ ihn
über ihre Wange gleiten. »In Zukunft kannst du es dir selbst
besorgen.«

DIE HIRNGESPINSTE DER PROVINZ-PROMIS

»Magst auch einen?«, fragte Tischler am nächsten Morgen Fink, der in seinem Büro zur allgemeinen Lagebesprechung aufgeschlagen war.

»Freilich. Vielleicht werde ich dann ein bisserl wacher. Gestern ist es sehr spät geworden.«

»Warum? Bist mit deinen Spezis um die Häuser gezogen und hast Party gemacht?«, hoffte Tischler, obwohl er die Antwort innerlich bereits kannte.

»Ach was, Party! Da lief gestern einer meiner Lieblingswestern im Spätprogramm. ›Rio Bravo‹ mit John Wayne. Der war spitze.«

»Ich dachte, du magst nur Krimis?« Tischler stellte ihm den Kaffee ans andere Ende seines Schreibtisches.

»Ja, aber so ein Western hin und wieder ist auch was Spannendes. Und wie war dein Wochenende?«

»Nix Besonderes. Dies und das, was man so tut.« Der Kommissar setzte sich und öffnete eine Mappe, die bereits auf seinem Schreibtisch gelegen hatte, als er an diesem Morgen auf der Dienststelle angekommen war.

»Das ist der Bericht von der KTU«, wusste Fink. »Sie konnten das gelöschte Material auf dem Rechner von Holzingers Baustelle nicht wiederherstellen. Es waren allerdings unzählige Fingerabdrücke auf der Tastatur, was aber auch irgendwie klar ist. Allerdings von vielen verschiedenen Personen. Ein sauberer Abdruck ist nicht dabei. Bringt uns also auch nichts. Jeder auf der Baustelle hatte quasi Zugang zum Baubüro.«

»Die bei der KTU können doch sonst immer alles rekonstruieren.«

»Ja, können sie in den meisten Fällen. Bei einer Festplatte in einem solchen System wird jedoch ständig das alte Bildmaterial automatisch mit dem neuen überspielt, wenn nichts auf der Baustelle vorgefallen ist. Davon wird so eine Platte auch nicht besser. Die Kollegen haben alles versucht. Was sie allerdings nachvollziehen konnten, war der Verlauf der besuchten Internetseiten. Die Kollegen meinten, es hätte auch ein PC aus dem Rotlichtmilieu sein können, so viel Schweinkram wurde da angesehen.«

»Das ist klar. Lieber im Büro des Chefs als daheim am Familien-PC«, vermutete Tischler. »Was haben wir noch?«

»Die Haarproben aus Holzingers Schlafzimmer stammen von mindestens fünf verschiedenen Frauen.« Fink setzte seine Tasse ab. »Ich weiß nicht, ob ich ihn dafür bewundern oder verurteilen soll.«

»Wahrscheinlich finden wir an der Brunngrieser Bushaltestelle nicht so viele Haare.«

»Die Unterwäsche hat auch nichts ergeben. Testament scheint er keines gemacht zu haben. Ich werde mir aber noch seine Bankkonten vornehmen.«

Tischler stand auf, schlenderte zum Fenster. »Also haben wir, wenn ich das so überblicke, nichts Vernünftiges.« Er drehte sich zu Fink. »Das ist überhaupt nicht gut. Deine

Verwandtschaft sitzt uns eh schon im Nacken. Wenn wir nicht bald etwas Handfestes in der Hand haben, dann … ja, bitte?«

Luise, die geklopft hatte, öffnete Tischlers Bürotür und streckte ihren Kopf herein.

»Du, Constantin, da ist Besuch für dich«, flüsterte sie.

»Sag nicht, der Polizeioberrat Schwenk«, flüsterte der Kommissar ebenso zurück.

»Nein. Der Bürgermeister Gmeinwieser ist da und wollte dich sprechen. Soll ich ihn zu dir …«

»Freilich.«

Luise zog ihren Kopf aus dem Büro.

Tischler drehte den seinen zu Fink. »Was will der denn hier?«

Fink zuckte mit den Schultern.

»Grüß Gott beinand«, grüßte der Bürgermeister die beiden Polizisten, als er ins Büro trat.

Fink sprang auf und schüttelte ihm überschwänglich die Hand. Da die beiden sich siezten, konnte Tischler eine weitere Verwandtschaft getrost ausschließen.

»Tischler, Hauptkommissar. Grüß Gott, Herr Bürgermeister Gmeinwieser. Jetzt lernen wir uns auch mal kennen. Bitte, setzen Sie sich«, bot er dem grauhaarigen Mann einen Stuhl an.

Gmeinwieser, ein Mann von stattlicher Figur, lächelte freundlich und nahm dankend an. Er öffnete den Knopf seines Jacketts, sodass sein Bauch zum Vorschein kam, der erkennen ließ, dass das Oberhaupt des Ortes gutes und deftiges Essen liebte. Wie einstudiert legte er ein Bein über das andere und richtete seinen Schnäuzer. Tischler deutete diese Abfolge als Ritual, um sich auf das Geschäftliche zu besinnen.

»Ich will gleich auf den Punkt kommen, Herr Kommissar. Sie werden mir sicher zustimmen, dass unser wunderschöner Ort auf verschiedene Einnahmequellen angewiesen ist.«

»Selbstverständlich«, bestätigte ihm Tischler und ahnte bereits, auf was der Bürgermeister hinauswollte.

»Vom Chaletdorf hängt für sehr viele Menschen ihre Existenz ab. Nicht zu vergessen das Prestige, das uns dieses neue Feriendomizil einbringen wird. Reiseveranstalter, Busunternehmen, die Presse, alle stehen in den Startlöchern.«

Tischler blieb ruhig. Obwohl es ihm langsam, aber sicher auf die Nerven ging, dass gewisse Personen der Meinung waren, ihn antreiben zu müssen.

»Wissen Sie, Herr Bürgermeister, wir haben den Baustopp nicht herbeigeführt, weil uns die Dachschindeln der Chalets nicht gefallen haben. Wir haben einen Mord aufzuklären.«

»Schon klar«, tat Gmeinwieser verständnisvoll, »wir trauern alle um den Ludwig und hoffen, dass der Täter schnell gefasst wird. Dennoch macht es den Ludwig nicht wieder lebendig, wenn seine Baustelle stillsteht und die Arbeiter dadurch vielleicht ihre Familien bald nicht mehr ernähren können.«

Tischler lachte innerlich über Gmeinwiesers übertriebene Moral. Noch dazu, weil Holzinger selbst für die finanziellen Missstände auf der Baustelle verantwortlich war. Das allerdings hatte den Bürgermeister nichts anzugehen.

»Ihr Mitgefühl in allen Ehren, Herr Bürgermeister. Wir werden die Baustelle dann freigeben, wenn wir sicher sein können, dass die Ermittlungen auf dem Gelände abgeschlossen sind.«

Gmeinwieser haderte mit dieser Aussage. Er wollte gerade erneut loslegen, als ihm Tischler zuvorkam. Zeit, den Spieß umzudrehen.

»Herr Bürgermeister, wir haben eine Sprachnachricht von Ihnen auf Herrn Holzingers Anrufbeantworter gefunden. Hatten Sie beide Streit miteinander?«

Gmeinwieser schluckte. Er spähte zu Fink. Der verhielt sich zu Tischlers Freude ruhig.

»Mei, wenn man solch einen Ort führt, da schlägt man schon mal eine andere Tonart an. Sie kennen das doch.«

»Was genau?« Tischler blickte unschuldig drein.

»Na, bei einem Großprojekt wie dem Chaletdorf, da erhitzen sich hin und wieder die Gemüter. Das ist doch selbstverständlich. Da werden Termine nicht eingehalten, da macht der Stadtrat Druck, die Leut' ...« Gmeinwieser beugte sich nach vorn. »Wissen S', schuld ist am Ende immer der Bürgermeister!« Er lachte verkrampft. Tischler entgingen nicht die Schweißperlen, die sich auf der Stirn des Bürgermeisters gebildet hatten.

»Ja«, Tischler lachte mit ihm, »man will ja auch wiedergewählt werden, nicht wahr?«

Gmeinwieser klatschte in die Hände und blickte zwischen Tischler und Fink hin und her. »Sehen Sie, jetzt verstehen wir uns!«

»Apropos Wahlen ... wussten Sie, dass Ludwig Holzinger als Kandidat bei der nächsten Bürgermeisterwahl antreten wollte?«

Wieder schluckte Gmeinwieser. »Was? Der Wickerl? Ach, woher!«

»Wir wissen das aus einer sicheren Quelle. Sie haben wirklich nichts davon geahnt?«

»Ach, wissen Sie, Herr Kommissar, das sind manchmal so Hirngespinste von diesen Provinz-Promis, wie der Holzinger einer war. Denen wird es irgendwann langweilig und dann glauben die, sie müssten unbedingt in die Politik.«

»Fleißig war er ja, der Holzinger Ludwig«, meldete sich nun Fink zu Wort. »Ich hätte mir durchaus vorstellen können, dass einige Brunngrieser ihn ...«

»Bürgermeister zu sein ist eine Berufung!«, fiel ihm Gmeinwieser energisch ins Wort. »Da kann nicht irgendein Dahergelaufener kommen und meinen, er oder sie müsse kandidieren! Man muss die Zusammenhänge erkennen. Wissen, wie so ein Ort funktioniert!«

Für einen Moment hielt er inne. Tischler sah ihm an, dass er genau wusste, dass er sich im Ton vergriffen hatte. Entschieden wischte er nochmals über seinen grauen Schnäuzer und lehnte sich wieder zurück.

»Haben Sie schon einmal eine Fliege an einer Fensterscheibe beobachtet?«

Tischler regte sich nicht. Gmeinwieser linste zu Fink. Auch der zeigte keinerlei Emotionen. Das verbuchte der Bürgermeister als Nein. Also fuhr er weiter fort.

»Immer und immer läuft sie die Scheibe hoch. Irgendwann lässt sie sich zurückfallen und läuft wieder hoch. Sogar, wenn Sie das Fenster kippen oder gar komplett öffnen. Sie läuft unentwegt diese Scheibe hoch und sucht nach einem Ausweg. Wissen Sie, warum?«

Tischler zuckte mit den Schultern.

»Weil ihr die Erfahrungswerte fehlen. Und die anderen Fliegen leben nicht lange genug, dass sie es weitererzählen könnten, wenn sie einen anderen Weg gefunden hätten. Verstehen Sie?« Er stand auf, knöpfte sein Jackett zu und schaute Tischler etwas länger an. »Zum Bürgermeister muss man geboren sein.« Tischler erhob sich nun auch aus seinem Stuhl und griff nach der Hand des Bürgermeisters, die der ihm entgegenhielt. »Ich muss dann auch wieder. Ich habe heute noch eine Sitzung wegen der … na, geschäftlich halt. Auf Wiederschaun, die Herren!«

Tischler verabschiedete sich, während Fink zur Tür schnellte, um sie dem Bürgermeister standesgemäß aufzuhalten. Als dieser das Büro verlassen hatte, schloss er sie wieder.

»Puh!«, atmete Tischler hörbar aus. »Der ist ja hitzig, unser Bürgermeister.«

»Glaubst du, der hat wirklich nicht gewusst, dass der Ludwig Holzinger gegen ihn bei der nächsten Wahl …«

»Ach, woher denn!«, unterbrach ihn Tischler. »Freilich hat der das gewusst. Diejenigen, die davon Wind bekommen haben, können das doch in solchen Fällen nicht abwarten, es dem Gmeinwieser unter die Nase zu reiben. Entweder, weil sie ihn schützen wollen, oder, weil sie sehen wollen, wie dumm er schaut.«

Fink setzte sich wieder auf den Stuhl, den ihm der Bürgermeister warm gehalten hatte.

»Woher weißt du eigentlich, dass der Holzinger Bürgermeister werden wollte?«

Auch Tischler setzte sich wieder. »Das weiß ich vom Dings, weil der es vom Dings gehört hat. Und dem hat es wiederum der Dings erzählt. Dorftratsch eben.« Er schob das Telefon zu Fink. »Ruf doch mal beim Staatsanwalt an, wie er das mit der Freigabe der Baustelle sieht. Du hast doch einen guten Draht zu dem.«

»Stimmt gar nicht.«

»Und dann fahren wir dort noch mal hin. Vielleicht fällt uns ja noch was auf.«

Am liebsten hätte Tischler die Baustelle noch für Wochen blockiert, nur, um dem Bürgermeister eins auszuwischen. Doch das wollte er den Arbeitern auf keinen Fall antun. Dennoch wurmte Tischler der Besuch des Bürgermeisters. Denn eines war sicher. Wenn er jetzt die Baustelle wieder freigeben würde, dann würde Gmeinwieser dies als seinen Erfolg verbuchen.

***

»Eigentlich idyllisch ohne Kreissägen und Bohrmaschinen«, bemerkte Fink, als sie mitten auf der Baustelle standen.

»Warte nur, wenn die ersten Urlauber hier sind und jeder auf seinem angemieteten Grundstück Remmidemmi macht. Ich sehe jetzt schon die Miriam und den Robert regelmäßig hier aufschlagen, weil sich alle naslang jemand in seiner Ruhe gestört fühlt.«

Fink lachte. »Du, Constantin, dann machen wir die Klitsche hier wieder dicht. Ganz einfach.«

Tischler stimmte ihm zu und steuerte den Pool an, in dem der Holzinger offenbar sein Ende gefunden hatte. Er blickte ins Wasser. Auf dem Grund hatte sich zwischenzeitlich eine sandige Substanz abgesetzt, und auf der Wasseroberfläche tanzten ein paar Blütenblätter und was sonst noch in Brunngries durch die Luft wirbelte.

»Sag mal, Felix, die Jungs von der KTU, haben die auch schon etwas über die Wasserprobe und das, was sich dort in der Filteranlage angesammelt hat, herausgefunden?«

»Im Bericht steht, dass keine brauchbaren Spuren sichergestellt werden konnten.«

Tischler wanderte um das Becken herum. »Klar. Warum einfach, wenn es auch schwer geht.« Er blickte zu dem hohen Mast, auf dessen Spitze die Überwachungskameras montiert waren, und ging am Beckenrand auf und ab. Es gab keinen Winkel des Pools, den die Kamera nicht erfassen konnte. Er bemerkte am anderen Ende des Geländes einen Wagen, der hinter einem Sandhügel geparkt war. Tischler marschierte um den Pool herum, ohne den Wagen aus den Augen zu lassen.

»Sag mal, Felix? Wurde das ganze Gelände mit einem Absperrband versehen?«

»Freilich«, bestätigte der. »Einmal ums Karree. Warum?«

»Weil dort hinten ein Wagen parkt, der letzte Woche, als wir die Baustelle verlassen haben, noch nicht da stand.«

Fink fokussierte seinen Blick. »Das ist Mosers Wagen.«

»Woher willst du das wissen?«

»Weil auf der Seite ›Dachdeckerei Moser‹ draufsteht.«

Auch Tischler schärfte seinen Blick. »Und das kannst du von hier aus erkennen?«

240

»Liegt in der Familie. Wir haben alle gute Augen.«

»Na, dann lass ihn uns mal fragen, was er an ›Die Baustelle ist vorübergehend stillgelegt‹ nicht verstanden hat.«

Die zwei Polizisten steuerten zielgerichtet Mosers Fahrzeug an, als sie auf halber Strecke aus einem der Chalets Geräusche hörten. Sie blieben stehen, sahen sich an und zückten gleichzeitig ihre Heckler & Koch SFP9 und teilten sich auf. Während Fink die Rückseite des Chalets wählte, nahm sich Tischler die Vorderseite vor und befand sich einen Moment später neben der Eingangstür des Holzhauses, die angelehnt war.

Er überlegte, ob er nicht einfach Mosers Namen rufen sollte. Was aber, wenn Moser selbst sich nicht im Haus aufhielt? Außerdem war die Gefahr groß, dass der oder die Unbekannte nach seinem Ruf noch genügend Zeit hätte, um mögliche Spuren zu verwischen. Besser, er würde die Person auf frischer Tat ertappen, was auch immer damit gemeint war. Und er hoffte inständig, dass Fink dies ebenso sah und nicht übermütig wurde.

Langsam zog er die Tür auf und horchte ins Innere hinein. Die Geräusche kamen aus dem ersten Stock. Tischler trat ein und blickte in den großzügig gestalteten Eingangsbereich, der ohne eine weitere Wand direkt in den Wohnraum überging. Die Holztreppe, die ins Obergeschoss führte, war nur ein paar Schritte entfernt. Gegenüber sah er durch die große Fensterfront Fink, der ihn bereits fixiert hatte und auf weitere Anweisungen wartete. Tischler bedeutete ihm, dass er genau da bleiben sollte, wo er stand. Langsam trat er auf die erste Stufe und blickte nach oben. Es war ein Klopfen zu hören. Er trat auf die zweite Stufe, auf die dritte, immer mit Blick nach oben. Als er auf die nächste Stufe trat, ging ein Knarzen durch die Räume, und die Geräusche aus dem ersten Stock verstummten.

Tischler presste seine Lippen aufeinander. Er hätte die Stufe verfluchen können, die ihn nun lautstark angemeldet hatte.

Vielleicht hatte er aber auch Glück und der Einbrecher hatte es nicht gehört. Der Kommissar vernahm Schritte, die jedoch sofort wieder verstummten. Noch fünf Stufen hatte er vor sich, bevor er das obere Stockwerk erreichen würde. Nahe der Wand setzte er seinen Weg nach oben fort, in der Hoffnung, dass an diesen Stellen das Holz unter seinen Sneakers standhafter war. Noch eine Stufe und …

»Ah!«, rief Tischler, als ihn ein stämmiger Mann plötzlich gegen die Wand drückte und an ihm vorbeihuschte. Er hatte zu tun, damit ihn die Wucht nicht aus dem Gleichgewicht brachte und er die Treppe nach unten stürzte. Dabei verlor er seine Waffe, die zwischen den Stufen hindurch nach unten fiel. Der Flüchtende war bereits unten angekommen, riss die Tür weit auf und rannte nach draußen.

»Moser!«, rief Tischler ihm hinterher, als er ihn erkannt hatte. »Zefix! Bleib stehen! Fink! Nach vorne!«

Schnell spurtete er nach unten, schnappte sich seine Dienstwaffe, die unter der Treppe gelandet war, und nahm die Verfolgung auf. Moser war zwar ein Kraftprotz, doch diese Muskeln hinderten ihn daran, seinen Vorsprung auszubauen. Tischler beobachtete, wie Moser auf seinen Wagen zulief. Fink holte von der rechten Seite auf. Der Dachdecker hatte sein Auto erreicht und steckte den Schlüssel ins Schloss der Fahrertür. Doch als er sich umsah und seine zwei Verfolger immer näher kamen, entschied er sich, nach links zwischen die Chalets auszuweichen. Wie er auf diese Weise entkommen wollte, hatte er wahrscheinlich zu diesem Zeitpunkt noch nicht zu Ende gedacht.

»Moser! Stehen bleiben! Das hat doch keinen Sinn«, rief Tischler ihm hinterher.

Seite an Seite verfolgte er mit seinem Kollegen den Strongman und holte weiter auf.

Als Moser erkannte, dass er die beiden nicht abhängen würde, wählte er die Strategie der Einschüchterung. Er blieb stehen, drehte sich um und schien bereit für ein Kräfteduell zu sein. Erwartungsvoll winkte er mit einem irren Blick die beiden Beamten zu sich. Tischler machte sich die letzten Meter insgeheim darauf gefasst, dass der Bär von einem Mann möglicherweise allein seine Aufgabe werden würde. Da er Fink bislang noch nicht in Aktion gesehen hatte, wusste er nicht, ob er sich in solchen Situationen auf ihn verlassen konnte.

Wie ein Fels in der Brandung stand Moser auf einem kleinen Erdhügel, der seit der Stilllegung der Baustelle auf seinen Abtransport wartete. Tischler entschied sich dafür, die Lage zu deeskalieren, indem er erst einmal vor dem Erdhügel stehen bleiben würde. Doch da hatte er die Rechnung ohne seinen übereifrigen Kollegen gemacht. Der dachte nicht daran, auch nur einen Schritt langsamer zu werden, und rannte weiter auf Moser zu, der ebenso verwirrt wie Tischler auch den Polizeiobermeister ins Visier nahm. Ehe er sichs versah, hechtete Fink auf ihn zu und machte sich den Überraschungseffekt zunutze, wodurch es ihm gelang, dass Moser zu straucheln begann. Mit einem Ausfallschritt versuchte der, seinen festen Stand beizubehalten. Doch Fink hatte so viel Schwung, dass es Moser von den Füßen riss. Während er noch wild mit seinen Armen ruderte, die den Umfang von Finks Oberschenkeln hatten, verlor er das Gleichgewicht und fiel wie ein nasser Sack auf der anderen Seite des Hügels hinab. Mit ihm, an seiner Hüfte klebend, Fink.

Intuitiv änderte Tischler seine anfängliche Strategie und passte sich den Gegebenheiten an. Blitzschnell umrundete er den Erdhügel und fixierte mit seinem Fuß Mosers Arm, der gerade ausholen wollte, Fink eine zu verpassen. Fink, immer noch voller Adrenalin, änderte seine Position und kniete sich auf den anderen Arm. Mit hochrotem Kopf wollte Moser sich aus den Fängen der beiden Polizisten befreien. Wie wild schlug er mit seinen Beinen aus, bis ihn die letzte Kraft verließ und er sich beruhigte.

»Jetzt hören S' doch endlich auf mit dem Schmarrn!«, befahl ihm Tischler in scharfem Ton. Er steckte seine Waffe zurück ins Holster, griff sich das Paar Handschellen, drehte den Muskelberg gemeinsam mit Fink auf den Bauch und fixierte dessen Hände hinter dem Rücken. Nun zogen sie ihn erst auf die Knie und dann in den Stand.

»Herr Moser, Sie sind vorläufig festgenommen.«

Moser blickte zu Tischler. »Ach ja? Und warum?«

»Widerstand gegen Vollstreckungsbeamte, Verdacht auf Beweisunterdrückung ... suchen Sie sich was aus. Gemma!«

Moser prustete noch selbstgerecht, ergab sich jedoch seinem Schicksal und ließ sich von Fink abführen. Dem Mann, der gut ein Drittel von ihm auf die Waage brachte und ihn furchtlos ganz alleine gestellt hatte. Ob dies furchtlos oder gedankenlos geschehen war, wollte Tischler noch mit seinem Kollegen klären. Seine Bewunderung hatte Fink jedenfalls bereits in der Tasche. Doch das durfte er ihm um Himmels willen nicht zu deutlich zeigen.

DER BRUCE LEE
VON BRUNNGRIES

Moser lümmelte sich in dem Stuhl vor Tischlers Schreibtisch und streckte seine Haxen von sich. Mit verschränkten Armen versuchte er, Gleichgültigkeit auszustrahlen. Doch die nahm ihm Tischler nicht ab. Fink lehnte sich vor den Schreibtisch und ließ Moser nicht aus den Augen. Auch er hatte seine Arme verschränkt.

»Herr Moser, wir haben Zeit. Jetzt reden Sie endlich! Was haben Sie auf der Baustelle gemacht?«

»Wie schon gesagt, ich habe nach dem Rechten geschaut.«

»Wir hatten die Baustelle gesperrt.«

»Wirklich?« Moser sah Tischler mit einem süffisanten Grinsen an. »Das habe ich nicht bemerkt. Tut mir leid.«

Tischler setzte sich an seinen Schreibtisch. »Ich sage Ihnen, was Sie auf der Baustelle gemacht haben. Sie wollten Spuren verwischen, damit niemand darauf kommt, dass Sie etwas mit Holzingers Tod zu tun haben.«

»Ihr spinnt doch.«

»Vorsicht, ja? Sonst kommt Beamtenbeleidigung noch mit auf die Uhr.« Fink blieb cool, als er Moser verwarnte, anders als sonst. Die Tatsache, dass er aus dem Gerangel mit diesem Schrank von einem Mannsbild als Sieger hervorgegangen war, schien ihm gutzutun. Oder es ließ ihn übermütig werden. Das war zu diesem Zeitpunkt noch nicht ganz raus. Tischler legte nach, um den Verdächtigen ein wenig aus der Reserve zu locken.

»Freilich. Liegt doch auf der Hand. Sie haben Monate auf der Baustelle gearbeitet, Holzinger hat nicht gezahlt, dann ergab ein Wort das andere … Dass Sie ein Hitzkopf sind, davon konnten wir uns schon mehrmals überzeugen.«

»Jetzt hörts bloß auf mit dem Scheiß! Ich …«

»Hinsetzen!«, wies Fink Moser an, der von seinem Stuhl aufgesprungen war.

»Sie sind Österreicher, nicht wahr?«

Moser nickte.

»Ich kenne diesen Dialekt. Wo samma denn her? Tirol, Kärnten oder aus der Steiermark?«

»Sie sind der Kommissar. Finden Sie es heraus!«

»Sehen Sie, Herr Moser, das ist es, was ich meine. Wir bei der Polizei haben da ein Gespür dafür. Nicht wahr, Herr Polizeiobermeister Fink?« Fink nickte. »Wenn Sie so auf die einfachsten Fragen reagieren, wie sieht das erst aus, wenn man Ihre Arbeitszeit nicht angemessen vergütet?« Tischler stand auf und ging zum Fenster. »Ich kann das durchaus verstehen. Immerhin hat es der Ludwig Holzinger ganz schön krachen lassen. Sie fragen nach Ihrem Geld, der Holzinger vertröstet Sie zum wiederholten Mal, ein Wort ergibt das andere … Da brennen schnell die Sicherungen durch. Und kräftig genug sind Sie ja.«

»Jetzt hören S' auf mit dem Schmarrn. Ich hab dem Wickerl nichts getan.«

Tischler setzte sich wieder und lehnte sich in seinen Stuhl. Moser saß mittlerweile aufrecht.

»Dann klären Sie uns auf, Herr Moser. Was haben Sie heute auf der Baustelle gemacht?«

Mosers Kiefer arbeitete. Er haderte mit sich. Ein Blick auf seine riesigen, geschundenen Hände brachte ihn auch nicht weiter.

»Ich hab mir nur holen wollen, was mir zusteht.«

»Und das wäre?«

»Als ihr gekommen seid, hab ich gerade ein paar Armaturen abgeschraubt, die ich zu Geld machen wollte.« Moser wirkte kleinlaut und verärgert zugleich. Es wurmte ihn sichtlich, dass er sich fügen musste.

»Sie wissen, dass das Diebstahl ist?«

»Ich habe mir das nehmen wollen, was mir zusteht. Dann ist es kein Diebstahl. Oder wie nennt ihr das, wenn ich für meine Arbeit nicht bezahlt werde? Ist das kein Diebstahl?«

»Sie hätten zu uns kommen können.«

»Und den Arbeitgeber verpfeifen? Das funktioniert vielleicht in eurer Welt.«

Tischler stand wieder auf und lehnte sich vor Moser auf den Schreibtisch. »Und die paar Armaturen sollten Sie entschädigen? Ist das nicht ein bisserl ... mau?«

Moser lachte und sah zu Tischler auf. »Eine Armatur um die vierhundert Euro, drei bis vier davon in jedem Haus, fünfzehn Häuser ... rechnen Sie, Herr Kommissar!«

Tischler kratzte sich am Kopf. »Eine schöne Summe. Viele töten für weniger.«

Mosers Blick schwirrte zu Fink in der Hoffnung, dass der ihm glaubte. »Ich bin doch nicht dumm und bring den Einzigen um, der mich letztendlich bezahlen kann. Mensch, ich steh kurz vor der Insolvenz, verdammte Scheiße!«

Tischler drehte sich um. »Und was wollte der Holzinger damit bezwecken? Geld genug schien er ja zu haben.«

»Das war so seine Masche. Typen wie der Holzinger glauben, sie können dadurch mehr Druck ausüben. Schneller und rund um die Uhr buckeln, und das zum Dumpingpreis. Verstehen S'?«

»Für so eine Großbaustelle gibt es doch sicher eine Ausschreibung, oder?«

»In dem Fall ja«, erklärte Moser dem Kommissar.

»Wie kommt man zu so einem Auftrag? Muss man der Günstigste sein oder gibt es zeitliche Vorgaben?«

Moser linste wieder nervös zwischen Fink und Tischler hin und her. Sein Blick kurz darauf verriet, dass er an einem Punkt angelangt war, an dem er es endgültig für besser hielt, klein beizugeben.

»Hin und wieder kauft man sich auch auf eine Baustelle ein.«

Tischler tigerte auf und ab und spitzte die Lippen. »Und bei wem kauft man sich da ein?«

»Mei, ich hab dem Wickerl was gegeben und an wen er es verteilt …« Er zuckte mit den Schultern.

»Was macht es für einen Sinn, Geld dafür zu zahlen, dass man auf der anderen Seite wieder etwas verdienen darf?«

Moser blickte zu Tischler, als ob es ihn nerven würde, wie wenig Ahnung der von der Baubranche hatte. Er atmete tief durch. »Man kauft sich ja auch nicht nur für ein Projekt ein. Danach ist man im *Inner Circle*, verstehst? Dann darf man mitspielen.«

Tischler setzte sich zurück an seinen Schreibtisch. »Herr Moser, Sie können gehen. Rechnen Sie mit einer Anzeige und halten Sie sich zu unserer Verfügung. Verstanden? Und gewöhnen Sie sich die Unart ab, Beamte zu duzen. Sonst duzen wir Sie, und glauben Sie uns – das möchten Sie nicht.«

Moser nickte. Wahrscheinlich hätte er in diesem Moment die ganze Welt verraten, um endlich diesem Käfig zu entkommen. Er blickte zu Fink, der keine Miene verzog.

»Könnte mich vielleicht jemand zurück zur Baustelle fahren? Ich mein … da steht mein Auto.«

»Sie sind Sportler, Herr Moser. Laufen Sie. Ist gut für Ihre Kondition.«

Die großen Pranken griffen nach der Türklinke und drückten sie herunter. Moser verließ Tischlers Büro und ließ die Tür offen stehen. Fink machte sich daran, sie wieder zu schließen.

»Lass auf«, wies Tischler seinen Kollegen an. »Damit das ganze Testosteron entweichen kann. Sonst wächst mir hier drinnen gleich noch ein Bart.«

»Soll ich die Anzeige gegen ihn sofort in die Wege leiten?«

Tischler ging zu seiner Kaffeemaschine und stellte sie an. »Lass gut sein.«

»Warum nicht?«

»Du hast doch gehört, wie der gebeutelt ist. Wenn jetzt noch eine Anzeige draufkommt … Ich glaube, der ist mit der Tatsache, dass er von dir überwältigt wurde, gestraft genug.«

»Also lassen wir ihn komplett von der Leine?«

»Ach woher!«, winkte Tischler ab. »Ich trau dem nicht über den Weg. Wir haben ihn weiter im Visier, und das darf er ruhig spüren. Wenn er nämlich wirklich etwas auf dem Kerbholz hat, dann geht es ihm jetzt dick ein. Und sofern das der Fall ist, wird er einen Fehler machen. Wir können jedoch nachher die Baustelle wieder freigeben. Vielleicht tut sich dann ein bisserl mehr für uns und der Täter kommt aus seinem Loch.«

»Was denkst du, hat es mit diesem *Inner Circle* zu tun?«

»Das, mein lieber Felix, fand ich besonders interessant. Möchte wissen, wer hier in diesem beschaulichen Ort die Hand aufhält.«

Fink setzte sich auf den Stuhl, auf dem Moser zuvor gesessen hatte, und zog seinen Janker aus. Weit von sich gestreckt begutachtete er ihn.

»Jetzt schau dir das an! Der ist hier ja total dreckig. Na, ob das wieder rausgeht?«

»Hättest ihn halt ausgezogen, bevor du dich auf den Moser geworfen hast. Da wollte ich sowieso noch mit dir reden.«

»Über was?« Fink rieb mit seinem Taschentuch, das er mit Spucke befeuchtet hatte, an dem Fleck.

»Was hast du dir denn dabei gedacht, auf den Moser loszugehen?«

Fink sah unschuldig zu Tischler. »Ich dachte, ich schaffe ihn.«

»Du weißt, dass wir das anders regeln. Schon alleine, weil der Typ doppelt so schwer ist wie du. Was hättest du gemacht, wenn der dich gepackt hätte? Und vor allen Dingen, was hätte ich gemacht? Du hast uns da in eine ganz prekäre Lage gebracht. Wo nimmst du eigentlich dieses Selbstvertrauen her?«

Fink legte seinen Janker auf Tischlers Schreibtisch und steckte sein Taschentuch wieder ein.

»Das war schon immer meine Stärke.«

»Was?«

»Dass mich alle unterschätzen. Weißt, Constantin, wenn dich in der Schule andauernd alle hänseln oder auf dem Schulhof vermöbeln, da bleiben dir irgendwann nur zwei Möglichkeiten.«

»Und die wären?«

»Entweder du ergibst dich in dein Schicksal oder du änderst was. Ich hab was geändert. Besser gesagt, die Mama hat mich da überall angemeldet, weil sie es leid war, dass ich immer dreckig von der Schule heimgekommen bin.«

»Wo hat sie dich angemeldet?«

»Zuerst Karate. Ich glaub, da war ich zehn. Dann Taekwondo, ein bisserl Judo …«

Tischler musterte eine Zeit lang seinen Kollegen, der wieder nach seinem Janker griff.

»Dann bist du der Bruce Lee von Brunngries?«

»Ach woher«, tat Fink belustigt. »Der war ja viel kleiner.«

»Trotzdem«, mahnte Tischler. »In Zukunft Dienst nach Vorschrift in solchen Fällen und keine Alleingänge. Du bist nicht der unglaubliche Hulk. Haben wir uns?«

Fink nickte und zog seinen verdreckten Janker an. »Ich hab Hunger. Fahren wir nach Traunstein zum Metzger?«

»Gell, Felix, das Kämpfen macht hungrig. Jetzt brauchst wieder Fleisch.« Der Kommissar schnappte sich seine Jacke. »Weißt was? Ich fahr dich. Du bist bestimmt sehr geschwächt.«

Fink verdrehte die Augen und ging voran. Tischler konnte nicht umhin, sich selbst einzugestehen, dass ihn seine Menschenkenntnis bei seinem Kollegen im Stich gelassen hatte. Und er wusste nicht, ob ihm der neue Fink gefiel. Was, wenn Fink in einer anderen Situation wieder instinktiv handeln würde? Schließlich musste er sich auf seinen Partner verlassen können. Doch viel mehr machte er sich um ihn Sorgen, als ihm ein Spruch einfiel, den sein Vater oft verwendet hatte, als er noch ein Kind war.

Übermut tut selten gut.

***

Als Tischler an diesem Abend nach Dienstschluss den Heimweg antrat, legte er noch einen Zwischenstopp beim Kramer ein. Es wurmte ihn, dass der Herr Polizeioberrat sein Jo-Jo als stillschweigende Überlassung angesehen hatte, nur, weil er völlig talentfrei ein paar Minuten damit gespielt hatte. Bestimmt verrottete es in diesem Moment in der Mittelkonsole in dessen Dienstwagen. Wenn er es nicht längst weggeworfen hatte.

Während er wenig später in seine Hosentasche nach seinem Schlüsselbund griff, tanzte in der anderen Hand wie selbstverständlich das Jo-Jo auf und ab. Die Souveränität, die

Tischler mit dem Jo-Jo an den Tag legte, zeigte sich darin, dass er es selbst dann nicht stoppte, während er die Tür aufschloss. Pfeifend suchte er nebenbei nach dem Wohnungsschlüssel am Bund, als er das Treppenhaus betrat.

Plötzlich hielt er inne. Das Jo-Jo drehte in der untersten Position leer, wurde langsamer und hörte irgendwann völlig auf, sich zu drehen. Tischlers Blick erstarrte, als er auf seine Fußmatte sah. Erneut lag ein alter Bekannter dort, der ihm Unbehagen bescherte und Gefühle weckte, denen er machtlos ausgeliefert war. Als er seinen Körper wieder spürte, nahm er das Jo-Jo und rollte händisch die Schnur auf. An seiner Wohnungstür angekommen steckte er den Schlüssel ins Schloss und öffnete die Tür. Mechanisch bückte er sich und nahm den blauen Papierkranich auf. Mit einem letzten Blick zur Haustür trat er in seinen Flur und schloss hinter sich ab. Wie gelähmt verharrte er eine Weile, bis er sich wieder gefangen hatte. Dann legte er den Kranich auf den Wohnzimmertisch und ging zum Fenster. Langsam schob er den Vorhang etwas zur Seite und blickte hinaus auf die Straße. Alles schien normal. Er achtete darauf, ob sich irgendjemand in einem der geparkten Autos befand. Doch wer auch immer es war, der ihn regelmäßig in seine Internatszeit katapultierte, er gab sich nicht so einfach zu erkennen.

Tischler marschierte zurück an den Tisch und stützte sich mit beiden Händen an der Kante ab. Er starrte auf den Kranich. Was wollte die Person damit bezwecken? Ging es einfach nur um Psychoterror? Oder bat ihn tatsächlich jemand um Hilfe? Der Kommissar ersparte es sich, den Kranich auseinanderzufalten. Es würde darin keine Nachricht auf ihn warten. Hatte es noch nie. Er nahm den Kranich und brachte das Papier in seine Ursprungsform. Er drehte es um. Nichts war darauf zu sehen. Da riss ihn das Klingeln seines Handys aus seinen Gedanken.

Sein Puls schnellte hoch. Er schaute aufs Display, atmete tief durch und nahm das Gespräch an.

»Britta!«

»Hallo, Constantin. Schon Feierabend?«

»Noch nicht ganz.« Er blickte auf das blaue Papier. »Ich habe mir ein bisschen Arbeit mit nach Hause gebracht.«

Britta lachte. »Wenn ich das sagen würde, würden bei mir daheim lauter Patienten sitzen. Du, ich wollte mich nochmals für das schöne Wochenende bei dir bedanken.«

»Ja, ich fand es auch schön. Wir sollten es wiederholen.«

»Gerne. Und was machst du heute?«

»Ich koche mir gleich etwas und dann … nichts mehr.« Tischlers Magen meldete sich.

»Was gibt es bei dir Feines?«

»Du, nur einen Salat. Bisschen Thunfisch drüber, Tomaten … nichts Besonderes.«

»Brav«, lobte Britta. »Dann mach nicht zu lange, ja?«

»Versprochen. Schön, dass du angerufen hast.« Er legte auf.

Auf dem Weg in die Küche zerknüllte er das blaue, quadratische Papier und warf es in den Mülleimer. Dann öffnete er den Kühlschrank und blickte eine Weile ins Leere, bis er das Gefrierfach öffnete, eine Tiefkühlpizza herausholte und den Ofen vorheizte.

Er betrachtete die Packung. »Thunfischpizza mit Zwiebeln. Eine Zwiebel ist ein Gemüse, Salat ist auch Gemüse. Passt.«

Schnell entfernte er die Umverpackung und wartete, bis das Lämpchen am Ofen erloschen war. Das Backrohr hatte die gewünschte Temperatur. Er legte die Pizza aufs Blech und stellte seine Eieruhr. Hungrig verschwand er im Badezimmer und zog sich aus. Nur mit seinen Boxershorts bekleidet sah er in den Spiegel und auf das Tattoo auf seiner Brust. Langsam fuhr er die Konturen des Kranichs ab und legte seine Hand darauf. Hastig stellte er das Wasser an und warf sich ein paar Hände davon ins Gesicht. Wieder blickte er in den Spiegel. Er verharrte für einen Moment. Als ihn kurz darauf die Eieruhr in der Küche aus seinen Gedanken riss, zog er das Handtuch vom Halter, trocknete sich ab und löschte das Licht, bevor er sein Badezimmer verließ.

Constantin Tischler war an diesem Abend nicht der Einzige in Brunngries, der überrascht wurde. Während er jedoch seinen Puls mit einer Fertigpizza und einem Glas Wein wieder auf ein normales Niveau brachte, sollte dies etwa zwei Kilometer weiter bei Thomas Holzinger bei Weitem nicht ausreichen.

Christine Holzinger warf nochmals einen prüfenden Blick in den Spiegel, bevor sie sich auf die Suche nach ihrem Mann machte. Es war ihr wichtig, immer adrett auszusehen. Selbst an diesem Tag, an dem sie sich entschlossen hatte, ein großes Geheimnis zu lüften. Vielleicht aber auch gerade deshalb.

»Da bist du ja, ich habe dich gesucht«, sagte sie zu Thomas, als sie ihn im obersten Stockwerk in einem der Pensionszimmer antraf.

Thomas kniete am Boden und überpinselte mit weißer Farbe eine Stelle an der Wand. Er drehte sich zur Tür und sah seine Frau an.

»Kaum Gäste im Haus. Und die paar Figuren, die sich hierher verirren, nutzen die Bude doppelt so schnell ab wie früher. Keinen Respekt mehr haben die Leut' vor dem Eigentum anderer«, schimpfte er, tauchte den Pinsel erneut in die Farbe und strich sie über die Raufasertapete.

Christine setzte sich neben ihn auf die Bettkante und hielt einen Moment inne.

Thomas entging nicht, dass sie anders wirkte als sonst. »Wo sind die Kids?«

»Unten. Spielen.«

Er nickte und wollte gerade aufstehen, als er einen weiteren schwarzen Strich an der Wand entdeckte und auf den Knien weiterwanderte.

»Warum hast du mich denn gesucht?«

Christine atmete tief durch. »Weil es an der Zeit ist, dir etwas zu sagen. Jetzt, wo Ludwig tot ist.«

Er drehte sich zu ihr, musterte sie für einen Moment und widmete sich wieder seiner Arbeit. »Ach ja? Was ist es denn?«

»Es gibt da etwas, das ich dir verschwiegen habe, weil ich Angst hatte, dass …« Sie verstummte.

Er ließ den Pinsel in den Farbeimer gleiten, stand auf und rieb sich die Hände an einem Lappen ab.

»Nun sag schon. Ich muss nebenan noch ein Waschbecken neu verfugen.«

Sie sah zu ihm hoch. Es hatte etwas Bedrohliches, dass er so nah vor ihr stand. Sie hatte jetzt immer noch die Möglichkeit, einen anderen Grund vorzuschieben und ihr Geheimnis mit ins Grab zu nehmen.

»Sophia und Florian sind nicht von dir.«

Stille machte sich im Pensionszimmer breit. Einzig das kleine Rinnsal, das in der Toilette lief, war zu hören. Thomas Holzinger ließ den Lappen fallen und stierte mit leerem Blick auf seine Frau herab. Es war einer dieser Momente, in dem Christine nicht wusste, was nun folgen würde. Obwohl sie viele Jahre an der Seite ihres Mannes verbracht hatte, war er für sie nach wie vor unberechenbar. Angst breitete sich in ihrem Körper aus und äußerte sich dadurch, dass sich ihre Kehle zuschnürte, das Herz raste und ihre Hände zitterten. Sie schaute einfach nur geradeaus. Alles, was sie wahrnahm, war ein Knopf am Hemd ihres Mannes, der ein wenig mit Farbe bekleckst war.

»Wiederhol das noch mal«, flüsterte er fast. Seine Stimme klang nicht bedrohlich. Sie klang vielmehr machtlos und heiser.

Christine wagte es nicht, ihm in die Augen zu sehen. »Es ist damals nach dem Dorffest geschehen. Weißt du noch? Als wir uns so fürchterlich gestritten hatten?«

Thomas steckte seine Hände in die Hosentaschen, ging zum Fenster und blickte hinaus. Es hatte den Anschein, als würde er da draußen nach Antworten suchen.

»Ludwig hatte mich damals ...«

»Nein!«, schrie er, ohne sich umzudrehen.

Christine war wie zur Salzsäule erstarrt. Verstohlen lugte sie aus den Augenwinkeln zu ihrem Mann.

»Wir sind zu ihm in die Villa gefahren.« Sie schwieg. Die Einzelheiten brauchte er nicht zu erfahren. Unentwegt kamen ihr die Worte von Eva Engel in den Sinn. *Sag, dass du von Ludwig vergewaltigt worden bist! Sag, dass du ...*

»Hat es dir Spaß gemacht?«

Sie erschrak. »Was?«

»Ob es dir Spaß gemacht hat.« Er drehte sich um und hielt auf sie zu. Kurz vor ihr blieb er stehen. »Ob es dir Spaß gemacht hat? Endlich mal mit einem erfolgreichen Mann in der Kiste! Nicht mit einem Loser wie mir. Sag, was hat er dir gezahlt? Hundert? Zweihundert?«

»Hör auf!«, schrie sie ihn an und wirkte dabei mehr verzweifelt als verletzt.

»Na komm. Jetzt kannst du es ja sagen. Wie lange ging das mit euch? Hast du dich schick gemacht für ihn? Oder warst du ...«

»Er hat mich vergewaltigt!«, hörte sie sich ausstoßen und wusste, dass sie nun nicht mehr zurückkonnte.

Thomas verstummte. Nur sein Atem war noch zu hören, der in seiner Frequenz schneller wurde. Sie zuckte zusammen, als eine Hand aus der Hosentasche glitt und ihr näher kam. Er fasste unter ihr Kinn und zog ihr Gesicht zu seinem, um ihr in die Augen blicken zu können.

»Sag das noch mal ...« Thomas wirkte bedrohlich. Sie konnte nicht ausmachen, ob dieser Zustand ihr oder Ludwig galt.

»Ich wollte das nicht. Glaub mir.« Tränen sammelten sich in ihren Augen, die einen Moment später über ihre Wangen liefen.

Er ließ von ihr ab und ging wieder zum Fenster. »Warum hast du nichts gesagt?«

»Weil du ihn umgebracht hättest.«

Thomas nickte. Er wirkte, als hätte er sich wieder gefangen. »Wer weiß es sonst noch?«

Christine dachte an Eva. Sie haderte mit sich. Doch was, wenn er erfuhr, dass auch sie wusste, dass die Zwillinge nicht von ihm waren? Er würde sie aufsuchen. Die Gefahr war groß, dass die Wahrheit über diese Nacht doch noch ans Licht käme.

»Niemand«, erwiderte sie leise und beließ es bei diesem einen Wort.

»Das bleibt auch so«, brummte er mahnend, ohne sich umzudrehen. »Mir reicht es, wie mich alle anstarren, wenn ich durch den Ort gehe. Mit ihren mitleidigen Blicken! Ich lass mir nicht auch noch Hörner aufsetzen.«

»Aber denk doch daran, dass unsere Kinder sein Vermögen ...«

»Ach, daher weht der Wind!« Er drehte sich um und visierte sie mit zusammengekniffenen Augen an. »Das Geld meines Herrn Bruders soll uns wieder auf Spur bringen. Ist es das, was du willst?«

»Ich, ich dachte nur, wenn er schon ...« Sie stotterte.

»Was ... wenn er schon?« Er wurde laut. »Du denkst, wenn er dich schon geschwängert hat, dann kann er auch dafür bezahlen? Ist es das, was du denkst?«

Christine wagte es nicht, ihm darauf zu antworten. Er wandte sich von ihr ab und blickte aus dem Fenster.

»Keinen Cent will ich von dem. Ich schaffe das auch so. Eher brenne ich die Bude ab. Und seine gleich mit! Hast du verstanden?« Ohne eine Antwort abzuwarten, stürmte er zu ihr und packte sie am Arm. »Eines will ich noch wissen. Hat er es gewusst?«

Christine verharrte einen Moment, dann riss sie sich von ihm los.

»Nein. Er wusste es nicht.«

»Ach ja? Du hättest ihn ja erpressen können.«

Christine stand vom Bett auf und blickte ihm in die Augen. »Weil es für mich nie zur Debatte stand, wer der wirkliche Vater unserer Kinder ist.«

Für einen Moment schaute er sie eindringlich an. Vielleicht hatte sie erwartet, dass er sie in die Arme nehmen würde. Doch Thomas Holzinger drehte sich von ihr weg, kniete sich wieder auf den Boden und griff nach seinem Pinsel. Sorgsam setzte er ihn an der Wand an und strich mit ruhiger Hand über die verschmutzten Stellen. So, wie er es wahrscheinlich am liebsten auch mit dem soeben geführten Gespräch getan hätte.

Ohne sie anzusehen, bat er sie, ihn alleine zu lassen, und ermahnte sie erneut, dass dieses Geheimnis in diesem Raum zu bleiben habe. Zwischen ihm, seiner Frau und dem Interieur. Das ebenso renovierungsbedürftig war wie diese Ehe.

***

Tischler drehte sich in dieser Nacht im Bett hin und her. Er murmelte, trat ins Leere, atmete schwer. Auch wenn er tagsüber Bilder seiner Internatszeit ausblenden konnte, nachts suchten sie ihn heim. Und wirkten realer, als ihm lieb war …

»Jetzt komm endlich! Oder bist du eine Memme? Den schnappen wir uns! Jetzt zeig, was du drauf hast! Los!«

Die Jungs stießen die Tür auf, die für Schüler des Internats tabu war. Doch wer zu den Adlern gehörte, hielt sich nicht an Regeln, sondern machte seine eigenen. Jaulend wie ein Rudel Hunde nahmen sie die Verfolgung auf und trieben den Kerl, den nur noch die Angst auf den Beinen hielt, vor sich her.

Constantin haderte noch kurz mit sich, dann folgte er der Meute, die seinen Mitschüler immer mehr einholte. Einer der Adler drehte sich zu ihm um. Constantin jaulte, wie sie es ihm vorgemacht hatten. So lange, bis der Junge zufrieden grinste und seiner Truppe weiter folgte.

»Da vorne! Er läuft die Holztreppe hoch zum Geheimgang. Da schnappen wir ihn uns!«, rief der Anführer seinem Gefolge zu und wurde schneller.

Der, den sie jagten, kannte Constantin nur zu gut. Es war ein Junge aus dem Zimmer nebenan, der ihm hin und wieder bei den Hausaufgaben geholfen hatte. So, wie man es eben unter Kranichen tat.

»Wir kriegen dich! Dann gibt es Saures!«, rief der, der vor Constantin die Holztreppe erreichte und zwei Stufen auf einmal nahm. »Kommt! Lasst uns dem Vögelchen die Flügel stutzen!« Nach diesem Spruch lachten alle dreckig und blickten andauernd zu Constantin, um zu überprüfen, ob er es auch ernst meinte.

»Ja! Genau!«, quälte sich der junge Tischler heraus und jaulte erneut.

Der Kranich hatte die letzte Stufe der langen Holztreppe erreicht. Constantin wusste, dass er keine Sportskanone war. Doch das Adrenalin ließ ihn um sein Leben laufen. Und das lediglich aus dem Grund, weil er auf dem Pausenhof eine Sekunde zu lange den Falschen angesehen hatte. Vielleicht hatte er sich aber auch einfach zur falschen Zeit am falschen Ort aufgehalten. Es wäre nicht das erste Mal gewesen, dass sich die Adler ein Opfer willkürlich herausgepickt hätten.

Zur großen Verwunderung aller war die Tür, die immer verschlossen war, in dieser Nacht offen. Die Tür, die ins Freie auf die große Steinmauer führte. Der Kranich stieß sie auf und rannte in die Nacht hinaus. Die Meute hinter ihm her. Er zitterte, als der glitschige Erdboden unter seinen Turnschuhen nachgab.

»Endstation!«, rief ihm der Anführer zu, nachdem alle die Steinmauer ebenfalls erreicht hatten. Es nieselte.

»Lasst mich in Ruhe!«, brüllte der Junge verzweifelt seinen Verfolgern entgegen. Er betrachtete die hohe Steinmauer nach unten. Und stellte sich gleich darauf näher an die Felswand.

»Och ... seht ihn euch an! Unser kleiner Kranich wird übermütig. Komm doch her und wehr dich, du Memme!«

»Constantin! Sag ihnen, sie sollen aufhören.« Ein paar kleine Äste knarrten, als der Gejagte immer weiter langsam rückwärts schlich.

Constantin befand sich in einer Zwickmühle. Hatten sie dem armen Kerl nicht bereits genug Angst eingejagt?

»Ja, Constantin. Hilf ihm!«, grölten die anderen johlend und schoben ihn nach vorne.

Er stand nun dem Opfer gegenüber.

»Jetzt kommt deine Bewährungsprobe. Bist du ein Adler oder weiterhin ein Kranich?«

Er spürte Hände auf seinen Schultern, die fest zudrückten. Die Jeans seines Mitschülers war im Schritt dunkler als an den anderen Stellen. Er sah ihm direkt in die Augen. Constantin spürte die Leere in dessen Blick, aber auch die Verzweiflung. Eine weitere Hand lag auf seinem Rücken. Dann fühlte er den Atem des Anführers an seinem Ohr.

»Mach ihn fertig«, flüsterte der ihm zu und drängte ihn weiter auf den Kranich zu.

»Bleib weg von mir!«, rief der Junge und trat auf das nasse Laub.

Als er seitlich wegrutschte, schien für einen Moment die Zeit stillzustehen. Er machte einen Ausfallschritt und griff nach den Felsen, die ihm Halt geben sollten. Doch er verfehlte sie. Seine Arme ruderten wild in der Luft, um das Gleichgewicht wiederherzustellen, aber sein Oberkörper lehnte bereits zu weit über dem Abgrund, als dass Constantin ihm hätte helfen können, wenn er gewollt hätte.

Der Kranich starrte seine Mitschüler an, bevor ihn die Schwerkraft packte und in die Tiefe zog. Er schrie, dann – Stille.

Die knallharten Jungs wagten es nicht, sich zu bewegen. Constantin war der Erste, der aus der Schockstarre erwachte, ein paar Schritte nach vorne machte und hinabblickte. Sein Mitschüler lag unten auf der Wiese und bewegte sich nicht. Ehe er sichs versah, standen zwei der Adler neben ihm. Einer von ihnen packte ihn am Kragen.

»Du sagst kein Wort, verstanden? Sonst bist du dran.«

Constantin reagierte nicht.

Der andere packte ihn ebenfalls. »Ein Wort, und wir erzählen, dass du es warst, der ihn hinuntergestoßen hat. Hast du mich verstanden? Hey! Weichei! Ob du mich verstanden hast? Hey! Ich rede mit dir …«

»Ja!«

Tischler schnellte mit seinem Oberkörper hoch. Er brauchte eine Weile, um zu begreifen, wo er war. Sein Wecker auf dem Nachttisch zeigte kurz nach vier an. Sein Herz schlug ihm bis zum Hals. Es war nicht das erste Mal, dass er von jener Nacht geträumt hatte. Doch so intensiv war der Traum schon lange nicht mehr gewesen. Er machte Licht und rieb sich den Schweiß aus dem Gesicht. Kraftlos legte er sich auf sein Kissen und schaute an die Decke. Wieder und wieder sah er im Geiste seinen Mitschüler, wie dieser ihn anstarrte.

Tischler erinnerte sich, wie er nach unten gerannt war und bemerkt hatte, dass der Kranich noch lebte. Wie er ins Haus zurücklief, den Feueralarm auslöste und unbemerkt in sein Zimmer verschwand, um sich etwas Trockenes anzuziehen. Und wie er mit all den anderen Mitschülern kurz darauf geordnet nach draußen trottete, wie sie es bei den monatlichen Feuerübungen gelernt hatten. Und er erinnerte sich, wie ein Raunen durch die Reihen ging, als der Sportlehrer den Schüler auf dem Rasen vor der großen Steinmauer entdeckte und den Notarzt verständigte.

Nachdem sein Puls wieder ein normales Niveau erreicht hatte, deckte sich Tischler zu und löschte das Licht. Einen Augenblick später schaltete er es erneut an und setzte sich auf. Der Blick! Es war der Blick, der ihn nicht mehr losließ. Diese grünen Augen und das schmale Gesicht. Auch wenn sie damals Jungs gewesen waren, die Konturen des Gesichts, der Mund … Er würde jeden auf der Straße wiedererkennen, den er aus seiner Jugend kannte. Vielleicht nicht mit Namen, jedoch wüsste er, dass man sich kannte.

»Gerd!«, erinnerte er sich. Jedoch nicht an den Nachnamen. Und er wusste, dass er ihn vor ein paar Tagen gesehen hatte.

Den Kranich von damals.

DER FEIGE HUND

Obwohl es am nächsten Morgen etwas frisch war, hatte Tischler nochmals angehalten und das Verdeck seines Jaguars geöffnet. Für ihn galt seit jeher: Sonne sticht Temperatur. Und was gab es Schöneres, als nach so einer Nacht den Endorphinhaushalt ein wenig in die Höhe zu treiben.

Als er durch den Torbogen des Internats fuhr, hatte der Unterricht bereits begonnen. Vereinzelt waren noch ein paar Schüler unterwegs, die entweder in den Genuss einer Freistunde gekommen waren oder Besseres zu tun hatten, als sich hinter die Schulbank zu klemmen und Daten in sich aufzusaugen.

Da Tischler nicht vorhatte, eines der Internatsgebäude zu betreten, parkte er seinen Wagen vor den Stallungen. Gerade als er aussteigen wollte, öffnete sich das große Tor. Ein alter Bekannter kam mit einer Schubkarre heraus. Es war derselbe Mann, den er bei seinem letzten Internatsbesuch verfolgt hatte. Und, wie er vermutete, auch der, der ihm in der letzten Nacht bis in seine Träume gefolgt war.

Der Kommissar bewegte sich nicht. Ganz ruhig blieb er sitzen und blickte aus seinem Wagen heraus zu dem Mann, der sich mit seiner Karre schwertat. Pferdegeruch strömte aus dem

Inneren der Stallungen, die ihn immer schon ans Oktoberfest erinnert hatten, seit er ein kleiner Bub war. Wo er reiten durfte und sein Opa ihn mit dem ledernen Gurt auf dem Sattel gesichert hatte, damit er nicht herunterfiel.

Als der Mann sich umdrehte und wieder nach seiner Schubkarre griff, entdeckte er Tischlers Jaguar. Ihre Blicke trafen sich durch die Windschutzscheibe. Tischler wusste in diesem Augenblick ganz genau, warum er nochmals hierhergekommen war. Jetzt war er sich ganz sicher. Der Kranich aus dem Traum war dieser Mann, der Jahre später an seinen Unglücksort zurückgekehrt war. Aus welchen Gründen auch immer.

»Servus, Gerd«, machte Tischler den Anfang und setzte seine Sonnenbrille ab.

Der Mann an der Karre stand wie angewurzelt da. Als Tischler jedoch Anstalten machte, aus seinem Wagen auszusteigen, warf er die Schubkarre um und verschwand in den Stallungen, bevor er das Tor schloss.

Wie ein Blitz sprang Tischler aus dem Wagen und nahm die Verfolgung auf. Jedoch nicht so, als würde er einen Verdächtigen verfolgen. Er wollte vorsichtig vorgehen. Als er das Tor öffnete und in die Stallungen blickte, bemerkte er ihn, wie er hinkend versuchte, das andere Ende des Gebäudes zu erreichen, wohl wissend, dass er durch sein Handicap keine Chance gegen den gesunden Hauptkommissar hatte. Doch vermutlich wollte er es ihm nicht leicht machen. Und sei es nur der Ehre wegen.

»Gerd, so bleib doch stehen! Ich will nur mit dir …«

»Was willst du!«, brüllte Gerd ihn an, während er sich umdrehte und sich eine Mistgabel krallte, die neben einer der Pferdeboxen lehnte. Die Sehnen drückten sich aus den dünnen Unterarmen heraus. Er wollte wohl angsteinflößend wirken, aber seine blaue Latzhose hing an seinem schlaksigen Körper, als wäre sie fünf Nummern zu groß. Die schwarzen

Haare hatte er sehr kurz geschoren. Alles an ihm wirkte klein und verletzlich.

Tischler blieb stehen und hielt sich schützend in ein paar Metern Entfernung die Hände vor den Körper. »Was willst du denn mit dem Ding …«

Gerd Schütt stellte die Mistgabel zurück und sank auf einen Strohballen, der sich neben ihm befand. Tischler gab ihm noch einen Moment, dann näherte er sich ihm langsam.

»Ist lange her«, eröffnete er das Gespräch.

»Ja?« Schütt blickte geradeaus ins Leere. »Für mich ist jeder Tag, als wäre es gestern gewesen.«

»Wie geht es dir?« Tischler setzte sich ihm gegenüber in sicherer Entfernung ebenfalls auf einen Strohballen.

»Alles super«, antwortete sein ehemaliger Klassenkamerad mit einem süffisanten Unterton. »Wie du siehst, lebe ich meinen Traum. Abgesehen von den Angstzuständen, der kaputten Hüfte und den unaufhörlichen Schmerzen geht es mir hervorragend!«

Selbst Tischler, der als Polizist geübt war, professionelle Distanz zu den Dingen zu halten, war mit dieser Situation überfordert. Es war dem Kommissar anzumerken, dass es ihn nicht kalt ließ.

»Es tut mir sehr leid, was damals passiert ist …«

»Was genau? Dass du deinen Schwur gebrochen hast oder dass du mir nicht geholfen hast? Oder vielleicht, weil du mitgemacht hast, du Verräter?«

Tischler musste sich eingestehen, dass sein Gegenüber recht hatte. Mit allem, was er von sich gab. Er hätte in diesem Augenblick nichts entgegnen können, das ihn von seiner Mitschuld reingewaschen hätte.

»Glaube mir, es vergeht kein Tag, an dem ich nicht an diese Nacht denke.«

»Na, dann haben wir etwas gemeinsam. Insofern ist ja alles gut.« Schütt lachte abfällig, griff mit beiden Händen nach seinem Oberschenkel und korrigierte das Bein etwas.

»Weißt du, Gerd, die hatten mich damals auch auf dem Schirm. Die hätten mich fertiggemacht, wenn ich ihnen nicht versprochen hätte, mich ihnen anzuschließen. Für mich war es seinerzeit der einzige Ausweg.«

Schütt prustete nur und zupfte am Heuballen herum. Tischler beließ es dabei. Für eine Weile saßen beide einfach nur da und schwiegen sich an.

»Warum arbeitest du ausgerechnet hier? Ich meine, wie kannst du denn damit irgendwann abschließen, wenn du jeden Tag …«

»Mein Therapeut hat es mir empfohlen. Eine Form der Angstbewältigung.«

Tischler nickte. Er sah ihn aus den Augenwinkeln an. »Die Kraniche vor meiner Tür … sind die …«

»Jepp! Damit du nicht vergisst, was du einmal geschworen hast.«

Tischler wusste nicht, was er darauf erwidern sollte. Wochenlang hatte ihn jemand mit seiner Vergangenheit konfrontiert, und plötzlich saß ihm dieser Jemand gegenüber und verstand diesen Psychoterror als das Normalste von der Welt. In Anbetracht der Tatsache, dass der damalige Vorfall Schütts Leben aus der Bahn geworfen hatte, wagte er es nicht, ihm diese regelmäßigen Präsente vor seiner Wohnungstür zum Vorwurf zu machen.

»Brauchst du Hilfe? Ich meine, warum sonst legst du mir die Kraniche vor die Tür? Hättest ja mal eine Nachricht hinterlassen können.«

»Ich hatte gehört, dass ein gewisser Hauptkommissar Tischler nach Brunngries kommt. Respekt, kann ich nur sagen. Ich dachte, es dauert länger, bis du dich traust, hier aufzuschlagen.« Er sammelte seine Kräfte und stand auf. »Irgendwann brauch ich dich. Und ich gehe davon aus, dass du dann da bist!«

Tischler erhob sich ebenfalls. »Warum hast du eigentlich damals bei der Polizei geschwiegen? Es hieß, du wärst einfach bloß ausgerutscht?«

Schütt blieb stehen und drehte sich zu Tischler. »Was hätte es wohl gebracht? Glaubst du, die hätten Ruhe gegeben, wenn ich die verpfiffen hätte? Es wäre ewig so weitergegangen. Verräter leben nicht lange.«

Er öffnete das Tor und trat nach draußen. Ein paar Jungs standen vor den Stallungen und rauchten.

»Schaut, dass ihr euch schleicht. Hier ist alles voller Stroh und Holz. Irgendwann fackelt ihr mir noch alles ab«, rügte Schütt die Schüler, die unerschrocken weiter an ihren Glimmstängeln zogen, als sie ihn wahrnahmen.

»Chill mal, Quasimodo. Du hast uns überhaupt nichts zu sagen«, blaffte einer der Jungs und kam Schütt dabei gefährlich nahe.

Tischler stellte sich neben Schütt und sah die Jungs einfach nur an.

»Is was?«

Tischler ging auf die Schüler zu und blieb so nah vor ihnen stehen, dass keine Hand dazwischen passte. »Ich chill dir gleich eine, du Rotzlöffel. Keine Haare am Sack und einen auf dicke Hose machen. Ich betonier dir eine, dass du dich jedes Mal einnässt, wenn du einen siehst, der mir auch nur ein bisschen ähnelt. Ich hab ab jetzt ein Auge auf euch. Auch wenn ihr mich nicht seht, ich bin da. Und wenn ich euch noch einmal dabei erwische, wie ihr respektlos gegenüber euren Mitmenschen seid, dann komme ich wieder. Und dann reiße ich euch diesen Oberlippenflaum, den ihr Bart nennt, einzeln aus. Hamma uns?«

»Wer bist denn …«

»Ob wir uns hamm?« Tischler kam den Burschen mit seinem Gesicht noch näher und stierte sie abwechselnd gefährlich an.

»Ja«, kam es kleinlaut zurück.

»Und hört mit dem Rauchen auf. Ihr seid ja schon ganz grün im Gesicht. Abflug!«

Das ließen sich die Jungs nicht zweimal sagen und zogen ab. Tischler drehte sich zu Schütt um. Ein leichtes Lächeln stand auf dessen Gesicht.

»Warum, Tischler? Warum nicht damals?«

»Weil ich ein feiger Hund war.«

Schütt nickte, dann sah er auf den Jaguar. »Schicker Wagen. Ist toll, wenn man seine Ziele erreichen kann.«

Tischler ging darauf nicht ein. Stattdessen griff er in die Innentasche seiner Jacke und drückte Schütt eine Visitenkarte in die Hand. »Tag und Nacht, ja?«

Schütt drehte sich um und stellte die Schubkarre wieder auf. Wortlos verschwand er in den Stallungen und schloss die Tür. Für Tischler ein Zeichen, dass er besser fahren sollte. Er stieg in seinen Jaguar und startete den Motor. Dann fuhr er langsam vom Internatsgelände. Im Rückspiegel beobachtete er Schütt, der mit einer Mistgabel aus den Stallungen kam und das Stroh, das zuvor aus der Schubkarre gefallen war, hineinschaufelte.

Tischler atmete tief durch. Er war sich nicht sicher, ob es ihm nach dieser Unterhaltung nun besser oder schlechter ging. Er rechnete es Schütt hoch an, dass er ihn zumindest angehört hatte, und hoffte insgeheim, dass er seine Hilfe irgendwann einfordern würde. Und dann würde er für ihn da sein. Ganz bestimmt.

***

»Servus, Luise. Waren Anrufe für mich? Polizeioberrat? Bürgermeister oder sonst irgendjemand, der mir heute auf den ...«

»Servus, Constantin«, unterbrach ihn Fink, der aus dem Gemeinschaftsraum schoss, als er Tischler hörte. »Da bist du ja.«

»Servus, Felix.«

»Wartest du auf einen Anruf?«, hakte Luise neugierig nach.

»Nein, Luise. War nur spekulativ. Auch niemand in meinem Büro?« Luise und Fink verneinten. »Also kann es noch ein guter Tag werden.«

»Das heißt ...«, setzte Fink an, »da ist doch was in deinem Büro. Ich habe eine Kiste auf deinen Schreibtisch gestellt.«

Tischler atmete erleichtert aus. »Was für eine Kiste?«

»Die ist von der KTU zurückgekommen. Holzingers Sachen, die untersucht wurden.«

Fink folgte Tischler in sein Büro, wo der die Sachen nochmals in Augenschein nahm.

»Wo warst du denn heute Vormittag?«

Tischler öffnete die Kiste. »Ach, ich hab da noch was erledigen müssen. Privat.« Er holte einen durchsichtigen Beutel heraus und sah sich den Inhalt an. »Eine goldene Rolex und drei Ringe. Dass uns das nicht aufgefallen ist? Wer geht mit dem ganzen Klimbim in die Wanne?«

Fink zuckte mit den Schultern und griff ebenfalls in die Kiste. »Mei, wenn du dich umbringen willst ... Ich glaube nicht, dass du da noch daran denkst, deinen Schmuck abzulegen. Manche wollen vielleicht hübsch ausschauen, wenn sie gefunden werden. Oder erfolgreich ... Schau!« Er hielt Tischler eine Tüte vors Gesicht, in der ein Tresorschlüssel aufblitzte.

»Hat die Spusi eigentlich einen Tresor in der Villa gefunden?«

»Nein. Dann lass uns gleich noch mal hinfahren. Vielleicht entdecken wir doch noch irgendwas Brauchbares.«

Fink griff erneut in die Kiste. Tischler schmunzelte innerlich, mit welch großem Interesse sein Schützling das Objekt der Begierde betrachtete.

»Das ist ein Damenslip.«

»Ich weiß«, bestätigte Fink schnippisch.

»Da, wo das Schleiferl ist, ist vorne.«

»Sag mal, Constantin, glaubst du, ich hab so was noch nie gesehen?«

»Sorry!« Tischler hielt seine Hände schützend vor seinen Körper. »Ich wollte nur behilflich sein.«

Fink legte den Slip zurück in die Kiste und warf seinem Chef einen mahnenden Blick zu. Dann schnappte er sich den Tresorschlüssel und verließ das Büro. Tischler sah ihm hinterher, schmunzelte und folgte ihm. Vielleicht war es an der Zeit, dass Fink im näheren Umfeld in der Damenwelt ermittelte? Diesen Gedanken behielt er jedoch für sich.

»Wer da wohl irgendwann einzieht?«, überlegte Fink laut, nachdem er vor Holzingers Villa den Motor des Dienstwagens abgestellt hatte.

»Irgendjemand, der es erbt. Oder mehrere Erben. Gleich darauf streiten sie sich, jahrelang streiten ihre Anwälte miteinander und letztendlich wird es verkauft und das Geld untereinander aufgeteilt.« Sie stiegen aus dem Wagen. »Vielleicht hat er es uns beiden vererbt. In dem Fall wohnst du oben und ich unten.«

»Freilich. Damit du den Garten hast«, beschwerte sich Fink.

»Siehst du? Geht sofort los mit dem Streit.«

Tischler holte den Schlüssel hervor, den ihnen Tereza überlassen hatte. Plötzlich blieb er stehen.

»Siehst du, was ich sehe?«

Fink trat vor die Haustür der Villa und blickte auf das zerstörte Siegel. »Da war jemand drin.«

Beide zückten ihre Waffen. Tischler steckte vorsichtig den Schlüssel ins Schloss und öffnete die Tür. In der Villa teilten sie sich auf. Vielleicht war der Einbrecher noch im Haus.

Tischler bedeutete Fink, dass der sich im Erdgeschoss umsehen solle. Er würde sich das obere Stockwerk vornehmen.

Als Tischler die erste Stufe betrat, kam ihm Moser in den Sinn und wie er ihn fast die Treppe hinabgestoßen hätte. Diesmal war er auf einen derartigen Angriff gefasst. Stufe für Stufe zog er sich nach oben und betrat den langen Flur. Er brachte sich neben der Schlafzimmertür in Stellung und versetzte ihr mit dem Fuß einen sanften Stoß. Im nächsten Moment hielt er seine Waffe mit ausgestreckten Armen in den Raum und blickte sich um. Genauso ging er bei Büro und Badezimmer vor. Nichts. Vorsichtig schlich er wieder nach unten, um Fink zu unterstützen. Der wartete bereits und steckte seine Waffe zurück ins Holster.

»Nichts. Bei dir?«

Tischler verneinte. »Sieht auch alles ordentlich aus. Wenn hier jemand etwas gesucht hat, dann gezielt.«

»Vielleicht den hier?« Fink wedelte mit dem Tresorschlüssel.

Sie machten sich daran, nochmals die Villa nach einem Tresor zu durchforsten. Doch weder hinter den Bildern an der Wand noch in den Schränken war etwas zu finden. Tischler betrachtete den Schlüssel genauer.

»Da ist eine Nummer drauf. Check das nachher doch mal, ob der zu einem Bankschließfach gehört.« Er wedelte mit ein paar Fahrzeugscheinen, die er aus Holzingers Büro hatte. »Lass uns jetzt in die Garage gehen und seinen Fuhrpark mit denen hier vergleichen.«

Die Leuchtstoffröhren an der Decke surrten, als Fink den Lichtschalter betätigte. Jedem Autonarren wären bei diesem

Anblick die Augen übergegangen. Holzinger hatte nicht nur ein Händchen gehabt, was seine Inneneinrichtung betraf, er hatte auch ganz genau gewusst, wie er sich standesgemäß außerhalb seiner vier Wände perfekt in Szene setzte. Es wäre ein Leichtes gewesen, die große Garage mit ein paar sündhaft teuren Neuwagen zu bestücken. Ludwig Holzinger hatte zeitlebens sicherlich die finanziellen Möglichkeiten dafür gehabt. Er hatte es jedoch vorgezogen, sich lieber an seltenen und vor allen Dingen älteren Modellen zu erfreuen.

Fink strich gedankenversunken mit seinen Fingern über den hochglanzpolierten Tank einer Harley Davidson Sportster.

»Hast du einen Führerschein dafür?«

Fink riss diese Frage aus seinem Tagtraum. Sicher stellte er sich vor, wie er mit dem Ofen durch Brunngries cruiste.

»Nein. Mich hat es damals dermaßen mit dem Mofa geschmissen, da hab ich es gelassen. Aber schön ist die auf jeden Fall.«

Tischler blieb vor einem hellblauen Mercedes 450 SEL stehen, suchte den dazugehörigen Fahrzeugschein und legte ihn auf die Motorhaube. Selbiges wiederholte er bei dem 64er Austin-Healey, der schneeweißen Shelby Cobra und dem roten Alfa Romeo 1900 Sprint, der optisch überhaupt nicht in diese Auswahl passte. In Tischlers Hand befand sich noch ein Fahrzeugschein. Jedoch fehlte dazu der passende Wagen.

»Felix, hier fehlt ein Wagen.«

»Was ist es denn für einer?«

Tischler begutachtete den Schein etwas genauer. »Ein Porsche 356 SC Baujahr ... 65.«

Fink wischte auf seinem Handy und tippte drauf los. Nach einer Weile hielt er Tischler das Display entgegen. »So sieht der aus. Ist eine Rarität. Nur schwer zu bekommen. Ist je nach Zustand gut über hundert Mille wert.«

Tischler musterte die anderen Autos. »Wie wahrscheinlich fast jeder, der hier steht.« Er stemmte eine Hand in die Hüfte und kratzte sich am Hinterkopf. »Mein lieber Schwan! Da tummelt sich ein ganz schöner Wert in dieser Garage. Bleibt die Frage offen: Wo ist der Porsche?«

»Was, wenn er ihn verliehen hat?«

Tischler schloss diese Möglichkeit aus. Ein Mann wie Holzinger verlieh vielleicht eine Heckenschere oder einen Betonmischer. Doch seine Autos gab der sicher nicht aus der Hand. Er überreichte Fink den Fahrzeugschein des Porsches.

»Den schreiben wir zur Fahndung aus. Wenn wir den Wagen finden, haben wir vielleicht auch Holzingers Mörder. Sag mal, Felix, Holzingers Hausbank, ist das die hier in Brunngries?«

Fink überprüfte die Aufzeichnungen auf seinem kleinen Block. »Ja, ist sie. Warum?«

»Weil wir da jetzt hinfahren und denen den Tresorschlüssel zeigen. Vielleicht haben wir ja Glück und Holzinger hatte dort ein Schließfach. Wenn nicht, fragen wir beim Finanzamt nach. Sofern er ein Schließfach angemeldet hat, sollte auch die Bank das gemeldet haben. Nur dumm, wenn er ein Schließfach bei einer privaten Vermögensbetreuung hatte. In dem Fall wird's schwierig.«

***

»Da muss ich Sie leider enttäuschen, meine Herren. Dieser Schlüssel gehört zu keinem unserer Schließfächer. Aber Sie können es herausfinden, wo Herr Holzinger …«

»Ja, das wissen wir«, unterbrach Tischler den Filialleiter von Holzingers Hausbank. »Ist es denn möglich, uns die Kontobewegungen der letzten Monate offenzulegen?«

»Selbstverständlich. Bitte folgen Sie mir ins Nebenzimmer.«

Der etwas dickliche Mann mittleren Alters mit dunkelblondem Haarkranz zeigte sich sehr engagiert gegenüber den Beamten und wies eine Mitarbeiterin im Vorbeigehen an, den Herren Kaffee zu bringen.

Im Nebenraum zog er die Computertastatur zu sich und fegte über die Tasten. Einen Augenblick später erhob er sich und zerrte sein dunkelblaues Jackett in Form.

»Bitte, die Herren. Frau Busch bringt Ihnen gleich noch einen Kaffee. Wenn Sie etwas benötigen, ich bin nebenan.«

»Danke für Ihre Kooperation, Herr …«

»Steuber.«

»Ja, weiß ich doch.« Tischler lächelte den Mann an. Daraufhin verschwand dieser, ließ allerdings die Tür offen, durch die im gleichen Augenblick Frau Busch ein Tablett mit zwei Tassen brachte und es auf dem Schreibtisch abstellte.

»Milch und Zucker finden Sie hier«, bedeutete sie den Männern.

»Vielen Dank, Frau äh …«

»Busch. Gudrun Busch. Bin schon zwanzig Jahre in dieser Filiale.«

Tischler lächelte auch sie freundlich an, dann setzte er sich. Frau Busch ließ ebenfalls die Tür zum Nebenzimmer offen.

»Nett sind die hier. Warum hast du eigentlich keine Banklehre gemacht?«

Fink sah erstaunt drein. »Warum sollte ich? Siehst du mich nicht bei der Polizei, dass du …«

»Ach, woher! Ich dachte nur, das wäre doch genau dein Ding. Alles so akkurat, Listen, Ordner, die würden dich bestimmt auch deinen Janker tragen lassen. Hier in Brunngries. In München allerdings …«

»Haben die in der Bank eine Waffe?«

Tischler blickte kurz zu Fink auf. »Äh, nein. Aber einen Notfallknopf.«

»Beweisführung abgeschlossen. Waffe sticht Notfallknopf.«

Tischler nippte am Kaffee. »Gar nicht mal schlecht. Also, was haben wir denn da alles …«

Er scrollte sich durch die seitenlangen Buchungen. Er ließ keine Buchung aus. Unaufhörlich nannte er Fink Namen, an die eine Zahlung gegangen war, der diese umgehend in seinem Handy recherchierte. Doch ausnahmslos handelte es sich entweder um Zulieferer oder Subunternehmen. Hie und da eine Zahlung an Arbeiter persönlich, doch etwas Auffälliges war auch eine halbe Stunde später nicht zu finden.

»Komisch. Wie es aussieht, hat alles seine Richtigkeit.«

»Wie meinst du das?«, fragte Fink nach.

»Ich weiß nicht. Das passt alles nicht zusammen. Arbeiter, die auf ihr Geld warten, Aufträge, mit denen er scheinbar zugeschmissen wurde, ein Baulöwe, in dessen Villa Prostituierte ein- und ausgingen und dann … dieses Konto.« Er erhob sich und stürzte den letzten Schluck Kaffee hinunter. »Glaub mir, Felix, jeder hat eine Leiche im Keller. Wir müssen tiefer graben. Es sei denn, sie ist so nah vor uns, dass wir sie nicht wahrnehmen.«

»An wen denkst du?«

Tischler schob Fink aus dem Zimmer und schlug hinter sich die Tür zu.

»An einen, den wir vielleicht nochmals besuchen sollten.«

EINE GANZ NEUE
DIMENSION

Den Weg zum Rathaus hätten die beiden an diesem Morgen auch zu Fuß nehmen können. Der Himmel war blau, die Temperatur angenehm frisch und die Entfernung auch für einen Fußkranken fast lächerlich. Doch die Sheriffs in den Western ritten auch stets zum Saloon, wenn es dort Ärger gab. Es war viel cooler, nach einem Fünf-Sekunden-Ritt vor Ort lässig von einem Pferd abzusitzen, als die Cowboys rufen zu hören: *Seht, jetzt herrscht hier bald Ordnung! Ich kann ihn schon sehen. Jetzt wechselt er die Straßenseite! O nein, hat er die Pfütze nicht bemerkt? Nur noch die eine Kutsche, dann kann er ungehindert zu uns herüberkommen!* Völlig unvorstellbar.

»Guten Tag, Tischler, Hauptkommissar. Das ist mein Kollege Fink.«

»Wir kennen uns. Grüß dich, Felix, wie geht's denn?« Die junge Sekretärin des Bürgermeisters lächelte den Polizeiobermeister an.

»Gut, danke. Und dir?«

»Ganz okay. Viel los momentan. Mein Papa hat letztens deine Mama getroffen, hat er erzählt.«

»Ja, die Mama«, lachte Fink. »Die ist immer unterwegs.« Er spähte zu Tischler. »Die Konstanze ist die Tochter vom Ziegler Rudi, der der Mama die Küche eingebaut hat.«

»Interessant«, meinte Tischler teilnahmslos und widmete sich wieder der Sekretärin. »Wir hätten gerne den Bürgermeister gesprochen.«

»Um was geht es denn?«

»Internes.«

»Das heißt?«

»Dass es intern ist.«

Sie stand von ihrem Bürostuhl auf und schob einen Ordner zurück ins Regal. »Bürgermeister Gmeinwieser ist auf einem wichtigen Außentermin. Ich kann nicht sagen, wann er wiederkommt.« Sie setzte sich und blickte ratlos drein.

Flüchtig lächelte sie Fink zu und strich sich ihre blond gefärbten langen Haare hinter die Ohren. Ihr breiter Haaransatz verriet, dass sie eigentlich dunkelhaarig war, und schrie bereits nach einem Termin beim Friseur. Das Gesicht wirkte freundlich. Tischler schätzte sie auf Ende zwanzig. Sportliche Figur, die sie jedoch unter ihrem grauen Kapuzenpulli versteckte, den Tischler für völlig unangemessen für eine Sekretärin im Vorzimmer eines Bürgermeisters hielt.

Vielleicht war es von Vorteil, dass der Bürgermeister nicht zugegen war. Eine Sekretärin bekam sicherlich einiges mit. Zeit, die Strategie zu ändern und sie den Gegebenheiten anzupassen. Wer hörte es nicht gerne, wenn seine Arbeit geschätzt wurde.

»Bestimmt keine leichte Aufgabe, die Sie tagtäglich verrichten müssen. Wo sind denn Ihre Kolleginnen?«

»Ich bin hier ganz alleine«, erklärte sie dem Kommissar mit weit aufgerissenen Augen.

»Nicht Ihr Ernst! Bei all der Arbeit, die hier tagtäglich anfällt?«

»Wem sagen Sie das! Ich könnte sehr gut eine Schreibkraft gebrauchen. Aber wenn keine Stelle geplant ist …«

»Respekt! Oder?« Er sah beifallheischend zu Fink.

»Ja, Wahnsinn«, pflichtete der ihm bei.

»Kaffee?«, bot sie an und zog die randvoll gefüllte Kanne bereits aus der Maschine, was den Tropfen, der dadurch aus dem Filter auf die Heizplatte fiel, zischend verdampfen ließ.

Tischler schaute neben die Kaffeemaschine auf die angebrochene Kaffeepackung. Der HERZHAFTE von Brunello. Er lächelte die Sekretärin an.

»Sehr gerne.«

Sie goss zwei Tassen ein und stellte sie den beiden auf den Schreibtisch.

Tischler nippte. »Sehr gut ist der«, flunkerte er.

»Ja, den trinkt der Herr Bürgermeister Gmeinwieser am liebsten.«

Tischler stellte die Tasse ab und tat geheimnisvoll.

»Sagen Sie, Frau …«

»Ziegler«, half Fink aus.

»Danke, Felix. Sagen Sie, die Bauanträge … laufen die alle bei Ihnen auf?«

»Ui, da kenne ich mich überhaupt nicht aus. Das macht alles der Herr Bürgermeister Gmeinwieser selbst. Er sieht ja, was ich hier schon für Arbeit habe. Da nimmt er mir das ab.«

»Verstehe. Wenn jetzt aber der Herr Holzinger …«

Sie lehnte sich zurück und schüttelte den Kopf, während sie die Augen verdrehte.

»Mei! Der Ludwig … Wenn der hier angerufen hat und ich ihn zum Bürgermeister Gmeinwieser durchgestellt habe, da ging es manchmal rund!« Sie lachte. »Die beiden waren oft wie Feuer und Wasser und danach wieder ein Herz und eine Seele.« Sie beugte sich nach vorne und wurde andächtig. »Stimmt das, dass der ermordet wurde?«

»Ja, leider. Wir …«

»Wir haben ihn bei sich daheim in der Ba…«

»Ich wollte sagen, wir ermitteln in dem Fall«, grätschte Tischler seinem Kollegen dazwischen.

»Ist echt schlimm! So alt war der ja noch gar nicht.« Sie fasste sich an die Brust.

»Kommen denn viele Bauanträge hier an?«

Sie sah den Kommissar mitleidig an. »Wie gesagt, das landet alles beim Bürgermeister Gmeinwieser.«

Tischler nickte verständnisvoll, wollte sie jedoch noch nicht vom Haken lassen, als er hinter sich eine vertraute Stimme wahrnahm.

»Ah, Besuch. Grüß Gott, die Herren.«

Die beiden Ermittler drehten sich um und erwiderten den Gruß des Bürgermeisters.

»Herr Gmeinwieser, soll ich Ihnen gleich eine Tasse ins Büro stellen?«

»Ja, machen Sie das, Frau Ziegler. Und die beiden Herren … folgen Sie mir in mein Büro.«

Er schritt voran und hing sein senffarbenes Jackett an die Garderobe. Sein Schreibtisch war überfüllt mit Standbilderrahmen. Ein Blick auf die Fotos zeigte jedoch nicht, wie man hätte vermuten können, Familienbilder oder Enkelkinder. Vielmehr zeigten sie ihn selbst mit verschiedenen einflussreichen Personen, mit Pokal beim Golfturnier oder ihn, wie er ein Gebäude einweihte. Und damit ein möglicher Besuch sie nicht übersehen konnte, waren sie allesamt den Besucherstühlen zugewandt. Bürgermeister Gmeinwieser war ein Mann der Sorte, für die es noch bedeutsamere Sachen gab als Geld: Erfolg und Macht.

»Bitte setzen Sie sich. Ich komme gerade von einer Bürgerin unseres schönen Ortes, die heute ihren Neunzigsten feiert. Ein notwendiges Übel. Aber die Leute verlangen nun einmal, dass ich persönlich dort erscheine. Bis zum Achtzigsten reicht mein Stellvertreter. Ich sag ja immer: Hängt der Jubilar nicht am Beatmungsschlauch, dann tut's der Vize auch!« Er lachte dreckig.

Das war also der wichtige Außentermin, von dem die Sekretärin gesprochen hatte.

»Was kann ich denn für Sie beide tun?« Er krempelte seine Hemdsärmel hoch.

»Nun, wie Sie wissen, ermitteln wir ja im Fall Ludwig Holzinger. Uns ist zu Ohren gekommen, dass sich Subunternehmer und kleinere Firmen gerne auf hiesige Bauprojekte eingekauft haben.«

»Ach!« Der Bürgermeister winkte ab. »Das halte ich für ein Gerücht. Hier hat alles seine Richtigkeit, meine Herren. Dienst nach Vorschrift.«

»Wir fragen uns bei diesen Gerüchten natürlich, ob sich vielleicht ein Ludwig Holzinger den Zuschlag für seine Bauprojekte ebenfalls mit einer … sagen wir, Sonderleistung gesichert hat?«

»Quasi als Spende für gemeinnützige Zwecke«, fügte Fink an.

Der Bürgermeister musterte seine beiden Gäste, bis er erneut das Wort ergriff.

»Sehen Sie, meine Herren, als ich damals für das Amt des Bürgermeisters kandidiert habe, da hat mir keiner etwas geschenkt. Da, wo ich heute stehe, das habe ich mir alles mit meinen eigenen Händen erarbeitet. Es bläst Gegenwind, den sitzt man aus, und dann geht es weiter auf den Gipfel. Da kommen einem so manche Wanderer entgegen, die auf halber Strecke kehrtgemacht haben. Dann kommen welche hinterher, die einen anschieben und auf dem Weg unterstützen. Doch am schwierigsten sind die kleinen Steine zu meistern, die auf dem Weg herumliegen. Die, auf denen ›Neid‹ und ›Missgunst‹

steht. Da werden die Ärmel hochgekrempelt und einer nach dem anderen aus dem Weg geschafft. Das ist viel Arbeit und die meisten scheitern daran. Ich bin jetzt bereits in meiner dritten Amtszeit hier in Brunngries. Da macht man sich nicht nur Freunde.«

Tischler hörte zu und versuchte, zwischen den Zeilen zu lesen. Gmeinwieser hatte es drauf, viel zu reden und doch großzügigen Raum für Interpretationen zu lassen. Anscheinend, um später betonen zu können: *Das habe ich so nie gesagt.* Er durchbrach Gmeinwiesers Vortrag über den steilen Weg seiner Karriere.

»Sie meinen also, dass es solche Zahlungen nie gegeben hat?«

Gmeinwieser lachte überheblich. »Wissen Sie, die Leut' da draußen, die reden viel und gern. Ich kann Ihnen versichern, dass wir es hier in Brunngries sehr genau nehmen. Dienst nach Vorschrift – Sie verstehen?«

»Dann gibt es also auch Ausschreibungen für öffentliche Bauprojekte?«, wollte Fink wissen und parkte seine Tasse auf Gmeinwiesers Schreibtisch, der sofort diesen Fauxpas mit einem Untersetzer korrigierte.

»Selbstverständlich. Gleiches Recht für alle. Natürlich liegt es auf der Hand, dass ein Handwerker, der aus der unmittelbaren Gegend stammt, weitaus günstiger kommt. Alleine schon wegen der Kosten, die sich ein Arbeitgeber spart, wenn er seine Mitarbeiter nicht über Wochen und Monate auf Montage schicken muss.« Wieder lachte er. »Da kann der noch so mit einem spitzen Bleistift kalkulieren. Und das hat der Holzinger verstanden.«

Gmeinwieser stand auf und öffnete die Tür. »Seien Sie versichert, der Gemeinderat und ich sind sehr darauf bedacht, dass stets alles vorschriftsmäßig abläuft. Jetzt muss ich aber wieder. Ich erwarte einen wichtigen Anruf, Sie verstehen?«

»Ja, wir auch«, entgegnete Tischler. »Danke für Ihre Zeit.«

»Immer wieder gerne. Für die Polizei steht meine Tür jederzeit offen.«

Unsere Zellen in Traunstein stehen für dich auch jederzeit offen, dachte Tischler, als sie in den Passat stiegen.

»Lass uns nach Traunstein fahren. Gespräche mit Politikern machen mich immer so hungrig.«

Fink startete den Motor. »Leberkäs?«

»Nein. Heute ist mir nach einer Bratensemmel. Irgendwas mit einem reschen Krusterl.«

»Ah, dann weiß ich schon, wohin.« Fink grinste und fuhr los. »Und? Was denkst du über das, was der Gmeinwieser von sich gegeben hat?«

Tischler sah zu seinem Fahrer, dann wieder geradeaus. »Ich glaube, dass der Begriff ›Amigos‹ in Brunngries eine neue Dimension erreicht hat.«

»Mei, ist die guad! Ein richtig resches Krusterl«, schwärmte Tischler mit vollem Mund, als er zum zweiten Mal in seine Semmel vor der Traunsteiner Metzgerei gebissen hatte, die Fink ausgesucht hatte. »Echt schade, dass wir in Brunngries keine Metzgerei mehr haben.«

»Du kennst Luises Meinung«, erinnerte ihn Fink. »Daran bist du schuld, weil du den Weinberger eingesperrt hast.«

»Stimmt nicht. Ich habe ihn nur eingefangen. Eingesperrt hat ihn unser Rechtssystem. Außerdem warst du auch dabei. Die Schuld liegt nicht bei mir allein.«

»Außerdem können wir jederzeit bei der Mama was essen. Die kann uns immer was Feines zaubern.«

Ja, eine feine Magenschleimhautentzündung, feixte Tischler innerlich. Sein Handy klingelte.

»Tischler? Ah, Herr Schwenk!« Er hielt das Handy vor seine Brust und flüsterte zu Fink: »Der Polizeioberrat.«

»Herr Tischler, ich hatte soeben einen Anruf von Bürgermeister Gmeinwieser.«

»Ja, da waren wir gerade. Ist ihm noch etwas eingefallen, das uns bei dem Fall weiterhelfen könnte?«

»Nix *weiterhelfen*«, schlug Schwenk einen anderen Ton an. »Der war stinksauer. Schießen Sie mir bei gewissen Menschen nicht übers Ziel hinaus, hören Sie?«

»Wir haben nur ein bisserl mit ihm …«

»Wie bei einem Verhör wäre er sich vorgekommen, hat er gesagt.«

Tischler putzte sich den Mund mit seiner Serviette ab. Er konnte nicht glauben, dass Schwenk es wirklich ernst meinte.

»Bei einem Verhör fesseln mein Kollege und ich eigentlich immer die Leut'. Der Herr Bürgermeister hat nebenbei Kaffee getrunken. Ich wüsste nicht, dass …«

»Außerdem habe ich von Ihnen bisher kein Fax erhalten. Was ist denn da los bei Ihnen? Ich habe Ihnen doch gesagt, dass Sie mir …?«

»Das habe ich Ihnen schon vor Tagen gefaxt. Wissen S' was, Herr Polizeioberrat? Gleich morgen faxe ich die Unterlagen noch mal los. Da ist bestimmt irgendwas mit der Leitung … Herr Polizeioberrat? Hallo?« Tischler klopfte gegen sein Handy und steckte es grinsend wieder ein, danach biss er genüsslich von seiner Semmel ab.

Fink riss schockiert die Augen auf. »Ein wütender Schwenk ist nicht gut.«

»Ach, der kriegt sich schon wieder ein. Ich bin nicht hierhergekommen, um mit einer Leine um den Hals zu ermitteln. Ich mach das auf meine Art und beiß auch in die Waden, wenn es sein muss. Und da ist es mir völlig wurscht, ob die Herrschaften Bürgermeister sind oder Stadträte oder Metzger.«

»Trotzdem. Wo doch der Schwenk so viel für mich getan hat«, versuchte Fink, zwischen dem Kommissar und dem Polizeioberrat etwas zu schlichten.

»Der hat damals einen angerufen, der einen kennt, der wieder einen angerufen hat. Und der hat dich dann auf der Polizeischule angemeldet. Den Rest hast du ganz alleine geschafft.«

Er zerknüllte die Papiertüte samt Serviette und schleuderte sie in den Mülleimer neben dem Metzgereieingang. Kumpelhaft legte er den Arm um seinen Schützling.

»Felix, ich gebe dir und deiner Nervosität jetzt mal einen guten Rat. Immer erst einmal abwarten und den Unrat vorbeischwimmen lassen. Auf diese Weise regeln sich viele Dinge von ganz alleine.«

Fink starrte den Kommissar an. »Das hast du mir schon einmal gesagt.«

»Ich sage es dir auch gerne noch ein drittes Mal.«

NACHTS IN BRUNNGRIES

Neumond. Der Moment, in dem sich der Mond zwischen Erde und Sonne befindet. Franz Steiner hatte den Zeitpunkt perfekt gewählt. Dass die Straßenlaterne vor der Werkstatt in dieser Nacht den Geist aufgegeben hatte, war ebenfalls nicht dem Zufall überlassen geblieben. Beste Voraussetzungen also, um neugierigen Blicken der Nachbarn entgegenzuwirken. Der Werkstattbesitzer hatte alles bis ins kleinste Detail geplant. Nervös tippte er mit dem Fuß auf den Gehsteig und zündete sich eine weitere Zigarette an, obwohl die, die er einen Moment zuvor weggeschnippt hatte, weiterhin am Boden glimmte. Er blickte die Straße hinab. Erst zur einen, dann zur anderen Seite. Bis auf eine Ratte, die von der Dunkelheit geschützt über die Straße huschte, bewegte sich in dieser Nacht zu jener Stunde nichts.

Steiner sah auf die Uhr. Kurz nach zwei. Seine Verabredung verspätete sich. Er hasste es, wenn ein vereinbarter Zeitpunkt nicht eingehalten wurde. Erneut sah er auf die Uhr und sog tief den Rauch der Zigarette in seine Lungen, bevor er ihn wieder in die Nacht entließ. Von Müdigkeit keine Spur. Das Adrenalin, das in diesem Moment durch seine Adern jagte, hielt ihn wach und aufmerksam zugleich.

Da, endlich war ein Brummen zu hören. Scheinwerfer schnitten eine Schneise ins tiefe Schwarz und blendeten den Mechaniker für einen Moment, als der Winkel ungünstig war. Steiner kniff die Augen zusammen und warf den Glimmstängel fort, der noch einen Moment über den Asphalt rollte, bevor er sich in einen Gully stürzte. Er trat auf die Straße und breitete seine Arme aus, um auf sich aufmerksam zu machen. Zwar wusste er nicht sicher, dass dieser Lastwagen seine Verabredung war, jedoch allein die Tatsache, dass sich sonst niemand um diese Uhrzeit freiwillig in diese Gegend verirrte, ließ die Vermutung zu, dass er und seine Werkstatt das Ziel dieses Brummis waren. Als er nahe genug war, erkannte er das tschechische Kennzeichen. Bingo!

Der Lkw fuhr ein Stück weiter, bevor er bremste und den Rückwärtsgang einlegte. Steiner wies den Fahrer ein. Langsam bewegte sich der Laster mit dem Hänger näher an das bereits geöffnete Werkstatttor. Als er dicht genug herangefahren war, klopfte er zweimal mit der Faust gegen die Bordwand. Nach einem durchdringenden Zischen verstummte der Motor, und die Scheinwerfer erloschen. Daraufhin öffnete sich die Tür der Fahrerkabine. Ein vollbärtiger Mann mit Glatze trat in Sporthose und Muskelshirt mit seinen Badelatschen auf den Tritt, bevor er mit einem Satz von seinem Bock sprang.

»Du bist spät dran«, maulte Steiner den Fahrer an, der diese Begrüßung mit einem gelangweilten Schulterzucken quittierte.

»Ich bin da. Was willst du von mir?«, bellte der Glatzkopf mit Akzent zurück. »Viele Baustellen auf dem Weg. Österreicher und Deutsche immer nur Straße auf, Straße zu. Was macht ihr die ganze Zeit? Sucht ihr was, oder ist euch langweilig? Immer nur auf – zu – auf – zu.«

»Ja, ist ja schon gut. Mach lieber hinten auf.«

Steiner ging in seine Werkstatt und zog die Plane von dem 356er Porsche. Er betrachtete ihn einen Moment und atmete tief durch. Was für ein Jammer! Zu gerne hätte er ihn behalten. Doch in Anbetracht dessen, dass dies kein Auto von der Stange war, war es zu auffällig für einen Ort wie Brunngries.

Der Fahrer des Lkws zog zwei sehr lange Rampen von der Ladefläche, nachdem er die Plane mit einer Holzlatte nach oben auf das Dach des Hängers gehievt hatte.

»Hast du die Kohle dabei? Nicht dass wir das Schätzchen umsonst aufladen.«

Der bärtige Typ kletterte ohne Worte in seine Fahrerkabine und stand einen Moment später mit einem Umschlag vor Steiner.

»Zähl nach«, wies er den Mechaniker an und drückte ihm das Kuvert in die Hand.

Steiners Finger blätterten sich durch die Scheine. Er schaute den Fahrer an. »Und die andere Hälfte, wenn du abgeliefert hast. Ich verlass mich drauf.«

Der Bärtige breitete die Arme aus. »Ich bin nur der Fahrer. Klär das mit Ondrej.«

Steiner warf das Geld auf seine Werkbank, setzte sich in den Porsche und lenkte ihn langsam zur Rampe, die der Tscheche noch mal in der Breite korrigierte, bevor Steiner mit Gefühl den Oldtimer ins Innere des Anhängers fuhr und ihn dort mittig abstellte. Zusammen zurrten sie ihn fest, damit während der Fahrt nichts passieren konnte. Wenig später war von ihm nichts mehr zu sehen.

»Pass auf, dass dich niemand aufhält«, wies Steiner den Mann an.

»Keine Angst. Marek wartet an der Grenze zu Österreich und fährt ein paar Kilometer voraus. Er sagt, wie ich fahren soll.«

»Und halte dich an die Geschwindigkeiten.«

»Jaja!« Der Tscheche stieg auf seinen Bock und ließ den Motor an. Im nächsten Moment fuhr er los und mit ihm entschwand Ludwig Holzingers Bolide, mit dem der sonntags gerne seine Runden durch den Chiemgau gedreht hatte. Den Porsche hatte er sich damals geleistet, nachdem er seinen ersten großen Auftrag an Land gezogen hatte. Er war der Spiegel seines Erfolgs, um den ihn seine Geschäftspartner allesamt beneidet hatten. Es war der Wagen, der ihn immer wieder daran erinnert hatte, dass er alles schaffen konnte. Und dafür war ihm jedes Mittel recht gewesen. So, wie auch Steiner jedes Mittel recht war, um leicht an Geld zu kommen.

Er blickte dem Lkw hinterher, bis er ihn nicht mehr sehen konnte. Wehmütig drehte er sich um. Gerade als er sein Tor von innen verschließen wollte, funkelten ihn zwei Augen an. Steiner zuckte bei dem Anblick. Er bückte sich und strich der Katze übers Fell, während sie sich schnurrend gegen sein Schienbein presste.

»Du hast nix gesehen, hörst du? Und jetzt ab mit dir!«, flüsterte er ihr zu, verabreichte ihr einen leichten Klaps und schloss die Tür. Bevor er sich schlafen legte, packte er den Umschlag mit dem Geld in seinen Tresor. Sicher war sicher. Man konnte nie wissen, wer sich da draußen alles herumtrieb.

Presssack sticht Tod

»Ah, der Herr Kommissar! Gehen S' wieder auf Verbrecherjagd?«

»Guten Morgen, Frau Kneidinger. Na, ich hoffe, dass es ein ruhiger Tag wird.«

Frau Kneidinger, Tischlers Nachbarin von gegenüber, kramte in ihrer Tasche nach ihrem Schlüsselbund und zog die Tür zu. Sie drehte den Schlüssel zweimal im Schloss und versicherte sich durch mehrmaliges Ziehen und Drücken, dass ihre Tür auch wirklich verschlossen war.

Tischler machte indessen seine Tür einfach nur zu.

»Sperren Sie nicht ab?«, fragte sie ihn überrascht und verstaute ihren Schlüssel wieder in der Tasche. Dann griff sie nach ihrem Hackenporsche.

»Mei, Frau Kneidinger, wer bricht schon bei einem Polizisten ein?«

»Einer, der nicht weiß, dass da ein Polizist wohnt.«

Er lächelte sie an und sperrte ihr zuliebe seine Tür ebenfalls ab.

»Gut so«, lobte sie ihn. »Auch wenn wir hier im Ländlichen sind, da draußen läuft ein ganz schönes Gesindel herum. Ich habe immer mein Pfefferspray dabei.«

»Passen S' aber nur auf, dass Ihnen das im Ernstfall keiner abnimmt und gegen Sie verwendet.«

Sie lachte. »Ach, ich hab in meinem Leben so viele Zwiebeln geschnitten, da macht mir das bisserl Pfeffer nichts mehr aus.« Mit wackligen Schritten näherte sie sich dem Kommissar. »Sagen Sie mal, stimmt das, dass der Holzinger tot ist?«

»Ja, der Ludwig Holzinger ist von uns gegangen«, schuf er vorsichtshalber Klarheit darüber, um welchen der Holzingers es sich handelte. Nicht dass Frau Kneidinger im Dorftratsch den Falschen unter die Erde brachte.

»Nachdem, was man so hört, ist er eher gegangen worden, oder?« Sie kniff ihre Augen zusammen und sah dem Kommissar von unten hinauf tief in die Augen.

»Ja, da hat leider jemand nachgeholfen.« Tischler glaubte, in ihrem Gesicht einen Anflug von Mitleid mit Ludwig Holzinger registriert zu haben. Aus ihrem Mund kam jedoch etwas ganz anderes.

»Da hat's nicht den Falschen erwischt«, erklärte sie resolut. »Das war ein Rüpel vor dem Herrn. Ohne Respekt war der und ein Herz hat er auch nicht gehabt.«

Tischler hätte sie am liebsten gerügt. Denn egal, was für ein Mensch Ludwig Holzinger gewesen war, Tote sollte man in Frieden ruhen lassen. Auch wenn der Baulöwe noch nicht unter der Erde war. Doch wenn es der Sache diente …

»Wie meinen Sie das, Frau Kneidinger?«

Sie stemmte sich gegen ihre fest verschlossene Tür. »Jeder kannte den im Dorf und alle haben ihre Meinung zu dem Hallodri gehabt. Und der alte Holzinger hat dem alles durchgehen lassen. Schon als kleiner Bub hätte ich dem am liebsten links und rechts …«

»Das dürfen Sie nicht, Frau …«

»Damals schon!«, unterbrach sie ihn. »Das hätte dem überhaupt nicht geschadet. Alles, was der alte Holzinger damit erreicht hat, war, dass der Rüpel sich alles erlaubt hat. Da hat der falsche Sohn Karriere gemacht. Der Thomas war immer ganz anders. Das war ein feiner Bub. Grüßt mich heute noch, wenn ich meine Runde drehe und an der Pension vorbeikomme.« Sie sah sich nach beiden Seiten um und flüsterte. »Aber der war ja nicht vom alten Holzinger, der Thomas. Den hatte sie mitgebracht.«

»Ist das so?«, tat Tischler erstaunt, obwohl er diese Information ja längst hatte.

»Freilich. Das haben alle gewusst. Aber das ist ein feiner Kerl. So schön immer die Pension mit den Geranien geschmückt. Die geht gut, die Pension.«

»Wirklich?«

»Ja doch. Da übernachten viele. Immer schon. Der hat ja so eine hübsche Frau, der Thomas. So! Jetzt haben S' mich aber ganz schön aufgehalten. Ich muss doch in den Supermarkt. Heut ist der Aufschnitt im Angebot. Wirklich schade, dass Sie den Weinberger verhaftet haben. Das war eine gute Metzgerei. Ich frage mich heut noch, warum seine Frau die nicht weitergeführt hat. Wo ihr der Laden doch gehört hat. Die hatten ein so gutes Fleisch. Da hat sich nix ausgebraten!«

Tischler schnappte sich ihren Hackenporsche. »Warten S', ich trag ihn die paar Stufen hinunter.«

Sie wackelte ihm hinterher und griff nach ihrem Wägelchen, ohne sich beim Kommissar für die Hilfe zu bedanken. »Und, Herr Kommissar … ich hab nix g'sagt, gell?«

»Ach, woher denn. Ich hab eh Schweigepflicht«, versicherte ihr Tischler wenig glaubwürdig.

»Geh!«, rief sie. »Die hat nur ein Arzt. Und die Gefühle. Kennen S' das Lied von der Andrea Berg?« Sie summte den Titel, während sie sich langsam vom Kommissar entfernte.

»Kapiert denn in diesem Ort wirklich niemand, dass der Weinberger eine Frau umgebracht hat?«, murmelte Tischler vor sich hin, während er seiner Nachbarin hinterherschaute. Um nicht für ihren Presssack bis nach Traunstein fahren zu müssen, hätten die meisten anscheinend über diese Kleinigkeit hinweggesehen.

Als Tischler in seinen Wagen stieg, läutete sein Handy.

»Morgen, Felix. Was gibt's?«

»Morgen, Constantin. Ich wollte dir bloß mitteilen, dass seit heute die Baustelle wieder in Betrieb ist.«

»Wunderbar. Dann lass uns uns gleich dort treffen. Ich bin schon so gut wie unterwegs. Vielleicht weiß ja der Polier noch was.«

Er beendete das Gespräch und startete den Motor. Möglicherweise reichte die pure Anwesenheit zweier Polizisten, um den einen oder anderen zu einer Handlung zu bewegen. Denn das eigentliche Tatmotiv, weshalb Ludwig Holzinger sterben musste, stand zu diesem Zeitpunkt immer noch nicht fest. Wobei für einige Dorfbewohner die Tatsache, dass er ein Rüpel und Hallodri gewesen war, bereits ausreichte, wie er an diesem sonnigen Morgen in seinem Hausflur erfahren hatte. Zumindest wäre es für seine rüstige Nachbarin ein astreines Mordmotiv gewesen. Doch die konnte er getrost von der Verdächtigenliste streichen.

»Wir können noch so lange in diesen Pool starren, es wird uns nicht weiterbringen«, mutmaßte Tischler und drehte sich zu seinem Kollegen um. »Außer der Erkenntnis, dass das Wasser von Tag zu Tag dreckiger wird, verrät uns dieses Becken überhaupt nichts.«

»Stimmt. Und eine Treppe wurde immer noch nicht angebracht, um aus dem Teil herauszukommen.«

»Was höchstwahrscheinlich daran liegt, dass wir die Baustelle stillgelegt hatten. Jedenfalls können wir eine Frau als alleinige Täterin ausschließen. Holzinger erst ertränken, ihn danach aus dem Wasser ziehen und in seine Villa verfrachten … das schafft keine Frau alleine.«

Fink pflichtete seinem Chef bei, ging in die Hocke und plätscherte mit seiner Hand im Wasser. »Oder es war eine Gemeinschaftstat.«

»Eine Frau, die einen Mann als Komplizen hatte?«

»Frau und Mann, zwei Männer, zwei Frauen … Theoretisch ist alles möglich.«

Tischler starrte wieder ins Becken. Auf dem Grund sammelte sich stetig weiterer Sand an, der den Boden mittlerweile fast bedeckte. Er stieß Fink leicht in die Seite. »Mir gefällt immer mehr, wie du denkst. Was jedoch viel wichtiger ist: Erinnere mich bitte daran, dass ich mir nie so ein Ding anschaffe.«

»Ah, die Herren sind auch da!«, rief ihnen der Polier zu.

»Grüß Gott, Herr Kugler. Wie ich sehe, ist hier wieder alles voll im Gange«, grüßte Tischler zurück, ohne ihm jedoch die Hand zu reichen.

Er traute ihm nicht. Jemand, der so lange für einen Betrieb arbeitete, betrachtete sich irgendwann als ein Teil des großen Ganzen. Tischler hatte während seiner Laufbahn als Polizist nicht nur einmal beobachtet, welche Emotionen dieser Zustand in einem Menschen freisetzen konnte.

»Jetzt steht der Fertigstellung nichts mehr im Weg. Wir sind sogar noch gut im Plan«, freute Kugler sich.

»Na, sehen Sie. Dann läuft doch alles. Wie geht es eigentlich mit Ihnen weiter, wenn dieses Projekt hier beendet ist?«

Kugler nahm seinen Helm ab und fuhr sich durch die Haare. »Das wird sich zeigen. Vielleicht gibt es ja einen Erben, der sich darum kümmert. Ich könnte mir gut vorstellen, auch weiterhin …« Er verstummte und setzte umgehend seinen Helm wieder auf.

Der Polier nahm plötzlich wie ein Soldat Haltung an. Als hätte ein Oberstleutnant zur Stubenkontrolle das Zimmer betreten. In diesem Fall die Baustelle.

Fink stupste Tischler an und signalisierte ihm mit seinem Blick, dass er sich umdrehen solle. Als er Finks Blick folgte, wusste er, weshalb der Polier plötzlich nervös wurde. Der Oberstleutnant war wirklich im Anmarsch, um die Stube zu kontrollieren. Sogar mit einer Delegation.

»Herr Bürgermeister!«, gockelte Kugler mit ausgestrecktem Arm auf den Mann zu, der in Begleitung des Gemeinderats die Baustelle betreten hatte. Allesamt trugen sie Helme und Gummistiefel, die offensichtlich noch nie zuvor mit Sand oder gar Erde in Berührung gekommen waren.

Der Bürgermeister schüttelte dem Polier die Hand und stellte ihm die Männer sowie die beiden Damen vor, die er im Schlepptau hatte. Während Kugler sich um den Gemeinderat kümmerte, steuerte der Bürgermeister auf die beiden Ermittler zu.

»Meine Herren?«

»Herr Bürgermeister Gmeinwieser?«

»Schön, dass Sie meinem Rat gefolgt sind. Letztendlich hilft es doch niemandem, wenn hier alles stillsteht.«

Tischler ging auf diese Aussage nicht ein. Jedoch hielt er es in Anbetracht der Tatsache, dass dieser Mann sehr wohl Einfluss auf seinen weiteren Werdegang als Dienststellenleiter in Brunngries nehmen könnte, für angebracht, ihn zu beschwichtigen.

»Bitte entschuldigen Sie, wenn wir Ihnen letztens etwas zu nahegetreten sind. Herr Polizeiobermeister Fink und ich erfüllen nur unsere Pflicht und ermitteln routinemäßig …«

»Ach, woher!«, rief der Bürgermeister überschwänglich lachend. »Das ist doch überhaupt kein Problem für mich.

Meine Tür steht Ihnen beiden immer offen. Die Polizei muss man schließlich unterstützen!«

»Schön, dass Sie das so sehen«, quälte sich Tischler ein sanftmütiges Lächeln über die Lippen.

»Jetzt muss ich aber wieder. Sie merken ja, als Bürgermeister ist man stets im Dienst. Fast wie bei Ihnen, nicht wahr?« Er klopfte Tischler und Fink gleichzeitig auf die Schultern und drehte sich zu seinem Gefolge. »So! Dann schauen wir uns einmal an, was wir da genehmigt haben, nicht wahr?« Er klatschte in die Hände und stapfte voran.

»Was für ein …«

»Vorsicht!«, mahnte Tischler seinen Schützling. »Du sprichst vom Bürgermeister von Brunngries. Ein bisserl Respekt, ja?«

Fink verstummte.

»Was für ein schmieriger Typ.«

Fink sah Tischler vorwurfsvoll an. »Ach, du darfst so etwas sagen.«

»Freilich, ich bin ja auch der Sheriff in der Stadt. Pff! *Die Polizei unterstützen.*«

»Hauptsächlich, wenn Wahlen anstehen …«, stieg Fink mit ein. Nach diesen Worten stieß er Tischler mit seinem Ellbogen an. »Schau, der Moser!«

Im gleichen Moment guckte auch Moser zu ihnen herüber. Tischler und Fink gingen auf ihn zu. Auf halber Strecke kam er ihnen entgegen.

»Herr Moser, da sind Sie also schneller wieder auf der Baustelle, als Sie dachten. Dann steht einem sauberen Abschluss ja nichts mehr im Weg, oder?«

Moser wirkte devoter als sonst. »Der Polier hat veranlasst, dass offene Zahlungen umgehend an die Arbeiter angewiesen werden. Sobald die Bank die Freigabe erteilt hat, kommt hier jeder zu seinem Geld.«

»Freut mich zu hören. Insofern können wir davon ausgehen, dass Sie künftig solche Eskapaden wie neulich mit den Armaturen unterlassen?«

Moser nickte und linste zu Fink. »Wann … kann ich denn mit der Anzeige rechnen?«

Fink setzte an, dem Dachdecker zu antworten.

Doch Tischler kam ihm zuvor. »Welche Anzeige?«

Moser blickte Tischler verwundert an. Er fragte nicht weiter nach und verstand den Wink, den ihm der Kommissar gegeben hatte.

»Danke«, sagte er erleichtert, drehte sich um und ging.

Fink sah ihm noch eine Weile hinterher. »Keine Anzeige?«

»Ach, weißt du, ich denk da ja in erster Linie an dich. Die ganze Arbeit, die du damit hast …«

Fink schmunzelte.

Sie gingen zurück zum Wagen. Tischler blieb nochmals stehen und drehte sich um. Die Arbeiter wuselten umher wie Ameisen.

»Was, wenn die doch alle gemeinschaftliche Sache gemacht haben?«

»Was meinst du?«

Tischler verschränkte die Arme. »Stell dir vor, zwei oder drei dieser Jungs hier gehen zusammen am Freitagmittag zu Holzinger und stellen ihn wegen des Geldes zur Rede. Der lacht sie aus und lässt sie stehen. Die sitzen wenig später nach Feierabend am Freitagnachmittag zusammen und schaukeln sich gegenseitig hoch. Sie kommen wieder, ein Wort ergibt das andere und zack … ist es passiert.«

Fink verschränkte nun ebenfalls die Arme und sah zur Baustelle. »Und dann?«

»Dann halten sie alle zusammen, schmieden einen Plan, damit es wie ein Unfall aussieht, und schaffen ihn in seine Villa.

Sie gehen einen trinken und schwören sich gegenseitig, die Sache niemals zu erwähnen.«

Fink wirkte skeptisch. »Denkst du wirklich, dass es so weit kommen kann, dass die sogar vor einem Mord nicht zurückschrecken?«

»Es kann zuerst ja ein Unfall sein. Glaub mir, Menschen im Kollektiv, die das gleiche Ziel verfolgen ... da kann die Stimmung ganz schnell kippen. Bist du noch nie auf einer Demo gewesen?«

»Doch. Während meiner Zeit bei der Bereitschaftspolizei.«

»Dann weißt du ja, was ich meine.«

»Na ja ...«, erinnerte sich Fink. »Das eine Mal war es eine Demo von Erziehern und das andere Mal waren es die Bienenzüchter, weil die Bauern immer mehr Monokultur betreiben.«

Tischler ersparte sich einen Kommentar und setzte seinen Weg zum Wagen fort. Fink folgte ihm.

»Stell dir bloß mal vor, die Regierung würde die Sommerferien um die Hälfte kürzen.«

Fink nickte verständnisvoll. »Da gäbe es Mord und Totschlag.«

»Jeder hat seinen Punkt, Felix, an dem es kein Zurück mehr gibt. Bei dem einen dauert es ein bisserl länger und bei dem anderen ...«

STAMMTISCHPAROLEN

»Pink Floyd – Phil Collins …« Er holte die Platte aus seinem Regal und blickte auf die Rückseite der Hülle. Im nächsten Moment steckte er sie wieder zurück. »Heute nicht. Pet Shop Boys – noch mal Pink Floyd …« Er korrigierte die Position dieser Scheibe und sortierte sie weiter vorne zu den anderen dieser Band ein, damit alles seine Ordnung hatte. Anschließend zog er die nächste heraus und sein Gesichtsausdruck deutete darauf hin, dass die Suche ein Ende hatte. »Das ist genau das Richtige für heute Abend.«

Er befreite die Scheibe von der Hülle und legte sie auf den Plattenteller. Noch kurz eine Runde mit dem Antistatiktuch, der Rest ging vollautomatisch. Mit T-Shirt und Jogginghose bekleidet schlurfte er in Badelatschen zu seinem Sofa und ließ sich fallen. Müde kickte er die Schlappen von sich und legte seine Füße auf dem Couchtisch ab, nahm noch einen Schluck aus seinem Weinglas und war bereit.

Die Hi-Hat setzte ein. Tischler ließ seine imaginären Drumsticks durch die Luft wirbeln und schloss seine Augen. Nun der Bass und das Piano – der Song schaukelte sich auf – sein rechter Fuß setzte die Bassdrum ein – er trommelte einmal von links nach rechts über die Tomtoms, danach mit aller Kraft auf das Crash.

»*Red Rain!*«, sang er mit geschlossenen Augen, als stünde er in der Royal Albert Hall auf der Bühne und die Fans jubelten ihm zu. Diese Scheibe von Peter Gabriel war keine derer, die ihm sein Vater vererbt hatte. Er hatte sie sich selbst gekauft, nachdem er in seinem Jaguar vor etwa zwei Jahren durch das nächtliche Schwabing gecruist war und *Don't Give Up* im Radio gespielt wurde. Seitdem kannte er die ganze Platte auswendig. Natürlich hätte er sie sich auf CD kaufen können. Doch seine Liebe zum Vinyl war eines der wenigen Dinge, die er von seinem Vater übernommen hatte. Voller Inbrunst grölte er den Song mit, bis ihn die Realität in Form seiner Türklingel von der Bühne schubste. Er spähte auf die Uhr. Wer sollte das noch sein?

Er schnappte sich sein Weinglas und schlüpfte wieder in die Latschen, die etwa drei Meter voneinander entfernt auf dem Wohnzimmerboden lagen. Verstrubbelt öffnete er die Wohnungstür.

Britta stand vor ihm in einer weißen Hose, schicken Sandalen und einer bunten Bluse, die sie vorne ein wenig in die Hose gesteckt hatte, damit man den Gürtel mit Bling-Bling besser sehen konnte. An ihrer linken Schulter hing eine kleine Handtasche. Sie trug ihre Haare offen und der sanfte Duft ihres Parfums drang schneller an seine Nase, als er ihren Namen sagen konnte.

»Britta!« Tischler war erfreut, überrascht und peinlich berührt zugleich. In diesem Outfit wollte er sich ihr in diesem Stadium ihrer Beziehung noch nicht präsentieren. Wobei das Wort »Beziehung« vielleicht etwas zu hoch gegriffen war.

»Wie ich sehe, hast du es dir gemütlich gemacht.«

»Ich wollte gerade ein paar Sit-ups machen«, flunkerte er.

Britta schmunzelte mit Blick auf sein Weinglas. »Das ist aber nichts Isotonisches.«

»Komm doch rein«, bot er ihr an. »Ich mach mal leiser.«

»Ich mag Peter Gabriel«, sagte sie und ging ihm ein paar Schritte hinterher, nachdem sie seine Wohnungstür von innen geschlossen hatte. Inmitten des Raums blieb sie stehen und blickte sich um.

»Gemütlich. So wohnt also ein Hauptkommissar.«

»Ja, wir wohnen alle so. Die Wohnungen werden uns schon standardmäßig so übergeben und wir dürfen nichts daran ändern. Wundere dich also nicht, wenn hie und da ein paar Sachen noch nicht fertig sind. Es ist uns einfach verboten, uns komplett einzurichten«, feixte er mit Blick auf ein paar Bilder, die hintereinander an der Wand lehnten und nur darauf warteten, aufgehängt zu werden.

»Ich wollte dich fragen, ob du schon etwas gegessen hast?«

»Bisher noch nicht. Ich wollte mir nachher ...«

»Lust, gemeinsam zu kochen?«

Tischler scannte in Gedanken seinen Kühlschrank. Was konnte man aus Senf, fünf Eiern, ein wenig Butter und einer angebrochenen Packung Milch zaubern?

»Ich habe eine bessere Idee. Kennst du DAS KRAUSE hier im Ort? Ist keine zehn Minuten zu Fuß.«

»Ich wollte dich aber nicht bei deinen Sit-ups stören.«

Tischler stellte sein Glas auf den Tisch. »Ach, woher! Meine Bauchmuskeln brennen sowieso noch von meinem gestrigen Training. Ich zieh mir nur schnell was anderes an.« Und schwupps war er ins Schlafzimmer geflüchtet.

Er hätte sich in den Hintern beißen können und nahm sich ganz fest vor, von nun an immer Zutaten für eine vernünftige Mahlzeit im Kühlschrank zu haben. In dem Fall hätte er nun schön mit ihr zusammen in den Töpfen rühren können, ein oder zwei Gläser Wein, dann hätte er an ihr gerührt ... Zwei

Minuten später stand er im Badezimmer, brachte seine Haare in Form und pumpte sich drei Stöße Parfum ins Gesicht.

»Fertig!« Er klatschte in die Hände, als er zu Britta zurück ins Wohnzimmer kam.

»Ein Jo-Jo?«, fragte sie ihn schmunzelnd mit dem Spielzeug in der Hand.

Er nahm es ihr ab und warf es auf seine Couch. »Dazu möchte ich mich ohne meinen Anwalt nicht äußern.«

Dann verließen sie die Wohnung.

Auch in einer Gastwirtschaft wie dem KRAUSE auf dem Land waren an einem Donnerstagabend die guten Tische rar. Ohne Reservierung musste selbst der Dorfsheriff mit einem Tisch vorliebnehmen, der noch übrig war. Leider waren nur zwei Tische frei. Da er nicht neben der Tür, die zur Toilette führte, mit seinem Date sitzen wollte, blieb nur das kleinere Übel neben dem Stammtisch übrig. Immerhin gab es eine Kerze.

»Was isst man denn hier? Hast du eine Empfehlung für mich?«, erkundigte sich Britta interessiert, die lächelnd von Nori die Speisekarte entgegennahm und sich einen Chardonnay bestellte.

»Vorneweg kann ich dir das *Giaw Thod* empfehlen. Als Hauptgang sieht dieses Tempura-Gemüse mit den Schweinsbratenstreifen ganz lecker aus. Außer du magst Koriander. Dann wäre dieses *Thai Gung* etwas für dich ...«

»Da kennt sich aber jemand aus. Bist du oft hier?«

»Hin und wieder«, flunkerte er. Tischler war ein Esser der Sorte, die beim Italiener zuverlässig eine Pizza Salami bestellten, beim Griechen stets Gyros aßen und in bayerischen Wirtshäusern sich entweder für den Schweinsbraten oder das Wiener Schnitzel entschieden. Hier im KRAUSE hatte er bei seinem ersten Besuch einfach Glück mit seiner Wahl gehabt.

Weshalb also ein Risiko eingehen und wagemutig etwas anderes bestellen?

Nori nahm die Bestellung auf und verschwand mit den Speisekarten wieder in der Küche. Aus den Augenwinkeln bemerkte Tischler, dass er unentwegt angestarrt wurde. Nicht etwa in Augenhöhe, wie zu vermuten war. Der Kommissar drehte sich zum Stammtisch und schaute zu Boden. Da saß sie, die Resi, und warf dem feschen Kommissar sehnsüchtige Blicke zu. Wild wedelte sie mit dem Schwanz und zerrte an der Leine. Doch ihr Herrchen, Jäger Ferstel, hatte sie an seinem Stuhlbein festgebunden, sodass Resi nicht anders konnte, als sich mit Liebesbekundungen aus der Ferne zufriedenzugeben.

»Da steht jemand auf dich«, bemerkte Britta, die auf die verliebte Dackeldame ebenfalls aufmerksam wurde.

Tischler zwinkerte Resi zu. »Ja, sie ist eine ganz eine Feine, die Resi.«

Britta erzählte von ihrem Tag in der Klinik und der Umstrukturierung, die dort gerade ablief. Doch Tischler hörte nur mit einem Ohr zu. Durch die Nähe zum Stammtisch wurde seine Aufmerksamkeit auf die Gespräche dort gelenkt, die hitzig geführt wurden. Anscheinend war er nicht der einzige Ermittler im Ort, der sich Gedanken um den ermordeten Baulöwen machte.

»… es war doch eine Frage der Zeit, bis das bei den Brüdern mal eskaliert. Die haben den gleichen Dickschädel wie ihr Vater.«

»Der Thomas war ja überhaupt nicht der leibliche Sohn vom Alten.«

»Glaubst du, dass das nicht abfärbt, wenn du jahrelang mit dem Alphatier unter einem Dach wohnst?«

»Ich sage euch, die hätten sogar die Straßenseite gewechselt, wenn die sich im Ort begegnet wären.«

»Mich hat es sowieso gewundert, dass die beiden Sturköpfe immer noch in ein und demselben Ort wohnen«, wusste einer, der mit hochrotem Kopf am Tischende saß und den Rest seines Hellen auf Ex kippte, bevor ihm Nori ein frisches Bier auf den Tisch stellte.

»Ich glaube, dass ihr das alles mit völlig falschen Augen seht«, hielt Ferstel dagegen.

»Schmarrn! Der Wickerl hätte sich eher den linken Arm abgehackt, als seinen Bruder zu unterstützen. Der hätte weiterhin zugeschaut, bis dem seine Pension völlig auseinanderfällt. Und das, obwohl sie dieselbe Mutter hatten. Eine ganz traurige Bagage ist das.«

Ferstel setzte sein Weißbier ab und wischte sich den Schaum vom Mund. »Wenn die sich so spinnefeind gewesen wären, warum besucht dann der Thomas den Ludwig auf der Baustelle?«

»Mei, Ferstel«, grölte der am Tischende, »hast du ihn da gesehen oder deine Resi? Und die hat es dir dann gesagt …«

Schallendes Gelächter am Stammtisch. Ferstel reagierte darauf nur, indem er einen weiteren großen Schluck von seinem Bier nahm. Resi hingegen hatte ihren Namen gehört und stand blitzschnell auf allen vieren. Erwartungsvoll sah sie ihr Herrchen an in der Hoffnung, der Wirtshausbesuch sei zu Ende.

»Ihr seid solche Deppen«, schimpfte Ferstel und stand auf. Dann tätschelte er seine Resi mit dem Versprechen, dass er gleich wiederkommen würde. Mit wackligem Gang steuerte er die Tür an, die zu den Toiletten führte, und zog sie hinter sich zu.

»Constantin?«

»Äh, ja?«

»Ich hatte gefragt, wie dein Tag war?« Britta sah ihr Gegenüber erwartungsvoll an.

»Du, nichts Besonderes. Ermittlungen halt, Kaffee getrunken … Apropos trinken … ich bin gleich wieder da.«

Tischler stand auf und folgte Ferstel auf die Toilette. Als er zu den Pissoirs kam, stand Ferstel davor und starrte eine der Werbungen an, die über jeder der Schüsseln in einem Alurahmen hingen. Seine warb für ein Mittel gegen Blasenschwäche.

Tischler nickte dem Jäger wortlos zu, als der ihn bemerkte. Ferstel nickte ebenfalls. Der Jäger starrte wieder auf die Werbung.

»Haben Sie Blasenschwäche, Herr Kommissar?«

»Glücklicherweise nicht.«

»Kommt noch«, prophezeite Ferstel und drückte die Spülung. Er schwankte zum Waschbecken. Tischler spülte ebenfalls und folgte ihm zum Waschbecken daneben.

»Sie, Herr Ferstel, ich wurde gerade unfreiwillig Zeuge von etwas, das Sie eben in der Wirtsstube gesagt haben.«

»Ach ja? Da hat der Herr Kommissar aber gute Ohren. Was glauben S' denn, gehört zu haben?«

Tischler betätigte den Seifenspender zwischen den beiden Waschbecken. »Sie sagten, dass Sie Thomas Holzinger auf der Baustelle gesehen hätten.«

»Auf welcher Baustelle?«, fragte der Jäger nach.

»Auf der einzigen, die Brunngries gerade hat. Dem Chaletdorf.«

»Sein Auto hab ich gesehen. Und?«

»Wann war denn das genau?«

Ferstel zog am Handtuchspender. »Weiß nicht. Vielleicht vor zwei Wochen.«

»Den Wochentag wissen S' nicht mehr?«

Der Jäger wankte leicht hin und her, während er sich seine Hände abtrocknete. »Mei, vielleicht Donnerstag oder Freitag. Könnte aber auch Mittwoch gewesen sein. Ich geh diese Strecke oft mit der Resi, weil wir da beim Schürer Andi seinem Haus vorbeikommen. Und der hat einen Mops, auf den die Resi ganz wild ist.«

Tischler nickte und zog ebenfalls am Handtuchspender. »Aber so ganz genau wissen Sie es nicht mehr?«

»Hätte ich geahnt, dass das für den Herrn Kommissar wichtig ist, hätte ich mir den Tag notiert.« Nach dieser Aussage machte der Ferstel sich auf den Weg zurück in die Gaststube.

Tischler war in dem Moment klar, dass beim Jäger keine genaueren Informationen zu holen waren. Doch irgendetwas suggerierte ihm, dass Ferstel die Wahrheit sprach. Er hätte keinen Grund, Thomas Holzinger etwas anzudichten. Oder etwa doch? Nein. Für so gewieft hielt er den Jäger nicht, dass der auf diese Weise Gerüchte in die Welt setzte. Schon gar nicht in dem Zustand, in dem er sich an diesem frühen Abend befand.

»Britta. Nicht schon wieder! Verdammt!«, fluchte Tischler leise vor sich hin.

Er eilte an den Tisch zurück. Dort stand bereits das Essen. Der Kommissar setzte sich und breitete die Serviette über seine Schenkel aus, während er unbequeme Gedanken an sein »Haxenunglück« auf der Fraueninsel hastig verdrängte. »Das sieht ja lecker aus. Wie lange ist es denn schon da?«

»Lange genug, damit wir uns nicht mehr den Gaumen verbrennen.«

Tischler vernahm einen genervten Unterton in Brittas Stimme. Besser, nicht darauf zu reagieren, und von nun an an diesem Abend nur noch Augen für sie zu haben.

»Fang doch an. Es wird ja alles kalt.« Tischler prostete ihr zu.

Ohne ihn aus den Augen zu lassen, griff sie zielsicher nach ihrem Weinglas und erwiderte seine Geste. Die Signale, die Britta aussandte, waren eindeutig. Denn auch die Geduld von Frau Dr. Britta Neufeld hatte irgendwann ein Ende.

DER SCHLÜSSEL ZUM ALIBI

Dass Britta am Abend zuvor nicht mehr auf einen Schlummertrunk zu ihm in die Wohnung mitkommen wollte, war der Tatsache geschuldet, dass sie am nächsten Tag früh rausmusste. Zumindest hoffte Tischler, dass dies der wahre Grund war. Der etwas längere Abschiedskuss, den er von ihr bekommen hatte, ließ ihn in dem Glauben. Gerne hätte er sie davon überzeugt, dass ihre zwei Gläser Wein ein guter Grund gewesen wären, erst am nächsten Tag die Rückreise nach Traunstein anzutreten. Doch wer war er denn, dass er ihre Fahrtüchtigkeit infrage stellen würde? Die WhatsApp, die sie ihm nach ihrer Ankunft zu Hause geschrieben hatte, beruhigte ihn jedoch ungemein und ließ ihn sanft in den Schlaf gleiten.

Es war kurz nach neun Uhr an diesem Freitagmorgen, als Tischler zusammen mit Fink vor der Pension BERGBLICK ankam. Der Polizeiobermeister hatte den Kommissar abgeholt, da sich die Pension sowieso auf dem Weg an seiner Wohnung vorbei befand.

Der Parkplatz vor dem Haus war wie immer fast leer. Einzig ein alter Opel Senator parkte vor dem Haus und ließ vermuten, dass sich doch Gäste in dieses Haus verirrt hatten.

»Grüß Gott, Herr Holzinger«, grüßte Tischler zur Rezeption, als sie die Pension betraten.

Holzinger übergab einem älteren Ehepaar den Zimmerschlüssel und bot sich an, den Gästen gerne das Gepäck aufs Zimmer zu bringen. Doch der Mann verneinte und beteuerte, dass er noch rüstig genug sei, sich um seinen und den Koffer seiner Frau selbst zu kümmern. Charmant quittierte Holzinger die Aussage seines Gastes mit Bewunderung und wünschte dem Paar eine erholsame Zeit im Hause BERGBLICK.

Holzinger nahm erst jetzt Notiz vom Kommissar sowie seinem Adjutanten und begrüßte die beiden mit einem Lächeln, das Tischler jedoch als reine Höflichkeit verbuchte. Wer hatte schon gerne ständig die Polizei im Haus.

»Herr Kommissar, was verschafft mir die Ehre?«

Im gleichen Moment kam Christine Holzinger aus dem Büro hinter dem Empfangstresen und begrüßte ebenfalls die beiden Beamten.

»Gäste?« Tischler deutete auf das ältere Ehepaar, das sich mit dem Gepäck die breiten Stufen in den ersten Stock hinaufkämpfte.

»Stammgäste. Kamen schon, als meine Mutter die Pension führte.«

Tischler nickte verständnisvoll. »Ich müsste Sie nochmals zu dem Freitag vor zwei Wochen befragen.«

Holzinger sah erst seine Frau an, dann wieder den Kommissar. »Ich dachte, ich hätte bereits alles gesagt.«

»Es gibt da einen Zeugen, der Ihr Auto am bewussten Tag auf der Baustelle des Chaletdorfes gesehen haben will. Können Sie sich das erklären?«

Holzinger lachte überschwänglich. »Mei, die Leute sehen viel, wenn der Tag lang ist. Wer denn genau?«

»Das kann ich Ihnen leider nicht beantworten, das verstehen Sie sicher.«

»Nicht direkt, Herr Kommissar. Schließlich werde ich hier beschuldigt, dass ich …«

»Wir beschuldigen hier niemanden, Herr Holzinger«, bremste Fink den Hotelier. »Wir müssen natürlich jeder Spur, die uns zur Klärung des Falles weiterhelfen könnte, nachgehen.«

Holzinger atmete tief durch und sah seine Frau an. »Christine, verrate du doch den Herren, wo ich jeden Freitag bin.«

Christine Holzinger blieb noch einen Moment am Blick ihres Mannes haften, bis sie sich freundlich lächelnd an den Kommissar wandte. »Mein Mann ist eigentlich immer hier. Am Freitag vor zwei Wochen sagten Sie?« Tischler bejahte. »Da gab es doch den Zwischenfall mit der undichten Heizung in Zimmer vier. Weißt du noch?«

Holzinger zuckte die Achseln. »Frauen haben einfach das bessere Gedächtnis.«

Tischler musterte die beiden einen Moment lang. »Da sind Sie sich ganz sicher?«

»Ganz sicher«, bestätigte Christine Holzinger. »Weil einen Tag zuvor ein Herr abgereist ist und ich noch zu Thomas meinte: ›Was für ein Glück, dass das nicht früher passiert ist.‹«

Tischler nickte. »Herr Holzinger – haben Sie eigentlich einen Schlüssel zur Villa Ihres verstorbenen Bruders?«

Holzinger prustete. »Pff, wir haben uns nicht einmal auf der Straße gegrüßt. Weshalb sollte ich einen Schlüssel haben?«

»Reine Routine. Dann noch einen schönen Tag Ihnen beiden.« Tischler klopfte zweimal auf die Rezeption.

Christine Holzinger begleitete die Beamten äußerst gastfreundlich zur Tür und verabschiedete die beiden dort.

»Ich dachte schon, du schließt den beiden noch ihren Wagen auf«, murrte Holzinger, als seine Frau zurückgekehrt war.

»Das nennt man Gastfreundschaft.« Ihr Gesichtsausdruck war ernst, als sie zur Rezeption zurückging. Sie blieb vor ihm stehen. »Hast du mir irgendetwas mitzuteilen?«

Thomas Holzinger sortierte ein paar Unterlagen, die er aus der Ablage zog, und lochte sie. »Was meinst du?«

Sie griff nach seinem Arm und zwang ihn, sie anzusehen. »Ich weiß, dass du am Freitag vor zwei Wochen für mehrere Stunden weg warst.«

»Ach ja?« Er riss sich von ihr los, heftete die Unterlagen in einem Ordner ab und schob ihn zurück ins Regal.

»Rede mit mir.«

Thomas Holzinger kam ihr gefährlich nahe und stierte sie an. »Führt Madame jetzt Buch über meine Abwesenheit?«

Sie ließ sich von ihm nicht einschüchtern und bewegte sich keinen Millimeter. »Ich weiß das so genau, weil ich unsere Kinder von der Spielgruppe abgeholt habe, was eigentlich dein Job gewesen wäre.«

Er grinste sie an. »Mei, vielleicht habe ich ja irgendwo im Chiemgau eigene Kinder, die ich an dem Tag besucht habe.« Er sah sie einen Moment vorwurfsvoll an, dann verließ er die Pension über den Haupteingang.

Ihrem Gesichtsausdruck war abzulesen, dass sie ihm misstraute. Und dass sie in diesem Moment daran zweifelte, dass diese Ehe zu retten war.

»Felix, da ist siebzig. Du bist zu schnell«, mahnte Tischler seinen Fahrer und zog sein Handy aus der Tasche, weil es klingelte.

»Ich fahr gerade mal fünfundachtzig«, verteidigte sich Fink und ging vom Gas.

»Sag ich doch. Zu schnell. Tischler?« Der Kommissar kniff schmerzverzerrt seine Augen zusammen. »Herr Polizeioberrat! Was verschafft mir die Ehre?«

Als Fink »Polizeioberrat« hörte, bremste er schlagartig weiter ab und blieb weit unter den gebotenen siebzig Kilometern pro Stunde.

»Ja – ja, wir sind dran. Aber aus ermittlungstechnischen Gründen darf ich Ihnen …« Tischler riss das Handy vom Ohr, wartete einen kurzen Moment und brachte es langsam zurück zum Ohr. »Ich verstehe Sie, Herr Polizeioberrat. Natürlich spielen wir im selben Verein. Es sind jedoch so viele verschiedene Fäden, die gerade zusammenlaufen und die wir sondieren müssen … Wie wir gedenken, dass wir …« Tischler sah zu Fink, der schaute erwartungsvoll zurück. »Mit der T-U-F-Methode natürlich. Freilich. Die einzige Methode, die in diesem Fall … ja … ja, ich halte Sie auf dem Laufenden. Natürlich. Auf Wieder…« Tischler steckte sein Handy ein. »Aufgelegt.«

»Was wollte er denn?«

»Fragen, ob du auch richtig fährst.« Tischler spähte zum Tacho. »Hier ist seit bestimmt einem Kilometer hundert. Was schleichst denn so?«

Fink trat aufs Gas.

»Natürlich wollte er wissen, wann wir gedenken, den Fall endlich zum Abschluss zu bringen.«

Fink linste nach rechts. »Schon wieder die T-U-F-Methode?«

»Freilich. Die einzig wahre, oder?«

Fink pflichtete ihm bei. »Glaubst du eigentlich dem Holzinger?«

»Nein. Und seiner Frau noch viel weniger. Weißt du mittlerweile was über den Tresorschlüssel?«

»Ja. Die Jungs aus Traunstein haben da eine Privatbank ausfindig gemacht. Ich glaube, in Bad Reichenhall. Das läuft.«

»Gut. Also wissen wir ja spätestens am Montag mehr.«

»Und was machst du jetzt wegen dem Polizeioberrat?«

»Nix. So lange ich nicht weiß, wer da alles seine Finger in der Sache hat, bleibt das unter uns beiden. Und damit meine ich nicht dich, mich und deine Mama. Hamma uns? Das heißt T-U-F-Methode. Tischler und Fink.«

»Freilich«, versicherte Fink. »Und immer den Unrat vorbeischwimmen lassen.«

»Mei, Felix, bald brauchst mich nicht mehr.«

***

Nachdem Christine Holzinger an diesem Freitagabend ihre Kinder ins Bett gebracht hatte, kreisten Gedanken in ihrem Kopf umher, die sie nicht zur Ruhe kommen ließen. Seit ihr Mann am Vormittag die Pension verlassen hatte, war er nicht zurückgekehrt. Hin und wieder sah sie aus den Fenstern, ob sie ihn irgendwo draußen ausmachen konnte. Ihr war nicht wohl dabei, ihm ein Alibi verschafft zu haben. Auch wenn Thomas ihr Ehemann war, auch wenn sie damals vor dem Traualtar geschworen hatte: »In guten wie in schlechten Zeiten …« Was, wenn er doch etwas mit der Sache zu tun hatte?

Sie wusste, dass er an jenem Freitag über mehrere Stunden fort gewesen war. Doch wo, das hatte er ihr nicht verraten, als sie ihn damals zur Rede gestellt hatte.

Was, wenn er eine andere hatte? Vielleicht hatte er längst gespürt, dass er nicht der Vater von Florian und Sophia war? Nein. Schnell verwarf sie diesen Gedanken. Er ging mit den beiden viel zu liebevoll um, als dass er auch nur einen Hauch geahnt hätte. Doch über Stunden fort? So kannte sie ihn nicht. Natürlich war ihr nicht entgangen, dass er fremden Frauen gegenüber in letzter Zeit besonders charmant war. Doch das hatte sie einfach als Midlife-Crisis verbucht, die durch ihre finanzielle Situation etwas früher an seine Tür klopfte.

Christine ging hinunter zur Rezeption und verschwand im Büro. Da sie sich meist um die Kinder und das wenige Personal kümmerte, lagen die Finanzen in Thomas' Aufgabenbereich.

Sie schaute einige der Ordner durch, konnte jedoch nichts Auffälliges finden. Christine suchte weiter. Ordner für Ordner, Unterlagen, sogar den Tresor hatte sie nochmals geöffnet, um einen Blick in die Geldkassette zu werfen. Fehlanzeige.

Sie setzte sich an seinen Schreibtisch und besah sich seinen Kalender. Außer Terminen für den Kaminkehrer oder den Zahnarzt war auch hier nichts Besonderes zu erkennen. Sie öffnete eine Schublade nach der anderen und zog aus der unteren eine rote Mappe hervor. Als sie diese aufschlug, blickte sie auf etliche Kreditanträge, die allesamt abgelehnt worden waren. Kontoauszüge, die ihr einen guten Überblick darüber verschafften, dass ihnen mittlerweile das Wasser bis zum Hals stand. Christine wusste, dass es für die Pension nicht gut aussah. Dass sie allerdings bereits pleite waren, hatte sie nicht auf dem Schirm. Warum hatte er nichts gesagt? War sein Stolz so groß? Oder hatte er bereits mit der Pension abgeschlossen? Sie steckte die Mappe zurück und schloss die Schublade. Ihr Herz pochte, als sie sich die Frage stellte, welche Rolle sie eigentlich im Leben ihres Mannes spielte.

Sie marschierte nach oben und warf einen Blick ins Kinderzimmer. Die Zwillinge schliefen bereits tief und fest. In ihrem Schlafzimmer öffnete sie den Kleiderschrank ihres Mannes. Seine Hemden und T-Shirts lagen allesamt akkurat übereinander, wie er es damals während seiner Wehrpflicht gelernt hatte. Ein Blick in seinen Schrank spiegelte sehr gut seine Persönlichkeit. Thomas war enorm strukturiert, solange er selbst das Tempo bestimmen konnte. Da sich die Reisebranche so rasant veränderte, war er sehr schnell, bevor es ihm bewusst geworden war, von den meisten Mitbewerbern in der Gegend abgehängt worden. Während Thomas noch monatelang überlegt hatte, ob eine hauseigene Sauna sinnvoll sein würde, hatten die anderen bereits einen Wellnessbereich am Start, inklusive E-Bike-Verleih. Die Ansprüche der Gäste hatten in den letzten

Jahren ein Niveau erreicht, bei dem es nicht mehr genügte, nur auf regionale Produkte am Frühstücksbuffet zu setzen. Der Gast von heute verlangte ein Rundum-sorglos-Paket. Bis Thomas das begriffen hatte, war es bereits zu spät gewesen.

Christine zog eine Box heraus, in der seine Socken lagen. Er besaß nur schwarze Socken. Daneben bewahrte er seine Unterwäsche auf. Er trug ausschließlich eine Sorte. Thomas war kein Mann für Experimente. Wenn er mit der Passform zufrieden war, warum dann ein Risiko eingehen und Druckstellen am Bauch durch einen zu schmalen Bund riskieren? Damals, als sie ihn kennengelernt hatte, hatte sie es sehr erheiternd gefunden, wenn er ihr einen Vortrag dieser Art hielt.

Im Regal darüber bewahrte er seine Jeans auf. Immer zweimal gefaltet, damit sie die Schranktiefe optimal ausfüllten. Sie griff nach den obersten zwei Jeans, die etwas schräg auf dem restlichen Stapel lagen, und korrigierte seine Nachlässigkeit. Dabei fiel etwas aus einer Hosentasche hinter den Stapel aufs Regal. Christine schob die Hosen ein Stück zur Seite und griff nach einem Schlüsselbund, der dort lag. Zwei Schlüssel. Ein Haustürschlüssel und einer, der wie ein Autoschlüssel aussah. Anscheinend von einem älteren Modell, da keine Marke darauf erkennbar war. Christine presste die beiden Schlüssel in ihrer Faust aneinander und überlegte. Sollte sie ihn zur Rede stellen? Woher hatte er den Schlüsselbund, und noch viel wichtiger: Warum versteckte er ihn in seinem Schrank?

Sie steckte die Schlüssel ein und schob den Stapel Jeans wieder zurück an seine ursprüngliche Position. Da das oberste Regal aufgrund der Höhe für sie nicht einsehbar war, tastete sie blind zwischen seinen Sportklamotten umher, in der Hoffnung, noch weitere Geheimnisse ihres Mannes aufzudecken. Sie stellte sich auf ihre Zehenspitzen, weil sie weiter nach hinten greifen wollte.

»Was machst du da?«

Christine erschrak und zog blitzschnell ihre Hand zurück. Sie stand wieder fest mit beiden Beinen auf dem Boden und rückte seine T-Shirts ein Regal tiefer zurecht.

»Ich habe die Wäsche eingeräumt.«

Er drückte sie etwas zur Seite und korrigierte selbst den Stapel. »Ich hab dir schon tausendmal gesagt, dass ich meine Wäsche selbst einräume.«

Sie ging zwei Schritte zurück und verschränkte ihre Arme. »Du hast mir auch immer wieder gesagt, dass wir finanziell abgesichert seien.«

Er starrte sie an. »Was meinst du damit?«

»Die rote Mappe im Büro?«

Seine Augen schnellten hin und her. Aber er fing sich rasch wieder. »Was stöberst du in meinen Unterlagen?«

»Wer stöbert denn? Dann lass die Sachen nicht so offen herumliegen«, log sie und blickte ihn selbstbewusst an. »Wann wolltest du mir eigentlich mitteilen, dass wir pleite sind? Kann ich überhaupt morgen einkaufen gehen oder erlebe ich an der Kasse eine böse Überraschung?«

Thomas schloss den Kleiderschrank etwas unsanft. Er schritt zu ihr hinüber und hielt seinen Zeigefinger ganz nah an ihr Gesicht. »Kümmere du dich um deine Sachen und pfusche mir nicht in meinen herum.«

»Sonst – was?«, hörte sie sich sagen. Innerlich zitterte sie und ihr Unterkiefer bebte. Doch sie blieb standhaft und sah ihm tief in die Augen. »Wo warst du an dem Freitag, nach dem dich der Kommissar gefragt hat?«

»Das geht dich gar nichts an. Muss ich jetzt Rechenschaft ablegen, wenn ich das Haus verlasse?«

»Wenn ich meinem Ehemann schon ein Alibi geben muss, dann habe ich verdammt noch mal ein Recht darauf.«

»Du hast nur die Wahrheit gesagt. Du bist diejenige, die sich in der Woche vertan hat.« Thomas wechselte seine Strategie und grinste sie süffisant an, nachdem er wohl gemerkt hatte, dass seine einschüchternde Art bei Christine nichts bewirkte. Sie hatte den Spieß umgedreht.

»Verkauf mich nicht für dumm! Du warst weg. Hast du eine andere? Sind wir deshalb in finanziellen Schwierigkeiten? Hältst du so eine Tussi aus?«

»Ich kann dir sagen, warum wir in finanziellen Schwierigkeiten stecken. Weil wir keine Gäste haben, falls du es noch nicht bemerkt hast. Du hast dir eben den falschen Bruder der Holzingers ausgesucht. Zumindest, was den Alltag betrifft. Ansonsten warst du ja flexibel, wie ich kürzlich von dir erfahren habe.«

Christine stiegen die Tränen in die Augen. »Ich habe dir erzählt, wie es damals …«

Aus dem Kinderzimmer drangen weinerliche Laute zu ihnen. Die beiden sahen sich für einen Moment an, als wenn sie ausknobeln wollten, wer nach den Kindern schauen musste.

»*Deine* Kinder brauchen dich«, sagte er zu ihr. Seine Augen waren leer. »Bleib nicht auf. Ich gehe an die Bar des Hauses BERGBLICK. Wenigstens einer, der sich dorthin verirrt.« Er verließ das Schlafzimmer.

Christine hatte Mühe, sich auf den Beinen zu halten. Sie fühlte sich ohnmächtig. Sie griff in ihre Hosentasche und holte den Schlüsselbund hervor. Da drang ein weiterer Ruf ihrer Tochter an ihr Ohr. Sie steckte die Schlüssel zurück in ihre Tasche und schlurfte ins Kinderzimmer. Sie ließ das Licht aus und legte sich ins Bett zu ihrer Tochter. Irgendwann schlief sie ein und hoffte, am nächsten Morgen zu erwachen und festzustellen, dass alles nur ein böser Traum gewesen war.

Während Christine Holzinger von vergangenen Zeiten träumte, in denen ihre Welt noch in Ordnung war, gab es eine Frau in Brunngries, die seit geraumer Zeit fokussiert und hellwach an ihrer Zukunft arbeitete. Tereza Horák stöckelte auf ihren 16-Zentimeter-Absätzen durch den Ort. Sie tat dies auf eine Art, dass man hätte meinen können, sie wähne sich mitten auf der Münchner Maximilianstraße. Selbstredend zog sie die Blicke derer auf sich, die entweder in Jogginghose noch mit dem Hund die letzte Abendrunde hinter sich brachten, oder derer, die ihre Zigarette vor dem Gasthaus KRAUSE dampften, während drinnen bereits das Essen auf dem Tisch stand. Ein paar Übermütige pfiffen ihr hinterher. Tereza reagierte darauf nicht. Doch insgeheim erwartete sie diese kleinen Aufmerksamkeiten, mit denen man sich im Ländlichen zufriedengeben musste.

Bei ihrem Aufzug hätte man annehmen können, sie sei auf dem Weg zu einer Cocktailparty oder einem Empfang. Doch weit gefehlt. Tereza hatte ein völlig anderes Ziel. Und sie kam diesem Ziel immer näher. Sie trug ein zufriedenes Lächeln auf den Lippen. Denn an diesem Abend war Zahltag. Ihr Weg führte wenig später vom Gehsteig an den Zapfsäulen vorbei zur großen Werkstatttür, durch die hindurch laute Musik auf die Straße dröhnte. Wie des Öfteren, wenn Franz Steiner am Freitagabend das Wochenende einläutete.

»Franz!«, rief sie auf ihre eigene Art in die Werkstatt. Sie zog den Namen des Mechanikers immer ein wenig in die Länge und verlieh dem A einen Hauch von einem Ä, was sich für tiefbayerische Ohren exotisch anhörte.

»Welch Glanz in meiner Hütte!«, ertönte es aus der Grube zurück, über der ein weißer Mercedes stand, auf dessen Kofferraum ein Aufkleber angebracht war, der König Ludwig zeigte.

Steiner kroch aus der Grube und stellte sein Radio leiser. Gemächlich griff er nach der Zigarettenschachtel, die danebenlag, und zündete sich eine an.

»Auch eine?«

»Nein, danke.« Tereza lehnte sich gegen die Werkbank und sah sich um. Ihr Blick blieb an Steiners Corvette hängen. Sie schien Gefallen daran zu finden.

»Wann fährst jetzt mal mit mir eine Runde damit durch die Gegend?«, fragte Steiner mit einem Unterton, der sich schwer nach einer Anmache anhörte.

»Vielleicht irgendwann einmal. Warum hast du nicht ein Auto wie der fesche Herr Kommissar?«

Er zog an seiner Kippe und blies den Rauch in die Werkstatt. »Hast ein Auge auf den Herrn Kommissar? Verbrenn dir da mal nicht die Finger.«

»Keine Angst. So dumm bin ich nicht.«

»Das habe ich nie behauptet«, meinte er und kam ihr näher. Er ließ seine Kippe im Mundwinkel hängen und fuhr mit seinen Fingern über ihren Oberarm. Sein Blick blieb an den schwarzen Netzstrümpfen hängen, die unter dem roten Kleid hervorblitzten. Als seine Hand zu ihrem Schenkel wanderte, packte sie ihn am Handgelenk und schaute ihn eindringlich an.

»Ein Ölfleck auf dem Kleid und du bist tot.« Sie ermahnte den Mechaniker derart gelassen, dass es sich bedrohlich anhörte. Damit verfehlte sie nicht ihre Wirkung.

»Ich mag es, wenn du so widerspenstig bist.«

»Und ich mag es, wenn ein Mann erkennt, aus welchem Grund ich ihn besuche.«

Steiner ließ von ihr ab, nahm noch einen Zug von seiner Zigarette und drückte sie im Aschenbecher aus. Grinsend ging er zu seinem Kühlschrank und griff ins Gemüsefach. Das Kuvert, das er von dort herausholte, gab er Tereza.

Sie lächelte, während sie mit dem kalten Umschlag vor seinem Gesicht wedelte. »Glaubst du, da drinnen ist es sicher?«

»Zumindest ist von dort noch nichts weggekommen.«

Sie steckte das Kuvert in ihre Handtasche.

»Willst du nicht nachzählen?« Wieder öffnete er den Kühlschrank und holte eine Bierflasche heraus, die er an seinem Schraubstock mit einem gezielten Schlag auf den Kronkorken öffnete.

Tereza sah ihn cool an. »Ich brauche nicht nachzuzählen. Wenn die Summe nicht stimmt, kommt mein Cousin noch einmal bei dir vorbei.«

Steiner nahm einen großen Schluck. »Sag ihm mal, dass er sich duschen soll. Der stinkt dermaßen, dass ich Angst hatte, dass sie ihn an der Grenze zu Österreich alleine deswegen rausziehen.«

»Sei froh, dass ich dir diesen Kontakt verschafft habe. Oder denkst du, du hättest Ludwigs Wagen in einem Stück so schnell losbekommen?«

»Ja«, feixte er, »Verwandtschaft ist so wichtig.«

»Ist alles gut gegangen?«

»Klar. Wobei ich den Porsche nur ungern hergegeben habe.«

»Ich glaube, du weißt ebenso wie ich etwas mit deinem Anteil anzufangen.«

Steiner lehnte sich an seine Werkbank und verschränkte die Arme. »Ich weiß, was ich damit tue. Und du?«

Tereza machte ein paar Schritte auf Steiners Corvette zu und strich mit ihrem Zeigefinger über den Kotflügel. »Ich werde bald eine Geschäftsfrau sein.«

»Hier in Brunngries?«

Sie nickte. »Aber keine Angst. Unsere Geschäftszweige überschneiden sich nicht.«

»Immer noch das Nagelstudio? Hier? In Brunngries?« Er lachte schallend. »Dann kannst du mir gleich das Kuvert wiedergeben und ich spüle es im Klo hinunter.«

»Das lass mal meine Sorge sein.« Sie ging zum Radio und drehte die Musik wieder lauter. »Bis dann.«

»Servus.« Sie stöckelte Richtung Ausgang, als er ihr nochmals hinterherpfiff. Sie blieb stehen und drehte ihren Kopf zu ihm.

»Was mache ich denn in Zukunft, wenn ich mich einsam fühle? Jetzt, wo du bald Geschäftsfrau bist?«

»Du weißt ja – alles hat seinen Preis.«

BEICHTE AM STEG

Christines Alibi ließ Tischler keine Ruhe. Hatte sie wirklich die Wahrheit gesagt oder im Beisein ihres Mannes unter Druck gestanden? Er ließ sich eine weitere Tasse Kaffee aus seiner Kaffeemaschine einlaufen und setzte sich wieder in die Morgensonne auf die Terrasse. Er sah auf die Uhr. Kurz nach neun. Es war ein herrlicher Samstagmorgen. Die Sonne schien bereits kräftig auf den Sonnenschirm, den er aufgespannt hatte. Er bedauerte es, dass Britta an diesem Wochenende arbeiten musste. Er hätte sie abgeholt, sie wären ein wenig in der Gegend herumgefahren, vielleicht nach Salzburg, in die Getreidegasse, eine kleine Kutschfahrt, dann ins Hotel Stein auf die Dachterrasse und bei einem leckeren Cappuccino die herrliche Aussicht genießen. Ja, das Leben konnte so schön sein.

Tischler stellte seine Tasse auf dem kleinen Klapptisch ab und lugte unter dem Sonnenschirm hervor in den Himmel. Keine Wolke. Er grüßte kurz die Dame über ihm, die im gleichen Augenblick ihre Balkonblumen goss, und zog seinen Kopf wieder zurück unter den Schirm. Ja, heute war ein Cabrio-Tag!

Nachdem er sich umgezogen und gut eingecremt hatte, saß er zwanzig Minuten später in seinem roten E-Type und startete den Motor. Erneut dachte er an Christine Holzinger und ärgerte sich im gleichen Moment, dass er an seinem freien Tag nicht loslassen konnte. Vielleicht sollte er ihr nochmals einen Besuch abstatten. Wenn er sie ohne ihren Mann sprechen könnte, hätte er vielleicht die Möglichkeit ... Er startete den Motor. Blinker – Schulterblick – Gas.

Da Brunngries nicht gerade vor Ladengeschäften strotzte, die zu einem samstäglichen Einkaufsbummel einluden, war auch der Verkehr kein anderer als an einem normalen Wochentag. Vielleicht ein paar Motorradfahrer, die sich durch die Hauptstraße verirrten. Tischler genoss es, sich nicht mehr tagtäglich durch München stauen zu müssen. Und wenn sein Jaguar sprechen könnte, würde der ihm sicherlich zustimmen.

Tischler bog ab und nahm Kurs auf die Pension BERGBLICK, als ihm Christine Holzinger mit ihrem Wagen entgegenkam und an ihm vorbeifuhr. Sie hatte ihn nicht gesehen. Da sie alleine im Auto war, konnte die Gelegenheit nicht besser sein. Vorausgesetzt, er schaffte es, sich an sie dranzuhängen. Tischler schaute in den Rückspiegel, trat auf die Kupplung und riss das Lenkrad herum. Rückwärtsgang, zurücksetzen, erster Gang und Gas. Tischler bedankte sich per Handzeichen bei dem Traktorfahrer, der seinetwegen abgebremst hatte. Nachdem er kurzzeitig die zulässige Höchstgeschwindigkeit überschritten hatte, entdeckte er Christine Holzinger wieder. Er bemühte sich, etwas Abstand zu ihr zu halten. Keinesfalls wollte er, dass sie ihn frühzeitig bemerkte oder sich gar von ihm verfolgt fühlte.

Sie verließ Brunngries und fuhr über die 306er in Richtung Siegsdorf. Sie schien es nicht eilig zu haben. Weshalb sie, wie auch Tischler, ständig von anderen Verkehrsteilnehmern überholt wurde. Wenig später ließ sie Siegsdorf links liegen und bog auf die A 8 Richtung München ein. Tischler sah auf seine Tankanzeige.

Bitte, lass sie nicht nach München fahren, hoffte er innerlich beim Anblick der kleinen Nadel, die sich bereits mittig im Reservebereich befand. Wo wollte sie hin? Bergen, Grabenstätt – ihr Weg führte immer weiter. Da endlich sah er ihren Blinker. Sie fuhr in Übersee ab.

»Natürlich!«, entfuhr es Tischler. »Jetzt weiß ich, wo du hinwillst.«

Auch er verließ die Autobahn und folgte ihr bis Feldwies auf den Parkplatz, von dem aus sie den Bootssteg gut zu Fuß aus erreichen konnte. Tischler parkte auf der entgegengesetzten Seite des Parkplatzes. Als er seinen Jaguar verließ, war Christine Holzinger bereits mit ihrem Korb unterwegs zum Bootssteg. Er beschleunigte seine Schritte und holte auf. Kurz bevor sie den Steg erreicht hatte, gab er sich zu erkennen.

»Frau Holzinger?«

Sie drehte sich um und wirkte überrascht, als sie den Kommissar wahrnahm.

»Herr Kommissar, guten Morgen. Was machen Sie denn hier?«

»Ich bin gerade ein wenig durch die Gegend gefahren und wollte mich nach dem Fahrplan erkundigen. Ich bekomme demnächst Besuch und ein Ausflug auf die Herreninsel … Sie wissen schon. Das kommt immer an. Und Sie?«

»Ich besuche …« Sie hielt einen Moment inne. »Sie wissen, wohin ich fahre.«

»Zu Frau Engel«, bestätigte er ihre Vermutung. »Frau Holzinger, nochmals zu diesem besagten Freitag … Sie sagten, Ihr Mann sei die ganze Zeit zu Hause gewesen. Sind Sie sich da ganz sicher? Ich könnte verstehen, bei allem, was Sie um die Ohren haben, die Kinder, die Pension … Da kann es natürlich passieren, dass …«

»Ich weiß nicht, wo mein Mann an diesem Freitag war.«

Tischler hatte mit allem gerechnet. Damit jedoch nicht. Christine Holzinger wagte es nicht, ihn in diesem Moment anzusehen. Sie drehte sich zum Bootssteg, auf dem bereits ein paar Ausflügler auf ihre Überfahrt warteten.

»Warum haben Sie …«

»Er ist mein Mann. Was denken Sie?«

Tischler nickte verständnisvoll. Er machte ihr keine Vorwürfe. Das Schiff näherte sich dem Bootssteg.

»Frau Holzinger, Sie können offen mit mir sprechen. Hatte Ihr Mann Kontakt zu Ludwig Holzinger?«

»Nein. Das hätte ich gewusst.« Sie wurde blass im Gesicht und senkte ihren Blick zu Boden. »Und nach dem, was er seit Kurzem weiß, hätte es bestimmt Mord und Totschlag gegeben, wenn Ludwig noch …«

»Was weiß Ihr Mann seit Kurzem, Frau Holzinger?«

»Die Zwillinge sind nicht von ihm.«

»Ach schau an!«, rutschte es dem Kommissar etwas unsensibel heraus. »Ich … ich meine, wer ist denn …«

Sie blickte den Kommissar einfach nur eine Zeit lang an. Er verstand, was sie ihm damit sagen wollte. Sie drehte sich wieder zum Steg. Das Schiff begann mit dem Anlegemanöver.

»Ich muss …«, flüsterte sie fast. Sie wirkte unsicher auf Tischler. So, als hätte sie es bereut, dass sie ihm ihr großes Geheimnis anvertraut hatte.

»Noch eine Frage, Frau Holzinger. Wenn Ihr Mann an diesem Freitag nicht zu Hause war, wo könnte er gewesen sein?«

Sie linste wieder zum Steg. Tischler spürte, dass sie rasch von ihm wegwollte. Erneut bedachte sie ihn mit einem nervösen Blick. Hastig griff sie in ihre Handtasche, die sie in ihren Korb gelegt hatte, und zog einen Schlüsselbund heraus.

»Den habe ich bei meinem Mann gefunden.« Sie drückte ihn Tischler in die Hand. »Finden Sie heraus, wo er gewesen sein könnte. Ich habe keine Kraft mehr dazu. Wenn Sie mich jetzt bitte entschuldigen?«

Sie drehte sich um und eilte zum Steg, an dem das Schiff angelegt hatte und wo die ersten Menschen bereits an Bord gingen. Tischler sah ihr noch eine Weile hinterher. Sie drehte sich nicht mehr um. Er betrachtete nachdenklich die beiden Schlüssel, die er von ihr bekommen hatte. Dann schlenderte er zurück zum Wagen, stieg ein und überlegte.

Ein geheimnisvoller Schlüsselbund, zwei Brüder, die sich nicht riechen konnten, ein toter Baulöwe, zwei Kuckuckskinder … da sage noch einer, dass es auf dem Land langweilig zuging. Tischler fuhr vom Parkplatz und steuerte die nächste Tankstelle an. Schließlich wollte er seine Cabrio-Tour fortsetzen. Doch sein Ziel sollte ein anderes sein als ursprünglich geplant.

Tischler fuhr zurück nach Brunngries. Er hatte eine starke Vermutung, wo er weitere Antworten finden konnte. Während er auf der Landstraße unterwegs war, griff er nochmals nach dem Bund, den er in seiner Mittelkonsole abgelegt hatte. Es war definitiv ein Schlüssel für ein Sicherheitsschloss. Einer von der Sorte, wie er ihn erst kürzlich in seinen Händen gehalten hatte.

Der rote Jaguar schnurrte langsam in die Einfahrt zu Ludwig Holzingers Villa. Direkt vor dem Eingang stellte Tischler den Motor ab.

»Dann wollen wir mal«, sprach er zu sich selbst, als er ausgestiegen war und zur Eingangstür ging. Wenigstens war diesmal das neu angebrachte, polizeiliche Siegel unversehrt. Doch wenn der Kommissar mit seiner Vermutung recht behielt, sollte sich dieser Zustand bald ändern.

Langsam ließ er den Schlüssel in den Schließzylinder gleiten. Er passte bis zum Anschlag. Eine Umdrehung später öffnete sich die Tür zur Villa. Er trat ein. Nummer eins wäre also geklärt. Er blickte auf den zweiten am Bund. Er war sich sicher, dass der zu einem Auto gehörte. Zielstrebig marschierte er zur Tür, die vom Eingangsbereich aus in die große Garage führte. Er drückte auf den Lichtschalter und blieb vor den Autos stehen.

»Wohin gehörst du?«, sprach er laut aus und sah sich die Autos eines nach dem anderen an. Er ging zur Shelby Cobra und versuchte, sie zu öffnen. Negativ. Dann drehte er sich zum Alfa Romeo und steuerte darauf zu. Er blieb stehen und blickte ein Auto weiter auf den dunkelgrünen 64er Austin-Healey. Tischler betrachtete den Schlüssel nochmals etwas genauer, ließ vom Alfa ab und lief auf den Engländer zu. Er schlich einmal um den Wagen herum und blieb an der Fahrertür stehen. Dann klopfte er zweimal aufs Verdeck und setzte den Schlüssel am Türschloss an. Eine Sekunde später war der Wagen offen. Tischler zog ein Paar Handschuhe aus seiner Jackentasche, streifte sie über seine Finger und warf einen Blick in das Fahrzeug. Die schwarzen, abgesteppten Ledersitze waren makellos, ebenso das holzverkleidete Armaturenbrett. Man mochte über Ludwig Holzinger denken, was man wollte, auf seine Autos hatte er geachtet. Oder zumindest Leute bezahlt, die dies für ihn erledigten.

Der Teppich im Fußraum auf der Fahrerseite war stark verschmutzt. Auf der Beifahrerseite hingegen war kein Krümel zu sehen. Tischler ging zum Heck des Austin-Healey und öffnete den Kofferraum. Außer einem Reserverad war dort nichts anderes aufzufinden. Er griff nach dem geöffneten Lederriemen, der das Reserverad sichern sollte. Im nächsten Augenblick holte er das Rad heraus. Negativ. Um der KTU die Arbeit zu erleichtern, lehnte er das Rad an die verchromte Stoßstange. Dabei fiel ihm etwas am Schloss des Kofferraums auf. Es war ein Stück Stoff. Tischler machte ein Foto und zog das Bild auf dem Bildschirm mit zwei Fingern größer. War das Blut, mit dem der Stoff benetzt war? Er wählte eine Kurzwahltaste.

»Servus! Tischler. Kommt ihr noch mal nach Brunngries in die Holzinger-Villa? Ihr müsst mir einen Wagen auseinandernehmen. Was? Das ist mir wurscht. Klar könnt ihr den mitnehmen und bei euch untersuchen. Ja, servus.« Er steckte sein Handy wieder ein.

Auf die KTU war Verlass. Wenn es Blut war, dann würden sie es herausfinden. Und mit etwas Glück auch noch, von wem es stammte.

Im nächsten Moment ärgerte er sich, dass er so schlampig gearbeitet hatte. Wäre er mitten in München zu einem Fall wie diesem gerufen worden, wäre er von Anfang an völlig anders vorgegangen. Er hatte sich von der ländlichen Idylle täuschen lassen. Das durfte ihm nicht noch einmal passieren. Auf der Alm, da gibt's koa Sünd! Ha! Wer's glaubt! Es gab sie. Auf der Alm und ebenso im Tal.

Tischler verließ die Garage und eilte zurück ins Haus. Auf dem Weg dorthin kam er an der Waschküche vorbei. Auf den Leinen, die von der einen zur anderen Wand gespannt waren, hing noch Ludwig Holzingers Wäsche. Er begutachtete einige der Stücke. Ausnahmslos Markenklamotten. Wieder sah er auf sein Handydisplay. Keines der Stücke, die dort hingen, ähnelte farblich dem Stoff aus der Garage. Er öffnete den Trockner und warf einen Blick hinein. Die Wäsche, die sich darin befand, gab er in einen leeren Wäschekorb, der auf dem Gerät stand. Es handelte sich ausnahmslos um Bettwäsche. Tischler machte einen Schritt nach rechts und öffnete die angelehnte Tür der Waschmaschine. Nichts drin. Tereza schien ihre Arbeit in Ludwig Holzingers Villa bis zur letzten Minute ordentlich erledigt zu haben.

Während Tischler vor der Villa auf die KTU wartete, blickte er erneut auf den Schlüsselbund in seiner Hand. Was, wenn Thomas Holzinger selbst überhaupt nichts mit der Sache zu tun hatte? Vielleicht war alles von seiner Frau geschickt eingefädelt worden und sie wollte ihren Mann mit den Schlüsseln nur belasten? Nein. Das ergab keinen Sinn. Wie hätte sie es rein körperlich schaffen sollen, Ludwig Holzinger aus dem Pool, ins Auto und dann noch in seiner Villa in den ersten Stock in die Wanne zu hieven? Was aber, wenn die beiden gemeinsame Sache gemacht hatten? Warum hätte sie dann das Alibi, das sie ihrem Mann verschafft hatte, negieren sollen? Es sei denn, sie hatte Thomas Holzinger zu dieser Tat gedrängt und zog sich nun auf diese Weise aus der Affäre. Wie auch immer, die Antwort lag in der Pension BERGBLICK.

Jens Gebhard traf mit seinem Team ein. Ebenso ein Abschleppwagen.

»Kommen wir noch öfter hierher? Dann richte ich mich in der Villa häuslich ein und wir sparen uns die Anfahrt«, feixte der Spurensicherer, während er seinen silbernen Alukoffer aus dem Kofferraum holte.

»Mir ist einfach wichtig, dass uns nicht langweilig wird«, konterte Tischler und überreichte Gebhard den Schlüsselbund.

»Was ist es denn diesmal?«

»Der dunkelgrüne Austin-Healey in der Garage. Der Kofferraum könnte euch interessieren«, wies Tischler ihn ein, bevor er in seinen Jaguar stieg.

»Das hätten wir alles gleich beim letzten Mal machen können«, warf Gebhard dem Kommissar vor.

»Ja, das ist nicht so rund gelaufen. Geht auf meine Kappe.«

Gebhard sah zur Villa, dann wieder zu Tischler, der seinen Motor aufheulen ließ. Er schmunzelte.

»Was ist?«, rief ihm Tischler zu.

»Man könnte meinen, du wohnst hier!«

»Hätte nichts dagegen!« Grinsend setzte er sich seine Sonnenbrille auf und fuhr vom Grundstück. Tischler atmete tief durch, während er die Nummer seines Kollegen wählte. Langsam, aber sicher artete sein freier Tag in Stress aus.

»Felix? Ich bin's.«

»Constantin. Hast du heut nicht frei?«

»Ja. Du übrigens auch. Horch zu, ich bin gerade auf dem Weg zur Pension BERGBLICK. Es sieht so aus, als hätte der Holzinger Thomas doch etwas mit dem Tod seines Bruders zu tun.«

»Echt?«

»Ja. Seine Frau hat mir heute einen Schlüsselbund gegeben, den sie bei ihm gefunden hat. Ein Schlüssel zur Villa, der andere zu einem der Oldtimer vom Ludwig Holzinger. Da sind Spuren am Kofferraum und wahrscheinlich Blut. Der Gebhard ist vor Ort. Ich bin etwa in fünf Minuten bei der Pension. Wir treffen uns dort.«

»Wie, jetzt gleich?«, fragte Fink vorsichtshalber nach. »Ich hab nämlich grad einen Sandkuchen angerührt.«

»Ja, freilich jetzt gleich. Außerdem: Seit wann bäckst du?«

»Es entspannt mich halt. Ich mach mich auf den Weg.«

Tischlers Weg führte am Chaletdorf vorbei. Noch bevor er das Gespräch mit Fink beendete, sah er aus einem der Häuser auf der Baustelle Rauch aufsteigen. Er bremste scharf ab. Konnte das … Er schärfte seinen Blick und erkannte Flammen, die bereits aus dem Fenster des oberen Stockwerks des Hauses züngelten.

»Fink! Planänderung. Ich bin gerade am Chaletdorf. Da brennt es. Verständige du die Feuerwehr.«

»Soll ich dann immer noch zur Pension fahren?«

Tischler atmete tief ein.

»Okay, jetzt hab ich es kapiert. Ich bin gleich da.«

Tischlers Räder drehten durch, als er Vollgas gab und auf das Baugelände bretterte. Da die Wege noch nicht fertiggestellt waren, wurde die Federung des Jaguars arg auf die Probe gestellt. Doch Tischler ging nicht vom Gas. Er brauste geradewegs auf das brennende Haus zu und machte kurz davor eine

Vollbremsung, sodass er und sein Wagen für einen Moment vom Staub verschluckt wurden. Er riss seine Tür auf und lief die letzten Meter zu Fuß. Auf halber Strecke erkannte er hinter dem Haus Mosers Wagen, der dort etwas versteckt geparkt war.

Tischler bereute in dem Moment, dass er ihn nicht härter rangenommen und ohne weitere Blessuren davonkommen lassen hatte. Wie es schien, reichten die Armaturen nicht mehr. Anscheinend hatte er nun einen völlig anderen Plan.

»Moser!«, schrie Tischler erzürnt, während er die Tür, die ohnehin nur angelehnt war, auftrat. »Moser! Kommen S' raus! Es ist vorbei!« Im nächsten Moment hielt sich der Kommissar den Arm vors Gesicht, weil ihm der Rauch, der sich im Haus bereits gebildet hatte, mit voller Wucht den Atem raubte. Er hustete stark, fing sich jedoch schnell wieder. Er zückte seine Waffe. Aus der Ferne ertönte die Sirene der Feuerwehr. Fink hatte also den Alarm abgesetzt.

»Moser!«, brüllte er in den dunklen Rauch, der sich nur partiell lichtete, bevor ihm der nächste Schwall sofort wieder die Sicht versperrte.

Er ging ein paar Schritte weiter Richtung Treppe, als ihn wie aus dem Nichts eine Holzlatte traf und zu Boden warf. Glücklicherweise hatte er ohnehin sein Gesicht mit seinem Arm verdeckt, weswegen ihn lediglich die Wucht, die von dem Holzstück ausging, niederstreckte. Instinktiv griff er mit seiner Hand ins Leere, als er auf den Boden aufprallte, und erwischte einen Fuß, den er zu packen versuchte. Der Angreifer strauchelte und sank ein paar Meter weiter ebenfalls zu Boden.

»Moser! Zefix! Sind Sie …« Tischler blickte am Boden liegend in ein Gesicht auf gleicher Höhe, das ihm wohlbekannt war. »Holzinger! Was zum …«

Thomas Holzinger war schnell wieder auf den Beinen. Die ersten Teile der Zedernholzdecke fielen auf den Boden herab. Holzinger grinste siegessicher und rannte nach draußen.

Nachdem Tischler sich ebenfalls wieder aufgerappelt hatte, schnappte er sich seine Dienstwaffe, die neben ihm auf der Erde lag, und wollte gerade die Verfolgung aufnehmen, als er hinter sich ein Stöhnen hörte. Er drehte sich um und sah Moser einige Meter entfernt liegen. Er blutete stark an der Schläfe.

»Moser! Was ist mit …« Über Tischlers Kopf knarrte die Decke. Die Flammen hatten das obere Stockwerk, wo auch der Brandherd zu vermuten war, vollständig eingenommen. Tischler warf sich zur Seite, da ihn ein herabfallender Holzbalken fast unter sich begraben hätte.

»Moser! Durchhalten!« Tischler verlor keine Zeit und sprang über den Balken. Dann steckte er seine Waffe zurück ins Holster, griff sich den Muskelberg und zog ihn von dem brennenden Balken weg. Der Fluchtweg zum Haupteingang, durch den Holzinger geflüchtet war, war bereits von brennenden Teilen der Decke versperrt. Tischler drehte sich um und trat mit voller Wucht gegen die Terrassentür, die erst beim zweiten Tritt unter dem Klirren der Scheiben aufsprang. Die Feuerwehr war auf dem Gelände angekommen.

Tischler mobilisierte all seine Kräfte, packte Moser unter den Achseln und zerrte ihn aus dem Haus, das immer mehr unter der Hitze der Flammen nachgab. Schwarze Rauchschwaden folgten Tischler hinaus ins Freie, der Moser so weit auf die Terrasse schleifte, dass er fürs Erste in Sicherheit war.

»Constantin!«, hörte er Fink seinen Namen rufen.

»Hier! Hinter dem Haus!«

Blitzschnell war Fink dort angekommen und entdeckte Moser. »Also doch!«

»Nix also doch!« Tischler zog seine Jacke aus und warf sie von sich. »Der Holzinger war's. Und der ist auf der Flucht.«

Tischler lief um das Haus herum, gefolgt von Fink. Die Feuerwehr hatte sich bereits in Stellung gebracht und begann mit den Löscharbeiten. Fink wies die ebenfalls eingetroffenen Sanitäter an, sich hinter dem Haus um Moser zu kümmern.

»Wo bist du hin, Holzinger?«, brummte Tischler, dessen Jagdtrieb geweckt war. »Irgendwo hier musst du doch ...«

»Da vorne!« Fink hatte ihn bemerkt, wie er plötzlich hinter einem der entfernten Häuser hervorkam, um seine Flucht fortzusetzen.

»Na warte, du Hund, du räudiger ...«

»Was hast du vor?«

»Ich hol mir jetzt den Saukerl«, sagte Tischler fest entschlossen, rannte zu seinem Jaguar und sprang wie Sascha Hehn in seinen besten Zeiten hinters Lenkrad, ohne die Tür zu öffnen. Dann startete er den Motor, ließ die Kupplung blitzschnell kommen und gab mit voll eingeschlagener Lenkung Vollgas. Die PS, die der Jaguar besaß, erledigten auf dem sandigen Boden den Rest.

Fink, von der Darbietung seines Vorgesetzten schwer beeindruckt, feuerte ihn mit erhobener Faust an, während Tischler die Verfolgung aufnahm und eine dicke Staubwolke hinter sich ließ.

Holzinger hatte ihn bereits wahrgenommen. Wie ein aufgescheuchtes Reh jagte er erst nach links weiter, bevor er einen Haken schlug und doch zum gegenüberliegenden Haus lief. Dabei unterschätzte er den Kommissar, der mit Vollgas auf ihn zufuhr und schnell näher kam. Holzinger mobilisierte seine letzten Kräfte und rannte so schnell wie möglich in Richtung des Feldes, das an das Gelände des Chaletdorfes angrenzte und auf der anderen Seite zu einem kleinen Wäldchen führte. Vermutlich hoffte er, dadurch seinen Verfolger abschütteln zu können. Tischler hielt weiter auf den Hotelier zu. Holzinger hetzte auf einen kleinen Sandhügel, der dort aufgeschüttet war, und sprang über einen Graben auf das angrenzende Feld. Er stürzte, war aber schnell wieder auf den Beinen.

Tischler donnerte auf den Sandhügel zu, bremste kurz davor scharf ab. Ohne Rücksicht auf Verluste stieß er seine Tür auf und setzte die Verfolgung zu Fuß fort. Auch er preschte auf den kleinen Hügel und sprang über den Graben. Doch im Gegensatz zu Holzinger landete er sicher und stürmte weiter.

»Stehen bleiben, Holzinger!«, schrie er dem Flüchtenden hinterher. Doch Holzinger ließ sich davon nicht beirren.

Tischler holte Meter um Meter auf, was auch Holzinger nicht entging. Wagemutig blieb er stehen und machte sich kampfbereit. Mit erhobenen Fäusten wartete er auf seinen Verfolger. Womit er jedoch nicht gerechnet hatte, war ein Kommissar, der eine körperliche Auseinandersetzung nicht scheute: Tischler rannte ihn mit voller Wucht um. Als beide am Boden waren, reagierte Tischler blitzschnell, drehte Holzinger auf den Bauch und setzte sich auf ihn. Dann zog er die Handschellen aus der kleinen ledernen Tasche, die an seinem Gürtel rücklings befestigt war, und legte sie Holzinger an.

»So, Bürscherl! Feierabend!« Tischler erhob sich und zog Holzinger in den Stand. Beide waren außer Atem, weshalb auf dem Rückweg zum Baugelände nicht gesprochen wurde.

Fink wartete bereits am völlig verstaubten Jaguar mit ein paar Kollegen, um Holzinger in Empfang zu nehmen. Die Kollegen führten ihn ab.

»Sauber«, lobte er seinen Vorgesetzten. »Wie du den umgenietet hast.«

Tischler stützte sich auf seinen Knien ab. »Ich dachte mir, was du beim Moser kannst, kann ich schon lange.«

»Nur ist der Moser doppelt so schwer wie der Holzinger.«

»Jaaa, wenn du aber deinen Janker anhast? Der allein wiegt ja bereits so einiges.«

Sie lachten.

»Fall gelöst?«, fragte Fink.

»Ich denke doch. Jetzt muss er bloß noch auspacken, der Herr Hotelier.« Tischler stand vor seinem Jaguar. »Nun schau dir diese Sauerei an! Den krieg ich doch nie wieder sauber.«

»Warum war denn der Moser hier an einem Samstag auf der Baustelle?«, wollte Fink wissen.

»Keine Ahnung. Komm, steig ein. Wir fragen ihn. Und danach fahren wir zurück auf die Dienststelle. Ich brauch einen Kaffee.«

»Den HERZHAFTEN?«

»Reiz mich nicht!«, mahnte Tischler.

»Sorry, Chef.« Fink stieg in den Jaguar und fuhr mit seinem Finger über das verstaubte Armaturenbrett. »Vielleicht kann der Steiner Franz den Wagen wieder aufpolieren.«

»Gute Idee.« Tischler startete den Motor. »Ich frag ihn gleich am Montag.«

Sie fuhren zurück ans andere Ende des Chaletdorfes, wo die Feuerwehr den Brand des Hauses bereits unter Kontrolle gebracht hatte. Moser lag auf der Bahre des Rettungswagens und wurde verarztet. *Auch wenn der Fall gelöst ist – das Ergebnis wird den Herren vom Gemeinderat und auch dem Bürgermeister nicht gefallen*, überlegte Tischler. Denn die geplante Eröffnung des Chaletdorfes würde durch den Brand wohl noch ein wenig weiter nach hinten rücken. Dafür erntete die Anlage sicherlich mediale Aufmerksamkeit. Und eine heiße Schlagzeile obendrauf.

Was bleibt, ist die Erinnerung

»Mei! Was dir nicht alles hätte passieren können!« Luise reichte Tischler, der sich das verrußte Gesicht auf der Toilette der Wache gewaschen hatte, ein Handtuch.

»Luise, das hier ist ein Herrenklo!«

»Ja, aber das ist doch eine Ausnahmesituation. Außerdem ist die Tür auf.«

Tischler nahm das Handtuch entgegen und rieb sich das Gesicht trocken. Er ging näher an den Spiegel heran und begutachtete den kleinen Cut an seiner Schläfe.

»Soll ich dir ein Pflaster bringen?«

»Nein, das geht auch so.« Er drückte ihr das Handtuch in die Hand und verließ die Toilette. »Narben sind männlich.«

»Aber wenn da Dreck reinkommt und es dann eitert?« Luise wirkte besorgt.

Tischler ging nicht weiter darauf ein. Viel wichtiger war es, die Wahrheit herauszufinden. Und dabei konnte ihm nur einer helfen: Thomas Holzinger.

Scholl und Kuhn kamen dem Kommissar auf dem Flur entgegen.

»Wir haben ihn in dein Büro gesetzt. Fink ist bei ihm. Er ist sehr nervös«, sagte Scholl.

»Wer? Fink oder Holzinger?«

»Muss ich das jetzt beantworten?« Scholl lachte. »Wir sind vorn bei Luise auf einen Kaffee, falls du uns brauchst.«

»Dank euch.«

Tischler marschierte den Flur entlang in sein Büro und schloss die Tür. Holzinger saß auf dem Stuhl vor Tischlers Schreibtisch. Hinter ihm wie ein Wachhund mit verschränkten Armen Fink, der seine Beute nicht aus den Augen ließ.

Holzinger drehte sich um, als er Tischler wahrnahm. Weil er aufstehen wollte, drückte ihn Fink beherzt zurück in den Stuhl.

»Ich kenne meine Rechte! Ohne Anwalt dürfen Sie mich überhaupt nicht verhören!«

Tischler setzte sich an seinen Schreibtisch und blickte ihn lässig an. »Wir verhören Sie doch nicht, Herr Holzinger. Wir reden bloß miteinander.« Tischler lehnte sich zurück und schlug die Beine übereinander. »Zum Beispiel interessiert mich brennend, was Sie auf dem Chaletgrundstück zu suchen hatten? Oder noch besser, warum Sie es angezündet haben? Übrigens haben wir in dem Haus daneben ebenfalls einen Benzinkanister vorgefunden. Ich gehe davon aus, dass wir darauf Ihre Fingerabdrücke feststellen?«

»Ich ... ich bin nur spazieren gegangen und zufällig dort vorbeigekommen!« Holzinger fuhr einen Gang zurück. »Da habe ich das Feuer gesehen und wollte eingreifen.«

»Pff«, pfiff Fink, erntete dafür jedoch umgehend einen strengen Blick seines Vorgesetzten, der ihn sofort verstummen ließ.

»Ich verstehe. Sie wollten also helfen und das Feuer löschen?«, fuhr der Kommissar fort.

»Ganz genau. So war's! Das war bestimmt dieser Dachdecker. Warum verhören Sie den nicht?«, versicherte Holzinger wenig glaubhaft.

»Das haben wir bereits. Er berichtete, er sei von Ihnen niedergeschlagen worden, als er Sie überrascht habe. Im Gegensatz zu Ihnen hatte Herr Moser einen guten Grund, auf der Baustelle zu sein.«

»Wie ich schon sagte: Ich bin dort zufällig vorbeigekommen. Dieser Fleischberg hat mich sofort angegriffen, als ich in dieses Haus gegangen bin. Da habe ich ihm mit einem Stück Holz eine übergebraten.«

»Verstehe. Und dann sind Sie nach oben in den ersten Stock geflüchtet und wollten das Feuer löschen.« Tischler legte seine Ellbogen auf den Stuhllehnen ab und faltete die Hände vor seinem Gesicht.

»Äh, ja, genau. So war's.«

»Und ... vor mir sind Sie geflüchtet, weil ...?«

»Weil ich genau weiß, wie das bei euch läuft. Man ist zur falschen Zeit am falschen Ort und gleich der Schuldige. Weil es für euch am einfachsten ist.«

Tischler blieb übertrieben ruhig. »Nein, Herr Holzinger. So läuft das vielleicht in einem Hollywoodstreifen. Wir hier bei der Polizei machen das sehr viel gewissenhafter. Wir sammeln Daten und Fakten und machen es uns ganz schwer.«

Tischler musterte Holzinger eindringlich. Der wich seinem stechenden Blick aus. Der Kommissar erhob sich, steckte seine Hände in die Hosentaschen und spähte aus dem Fenster.

»Herr Holzinger, wussten Sie, dass unsere Haut aus über einhundert Milliarden Hautzellen besteht?«

»Kann sein.«

»Alle achtundzwanzig Tage erneuert sich die Haut. Ohne dass wir es wahrnehmen, verlieren wir etwa zwei Gramm an Hautschüppchen täglich.« Er drehte sich kurz zu Holzinger.

»Ich finde das äußerst spannend. In einem Quadratzentimeter befinden sich etwa hundert Schweißdrüsen ...«

Fink schob den Ärmel seines Jankers nach oben und zupfte an seinem Arm.

»Und warum erzählen Sie mir das?« Holzinger unterbrach Tischlers Biologiestunde. Er wirkte unsicher.

Tischler drehte sich um und lehnte sich an die Fensterbank. »Ich erzähle Ihnen das, weil ich immer schon davon überzeugt war, dass am Ende des Tages die Wahrheit herauskommt. Das war auch bereits vor hundert Jahren so. Aber heute, heute haben wir ganz andere Möglichkeiten.« Tischler hielt einen Moment inne.

Fink stand es ins Gesicht geschrieben, dass er ebenso wenig wie Holzinger wusste, auf was der Hauptkommissar hinauswollte.

»Wir haben uns mal die Autos in der Garage Ihres Bruders etwas genauer angesehen. Eines davon hat es uns ganz besonders angetan.« Tischler schmunzelte. »Sie müssen wissen, unsere Herren von der Spurensicherung ... also, wenn die sich erst einmal festgebissen haben ... Jeden Millimeter nehmen die auseinander. Und sie haben allerhand gefunden. Speichel, Blut, Haare ...« Tischler lachte erneut. »Ich bin mir sicher, dass wir die DNA verschiedenster Damen im Wagen gefunden haben. Immerhin eilte Ihrem Bruder ein gewisser Ruf voraus.«

Tischler sah Thomas Holzinger tief in die Augen, schlenderte zu seinem Schreibtisch, stützte sich mit beiden Händen darauf ab und beugte sich nach vorne.

»Haben wir in dem Wagen auch Spuren von Ihnen gefunden ... Herr Holzinger?«

Stille.

Holzingers Atem beschleunigte sich. Seine Kinnpartie bewegte sich nervös. Er biss die Zähne so fest zusammen, dass sich die Muskeln an den Wangen abzeichneten. Tischler ließ mit seinem Blick nicht von ihm ab. Der Hotelier atmete immer schneller und drohte, jeden Moment zu explodieren.

»Verdient hat er es! Die fiese Sau!«, schrie Holzinger plötzlich.

Sein Körper bebte, er ballte seine Hände zu Fäusten. Fink begab sich in Habachtstellung. Bereit, die richtige Maßnahme zu treffen, sollten mit Holzinger die Pferde durchgehen. Doch der fing sich schnell. Sicher war ihm bewusst, dass er seine Situation mit einem möglichen Fluchtversuch nur verschlimmern würde. Er sackte auf seinem Stuhl in sich zusammen und atmete tief durch.

Tischler setzte sich und bedeutete Fink mit einem Zwinkern, dass auch er sich entspannen könne. Ruhig schaute er Holzinger an. Er ließ ihm Zeit.

»Das wäre alles nicht passiert, wenn ...«

»Wenn was, Herr Holzinger?«

»Es war an dem Freitag. Ich bin auf die Baustelle gefahren. Also ... von dem Feriendorf.« Er sah zu Tischler auf. »Ich wollte erst gar nicht!« Sein Kopf senkte sich wieder. »Es war immer schon sinnlos, mit Ludwig zu sprechen. Als ich aber mitbekommen habe, zu welchen Dumpingpreisen diese Chalets vermietet werden ... Ich meine, wie soll ich denn da mithalten können?«

Holzinger setzte sich aufrecht hin. Es hatte den Anschein, als wäre er bereit, sich endlich von einer Last zu befreien.

»Sie sind also auf die Baustelle gefahren. Und dann?«, versuchte Tischler wohldosiert, der Wahrheit ein Stück näher zu kommen.

»Ich dachte mir, dass er vielleicht doch zur Vernunft käme und einmal nicht bloß an seinen Profit denken würde ...« Thomas Holzinger verstummte. Sein leerer Blick wanderte an Tischler vorbei zum Fenster hinaus.

»Ich, ich bin also zu ihm auf die Baustelle gefahren ...«

***

»Oh! Welch hoher Besuch an diesem Freitagabend! Bist du falsch abgebogen?«

Ludwig Holzingers Augen glänzten, während er von seinem Schreibtisch aufblickte, als Thomas das Baubüro betrat. »Oder wolltest du dir mal ansehen, wie heutzutage, im einundzwanzigsten Jahrhundert, gewohnt wird? Als Gast – in Brunngries?«

»Meine Gäste waren bisher immer sehr zufrieden«, konterte Thomas gelassen. »Bislang hat sich keiner beschwert.«

Ludwig lachte schallend. »Du bist nicht auf dem neuesten Stand, Bruderherz. Warte …« Er tippte in die Tastatur seines Computers. Zwischendurch nahm er einen großen Schluck aus seinem Weinglas.

»Ich bin nicht dein Bruder«, erwiderte Thomas trocken, ja fast verächtlich.

»Das würde unsere Mutter anders sehen, wenn sie noch leben würde.« Ludwig zeigte auf den Bildschirm. »Hier, deine Rezensionen. Was wird denn hier so alles …« Er kniff die Augen zusammen. »Ha! Hier! ›… roch ein wenig muffig im Zimmer, das Bad hatte schon bessere Zeiten erlebt. Wer hat denn heute noch Fliesen in Bahamabeige?‹« Lachend nahm er einen weiteren Schluck.

»Manchen Gästen kann man es eben nicht …«

»Warte, warte!«, unterbrach er Thomas. »Das ist auch gut … ›Der Röhrenfernseher hatte nur drei Programme zur Auswahl, teilweise verschneit. Eine Minibar suchten wir vergeblich …‹«

»Es reicht!«, rief Thomas. »Niemand liest diesen Schund im Internet.«

»Oh, da kennst du deine potenziellen Kunden aber schlecht, mein Lieber.« Ludwig stolzierte zum Regal neben seinem Schreibtisch und goss sich nach. »Die Menschen informieren sich über jeden Scheiß.« Er zwinkerte seinem Bruder zu. »Kleiner Tipp: Such dir ein paar Leut', die dir eine gute Bewertung schreiben. Aber am besten welche, die noch nie bei dir waren, sonst wird es schwierig.«

»Lach du nur! Und wenn schon! Die Leute haben ja ständig was zu meckern«, verteidigte Thomas seine Pension. »Die regen sich sogar auf Malle auf, wenn es ihnen zu heiß ist!«

»Ha! Lieber zu heiß als Fliesen in Bahamabeige.« Ludwig schüttelte sich und machte dabei ein angewidertes Gesicht. Dann streckte er Thomas etwas wackelig die Flasche entgegen. »Magst auch einen Schluck?«

»Danke, ich verzichte. Und du hast auch schon genug. Wie ich sehe, säufst du dir deine Einsamkeit immer noch rund um die Uhr schön?«

»Na, komm schon! Ist echt ein guter!« Ludwig sah aufs Etikett. »Ein Cabernet Sauvignon. Oh! Aus dem Barrique.« Er nahm einen Schluck aus der Flasche. »Ja, Barrique. Kommt aus Kalifornien! Das ist in Amerika. Kostet bestimmt hundert Schleifen die Flasche. Das wäre doch was für die Minibars in deinem Etablissement?« Ludwig verzog sein Gesicht. »Ach – mein Fehler! Du hast ja keine Minibar.« Er stellte die Flasche wieder ab. »Christine hätte bestimmt gerne so ein feines Schlückchen, wenn ich mich recht erinnere.«

»Lass meine Frau da raus. Sie ist nicht hier.«

Ludwig nahm seinen Bruder an der Hand und zog ihn nach draußen. Sein Glas samt Flasche schleppte er mit. »Komm, Bruderherz. Ich zeig dir alles. Wo du schon mal hier bist.«

Vor dem Musterhaus der Anlage blieb er stehen und leerte sein Glas auf Ex.

»Ist das nicht geil? Jedes der Häuser hier sieht gleich aus. Nur die allerbesten Materialien. Echtholzböden, Marmor im Bad, Flat Screens, WLAN, Wandheizung, Photovoltaik, Lüftungsanlage mit Wärmerückgewinnung, Dreifachverglasung.

Und das Beste …«, er drehte sich um und breitete seine Arme aus, »… ein absolut geiler Pool vor jedem Haus.« Erneut füllte er sein Glas. Er wankte. »Fehlt nur noch die Poolleiter. Der Betrieb, bei dem wir die bestellt haben, ist insolvent. Die armen Schweine …«

Thomas stand hinter ihm. Auch wenn er sicherlich von alldem beeindruckt war, so hätte er es niemals gezeigt und verkniff sich jeglichen Kommentar.

Ludwig ging zwei Schritte rückwärts, ohne den Blick vom Pool zu nehmen. Neben Thomas blieb er stehen. »Mit Gegenstromanlage, wenn man das möchte. Herrlich, oder? Das hättest du bestimmt auch alles gerne in deiner Pension, nicht wahr?« Er trank sein Glas mit wenigen Schlucken aus.

»Bei uns zählt das Familiäre.«

Ludwig stellte die Flasche auf den Boden und hielt seinem Bruder den Zeigefinger vors Gesicht. »Das bringt dir aber kein Geld. Luxus, Pool, Sauna, das wollen die Leute heute. Die Kundschaft, der du hinterherhechelst, stirbt aus. Du hättest schon lange investieren müssen. Dann stünde die Pension unserer Mutter nicht vor dem Ruin.«

»Ach, daher weht der Wind!«, sagte Thomas erstaunt. »Du hast es immer noch nicht verkraftet, dass unsere Mutter mir alleine die Pension überschrieben hat? Vermietest du deine Luxusbuden deshalb zum Dumpingpreis, um mich in den Ruin zu treiben?«

Ludwig lachte. »Ha! Nimm dich mal nicht so wichtig! Das schaffst du ganz alleine. Geplant war, dass wir alle Chalets verkaufen. *By the way* – wir hätten dreimal so viel verkaufen können. Noch vor dem ersten Spatenstich. Als dann allerdings die ersten Anfragen ins Haus getrudelt sind, ob diese Chalets auch zu vermieten wären, wurde es interessant.«

»Ach ja? Und weshalb?«

»Man merkt, du bist nicht geschäftstüchtig, mein lieber Bruder.« Ein Rülpser schallte durch die Anlage. »Sorry. Wo hab ich bloß meine Manieren?«

»Also? Beglückst du mich heute noch mit deiner unendlichen Weisheit?«

»Pass auf! Kannst du dir vorstellen, wie viele Auflagen vonseiten des Gemeinderats, Bauamts und so weiter auf dich zukommen, wenn du einen Bauantrag dieser Größenordnung einreichst?« Er hatte bereits Schlagseite, während er Thomas ungeduldig ansah. »Ich helfe dir. U... u... unerträglich viele. Und weißt du, wie viele Auflagen es sind, wenn du plötzlich bei diesen Bürokraten vom Wirtschaftsfaktor Tourismus sprichst? Ihnen etwas vom Ausgabeverhalten der Feriengäste erzählst?«

Ludwig Holzinger tippte mit seinem Finger auf Thomas' Brust. »Keine Auflagen«, flüsterte er und kam ihm dabei sehr nah. »Keine!«

Thomas wich angewidert zurück. »Du bist betrunken.«

»Freilich bin ich das. Es gibt jeden Tag etwas zu feiern.«

»Okay, dann vermiete eben die meisten dieser Hütten ...«

»Chalets!«, verbesserte der Bauherr.

»Von mir aus. Warum aber musst du sie zu diesen Dumpingpreisen anbieten? Wie soll einer wie ich da noch mithalten können?« Thomas wurde laut.

»Gar nicht.« Er grinste. »Das nennt man Wettbewerb.«

»Du machst diese Gegend kaputt!«

»Nein.« Ludwig schlug seinem Bruder abfällig auf die Schulter. »Ich mach nur dich kaputt.«

Thomas rang mit sich. Doch sein fester Vorsatz, ruhig zu bleiben, den er bestimmt ein paar Minuten zuvor noch gehabt hatte, wich purer Verachtung. Erst recht, als ihn sein Bruder schallend auslachte. Der sonst so ruhige Pensionsinhaber ballte seine Faust, holte aus und schlug Ludwig mitten ins Gesicht. Der taumelte rückwärts und verabschiedete sich nach ein paar

Schritten in voller Montur in den Pool des Musterhauses, dessen Inhalt literweise auf die Holzplanken austrat und dort sofort versickerte.

»Komm rein!«, rief Ludwig mit blutender Nase überschwänglich, als er aufgetaucht war. »Das Wasser ist herrlich. So fühlt es sich also an, wenn einem das Wasser bis zum Hals steht!«

»Du bist ein Arsch. Unsere Mutter würde sich für dich schämen, wenn sie dich jetzt sehen könnte.«

Ludwig schwamm leicht unbeholfen zum Beckenrand und stützte sich darauf ab. »Unsere Mutter hat sich bereits zu Lebzeiten für dich geschämt. Weil du kein echter Holzinger bist.«

Thomas blickte wortlos auf seinen Bruder herab. Ludwig streckte ihm seine Hand entgegen und schnippte mit den Fingern.

»Hilf mir mal raus ...«

Thomas ging langsam auf die Knie. Er sah seinem Bruder tief in die Augen. In der nächsten Sekunde schnellte seine Hand blitzschnell zu Ludwigs Kragen. Mit festem Griff drückte er seinen Kopf unter Wasser. Ludwig schlug um sich, konnte kurz Luft holen ... doch Thomas mobilisierte erneut all seine Kräfte. Zwischenzeitlich lag er am Rand des Pools, um seinen Bruder noch tiefer in das Becken zu drücken. Der angetrunkene Bauunternehmer schlug wild um sich. Thomas schloss seine Augen und biss die Zähne fest zusammen. Die extreme Anstrengung war ihm anzusehen. Ludwigs Befreiungsversuche wurden zögerlicher, seine Ausschläge weniger. Thomas ließ nicht von ihm ab. Es dauerte trotzdem noch eine Weile, bis sich Ludwig Holzinger in sein Schicksal ergeben hatte, an diesem Freitagabend in einem nagelneuen Pool dem turbulenten Leben, das er führte, auf ebenso turbulente Weise servus zu sagen.

Thomas Holzinger öffnete seinen festen Griff und verharrte eine Weile am Beckenrand. Dann öffnete er seine Augen, zog seinen Arm aus dem Pool und stand auf. Gefasst starrte er ins Wasser. Da lag sein Bruder – leblos und ruhig – am Grund und war endlich … still.

Nervös blickte er um sich. Die Realität hatte ihn eingeholt. Jetzt musste er überlegt und besonnen handeln. Es war niemand zu sehen. Ein Glück, dass sich das Gelände am Rande von Brunngries befand. Mit Blick auf seinen Bruder tigerte er am Beckenrand auf und ab. Sollte er ihn herausholen? Nein. Weshalb auch. Man würde ihn finden und vermuten, dass er betrunken in den Pool gefallen war. Die fehlende Treppe würde erklären, weshalb er es nicht herausgeschafft hatte. Ja, genau so war es. Er kramte in seiner Hosentasche nach seinem Autoschlüssel. Ein letzter Blick in den Pool, dann machte er sich auf zu seinem Wagen. Er linste nach links, dann nach rechts. Niemand zu sehen. Nur noch ein paar Schritte. Da wanderte sein Blick nach oben. Er blieb abrupt stehen.

»Scheiße!«, fluchte er unterdrückt. »So eine Scheiße!«

Seine Aufmerksamkeit galt einem Mast, der inmitten des Chaletdorfes installiert war. In schwindelnder Höhe waren mehrere Kameras zu erkennen, die in alle Richtungen das Gelände überwachten. Thomas Holzinger erinnerte sich, dass in letzter Zeit gehäuft Maschinen und Baumaterialien von hiesigen Baustellen entwendet worden waren. Die Wahrscheinlichkeit, dass seine Tat in Full HD auf einer Festplatte gebannt war, lag bei einhundert Prozent.

Schnell kehrte er zum Musterhaus zurück. Er stellte sich an den Beckenrand und drehte sich um. Die Kamera war zu sehen. Somit sah die Kamera auch ihn. Holzinger überlegte. Selbst wenn die Kamera seine Tat nicht aufgezeichnet hätte, wäre zumindest festgehalten, dass er an diesem Tag auf der Baustelle gewesen war. Jeder im Ort wusste, welches Verhältnis er zu seinem Bruder hatte.

Thomas Holzinger eilte zum Baubüro und setzte sich vor den Computer. Seine Augen suchten auf dem Bildschirm nach dem Programm, das die Kamera steuerte. Seine Befürchtung, das Programm wäre passwortgeschützt, war schnell dahin. Wer Ludwig Holzinger kannte, wusste, dass er sich um viele Dinge Gedanken machte, einen Computer durch ein Passwort zu schützen, gehörte jedoch sicher nicht dazu. Auf dem Bildschirm öffneten sich acht Fenster, die jeweils einen anderen Bereich des Geländes in Form eines hochauflösenden Livebildes zeigten.

Thomas klickte sich durch das Programm und wählte die Zeit der Aufzeichnung, als er auf der Baustelle eingetroffen war. Sein Puls schlug ihm bis zum Hals, als er sich selbst mit seinem Bruder vor dem Pool stehen sah. Dann der Moment, wie er ihn unter Wasser drückte … Das Bild stoppte. Er wagte es nicht, sich seine Tat anzusehen. Seine Augen wanderten über die restlichen Aufnahmen. Zeit, das Geschehene von der Festplatte zu verbannen. Doch stopp! Was war das? Holzinger rückte näher an den Bildschirm heran. Eine weitere Kamera hatte seinen Wagen im Visier. Und auch den Jäger Ferstel, der mit seinem Vierbeiner an der Leine neugierig ins Wageninnere blickte, einmal um das Fahrzeug wanderte, kurz verharrte und danach seinen Spaziergang fortsetzte.

»So ein Mist!« Holzinger schlug auf die Tastatur. Sein Gehirn rief alle erdenklichen Szenarien ab. Die Aufnahme der Kamera löschen, die den Pool im Visier hatte? Ja, unbedingt. Computer zerstören? Nein. Das würde darauf hindeuten, dass der Tod seines Bruders kein Unfall war. Computer mitnehmen? Gleiches Ergebnis. Thomas überlegte, was wäre, wenn die Polizei den Hundebesitzer ausmachen würde. Der würde sich doch an seinen Wagen erinnern? Obgleich dies auch schon egal wäre. Schließlich wäre für die Polizei nicht nur der Gassigänger interessant gewesen. Auch sein Wagen war in voller Größe zu sehen.

Thomas überlegte nicht weiter und löschte die Datei des gesamten Tages. Um unbemerkt von der Baustelle verschwinden zu können, stellte er das System so ein, dass die Aufzeichnungen erst wieder ab Mitternacht starteten. Dann entfernte er mit dem Sakko seines Bruders, das über der Stuhllehne hing, alle Spuren, die er hinterlassen hatte. Anschließend verließ er das Baubüro, dessen Tür er mit seinem Fuß ins Schloss drückte. Erneut trat er seinen Weg zu seinem Wagen an, bis er kurz vor seinem Ziel immer langsamer wurde und schließlich stehen blieb.

Was, wenn sie meinen Bruder im Pool tot auffinden? Diese Nachricht wird sich wie ein Lauffeuer im Dorf verbreiten und schließlich den Ferstel erreichen. Der wird sich an den Abend erinnern und berichten, dass er einen Wagen gesehen hat. Meinen Wagen, schoss es Holzinger durch den Kopf. Er drehte sich um und schaute zurück. Er musste die Aufmerksamkeit von der Baustelle ablenken. Sein Bruder durfte nicht hier gefunden werden. Er musste ihn unbedingt an einen anderen Ort verfrachten.

Thomas lief zurück zum Pool, zog sich aus und sprang hinein. Er holte kurz Luft und tauchte ab. Ein paar Sekunden später kam er wieder an die Oberfläche. Im Schlepptau seinen Bruder, den er an den Beckenrand zerrte und mit aller Kraft nach oben hievte, bis der mit seinem Oberkörper leblos auf den Holzplanken lag. Thomas drückte sich mit einem Ruck aus dem Wasser und zog danach seinen Bruder komplett heraus. Dabei zeigte er keinerlei Emotionen. Er funktionierte einfach.

Rasch durchsuchte er dessen Hosentaschen: Handy, Autoschlüssel und Brieftasche. Wie einen nassen Sack schulterte er den Toten und trug ihn zu dessen Austin-Healey, der ganz in der Nähe auf dem Gelände stand. Er legte ihn neben dem Oldtimer ab und öffnete den Kofferraum.

»Verdammt!«, schimpfte Thomas.

Nicht nur, dass der Kofferraum sehr klein war, es befand sich auch noch ein Reserverad darin. Er löste den Lederriemen, mit dem das Rad fixiert war, und deponierte es auf dem Beifahrersitz. Danach legte er seinen Bruder in den Kofferraum. Kein leichtes Unterfangen bei einem Wagen dieser Größe. Immer wieder korrigierte er die Lage der Leiche, als würde er an einem Sack Kartoffeln zerren, bis endlich die Klappe ins Schloss einrastete.

Nachdem sich Holzinger wieder angezogen hatte, setzte er sich auf den Fahrersitz und strich über das Holzlenkrad. Wie oft hatte er seinen Bruder um dieses Auto beneidet, wenn der an sonnigen Tagen meist in Begleitung schöner Frauen mit offenem Verdeck durch den Ort gebraust war. Natürlich immer zu schnell. Sicher hätte sein Bruder zu Lebzeiten niemals geglaubt, dass er seine letzte Fahrt im Kofferraum seines Lieblings antreten würde. Holzinger besann sich wieder. Schließlich musste er einen Mord vertuschen. Er drehte den Zündschlüssel und legte den Gang ein. Mittlerweile war es dunkel und niemand war zu sehen. Unter anderen Umständen hätte Thomas diese Fahrt sicherlich genossen, ja, sogar das Verdeck geöffnet. Seine Klamotten, die an seiner nassen Haut klebten, trübten jedoch das Fahrerlebnis. Ganz zu schweigen von seinem toten Bruder, den er hinter sich gelassen hatte. Im Kofferraum eines 1964er Austin-Healey 3000 in British Racing Green.

Holzinger sah in den Rückspiegel. Seine Haare tropften.

»Brudermörder«, betitelte er angewidert sein Spiegelbild. Energisch trat er aufs Gas und verließ die Baustelle.

***

»Und dann haben Sie ihn in sein Haus gefahren?«, fragte Tischler, als Holzingers Erzählungen eine längere Pause folgte.

Holzinger blickte auf. »Erst dachte ich, ich versenke die Karre einfach im Wasser.«

»Was hat Sie abgehalten?«, wollte Fink wissen.

Holzingers Kopf neigte sich etwas zur Seite, Fink blickte er jedoch nicht an.

»Ich wollte, dass man ihn genau so vorfindet. Nackt, mit dem Anschein, dass er sich totgesoffen hat.« Sein Ton wurde rauer. »Er hat es nicht verdient, dass ihm Brunngries hinterhertrauert. Er sollte in den Köpfen der Leute als der in Erinnerung bleiben, der er war. Ein großspuriger, exhibitionistischer Säufer, der seinen Hals nicht voll bekommen konnte.«

Tischler verkniff sich jeglichen Kommentar dazu.

»Später sind Sie zurück auf die Baustelle, haben Ihren Wagen geholt und sind nach Hause gefahren? War es so?« Holzinger nickte. »Was haben Sie mit seinen Klamotten gemacht?«

»Die habe ich verbrannt. Was ich mit dem Wagen auch hätte tun sollen.«

»Und warum haben Sie den Schlüsselbund aufgehoben?«

Er zuckte mit den Schultern. Es war ihm anzumerken, dass er sich im Nachhinein ärgerte. Ausgerechnet der Wagen, mit dem Ludwig am meisten herumgeprotzt hatte, hatte ihn am Ende überführt.

»Eines würde mich noch interessieren, Herr Holzinger. Wussten Sie zu diesem Zeitpunkt bereits, dass Ihr Bruder der eigentliche Vater Ihrer Zwillinge war?«

Holzinger atmete tief durch. Wut war in seinem Gesicht zu erkennen.

»Diese freudige Nachricht hat mir meine treu liebende Ehefrau erst vor ein paar Tagen überbracht.«

Tischler war skeptisch. »Kaum vorstellbar, wo doch Ihr Bruder anscheinend keine Gelegenheit ausgelassen hat, Ihnen das Leben schwer zu machen.«

Holzinger ballte seine Hände zu Fäusten. »Hätte ich das gewusst, wäre er schon länger nicht mehr am Leben.«

»Herr Holzinger, ist Ihnen bewusst, dass Sie Ihre Zwillinge zu Halbwaisen gemacht haben?«

Holzinger sprang wutentbrannt auf. »Ich bin ihr Vater! Das bin ich immer gewesen!«

Fink reagierte schnell und packte Holzinger entschlossen am Arm. »Ganz ruhig, Herr Holzinger. Wir wollen hier nicht laut werden.«

Holzinger zog seinen Arm aus Finks Griff und setzte sich wieder. »Der Hallodri wäre niemals für Sophia und Florian da gewesen. Auch nicht, wenn er gewusst hätte, dass er der Vater der beiden war.«

Tischler stand auf und stellte sich vor Holzinger. »Tja, Herr Holzinger. Das Ergebnis bleibt sich nun gleich. Denn auch Sie werden Ihre Kinder für lange Zeit wohl nicht mehr zu Gesicht bekommen.«

Er verließ das Büro und suchte nach Scholl. Der saß auf Luises Schreibtisch und schob sich just in diesem Moment einen Keks in den Mund.

»Robert?«

»Hier! Bei der Arbeit!« Der Angesprochene erhob sich blitzartig und stand übertrieben stramm. Schnell putzte er sich noch die Krümel von seinem Kragen der Dienstjacke.

»Du und Miriam – bringt mir bitte den Holzinger nach Traunstein. Wir kommen nach.«

»Was ist mit mir?« Miriam tauchte aus dem Nebenzimmer auf.

»Die Arbeit ruft«, informierte der Polizeimeister seine Kollegin und machte sich auf den Weg zu Tischlers Büro. Miriam folgte ihm.

»Und?«, fragte Luise mit vollem Mund.

»Was – und?«

»Na, war er es?«

»Freilich.«

»Mein Gott. Der Thomas.« Luise bekreuzigte sich.

Tischler sah sie skeptisch an. »Bekreuzigen müsstest du dich aber eher für den Ludwig.«

»Hast ja recht.« Sie wiederholte das Ritual. »Mei, der arme Wickerl. Vom eigenen Bruder ermordet. Das wünscht man keinem.«

»Stimmt!«, bestätigte Tischler Luises Ansicht und schnappte sich auch einen Keks. »Von der Schwester umgebracht zu werden, wäre viel besser.«

Luise boxte den Kommissar zaghaft. »Du weißt genau, wie ich das meine. Schließlich ist man doch eine Familie. Auch wenn es Halbgeschwister waren.«

Tischler legte seine Hand auf Luises Schulter. »Luise, du weißt, warum es in der Familie zu mehr Straftaten kommt als unter Freunden?«

Luise zuckte mit ihren Schultern und nahm sich noch einen weiteren Keks.

»Weil man sich die Freunde aussuchen kann.«

DER ERSTE, DER GEHT

Zwei Tage später

»Zefix! Was ist denn da jetzt los?«

»Ist was passiert?« Luise eilte in Tischlers Büro.

Tischler kniete vor seiner edlen Kaffeemaschine, deren Wassertank seinen Inhalt unkontrolliert als kleines Rinnsal über den Tisch entließ. Der Hauptkommissar jonglierte mit zwei Handtüchern herum, um das Malheur zu stoppen, bevor sich das Wasser auch noch auf dem Fußboden ausbreitete. Luise verschaffte sich einen schnellen Überblick über die Lage. In dem festen Glauben, das Problem erkannt zu haben, streckte sie sich über Tischlers Kopf hinweg und drückte einen Knopf, der nervös blinkte.

»Vielleicht liegt es daran!«

»Nein! Nicht!«, rief Tischler noch, doch es war zu spät.

Die Maschine entleerte sich nicht mehr nur über den Gehäuseboden, sondern nun auch noch über den Hahn an der Front der Maschine in Form von heißem Dampf, der den Kommissar erstklassig einnebelte.

»Ah!«, schrie er auf und schnellte hoch, sodass er Luise etwas unglücklich einen Hieb versetzte, woraufhin sie ins Straucheln geriet. Unkontrolliert taumelte sie rückwärts in Richtung Tür und drohte, jeden Moment auf ihrem Allerwertesten zu landen, wäre da nicht der Ritter der Stunde aufgetaucht und hätte sie mutig aufgefangen.

»Hoppala«, rief Fink überrascht zu Luise herab, die im breiten Tangoschritt in seinen Armen lag und ihn verdutzt anstarrte.

Tischler hockte auf dem Boden und wischte sich mit dem Handtuch über sein Gesicht. Dann sah er blinzelnd zu Fink, der nach wie vor Luise im Arm hielt.

»Störe ich euch bei irgendwas? Soll ich nachher noch mal wiederkommen?«

»Mei, du bist ja richtig stark!« Luise fasste an Finks Oberarme, nachdem er sie zurück in den Stand befördert hatte. »Das sieht man dir gar nicht an.«

»Weil er ewig in dem Janker steckt«, neckte ihn Tischler.

»Da läuft was aus«, bemerkte Fink und deutete auf die Kaffeemaschine, deren Tank zwischenzeitlich komplett leer war. Die letzten Tropfen verabschiedeten sich in dem Moment von der Tischplatte auf den Boden.

»Scheiße!«, schimpfte Tischler und rappelte sich ebenfalls wieder hoch.

»Ist da was undicht?«, fragte Fink interessiert.

»Nein. Das muss so sein. Jetzt läuft die Brühe endlich auf den Boden und nicht mehr in die Tasse, wie sonst immer«, maulte Tischler und warf das Handtuch über die Pfütze auf dem Boden.

»Heißt das, es gibt jetzt keinen Kaffee?« Fink sah zu Luise, die breit grinsend in der Tür stand.

»Tja, wenn ihr mich nicht hättet! Ich sage nur: Der HERZHAFTE von Brunello. Ich mach euch beiden schnell eine Kanne, damit ihr auf Touren kommt.«

»Ich, äh …« Tischler drehte sich mit erhobenem Zeigefinger um. Doch Luise war bereits auf dem Weg, um ihre

Filterkaffeemaschine in Gang zu setzen. Er sah zu Fink, der eine Mappe auf seinen Schreibtisch legte.

»Was ist das?«

Fink setzte sich. »Holzingers Tresorschlüssel gehört zu einer kleinen Privatbank namens Krämer aus Bad Reichenhall. Der Staatsanwalt hat einen Nachlasspfleger beauftragt. Der hat die Bank kontaktiert und die haben den Inhalt des Schließfaches freigegeben.«

»Und?« Tischler nahm an seinem Schreibtisch Platz.

»Holzinger hatte ein Testament gemacht. Das hat er dummerweise in den Tresor gelegt.«

»Tja, das ist ein Fehler.« Tischler schmunzelte. »Oder er hat es mit Absicht getan, damit sich die möglichen Erben erst einmal streiten.«

Fink lachte. »Tja, aus diesem Blickwinkel fast schon wieder genial.«

»Sooo! Jetzt schauts her.« Luise erschien mit einem Tablett und verteilte die Tassen. »Das ist die Sonderedition vom HERZHAFTEN. Den gibt es nur für kurze Zeit.«

»Und was kann die Sonderedition? Ist sie anders verpackt?«, erkundigte sich Tischler.

»Nein! Er soll besonders mild sein. Außerdem sind zweihundertfünfzig Gramm mehr im Beutel. Und hier hab ich für euch noch ein paar Kekse. Jetzt lasst es euch schmecken. Ich bin vorne, wenn ihr mich braucht.«

Luise schloss hinter sich die Tür. Die Männer nippten am Kaffee.

»Ui! Schmeckt gar nicht mal so gut!«, verzog Tischler sein Gesicht.

»Boah! Das schmeckt ja wie … wie … also wirklich nicht gut.«

Sie stellten die Tassen zurück und nahmen dafür einen Keks.

»Geht denn mit deiner Maschine überhaupt nichts mehr?«

Tischler sah Fink mit strengem Blick an, ohne darauf zu antworten.

»Ich frag ja bloß.«

»Jetzt zeig endlich! Was steht denn nun drin in dem Testament?«

Fink schob die Mappe über den Schreibtisch in Tischlers Richtung. »Lies selbst! Manchmal muss man anscheinend sterben, damit einen die Leut' mit anderen Augen sehen.«

Tischler öffnete die Mappe und zog den gesamten Inhalt heraus. Bilder, auf denen er mit seinen Eltern und den beiden Geschwistern zu sehen war. Unter dem Weihnachtsbaum, im Urlaub am Strand, mit seinem Vater auf einer Baustelle …

»Schau einer an!«, wunderte sich Tischler. »Im täglichen Leben hat er sich von seinen Geschwistern distanziert, aber die Bilder waren ihm zumindest so viel wert, dass er sie im Tresor aufbewahrt hat.«

Er legte die Fotos zur Seite und öffnete den Umschlag mit dem Testament.

»Mein letzter Wille … ich, Ludwig Holzinger, Am Hang 5, 05.05.1975, bestimme zu meinen Erben bla, bla, bla …« Er blickte zu Fink. »Ich fass es nicht! Er hat seine Geschwister in sein Testament eingetragen. Das hätte ich nicht gedacht.«

»Ich auch nicht. Lies weiter, das Beste kommt noch.« Fink nahm sich einen weiteren Keks.

> Liebe Eva, lieber Thomas,
> tja, wen wundert es! Ich bin vor euch gegangen. Bei meinem Lebensstil war es klar, dass ich nicht alt werden würde. Wie sagte unser Vater immer: Das Leben ist zum Leben da. Ich kann sagen: Ich habe gelebt. Vielleicht

manchmal etwas zu wild. Trotzdem habe ich niemals vergessen, wo ich herkomme.

Liebe Eva, ich weiß, dass du mich niemals verstanden hast. Trotzdem hatte ich immer ein Auge auf dich. Hast du dich jemals gefragt, warum du so wenig Miete zahlst?

Lieber Thomas, auch wenn du nur mein Halbbruder warst, Bruder ist Bruder. Zugegeben, ich hatte Spaß daran, dich mit deiner Pension ein bisschen zu foppen. Vielleicht auch deshalb, weil unsere Mutter dich immer ein wenig bevorzugt hat. Dennoch hätte ich dich niemals hängen lassen.

Aus diesem Grund bestimme ich als meine alleinigen Erben meine beiden Geschwister Eva Engel und Thomas Holzinger zu gleichen Teilen …

»… und so weiter, und so weiter.« Tischler blickte auf das Datum neben Holzingers Unterschrift. »Das Testament wurde vor nicht einmal zwei Monaten geschrieben. Als ob er es geahnt hätte.«

»Ja, ist mir auch aufgefallen. Viel interessanter ist jedoch, was mit Thomas' Anteil passiert. Ob die Kinder wenigstens etwas von ihrem leiblichen Vater bekommen? Ob Eva nun die Alleinerbin ist?«

Tischler steckte das Testament zurück in den Umschlag. »Das wird ein Nachlassgericht klären müssen. Vielleicht kümmert sich ja die Engel darum, dass es den Zwillingen gut geht.«

Fink schüttelte besorgt den Kopf. »Mei, die armen Kinder! Und erst die Christine Holzinger … Was aus der jetzt werden wird?«

Tischler lehnte sich zurück und betrachtete Fink etwas genauer. Er neigte seinen Kopf zur Seite und kniff die Augen zusammen.

»Ich könnte mir dich sehr gut an der Rezeption von der Pension BERGBLICK vorstellen. Mit der Holzinger an deiner Seite. Du hast sicher Ersparnisse. Oder ist alles für Trachtenjanker draufgegangen?«

Fink atmete tief ein und setzte gerade an, Tischler etwas entgegenzuhalten, als das Telefon klingelte. Tischler räusperte sich und hob den Hörer ab.

»Hauptkommissar Tischler?«

»Ja, Schwenk hier. Gut, dass ich Sie erreiche! Was ist denn nun mit dem Holzinger? Was waren die Hintergründe? Die Presse sitzt mir im Nacken. Außerdem werden die Investoren nervös. Durch den Mordfall befürchten sie, dass die Urlauber ausbleiben. Das muss alles lückenlos nach außen kommuniziert werden. Sagen Sie mir nicht, dass Sie noch keinen abschließenden Bericht geschrieben haben. Ich werde mich ab jetzt persönlich …«

Tischler erhob sich, marschierte um seinen Schreibtisch herum und drückte Fink den Hörer in die Hand. »Für dich«, grinste er den Polizeiobermeister an.

»Fink?«

»Felix? Was machst du denn jetzt am Telefon? Wo ist der Tischler? Ich habe soeben …«

Tischler schnappte sich seine Autoschlüssel und seine Sonnenbrille und verließ mit einem zufriedenen Gesichtsausdruck das Büro. In der Tür drehte er sich nochmals um.

»Felix?«, flüsterte er.

Der sah ihn fragend an.

»Immer schön den Unrat vorbeischwimmen lassen.« Er winkte ihm zu und ging endgültig.

Luise kam Tischler auf dem Flur entgegen.

»Soll ich euch noch ein Kännchen aufbrühen?«

»Nein, danke, Luise. Du, ich bin für den Rest des Tages nicht mehr da. Ich muss noch ein paar Erledigungen machen.«

»Und wenn was …«, setzte Luise an.

»Wenn was ist, ist ja der Felix vor Ort. Ein sehr fähiger Polizist. Servus!«

»Ja, pfiat di.« Sie sah dem Hauptkommissar noch hinterher, bis er die Wache verlassen hatte.

Kopfschüttelnd setzte sie sich an ihren Schreibtisch, holte aus der Schublade eine Boulevardzeitung hervor und begann, mit großem Interesse darin zu blättern. Denn … eine gute Sekretärin sollte stets darüber Bescheid wissen, was draußen in der Welt passierte. Auch außerhalb von Brunngries.

Versprochen ist
Versprochen

Tischler stieg in seinen Jaguar, öffnete das Verdeck und wählte mit seinem Handy Brittas Nummer.

»Neufeld?«

»Hallo, Frau Doktor.«

»Hallo, Constantin. Na? Schon Feierabend?«

»Du weißt doch, liebe Britta, ein Polizist ist immer im Dienst.«

»Entschuldige, ich vergaß. Du, ich habe gleich noch einen Patienten ...«

»Ich wollte dich fragen, wie lange du heute arbeitest.«

»Ich habe in einer halben Stunde frei. Warum?«

»Ich dachte mir, ich hole die hübscheste Ärztin Traunsteins ab, wir drehen eine Runde, danach zum Italiener, Kerzenschein, Nudeln, Wein, Tiramisu ...«

»Angeregt höre ich Ihnen zu, Herr Kommissar. Obwohl ...«

Tischler zog eine Schnute. Dieses *Obwohl* hörte sich nicht vielversprechend an.

»Was ist? Musst du eine Schicht von einem Kollegen übernehmen?«

»Nein. Ich dachte mir nur gerade … hübscheste Ärztin Traunsteins?«

Tischler lachte. »Ach, habe ich Traunstein gesagt? Entschuldige. Ich meinte natürlich von Bayern!«

»Na, das reicht fürs Erste. Bis gleich.« Dann legte sie auf.

Tischler startete den Motor und setzte die Sonnenbrille auf. Er legte den ersten Gang ein und trat aufs Gaspedal. Als er in die Dorfstraße einbog, zeichnete sich ein Lächeln auf seinen Lippen ab. Der Grund war die Resi, die stolz ihr Herrchen Ferstel an der Leine über den Zebrastreifen führte. Ferstel ging schon prima bei Fuß. Resi bellte zur Begrüßung, als sie Tischler in seinem Jaguar erblickte. Ferstel tat es ihr gleich, indem er seinen Trachtenhut kurz anhob.

Vor dem Wirtshaus stand Horst-Erich Krause, der hitzig seine Gattin Nori dahingehend instruierte, wie sie die Blumenkästen auf den Fensterbänken zu gießen hatte. Zum Dank dafür bekam er einen kräftigen Schwall aus der Gießkanne ab. Der Anblick des begossenen Wirts erheiterte nicht nur Nori, sondern auch die beiden Buben, die mit ihren Skateboards über den Gehweg bretterten. Mit ausgestreckten Zeigefingern standen sie vor dem Wirt und übergossen ihn mit Schadenfreude. Diese war jedoch nur von kurzer Dauer. Schnell schwangen sie sich wieder auf ihre Bretter und suchten das Weite, als sich Krause die Gießkanne seiner Frau schnappte und ihnen damit hinterherjagte.

Etwa dreihundert Meter weiter winkte Franz Steiner mit einer ölverschmierten Hand zurück, als Tischler seine Hupe betätigte und an seiner Werkstatt vorbeifuhr.

»Wer war das?«, fragte der düstere Typ mit Akzent den Mechaniker, nachdem er die Hecktür seines Lieferwagens verschlossen hatte.

»Ein guter Bekannter«, antwortete Steiner knapp.

»Geile Karre. So eine fehlt uns noch.«

»Ihr bekommt von mir Autoteile, keine ganzen Autos«, stellte Steiner eindringlich klar.

»Wäre so aber einiges mehr für dich drin.« Der Typ zündete sich eine Zigarette an und pustete eine dichte Wolke in die Luft.

»Nix da. Außerdem ist der Kerl im Jaguar ...« Steiner verstummte.

»Was ist er?«

»Wie schon gesagt. Ein guter Bekannter.« Steiner hielt dem Mann seine Hand entgegen. Der fasste in seine Gesäßtasche und holte ein Kuvert heraus, das er dem Mechaniker überreichte. Steiner steckte es weg.

»Zählst du nicht nach?«

»Kontrolle ist gut, Vertrauen ist besser.«

»Heißt das nicht andersherum?«

»Mei, in Bayern gehen die Uhren anders.«

Der Typ grinste. »Gefällt mir.« Genüsslich steckte er sich die Fluppe in seinen Mundwinkel und stieg in seinen Lieferwagen.

Der Motor heulte auf und der Wagen rollte vom Hof. Steiner verschwand in seiner Werkstatt. Bevor er die Tür ins Schloss zog, blickte er nochmals nach draußen. Er atmete tief durch. Feierabend.

Als Tischler an der Pension BERGBLICK vorbeifuhr, staunte er nicht schlecht, weil Eva Engel mit den Zwillingen aus dem Haus kam. Kurz darauf verließ auch Christine Holzinger die Pension und verschloss die Tür. Somit hatte sich die Frage, ob Eva Engel ihre schützenden Flügel über die Kinder samt Mutter ausbreiten würde, auch geklärt. Tischler war anzusehen, dass er sich über diesen Anblick freute. Denn das Schönste an diesem Moment war, dass Eva Engel zu diesem Zeitpunkt noch keinen Schimmer von einem möglichen Erbe hatte.

Tereza stand in dem leeren, frisch renovierten Ladengeschäft und blickte durch das große Schaufenster nach draußen auf die Straße. Sie sah Tischler, der in seinem roten Jaguar vorbeifuhr. Während sie dem Kommissar hinterherschaute, bekam ihr Gesicht den Ausdruck einer Löwin, die in diesem Moment eine Antilope am Wasserloch entdeckt hatte. Bereit, auf die Jagd zu gehen.

»Und, Frau Horák? Was sagen Sie? Entsprechen die Räumlichkeiten Ihren Vorstellungen?« Die Maklerin stöckelte in ihrem Designerkostüm aus einem der hinteren Räume zurück in den Verkaufsraum, in dem sie zuvor ihre Interessentin für ein Telefonat zurückgelassen hatte. Sie steckte ihr Handy zurück in ihre Louis Vuitton.

Tereza drehte sich mit verschränkten Armen zu ihr um. »Ja, sie gefallen mir.«

»Was wollten Sie hier noch mal eröffnen?«

»Ein Nagelstudio«, antwortete Tereza stolz, während sie die Schuhe der Maklerin musterte.

»Ein Nagelstudio? Hier in Brunngries?«

»Hier in Brunngries«, bestätigte die Tschechin. »Ich nehme den Laden.«

Die Maklerin wirkte skeptisch. »Und die drei Monatsmieten Kaution?«

Tereza wandte sich von der Dame ab und starrte wieder nach draußen auf die Hauptstraße. »Das ist kein Problem.«

»Ich könnte Ihnen auch noch andere Räumlichkeiten ein bisschen außerhalb …«

Tereza stoppte die Maklerin mit einem Handzeichen, ohne sich umzudrehen. »Machen Sie einfach den Vertrag fertig. Wann kann ich einziehen?«

»Im Grunde sofort.«

»Gut.«

Tereza lächelte durch die große Scheibe auf die Straße hinaus. Denn eines war als Geschäftsfrau unwahrscheinlich wichtig. Immer freundlich sein, denn jeder war ein potenzieller Kunde. Egal, ob weiblich … oder männlich.

Tischler kam kurz vor dem Ortsausgang am anderen Ende von Brunngries am Chaletdorf vorbei. Kein Geringerer als das Ortsoberhaupt stand dort eifrig gestikulierend mit einer Delegation von Anzugträgern am Rande der Ferienanlage. Tischler wurde langsamer und blieb etwas entfernt von der Gruppe am Straßenrand stehen. Wie es schien, waren nun endlich die Arbeiten an der Anlage abgeschlossen. Abgesehen von dem restlos niedergebrannten Musterhaus, an dem sich im selben Moment ein Bagger zu schaffen machte. Man konnte über Ludwig Holzinger denken, was man wollte. Wie man jedoch moderne Ferienhäuser in eine idyllische Landschaft integrierte, ohne dabei das Gesamtbild zu zerstören, das hatte er draufgehabt.

Max Gmeinwieser drehte sich um und erkannte den Hauptkommissar. Schnellen Schrittes steuerte er auf ihn zu.

»Herr Hauptkommissar!«, rief er schon ein paar Meter zuvor.

»Herr Bürgermeister.«

»Mensch, einen schicken Wagen haben Sie da! Da habe ich wohl den falschen Beruf ergriffen, wie ich sehe.« Er lachte.

Tischler ging nicht darauf ein. »Ist schön geworden.«

»Ja, der Holzinger hat da etwas ganz Feines erschaffen. Ist schon schade, dass er nicht mehr unter uns ist.«

»Ja«, stimmte der Kommissar zu, »das ist wohl wahr. In diesem Alter sollte niemand gehen müssen.«

»Jaja. Deshalb auch. Jaja.«

Tischler nahm seine Sonnenbrille ab. »Was glauben Sie, Herr Bürgermeister, gibt es viele, die froh sind, dass der Ludwig Holzinger nicht mehr unter uns weilt?«

»Der Wickerl? Wie meinen S' das?«

Tischler spitzte die Lippen. »Na, das eine oder andere Geheimnis wird der Holzinger bestimmt mit ins Grab nehmen, oder?«

»Tja, man kann in die Leut' nicht hineinsehen, oder?« Der Bürgermeister lachte hämisch.

»Ich schon«, behauptete Tischler und lachte auf die gleiche Weise. »Ich habe da so eine Gabe, ich kann mir das selbst nicht erklären ...«

Gmeinwieser wirkte plötzlich nervös. Er deutete auf das Chaletdorf. »Wollen S' nicht investieren? Ein Mann wie Sie, der sich ein solches Auto leisten kann?« Er streichelte mit seinen Fingern über den polierten Lack.

»Lassen Sie sich nicht täuschen, Herr Bürgermeister. Manche Menschen wirken nach außen hin ganz anders, als sie in Wirklichkeit sind. Während meiner beruflichen Laufbahn sind mir einige dieser Exemplare untergekommen, die sich im Nachhinein als Mogelpackung herausgestellt haben. Mein Gespür wird dahingehend immer besser.«

Max Gmeinwieser klopfte zweimal auf den Jaguar. »Ich muss dann auch wieder. Der Gemeinderat, Sie verstehen?«

»Selbstverständlich.« Tischler startete den Motor. Der Sechszylinder röhrte. »Herr Bürgermeister.«

»Herr Kommissar.«

Tischler blickte über seine linke Schulter. Die Straße war frei. Er drückte aufs Gaspedal und fuhr davon. Er sah auf die Uhr. Schließlich hatte er ein Date, zu dem er auf keinen Fall zu spät kommen wollte. Am Ortsausgang schaltete er einen Gang tiefer. Der Motor heulte auf. Tischler beschleunigte und ließ seinen Pferdestärken freien Lauf. Den Mann, der gleich hinter dem Ortsausgang vor dem Feldkreuz auf einer kleinen Bank saß, nahm Tischler nicht wahr. Dieser ihn dafür umso mehr.

»Schau, das ist der Herr Kommissar. Dem geht es gut. Der hat einen schönen Beruf, die Leute haben Respekt vor ihm … Jetzt fährt er bestimmt mit seinem schönen Auto nach Traunstein zu seiner Frau Doktor und …« Der Mann stockte. Er sah auf das Objekt in seiner Hand, zu dem er sprach. Er hielt es näher an sein Ohr. »Was sagst du?« Er lauschte eine Weile. Dann lachte er. »Ach so. Sag das doch gleich.«

Der Mann hob seine Hand wie einen Präsentierteller in die Höhe. Darauf lag ein mit äußerster Präzision gefalteter Kranich. Die Sonnenstrahlen, die sich an diesem Spätnachmittag über die hügelige Landschaft wagten, setzten das gefaltete Tier perfekt in Szene.

»Kannst du ihn jetzt sehen? Schau, da fährt er.« Er korrigierte den Sitz des Vogels in Tischlers Richtung, der sich über die lang gezogene Kurve der Landstraße immer weiter entfernte.

Behutsam zog er seine Hand zurück vor seine Brust. Mit der anderen streichelte er zärtlich die spitzen Flügel, dann über den Kopf des gefalteten Kunstwerks. Er schloss seine Augen und sog tief die Landluft ein, bevor er sie nach einem kurzen Moment des Innehaltens verbraucht wieder freiließ.

Er erhob sich von der Bank und hielt den Kranich vor sein Gesicht.

»So!«, sagte er entschlossen. »Jetzt geht der liebe Gerd mit dir heim.«

Er blickte eine Weile zu dem Punkt in der Ferne, wo er den Jaguar zuletzt gesehen hatte, bevor der hinter der Kuppe verschwunden war. Er betrachtete seinen Gefährten noch einmal, bevor er ihn sicher in seiner Brusttasche verstaute.

»Wir zwei haben ein Auge auf den Herrn Kommissar, gell? Das haben wir ihm schließlich vor langer Zeit versprochen.«

ENDE

Lesen Sie auch von diesem Autor

Die »Herbert«-Reihe:

Ich bin Single, Kalimera
Wie Champagner
Männerferien
Alpengriller
Gipfelträumer
Profipfuscher
Inselhippies

sowie

Das Leben ist kein Zweizeiler
Sie haben Ihr Ziel erreicht
Gruppentherapie
Hearts on Fire – Marie
und
Prost, auf die Wirtin (Tischlers erster Fall)

Zeitfracht Medien GmbH
Ferdinand-Jühlke-Straße 7
99095 Erfurt, Deutschland
produktsicherheit@kolibri360.de

Druck:
CPI Druckdienstleistungen GmbH
im Auftrag der
Zeitfracht Medien GmbH
Ein Unternehmen der Zeitfracht - Gruppe
Ferdinand-Jühlke-Str. 7
99095 Erfurt